Theresa Prammer
Die unbekannte Schwester

Theresa Prammer

Die unbekannte Schwester

Kriminalroman

List

MIX
Papier aus verantwortungsvollen Quellen
FSC® C083411

List ist ein Verlag
der Ullstein Buchverlage GmbH

ISBN 978-3-471-35139-0

Gesetzt aus der Quaadrat bei
LVD GmbH, Berlin
Druck und Bindearbeiten: CPI books GmbH, Leck
Printed in Germany

Für Joseph

»Der feinste Trick des Teufels ist es, uns einzureden, dass er nicht existiert.«

Charles Baudelaire (1821–1867)

PROLOG
Suizid

In 3 Minuten und 50 Sekunden bist du tot.

Wenn Maria Fiore den letzten Ton gesungen hat, ist dein letzter Moment angebrochen.

Du liegst in der vollen Badewanne, nur dein Kopf und deine Hände ragen aus dem Schaumberg heraus. Aus dem Lautsprecher des Handys klingt das berühmte Lied.

»L'Amour! L'Amour«, singst du mit.

Ich breche in unechtes Gelächter aus und applaudiere deinem Gesang. Du wiegst dich im Rhythmus der Musik, schnippst mit den Fingern. Deine Bewegungen werden wilder. Du fragst mich, ob es mir gefällt? Ich nicke, dabei warte ich nur auf die Stelle, an der die Musik schneller wird.

Endlich kommt sie. Noch 2 Minuten und 25 Sekunden.

»Sing mit«, sagst du.

Also reiße ich stumm den Mund auf, hebe abwechselnd die Knie, als würde ich einen Cancan in deinem Badezimmer tanzen. Du schlägst mit der flachen Hand im Takt auf das Badewasser und spritzt mein Kleid nass. Aber du merkst es nicht. Du bist zu vollgedröhnt mit Koks und zu betrunken. Und ich gebe vor, es auch zu sein.

Mit einem breiten Grinsen siehst du zu mir hoch, als wärst du kein erwachsener Mann, sondern ein kleiner Junge.

»Laut singen«, verlangst du.

Ich schüttele den Kopf. Du kommst hoch, fasst nach meiner

rechten Hand und machst meinen Handschuh nass. Quetschst meine Finger so fest, dass sich mein Ehering in das Fleisch des mittleren und kleinen Fingers bohrt. Ich möchte schreien vor Schmerz, aber ich lache dich weiter an. So, wie ich in den letzten Monaten jeden angelächelt habe. Mein Lächeln ist zu einer Attrappe geworden, genau wie mein Ehering.

Tempowechsel, noch 1 Minute und 55 Sekunden.

Niemand weiß von dem Abgrund, der sich in mir aufgetan hat. Alle nicken mir zu, mit diesem verständnisvollen »Manchmal kann das Leben einfach hart sein, aber du bist zum Glück stark«-Blick. Und ich muss mir ein Grinsen verkneifen, denn sie wissen nichts.

Ich werde nicht in den Abgrund stürzen. Deshalb bin ich hier. Du bist nur das erste Puzzleteil, die anderen werden folgen. Mein Plan ist perfekt. Er hat sogar einen letzten Ausweg: Carlotta Fiore töten.

Ich entziehe dir meine Hand und lege den Zeigefinger auf meinen Mund. Drücke dich sanft zurück in die Badewanne. Du lachst auf und fasst dir mit dramatischer Geste an die Brust.

Maria Fiore singt das letzte Mal »L'Amour! L'Amour!«.

In 80 Sekunden ist es so weit. In 80 Sekunden wirst du sterben.

Du reißt voller Inbrunst den Mund auf. Weil du den Text des Liedes nicht mehr kennst, imitierst du ihren Gesang. Ich mache mich bereit. Höre auf die Musik.

40 Sekunden.

Meine Hände fangen an zu zittern.

20 Sekunden.

Ich atme ein und atme aus.

10 Sekunden. Ich zähle jede Einzelne mit.

3. 2. 1.

Die Musik verklingt. Der tosende Applaus setzt ein. Als du begreifst, was ich tue, reißt du die Augen auf. Aber es ist zu spät.

I.

Online-Kommentar von Notna29 zum Zeitungsartikel
»Maria Fiore – die Legende«,
erschienen an ihrem sechsten Todestag im *Wiener Tagblatt*

»Gefeierte Operndiva. Eine Stimme, als würde sich das Mondlicht in einem Kristallglas spiegeln. Vor sechs Jahren ging die letzte Legende des klassischen Gesangs von uns und hinterließ eine nicht zu füllende Lücke. Eine Ausnahmekünstlerin …«

Bei dem Scheiß, den ihr schreibt, möchte ich kotzen.

Ihr wisst nichts über sie, gar nichts. Sie hat euch hinters Licht geführt, euch wie eine Rattenfängerin eingelullt mit ihrer Stimme, bis ihr nicht mehr klar denken und sehen konntet. Soll ich euch sagen, wer sie war? Wer eure heißgeliebte Maria Fiore wirklich war? Sie war ein Monster! Ein Scheusal der schlimmsten Sorte. Und ich meine hier nicht ihre zahllosen Affären oder ihren krankhaften Ehrgeiz. Ich meine etwas anderes, dunkles. Jenseits eurer Vorstellungskraft. Ich tanze auf ihrem Grab. Und wenn ihr wüsstet, was ich weiß, dann würdet ihr das auch tun.

Like 12/Dislike 996

Ich starrte auf das Handy, bis die Buchstaben auf dem hellen Hintergrund verschwammen. Meine Arme und Beine pulsierten, als krabbelten Tausende Käfer unter der Haut. Seit zehn Minuten stand ich im Toilettenraum des Kriminalkommissariats und hatte aus lauter Langeweile Nachrichten auf dem Smartphone gelesen.

Zufällig war ich auf der Seite des *Wiener Tagblatt* gelandet. Es war nicht ungewöhnlich, dass zu Marias Todestag überall Beiträge, Fernsehberichte und diverse Huldigungen erschienen. Das passierte jedes Jahr. Und jedes Jahr versuchte ich mich rund um dieses Datum vor der Welt zu verstecken, damit alle Anfragen, ein »Interview mit ihrer Tochter Carlotta« betreffend, an Aktualität verloren – wer interessierte sich schon einen Monat nach ihrem Todestag für mich?

Die Kommentare unter dem Artikel waren fast alle Lobeshymnen. Natürlich gab es wie üblich ein paar andere, aber sie waren von bedeutungsloser, oberflächlicher Gehässigkeit.

Die Anonymität des Internets macht aus den größten Feiglingen Helden. Doch dieser eine Kommentar hier war anders. Sofort fragte ich mich, ob der Verfasser einfach nur ein Verrückter war, oder ob er wirklich die Wahrheit über Maria Fiore wusste? Wer war diese Person, die den Kommentar geschrieben hatte?

Schritte auf dem Gang holten mich wieder zurück in die Gegenwart. Ich hob den Kopf. Mein erschrockenes Spiegelbild sah mir über dem Waschbecken entgegen. Die Schritte kamen näher, das mussten zwei Personen sein. Nach der unangenehmen Begrüßung meiner neuen Kollegen vor ein paar Minuten war ich nicht in der Stimmung für weiteren Kennenlern-Small-Talk.

Die Tür zum Vorraum der Toiletten ging auf. Im selben Moment flüchtete ich in die erstbeste Toilettenkabine.

»... du dir das vorstellen? Dann hat dieser Trottel verlangt, ich soll ihm seine ...«, sagte eine kieksende Frauenstimme.

Zum Glück dachte ich noch daran, mein Handy auf lautlos zu stellen, und ließ es vorsichtig in die Hosentasche gleiten. Die zweite Frauenstimme sagte was, aber wegen Kieksstimmes durchdringendem Organ verstand ich kein Wort. Sie regte sich über irgendeinen Kollegen auf.

Mein erster Arbeitstag bei der Kriminalpolizei hatte heute

schon beschissen begonnen und fand jetzt seine glorreiche Fortsetzung: Ich versteckte mich auf dem Klo. War ich eigentlich noch ganz bei Trost? Wieso war ich nicht einfach stehen geblieben?

Endlich hatte ich den Job, den ich schon so lange wollte. Aus der Polizeischule war ich vor Jahren rausgeschmissen worden, und erst durch einen Undercover-Einsatz in der Wiener Oper hatte ich eine neue Chance bekommen.

Nun war er da, mein erster Tag im Kommissariat. Zum ersten Mal gab man mir die Möglichkeit, mich ganz offiziell zu beweisen. Zu zeigen, dass ich zu Recht hier war. Auch wenn ich das bei der Aufklärung von Serienmorden in Wien vor ein paar Monaten eigentlich schon getan hatte. Aber eben nicht offiziell. Ich wusste, dass Polizeichef Krump meiner Einstellung zugestimmt hatte, weil er Konrad zurück in den Dienst holen wollte. Und den bekam er nur mit mir.

Aber was tat ich mit dieser Chance? Versteckte mich wie ein kleines Mädchen an seinem ersten Schultag.

Ich musste hier raus, und zwar sofort.

Ich beschloss, einfach die Spülung zu betätigen und das Klo zu verlassen, also drehte ich mich um. Meine Schuhsohlen machten ein kurzes, schleifendes Geräusch auf dem Fliesenboden. Und in diesem Moment unterbrach ein beherztes »Psst« den Redeschwall von Kieksstimme.

»Was ist psst, was hast du denn?«, quietschte sie erbost.

»Wir sind nicht allein. Ich hab was gehört.« Bei Kieksstimmes Geplapper musste diese Frau Ohren wie ein Luchs haben.

»Wer soll da sein? Glaubst, es versteckt sich wer?«

Ich öffnete meinen Mund, um mich bemerkbar zu machen, da sagte die zweite Stimme leise: »Könnt doch die Neue sein?«

Kieksstimme lachte gackernd auf. »Geh bitte, denkst, sie sperrt sich am Klo ein, weil sie sich so vor ihren neuen Kollegen fürchtet? Obwohl, hast du das von ihr gehört? So aaarg …«

Ohne es weiter auszuführen, ließ sie die letzten zwei Worte in der Luft hängen. Mein Finger erstarrte über der Spültaste.

»Meinst du, weil sie Kruuumps Schatzi ist?«, fragte die andere. Ihre Art, den Namen »Krump« zu sagen – als wäre es »Kruuump«, mit drei u. Genauso hatte eine neue Kollegin, deren Gesicht mich an einen Frosch erinnerte, heute Morgen den Namen des Polizeichefs ausgesprochen.

»Nein. Also, was ich über die Neue erzählen wollte, sie hat doch ...«, fuhr Kieksstimme fort. Ich hielt gespannt den Atem an.

»Wart! Ich hab grad eben wirklich was gehört«, unterbrach die andere.

»Du hörst Gespenster.«

Die andere antwortete nicht.

Ich senkte meinen Blick – unterhalb der Tür war ein 15 cm breiter Spalt. Und dann hörte ich auch schon Schritte, die immer wieder stoppten. Ich war in der letzten Kabine. Wie viele waren davor? Sechs? Fünf? Sie kamen näher. Wenn ich mich bewegte, würden sie mich hören. Beim nächsten Klacken eines Absatzes setzte ich mich so vorsichtig wie möglich auf den zugeklappten Toilettendeckel. Gleich mussten sie hier sein. Die Schritte waren schon fast da. Im letzten Moment zog ich meine Füße hoch.

Zwei Sekunden lang war Stille.

Gerade, als ich dachte, ich wäre schnell und leise genug gewesen und sie hätten mich nicht bemerkt, war Kieksstimmes »Tatsächlich! Die Fi-or-e versteckt sich am Häusl« zu hören. Ich musste ein Aufstöhnen unterdrücken, aber wahrscheinlich wäre es sowieso in ihrem Gekicher untergegangen. Meine Selbstachtung hatte soeben ihren zweiten Sturzflug an diesem Morgen hingelegt.

Bevor ich etwas sagen konnte, klapperten ihre eiligen Absätze auf den Keramikfliesen davon. Ich war wieder allein. Stellte meine Füße auf den Boden und vergrub mein Gesicht in den Händen.

Normalerweise waren mir Gerüchte, auch wenn ich deren Inhalt war, egal.

Aber hier ging es nicht nur um mich.

Und es wurde noch schlimmer dadurch, dass ich keine Ahnung hatte, was Kieksstimme über mich erzählen wollte, das »so aaaarg« war. Außerdem konnte sie jetzt allen mitteilen, dass ich mich auf dem Klo versteckte. Und zur Krönung war das alles nach der Begrüßung heute Morgen passiert, als meine neuen Kollegen mich bereits erwarteten und ihre Abneigung spüren ließen.

Mir war durch ihre missbilligenden Blicke schnell klar gewesen, dass sie mich nicht wegen Maria Fiore begutachten wollten. Vielleicht wussten sie gar nicht, dass mein Nachname Fiore für dieses weltberühmte Fiore stand.

Die Frau, die fast breiter als hoch war, hatte mich laut genug, so dass ich es hören musste, »die Möbelhaus-Detektivin« genannt, »die ohne Qualifikation vom neuen Polizeichef Heinz Kruuump eingesetzt wird«. Durch ihre langen, wulstigen Arme, den nicht vorhandenen Hals, den breiten Mund und den kleinen Kopf musste ich an einen Frosch denken. Ich hätte gerne sofort etwas erwidert. Aber es gab die strikte Order von Krump, den Mund zu halten, wenn ich diesen Job nicht verlieren wollte. Dass der Polizeichef meine unautorisierten Einsätze bei den letzten beiden großen Mordfällen in Wien als praxisbezogene Ausbildungszeit anrechnete, wusste hier niemand.

Also hatte ich nichts zu Froschgesicht gesagt und einfach das Büro verlassen. Weil ich nicht wusste, wo ich hinsollte, wählte ich die nächstbeste Tür – und war auf der Toilette gelandet.

Ob Konrad schon bei den neuen Kollegen auf mich wartete? Er hatte in der Früh eine Stunde bei seinem Physiotherapeuten, wollte aber gleich danach ins Kommissariat kommen. Zumindest hatte er das gestern gesagt. Es war schließlich für uns beide der erste Arbeitstag.

Ich hoffte, dass er da war. Mir war nicht wohl dabei, dass meine Tasche unbewacht am Schreibtisch stand, den man mir im Großraumbüro zugewiesen hatte. Ein alter wackeliger weißer Kunststofftisch, auf dessen Tischplatte man noch die unzähligen Kaffeetassenränder erkennen konnte. Ohne Schubladen oder Ablagemöglichkeiten. Ohne Computer. Ohne Stuhl.

Ich stand vom Toilettendeckel auf. Obwohl jetzt keiner mehr hier war, drückte ich alibihalber die Spülung.

Gerade als ich mir die Hände wusch, wurde die Tür geöffnet und eine junge Beamtin in Uniform kam herein. Ich murmelte »Guten Morgen« und ging rasch an ihr vorbei. Sie erwiderte meinen Gruß nicht.

2.

»Ah, auch wieder da.«

Es kam von Froschgesicht. Sie stand neben einer dünnen honigblonden Frau, die an einem penibel aufgeräumten Schreibtisch saß und einen Stift in der Hand hielt.

»Schau, Eva. Das ist sie«, sagte Froschgesicht zu der Blonden.

Die blonde Eva sah hoch und ihr strähniger Pagenkopf wippte wie ein Fransenvorhang. Sie kniff die Augen zusammen, streckte ihr spitzes Kinn vor und legte den Kopf zur Seite.

57, Haferflocken mit Vanille-Joghurt und Dunkelrot. Das Alter, die letzte Mahlzeit und die Lieblingsfarbe. Bei manchen Menschen, denen ich zum ersten Mal begegnete, wusste ich das plötzlich. Aber meine Eingebungen passierten mittlerweile so selten, dass sie mich regelrecht überraschten.

»Na, ist das Klopapier ausgegangen?«, quietschte sie. Ich hatte schon damit gerechnet, aber trotzdem gehofft, sie wäre nicht Kieksstimme. Froschgesicht hinter ihr lachte, die beiden erinnerten mich an die weiblichen Versionen von Stan Laurel und Oliver Hardy. Ohne den Humor.

»Ist ja schon eigenartig«, sagte Kieksstimme, ohne mich aus den Augen zu lassen.

»Was?«, fragte Froschgesicht.

»Dass plötzlich Leute ohne richtige Ausbildung zur Polizei kommen dürfen«, antwortete sie.

Beide sahen mich herausfordernd an. Ich hielt ihren Blicken

stand, fing an von 10 rückwärts zu zählen und versuchte ruhig zu bleiben. 9, 8, 7 … sag nichts Unüberlegtes, Lotta. Aber es türmte sich auch so genug Überlegtes in meinem Kopf, das aus meinem Mund rauswollte. Und das war keineswegs nett.

6, 5, sag es nicht. Halt den Mund. Für Konrad.

Die beiden grinsten immer mehr. Ich schaute weg.

4, 3 … nein, nein, nein …

Noch bevor ich bei 2 angekommen war, setzte die Musik ein. Maria Fiores grandiose, gefühlvolle Stimme erfüllte den ganzen Raum.

Es war »Habanera« aus *Carmen*. Ihr weltberühmtes »L'Amour! L'Amour!«, die Worte schwebten wie Flügelschläge eines majestätischen Adlers.

Ich riss die Augen auf, Froschgesicht und Kieksstimme grinsten wie zwei lüsterne Spanner.

In der Lichtreflexion ihres Bildschirms sah ich, dass ein Video lief.

Gleich kam die nächste Strophe. Ich bemühte mich um einen gelassenen Gesichtsausdruck, während ich innerlich ›*Nicht diese, nicht diese*‹ wiederholte, als wäre es ein Mantra. Doch es war natürlich genau diese Aufzeichnung.

Mein Gesang erklang wie eine aufgescheuchte Taube, die panisch davonflattert. Alles in mir krampfte sich zusammen. Das war die einzige Aufnahme, als ich mit Maria Fiore bei einem Galaabend im Konzerthaus gesungen hatte.

Irgendjemand hatte dieses beschissene Video gleich nach Marias Tod vor sechs Jahren hochgeladen. Mittlerweile war es fast eine Million Mal auf YouTube angeklickt worden.

»World famous Maria Fiore sings with her daughter Carlotta – what a difference« war der Titel.

»What a difference« bezog sich auf mich. Denn ich war das Gegenteil von grandios.

Die Musik brach so plötzlich ab, wie sie erklungen war. Jemand legte eine Hand auf meine Schulter. Dankbar stieß ich einen Seufzer aus, Konrad war also endlich da. Ich drehte mich zur Seite und sah völlig überrascht in Hannes' Gesicht. Aber nicht, weil ich generell verwundert war, ihn zu sehen – als Hauptkommissar hatte er schließlich sein Büro im selben Gebäude.

Nein, es war etwas anderes. Er wirkte so distanziert und kühl wie ein völlig Fremder. Das war nicht der Hannes, neben dem ich noch vor ein paar Stunden im Bett gelegen, der mich geküsst und an sich gedrückt hatte. An dessen Blick ich sonst erkannte, wie er sich fühlte. Der mit Konny durchs Zimmer tanzte, wenn unser Sohn sich weigerte, einzuschlafen. Vor mir stand ein Mann mit ernster Miene, ein Kommissar, der seinen Job machte und keine Zeit für Nebensächlichkeiten hatte. Ich war verwirrt und von Kieksstimmes und Froschgesichts Blicken überfordert. Weil ich nicht wusste, was ich sonst tun sollte, streckte ich Hannes die Hand entgegen und murmelte: »Guten Morgen«.

Er stockte, ein überraschter Blick huschte über seine Augen und er verzog leicht den Mund, als müsse er sich ein Lachen verkneifen.

»Guten Morgen.«

Im nächsten Moment beugte er sich zu mir und küsste mich auf den Mund.

»Fiiips?«, hörte ich Froschgesicht und Kieksstimme gleichzeitig flüstern.

Fips. Hannes' Spitzname, den er seiner süßen neuen Kollegin verdankte. Aber selbst das war mir in diesem Moment egal. Er nickte mir zu.

»Wenn du was brauchst, du weißt ja, wo du mich findest, Lotta.«

»Danke, ich komme zurecht«, sagte ich.

Dann grüßte er in Kieksstimmes und Froschgesichts Richtung: »Eva, Inge, guten Morgen.« Sie nickten zurück wie zwei gemaßregelte Schulkinder.

Es war kindisch, aber meine Genugtuung war grenzenlos. Wir hatten nie darüber gesprochen, ob wir unsere Beziehung hier öffentlich machen wollten. Aber ich hatte nicht damit gerechnet, da bis vor ein paar Monaten auch keiner seiner Kollegen von Konny, unserem ein Jahr alten Sohn, wusste. Anscheinend hatte ich mich geirrt. Hannes lächelte mir noch einmal zu, bevor er das Großraumbüro verließ.

Kieksstimme Eva sah mich ungläubig an. Sie schaute zu ihrer Kollegin Froschgesicht Inge und setzte an, etwas zu sagen.

Doch sie kam nicht dazu, da ihr Telefon läutete.

»Wo ist das?«, quietschte sie in den Hörer und schrieb die Adresse auf. »Aha. Okay. Ja, passt. Aber ... Moment, weißt du was? Ich schick euch unsere Neue rüber. Die Carlotta Fiore.« Sie hielt kurz inne, grinste. »Ja. Genau die.« Ihre Stimme war vor Vergnügen noch höher gerutscht.

Sie legte auf und wedelte mit einem gelben Post-it, als wäre ich ein Hund, dem sie ein Stöckchen werfen wollte.

»Na schau. Ich hab schon den ersten Fall für dich. Was ganz, ganz Spannendes. Ein Unfall. Wennst Glück hast, war es sogar Selbstmord. Uhh, aufregend. Gell?«

»Geh, Eva, da muss keiner von uns hin«, sagte Inge. Sie bemühte sich zum ersten Mal um ein Lächeln für mich, aber es misslang. Offensichtlich gab es für sie nun geänderte Spielregeln, da sie wusste, dass Hannes und ich ein Paar waren. Das ärgerte mich noch mehr, ich ging zu Eva und nahm ohne Kommentar die Notiz.

Die Adresse war im 8. Bezirk, Florianigasse 29. Mir war alles recht, um hier wegzukommen.

Froschgesicht Inge kam zu mir herüber, schüttelte den Kopf und streckte mir ihre offene Hand entgegen. »Komm, gib mir die Adresse wieder, du musst da wirklich nicht ...«

In dem Moment rief jemand aus einer hinteren Ecke: »KONRAD!«

Ich drehte mich um. Endlich war er da.

Konrad stand in der Tür, seine Kohleaugen suchten den Raum ab, bis er mich fand. Er nickte mir zu und zog einen Mundwinkel hoch zu einem leichten Lächeln. Währenddessen echote sein Name, mal leiser, mal lauter, mal mit und ohne »Fürst«, wie ein Klangteppich von diesem zum Nebenraum.

Und plötzlich war Klatschen zu hören. Zuerst nur von einer Person. Dann folgte eine Zweite. Eine Dritte. Sie erhoben sich nacheinander von ihren Stühlen, kamen hinter ihren Schreibtischen hervor, strömten aus den angrenzenden Zimmern. Alle applaudierten dem Mann, der eine Legende bei der Wiener Kriminalpolizei war. Und der nun seinen Dienst nach der Katastrophe vor fast 27 Jahren offiziell wieder antrat.

Im ersten Moment begriff Konrad gar nicht, dass der Applaus ihm galt. Er sah sich irritiert um, was alle nur anspornte, noch lauter zu klatschen. Dann drehte er sich ein Mal um sich selbst. Er schaute wieder zu mir, runzelte die Stirn zu einer stummen Frage. Ich lächelte. Nickte ihm zu, weil ich an seinem Blick erkannte, wie schwer es ihm fiel zu glauben, dass sie ihn meinten. Seine Wangen färbten sich rosa, er sah rasch zu Boden. Und ich biss mir auf die Unterlippe, um nicht vor Rührung zu weinen. Meine Augen brannten. So wütend ich auf meine neuen Kollegen war, so dankbar war ich ihnen für den Empfang, den sie Konrad bereiteten. Sogar Froschgesicht Inge und Kieksstimme Eva applaudierten.

Konrad verdiente diese Anerkennung mehr als jeder andere. Wer wusste das besser als ich? Er winkte beschämt ab, doch davon ließ sich niemand abhalten.

Konrad Fürst, der Mann, der von den Toten auferstanden war. Eineinhalb Jahre hatte er im Koma gelegen. Dass er jetzt hier stehen würde, daran hatten vor sechs Monaten weder er noch ich geglaubt.

Vielleicht war es die neue und ungewohnte Umgebung, vielleicht diese Situation, aber mir fiel hier auf einmal deutlich auf, wie sehr er sich in letzter Zeit verändert hatte. Er hatte zugenommen, kochte fast jeden Abend, und sein durch das Koma abgemagerter Körper sah mehr und mehr so aus wie vor zwei Jahren, als wir uns kennengelernt hatten. Die vielen Stunden mit dem Physiotherapeuten hatten seine Muskeln größtenteils wieder zurückgebracht und seit einiger Zeit brauchte er auch keinen Stock mehr zum Gehen.

Kieksstimme Eva ging auf Konrad zu. Sie drückte ihn unbeholfen an sich, als hätte Konrad einen Hula-Hoop-Reifen um seinen Körper. Ganz eindeutig war sie es nicht gewohnt, jemanden zu umarmen. Sie ließ ihn wieder los, dabei zuckten ihre Schultern. Von hinten sah es so aus, als würde sie weinen. Ich war erstaunt, als sie sich tatsächlich über die Augen wischte. Konrad sah genauso überrascht aus. Vielleicht hatten sie früher zusammengearbeitet?

Ein weiterer Kollege schüttelte ihm überschwänglich die Hand. Bemüht erwiderte Konrad das Lächeln, aber seine Stirn runzelte sich mehr und mehr in Ratlosigkeit. Der Applaus verebbte langsam, wurde von einem »Eine Rede, eine Rede«-Chor abgelöst.

Alle sahen ihn erwartungsvoll an. Nur das Ticken des Sekundenzeigers der Wanduhr war zu hören. Konrad kratzte sich am Kopf und murmelte schließlich verlegen: »Es freut mich, wieder hier zu sein. Und jetzt können wir alle an die Arbeit gehen.«

»Bitte stell dein Licht nicht unter den Scheffel, Konrad«, quiekte Eva. »Ihr könnts von ihm was lernen. Kannst du dich erinnern, ich hab mal unabsichtlich die sichergestellten Haschkekse gegessen. Oder der Fall mit dem irren Mizzi! Mein Gott, ist das wirklich schon 30 Jahre her? Das waren noch Zeiten! Ihr Grünschnäbel würdets euch wundern, gell, Konrad?«

»Ja, das war was, stimmt«, sagte Konrad und lachte unbeholfen.

»Was war denn das für eine Mizzi-Geschichte?«, rief Froschgesicht Inge. Ich drehte mich um, doch sie sah mich gar nicht mehr an, sondern strahlte nur in Konrads Richtung. Konrad schaute hilfesuchend zu Eva, sein steifes Lächeln weiterhin im Gesicht, als wäre es festgefroren.

»Das musst du erzählen, Konrad, es ist deine Geschichte.«

»Ja, also, die Mizzi ...«

»Der Mizzi«, korrigierte sie, nickte aufgeregt und blies die Backen auf. Dann deutete sie mit beiden Zeigefingern auf ihre prallen Wangen. Ich fragte mich, ob der Mizzi vielleicht ein Hamster war?

»Ach ja, stimmt ... der Mizzi ... haha ... ja, wir waren ... das war ...«

Konrad suchte offensichtlich nach Worten. Dann verstummte er plötzlich, sein angestrengter Blick ging ins Leere. Die Zeit verstrich, es waren sicher nur ein paar Sekunden, aber es kam mir ewig vor. Schließlich hielt ich es nicht mehr aus.

»Konrad, wir müssen zu dieser Adresse«, rief ich in die Stille, schob mich durch die Menschentraube und drückte Konrad das gelbe Post-it in die Hand.

»Aber, wieso ... er muss doch nicht?«, fragte Kieksstimme Eva. Sie sah zwischen uns hin und her.

»Und ob. Konrad und ich arbeiten zusammen«, sagte ich.

Als wir den Raum verließen, hörte ich sie hinter uns: »Die ist Konrads Partnerin? Mein Gott, die muss es Krump aber ordentlich besorgt haben.«

Konrad wollte stehen bleiben, aber ich schob ihn einfach weiter zu den Aufzügen. Die Lifttüren öffneten sich gerade, ein Beamter in Uniform stieg aus. Ich trat hinter Konrad hinein und drückte panisch auf die »Tür schließen«-Taste.

»Das war ja fabelhaft«, sagte Konrad trocken, als sich die Kabine surrend in Bewegung setzte.

»Du hast es gut gemacht. Niemand hat gemerkt, dass du dich nicht erinnerst.«

Er hob eine Augenbraue – der unmissverständliche Hinweis, dass er mir nicht glaubte.

»Müssen wir wirklich wohin?«, versuchte er abzulenken.

»Ja, zu einem Selbstmord. Und dort oben hätte es auch schlimmer kommen können.«

Währenddessen kramte ich nach dem Autoschlüssel in meiner Handtasche. Weil ich ihn nicht finden konnte, stellte ich meine Tasche auf den Boden und kniete mich darüber. Ich hatte ihn doch hineingeworfen, nachdem ich das Auto geparkt hatte, wieso war er jetzt verdammt noch mal nicht da? Oder hatten ihn meine neuen Kollegen rausgenommen, als ich auf dem Klo war?

»Was meinst du mit *schlimmer*?«, fragte Konrad.

Der Fahrstuhl kam im Erdgeschoss zum Stehen, die Tür öffnete sich. Ich wollte gerade wieder aufstehen, da spürte ich Metall an meinen Fingerkuppen. Gott sei Dank, der Schlüssel war da.

»Na ja, Superarsch Krump hätte zu deiner Begrüßung da sein …«. Ich verstellte meine Stimme, als hätte ich Polypen in der Nase, damit ich so klang wie der Polizeichef: »… und sein sinnloses Gewäsch …«

»Guten Morgen, Frau Fiore«, näselte eine mir wohlvertraute Stimme über mir. Ich sah hoch. In das verbissene Gesicht von Polizeichef Heinz Krump, der vor dem Aufzug stand.

3.

Konrad saß auf dem Beifahrersitz und wartete bereits auf mich. Krump hatte ihn vorgeschickt, da er mit mir allein reden wollte.

»Was hat er gesagt?«, fragte Konrad, als ich ins Auto stieg.

Krumps wütendes »Fiore! In einer Stunde! Hier!« klang mir noch immer in den Ohren. Mehr hatte der Polizeichef nicht gesagt, nur den Lift betreten, die fuchsteufelswilden Glupschaugen bis zuletzt auf mich gerichtet.

»Er erwartet mich in einer Stunde«, spielte ich es herunter.

»Und was sind das für Kameras?«, fragte Konrad.

»Welche Kameras?«

Während der Dieselmotor vorglühte, sah ich zum Gebäude, ob Konrad die Überwachungskameras beim Eingang meinte. Doch er deutete zur gegenüberliegenden Straßenseite. Ein langhaariger Mann hievte gerade eine Filmkamera aus einem weißen Van, auf dem groß der Name des Fernsehsenders Ö-TV stand. Ein Zweiter trug einen Scheinwerfer, der größer war als er selbst. Eine weitere Kamera befand sich bereits vor dem Auto.

»Ich hab keine Ahnung«, murmelte ich.

Endlich erlosch die Zündspule, doch kaum hatte ich den Schlüssel herumgedreht, krachte der Motor so laut, als hätte der Blitz eingeschlagen.

Die zwei Männer sahen sofort zu uns herüber. Reflexartig rutschte ich tiefer in den Sitz und versuchte mein Gesicht hinter dem Lenkrad zu verstecken.

»Fährt es sich so leichter?«, fragte Konrad und runzelte die Stirn.

»Ich will nicht, dass die beiden mich sehen«, sagte ich leise, als könnten sie mich sonst hören.

»Aha. Und warum?«

Weil ich paranoid bin und vermute, dass jeder Reporter sich heute wegen Marias Todestag sofort auf mich stürzt, dachte ich, sprach es aber nicht aus. Natürlich wusste ich, dass sie sicher nicht wegen mir hier waren. Doch vielleicht war ich jetzt in ihren Köpfen präsenter als sonst. Und ich wollte gar nicht daran denken, wie sie reagierten, wenn sie wüssten, dass ich nun bei der Kripo war. Ich versuchte ein entschuldigendes Lächeln in Konrads Richtung, während ich den Blinker setzte und uns aus dem Parkplatz manövrierte. Was anstrengend ist, wenn man nur das obere Drittel der Straße sieht. Erst als wir gute 100 Meter entfernt waren, rutschte ich wieder hoch. Konrads Frage ließ ich unbeantwortet. Es war nicht so, dass ich es ihm nicht gerne erzählt hätte. Aber mir fehlten dafür die Worte. Zumindest die richtigen. Das war schon immer so gewesen. So weit ich zurückdenken konnte, war das Gefühl, nicht aussprechen zu können, was in mir vorging, ein Teil von mir. Der Klumpfuß meiner Seele. Ich hatte es einfach nie gelernt. Vielleicht, weil Maria Fiore nie hatte wissen wollen, was ich wirklich fühlte. Aus gutem Grund.

Ein Bild von ihr tauchte in meiner Erinnerung auf. Einer dieser Flashbacks, die mir Dr. Machland in der ersten Therapiesitzung angekündigt hatte. Maria und ich saßen im Esszimmer. Ich war sehr klein, auf meinem Stuhl stapelten sich unter mir mehrere Polster, damit ich bis zur Tischplatte reichte. Sie gab mir ein Stück Toast mit Butter auf den Teller. Ich wollte ihn nicht essen. Nicht einmal anfassen wollte ich ihn. Ich wollte nur weg. Und da war dieser Geruch im Zimmer. Wie ein Gewürz. Aber blumiger.

»Hier muss es sein«, sagte Konrad und holte mich in die Gegenwart zurück. Er deutete zu dem Hauseingang vor uns, in dem ein uniformierter, junger Polizist mit karottenroten Haaren stand.

Ich war so in Gedanken versunken, dass ich ganz automatisch zu der Adresse in der Florianigasse im 8. Bezirk gefahren war. Der alte Wagen ruckelte, als ich abbremste. Autos hupten, ich fuhr in eine Garageneinfahrt und parkte hinter dem Polizeiauto, das die Einfahrt versperrte. Sofort kam der Polizist herüber.

»Es tut mir leid, Sie können da jetzt nicht rein«, sagte er übertrieben deutlich durch das geschlossene Autofenster. Seine Sommersprossen um den Mund tanzten beim Sprechen und seine Stimme klang holprig, als wäre er im Stimmbruch. Hätte er seine Uniform nicht getragen, wäre er glatt als Teenager durchgegangen. Ich stieg aus dem Auto.

»Lotta Fiore und Konrad Fürst. Wir sind hier wegen des Selbstmords.«

Erst in diesem Moment fiel mir auf, dass ich weder eine Marke noch einen Dienstausweis hatte.

»In welches Stockwerk müssen wir?«, fragte ich forsch, um davon abzulenken.

Er sah von mir zu Konrad. »Da brauche ich bitte Ihre Auswei-«, begann er.

Doch Konrad unterbrach ihn. »Die sind noch in der Zentrale. Wir haben nicht viel Zeit, Polizeichef Krump erwartet uns in Kürze zurück im Kommissariat.«

Der junge Polizist sah zwischen Konrad und mir hin und her.

»Wir können dem Polizeichef natürlich auch sagen, dass wir zu spät sind, weil unser Kollege uns nicht zum bestellten Tatort gelassen hat. Sie heißen …?«

Ich ließ die Frage in der Luft hängen. Einen Moment dachte ich, er würde nicht darauf reinfallen, doch dann sagte er: »Es ist im zweiten Stock. Der Kollege ist oben. Ich öffne Ihnen.«

»Danke.«

Er ging voraus und sperrte mit einem Generalschlüssel das Haustor auf.

Als wir im Haus waren und die Tür hinter uns ins Schloss fiel, murmelte ich: »Sind unsere Ausweise wirklich in der Zentrale?«

»Ich habe nicht die leiseste Ahnung«, sagte Konrad. »Geh schon vor. Ich seh mich hier noch um.«

Es war eine Ausrede, das wusste ich. Wenn ich in seinem Tempo ging, hielt uns das beide auf. Ich nickte ihm zu und versuchte nicht zu zeigen, dass ich lieber auf ihn warten würde.

Je näher ich dem zweiten Stock kam, desto deutlicher hörte ich die Musik. Die geschmeidige Stimme einer Jazzsängerin hallte durch das Treppenhaus.

»Hallo?«, rief ich.

Auf dem Treppenabsatz erschien ein riesiger hagerer Polizist in Uniform, unter dessen Kappe blonde Haare hervorleuchteten.

»Franz!«

»Ja, bitte?«

Ich kannte ihn, wir waren uns vor ein paar Monaten begegnet, als ich Hannes zum Fundort einer Leiche begleitet hatte. Damals hatte ich mit dem Mitte Zwanzigjährigen zwar nur ein paar Worte gewechselt. Aber wegen seiner aufgeweckten und freundlichen Art hatte ich ihn sofort gemocht.

Franz beugte sich vor und sah die Treppe hinunter. Als er mich erkannte, klatschte er mit den Händen auf seine Oberschenkel.

»Carlotta Fiore! Was machen Sie denn hier?«

»Wurde ich nicht angekündigt?«

Ich ging hoch zu ihm. Obwohl ich neben ihm stand, musste ich meinen Kopf in den Nacken legen, um ihm ins Gesicht zu sehen.

»Also mir nicht.« Er lächelte. »Macht aber nix. Der Hannes kommt gleich.«

Aus seinem Funkgerät waren Stimmfetzen und Rauschen zu hören, er machte es leiser.

»Hannes kommt? Wirklich?«

Hatte Hannes erfahren, dass man mich hergeschickt hatte? War er deshalb hierher unterwegs?

»Ja, das wurde mir ausgerichtet«, sagte Franz. »Ich weiß gar nicht, warum. Das ist hier eigentlich alles geklärt. Es tut mir leid, ich darf Sie nicht in die Wohnung lassen. Wenn Sie auf den Hannes wart-«

»Ich bin nicht hier wegen Hannes, ich wurde hergeschickt. Mein Kollege kommt auch gleich, er sieht sich nur noch im Haus um.«

»Sie sind ... und wieso Kollege?« Franz sah verblüfft drein. »Moment ... Sie sind doch nicht die Neue, von der alle reden?« Er lachte auf.

»Was reden sie denn?«

Sein Mund klappte auf und zu wie bei einer Bauchrednerpuppe.

»Schon gut.« Ich streckte ihm meine Hand entgegen. »Ich heiße Lotta. Kannst du mich in die Wohnung bringen?«

Erst als er meine Hand schüttelte, merkte ich, dass er weiße Plastikhandschuhe trug. Er war noch immer sehr verwundert, aber doch erfreut.

»Ja, ähm, natürlich. Wahnsinn, Carlotta Fiore bei der Kripo. Deine Mutter kenn sogar ich ... obwohl, Oper ist ja nicht so meins. Ich bin mehr Richtung Pop. Dabei hab ich mal den Domingo kennengelernt. Ähem, na, hast du den auch gekannt? Ich mein, persönlich?«

»Nein.«

»Ach, ich dachte, ihr kennts euch alle untereinander. Lustig. Aber du hast schon auch gesungen, gell? Ich glaub, mir hat erst letztens wer davon erz-«

Bevor er weiterreden konnte, versuchte ich einen professionellen Ton anzuschlagen. »Was ist hier genau passiert?«

Er tippte sich an die Kappe und grinste mich an, als hätte er eine neue Spielkameradin gefunden. Das Schlimme war, genauso fühlte ich mich auch.

»Also, Amtsarzt und Spusi sind vor zehn Minuten weg.«

»Wer ist Spusi?«

»So wird die Spurensicherung genannt. Aber erwähne das bloß nie, wenn einer von ihnen dabei ist. Und ich warte hier eigentlich nur noch auf den Leichenwagen. Darum war ich auch so überrascht, dass der Hannes angekündigt wurde. Ich versteh das gar nicht, ich meine, wieso sollte ihn ein Selbstmord interessieren? Da hat sicher wieder mal jemand einen Fehler gemacht.«

Daran zweifelte ich und verbiss mir die Frage, wer ihn angekündigt hatte. Vielleicht planten Froschgesicht und Kieksstimme so, mich loszuwerden? Franz lächelte, als versuchte er, eine normale Situation daraus zu machen. Ich lauschte, ob Konrad bereits hochkam, aber bis auf den Jazzgesang, der hier irgendwo seinen Ursprung haben musste, war nichts zu hören. Einen Moment überlegte ich, Hannes einfach anzurufen. »Und du ... bist jetzt echt bei der Kripo gelandet. Ich packs ja nicht«, sagte Franz zum zweiten Mal und vergrub seine Hände in den Hosentaschen. Entweder wollte er generell nicht in die Wohnung zurück, oder er versuchte, es bis zu Hannes' Ankunft hinauszuzögern.

»Ja. Können wir jetzt rein?«

Franz biss die Zähne zusammen, ein unterdrücktes Aufseufzen spannte seinen Brustkorb. Ihm war etwas unangenehm. Und mir fiel eine dritte Möglichkeit ein, warum er so befangen war. Vielleicht hatte er nicht die Wahrheit gesagt? Oder zumindest nicht die ganze Wahrheit – möglicherweise gab es eine ganz konkrete Anweisung, »die Neue« bis zu Hannes' Eintreffen nicht reinzulassen. Nur hatte er eben nicht gewusst, wer diese »Neue« war.

Franz lächelte verlegen und beugte sich ein wenig zu mir herunter: »Ich hoffe nur, dass die Beruhigungsspritze bei der Putzfrau endlich wirkt. Sie hat den Toten gefunden. Seit zehn Minuten will sie gehen, aber immer wenn sie aufsteht, klappt sie wieder zusammen.« Er richtete sich auf. Das Ganze machte ein bisschen den Eindruck, als wären wir auf einer Party und er bemühte sich um den passenden Small Talk.

»Also?«, fragte ich und deutete zu einer Tür am Ende des Gangs. Sie war einen Spalt geöffnet. »Ist es da drin?«

»Ja. Ja, da ist es.« Ich ging voran, ohne auf ihn zu achten. Die Musik wurde immer lauter, sie kam aus dieser Wohnung.

»Brauche ich Schutzkleidung?«, fragte ich, bevor ich eintrat.

»Nur Handschuhe. Wie gesagt, es waren alle schon da und es sieht so aus, dass kein Fremdverschulden vorliegt.«

Ich blieb stehen und drehte mich um. »Ich habe aber keine mit.«

Franz griff in seine hintere Hosentasche, nahm ein paar weiße Latexhandschuhe heraus und gab sie mir. »Eigentlich eh unnötig. Ein Selbstmord, wie er im Buche steht.«

»Wie?«

»In der Badewanne«, sagte er gedämpft. »Stromschlag. Er hat in der Nacht einen Föhn mit ins Wasser genommen. Dürfte laut Arzt so zwischen 23 Uhr gestern und 1 Uhr früh passiert sein.«

»Unfall wird ausgeschlossen?«

Er lachte auf, doch als er begriff, dass ich keinen Witz gemacht hatte, sagte er: »Es war ein 2500-Watt-Föhn.«

»Und? Was hat das damit zu tun?«

»Na ja, er hat eine Glatze.«

Vielleicht war es Einbildung, aber plötzlich hatte ich den Geruch von verbranntem Fleisch in der Nase. Mir wurde übel, mein Magen flatterte merkwürdig, als wäre darin ein Vogel, der herauswollte. Ich überspielte es mit einem: »Wieso läuft die Musik? Springt bei so was nicht sofort die Sicherung raus?«

»Ist sie ja auch.«

»Wieso ist er dann tot?«

»Der Elektriker hat gesagt, die Badewanne ist aus Acryl, üblich für die 80er Jahre, ohne Erdung. Das Haus ist ein Altbau, die elektrischen Leitungen haben auch etliche Jahre am Buckel. Da dauerts schon ein bisserl, bis die Sicherung reagiert. Und der Föhn hat ungefähr 280 Volt. Das überlebst nicht. Aber ein schöner Tod ist es auf jeden Fall nicht. Und geschwind auch nicht. Laut Amtsarzt ist er mit ziemlicher Sicherheit an Atemlähmung gestorben ...«

Mir wurde schwindlig, aber ich starrte zu Franz, damit er nichts merkte. Anscheinend klappte es, denn er sprach unbekümmert weiter, als wäre er froh, endlich ein Thema gefunden zu haben, das mich davon abhielt, in die Wohnung zu gehen.

»Der Elektriker hat den FI wieder eingeschaltet. Da hat die Musik begonnen. Das Lied läuft in Dauerschleife. Wahrscheinlich hat er es gehört, als er grad dabei war ...« Er verzog den Mund und wiegte den Kopf hin und her.

Ich nickte und drehte mich wieder zum Eingang. Mein Herz klopfte wie verrückt.

Der Tote war nicht die erste Leiche, die ich zu Gesicht bekommen würde. Und trotzdem war das hier anders. Vielleicht weil ich wusste, ich musste hinschauen, durfte meinen Blick nicht abwenden. Vielleicht hatte es auch etwas damit zu tun, dass er sich das Leben genommen hatte. Und ich auch schon einmal an diesem Punkt gewesen war. Sterne tanzten vor meinen Augen, aber ich zwang mich, ruhig weiterzuatmen.

»Moment noch. Wieso wird Fremdverschulden ausgeschlossen?«, sagte ich, als wäre es mir eben eingefallen. Jetzt war ich es, die das Betreten der Wohnung hinauszögern wollte. »Es könnte doch auch jemand den Föhn in die Wanne geworfen haben?«

Der Polizist beugte sich vor und deutete zum Türschloss. »Von innen war versperrt und der Schlüssel ist gesteckt.«

»Aber ich dachte, die Putzfrau hat ihn gefunden?«

»Hat sie ja auch. Laut ihrer Aussage hat der Mann viel von zu Hause gearbeitet. Es ist schon ein paar Mal vorgekommen, dass sie nicht in die Wohnung konnte, weil er den Schlüssel innen hat stecken lassen. Der Tote war gelegentlich … indisponiert.«

Franz streckte den kleinen Finger und den Daumen weg und tat so, als würde er aus einem unsichtbaren Glas trinken, dazu schnalzte er rhythmisch mit der Zunge.

»Er war alleinstehend, hat gern gesoffen und dann seinen Rausch ausgeschlafen«, flüsterte Franz. »Und von der Putzfrau der Cousin der Schwägerin des Neffen, oder so ähnlich, keine Ahnung, der hat einen Schlüsseldienst. Jedenfalls hat der ihr schon ein paar Mal die Tür von außen aufgemacht. Dieses Mal auch. Leider.«

Ich trat einen Schritt zur Seite. »Es ist besser, wenn du vorausgehst, Franz.«

Er musste den Kopf einziehen, als er durch die Wohnungstür trat. Es war ein nüchternes Vorzimmer, ein paar graue und schwarze Mäntel, ein dunkelgrüner Parka und eine Damenhandtasche hingen an der Edelstahlgarderobe, daneben ein weißer Ikea-Kleiderschrank. Der einzig hochwertige Gegenstand war ein hüfthoher silberner Schirmständer in Form eines Elefanten. Die Musik war hier herinnen lauter. Und da war ein Geräusch, das wie ein verstopfter Abfluss klang.

»Was ist das?«, fragte ich und deutete in die Luft.

»Das Lied, das gelaufen ist, als er … ich kanns fast schon mitsingen.«

»Nein, ich meine dieses Glucksen. Gehört das zur Musik?«

Franz verdrehte die Augen. »Das ist die heulende Putzfrau. Die sollte unbedingt weg, bevor der Leichenwagen kommt. Aber ich hab es nicht geschafft …«

Schritte hallten im Treppenhaus, ich rief: »Konrad, wir sind hier.« Dann sagte ich zu Franz: »Sag ihm bitte alles, was du mir gerade erzählt hast. Ich seh in der Zwischenzeit mal nach ihr«, und folgte dem Weinen.

Auf einer schwarzen Ledercouch saß eine ungefähr sechzigjährige Frau. Ihre kupferrot gefärbten Haare hingen ihr ins blasse, teigige Gesicht. Sie starrte vor sich hin, mit jedem gluckernden Einatmen bebte ihr Brustkorb und Tränen quollen aus den rotgeweinten Augen. Ich ging ein paar Schritte in das Zimmer, der Parkettboden knarrte unter meinen Füßen. Dieser Raum war ansprechender, er war modern eingerichtet, mit Glasregalen voller Bücher und Urlaubs-Souvenirs wie bunt bemalte Schatullen oder afrikanische Figuren aus Ton. Am Esstisch stapelte sich Post, ungeöffnete Zeitschriften in Plastikhüllen, dazwischen Textmarker und Stifte.

»Mein Name ist Lotta Fiore, ich bin von der Kriminalpolizei«, sagte ich.

Meine Stimme hörte sich so unsicher an, wie ich mich fühlte.

»Darf ich Ihnen ein paar Fragen stellen?«

Sie reagierte nicht.

»Mein Kollege hat mir gesagt, Sie sind mit einem Schlüsseldienst hereingekommen, stimmt das?« Ich nahm ihr neuerliches Aufschluchzen als Zustimmung. »Und dann?«

Sie antwortete nicht. Also probierte ich es anders.

»Seit wann arbeiten Sie schon für …?«

Weil ich nicht »den Verstorbenen« sagen wollte, ging ich einen Schritt näher an den Esstisch heran. Vielleicht könnte ich seinen Namen von einem der Kuverts lesen.

Dieses längliche Stück Papier, das zur Hälfte unter einem Zahlschein hervorlugte, fiel mir sofort auf. Es lag verkehrt herum und war von Hand beschrieben, aber ich konnte die Worte nicht lesen. Das waren keine Buchstaben, mehr Hieroglyphen. War das Steno?

Nur in der ersten Zeile standen in krakeliger Schrift zwei Wörter und daneben ein Datum. Ich ging um den Tisch herum, um alles besser lesen zu können.

Wenn man etwas sieht, das man nicht erwartet, dann verschwimmt die Realität für eine Sekunde. Als hätte man geträumt und wäre noch nicht sicher, ob man schon wach ist oder noch schläft. In dem Moment, als ich realisierte, dass diese zwei Worte und das Datum auf dem Zettel keine Einbildung waren, schnappte meine Hand ganz automatisch danach, als würde sie gar nicht zu mir gehören und stopfte das Papier in die rechte Seitentasche meiner Jeans.

»Ist alles okay mit dir?«, fragte Franz.

Ich sah hoch. Wie lange stand er schon leicht gebückt im Türrahmen? Hatte er gesehen, was ich gerade getan hatte?

»Natürlich.« Ich zog meine Mundwinkel hoch und hoffte, dass es wie ein Lächeln aussah. »Ja, ja, es ist nur …«, schob ich hinterher und verdrehte meine Augen in Richtung der Putzfrau. Es funktionierte, denn Franz hob leicht die Augenbrauen und nickte wissend. Und dann war es da, sein erlösendes Lächeln. Er hatte nichts bemerkt.

»Ich komme gleich zu euch«, sagte ich und lächelte weiter, als wäre nichts geschehen.

»Okay.«

Erst als er wieder weg war, stützte ich mich auf der Tischplatte ab und stieß ein paar Mal Luft aus. Meine inneren Alarmglocken schrillten.

Mein Geheimnis, mein Geheimnis, mein Geheimnis.

Der Zettel, der zwischen der Post des Toten gelegen hatte, war mit einem Datum versehen. 1. Mai.

Daneben die einzigen Wörter, die ich entziffern konnte:

CARLOTTA FIORE.

Mein Name.

Erste Hypnosesitzung, vor einem Monat

»Mit jedem Ausatmen geben Sie Gewicht in den Stuhl ab. Sie werden schwerer und schwerer. Ihre Arme und Beine entspannen sich mit jedem Atemzug mehr. Sie sinken tiefer in die Unterlage, lassen alles los. Die Gedanken dürfen wie Wolken vorbeiziehen und …«

Die Worte der Therapeutin sollten mich beruhigen. Aber genau das Gegenteil war der Fall. Je länger und eindringlicher sie sprach, desto nervöser wurde ich.

Ich öffnete die Augen und blinzelte gegen die Helligkeit in dem Raum an.

»Bitte, können wir nicht einfach ganz normal reden?«, fragte ich.

Es war meine erste Stunde. Niemand wusste, dass ich hier war. Noch nicht einmal Hannes. Und das, obwohl wir uns darauf geeinigt hatten, ohne Geheimnisse auszukommen. Unsere Beziehung war fast daran zerbrochen, als ich vor ein paar Monaten auf seinen Heiratsantrag mit einem panischen »NEIN« reagiert hatte. Als er dann die Wahrheit für dieses Nein erfuhr, war seine einzige Bitte, dass ich nichts mehr vor ihm geheim halten sollte. Hannes hielt es aus, was es auch war. Alles war erträglicher als Ungewissheit ohne Vertrauen. Ich konnte ihn besser verstehen, als ihm klar war. Und trotzdem war ich nun hier und machte eine neue Einzahlung auf »Lottas Geheimniskonto«. Aber dieses Mal war es anders.

Dr. Beatrix Machland, eine freundliche Frau mit brünetten hochgesteckten Haaren und sanftem Blick aus erstaunlich dunkelblauen Augen, lächelte mich an.

»Natürlich, Frau Müller«, sagte sie. Frau Müller, das war ich. Es war eine Vorsichtsmaßnahme, dass ich ihr einen falschen Namen genannt hatte. Der

Name Fiore sollte hier keine Rolle spielen. Trotzdem war es mir unangenehm, wie selbstverständlich sie ihn aussprach.

»Sie müssen hier nichts tun, mit dem Sie sich nicht wohlfühlen. Wir können auch einfach nur reden.«

»Danke.« Ich rutschte im dunkelgrünen Sessel hoch und verschränkte die Arme. Es war ein gemütliches Zimmer. Der beigefarbene Teppich war weich und flauschig. Der Schreibtisch in der Ecke mit den gestapelten Psychologie-Fachbüchern vermittelte Sicherheit. Und die Sitzbank aus weiß lackierten Paletten unter dem Fenster mit den bunten Kissen sah so perfekt aus wie aus einer Do-it-yourself-Zeitschrift. Von der Straße war Kinderlachen zu hören.

Dr. Machland wartete eine Weile. Als ich nichts sagte, fragte sie: »Wollen Sie mir jetzt erzählen, wieso Sie zu mir gekommen sind?«

Das hatte sie mich schon zu Beginn gefragt, aber ich war ihr ausgewichen. Darum hatten wir uns auf eine Entspannungsübung geeinigt.

»Ich dachte, na ja, es ist so wie mit dem Rauchen. Wenn jemand damit aufhören möchte, kommt er zu Ihnen zur Hypnose. Sie versetzen ihn in Trance, und wenn er aufwacht, ist er Nichtraucher. Und ich dachte mir, wenn ich aufwache, bin ich normal und geheilt«, sagte ich und schnippte mit den Fingern. Erst als ich es ausgesprochen hatte, wurde mir klar, wie lächerlich das klang.

Sie lachte auf, aber es war ein mitfühlendes Lachen, eines von der Sorte, das dir das Gefühl gibt, nicht alleine im Boot des Wahnsinns zu sitzen.

»Eigentlich ein guter Plan. Es tut mir leid, nur so funktioniert das nicht. Weder bei jemandem, der mit dem Rauchen aufhören möchte, noch bei anderen Themen. Und bei Ihnen müssen wir erst mal rausfinden, wieso Sie das Gefühl haben, nicht normal zu sein.«

Sie hatte das Wort »normal« so ausgesprochen, als wäre es ein liebes Kosewort und keine Tatsache. Mein Unwohlsein war mir anscheinend anzusehen, denn sie legte den Kopf zur Seite und blinzelte mir mit einem leichten Nicken zu.

»Aber vielleicht sprechen wir einfach mal darüber, warum Sie sich gerade jetzt entschieden haben, zu mir zu kommen?«

Weil ich nichts sagte, fragte sie nach: »Gab es einen Auslöser?«

Ich sah von ihr weg zu den Fransen des Teppichs, als würde ich dort die Antwort finden.

»Nicht nur einen, es waren einige.«

»Und welcher von diesen einigen beschäftigt Sie am meisten?«

Ich brauchte nicht lange nachzudenken. »Es gab da einen Vorfall.«

Wegen dem ich seit einer Woche so gut wie nicht schlafen konnte. Und wenn ich es tat, wachte ich mitten in der Nacht schweißgebadet auf.

»Aber es ist eigentlich etwas sehr Lächerliches ... und außerdem verstehe ich das alles nicht. In meinem Leben ist zum ersten Mal alles in Ordnung.«

»Was ist denn passiert?«

Es war mir peinlich, darüber zu sprechen, ich sah wieder hoch zu ihr und winkte ab. »Es ist total belanglos. Wirklich.«

Sie sagte nichts, wartete nur.

»Es war nur eine ... eine Kissenschlacht«, sagte ich schließlich.

»Was war das für eine Kissenschlacht?«

»Eine ganz normale Kissenschlacht.« Ich begann, an den Armbündchen meines dunkelgrauen Sweatshirts zu ziehen. »Völlig harmlos, mit Hannes, wir leben zusammen, haben einen Sohn, sein Name ist Konny.«

Mein Kinn begann zu zittern, als wäre mir plötzlich kalt. Vielleicht war das doch ein Fehler, dass ich hier war. Aber dann begann ich zu erzählen.

»Es war Sonntagnachmittag, wir haben herumgeblödelt, im Bett. Es ging darum, wer die Pizza vom Italiener zum Abendessen holt. Weil er nicht wollte, hab ich nach dem Kissen gegriffen und damit nach ihm geworfen. Er hat dasselbe gemacht. Es war lustig, ich meine, wir haben beide immer mehr gelacht. Und dann, es war nicht mal seine Absicht, er ist auf dem Bett gekniet und hat das Kissen genommen. Ich bin zwischen seine Beine und wollte ihn umwerfen. Er hat das Gleichgewicht verloren, ist auf mich gekippt und hat mir das Kissen aufs Gesicht gedrückt. Nur ganz kurz, höchstens zwei Sekunden. Für ihn war es noch immer ein Spiel. Aber für mich nicht. Ich bin ausgerastet. Und zwar richtig.«

»Was haben Sie getan?«

Ich schnappte nach Luft, es fühlte sich an, als würde ich durch ein dickes Baumwolltuch atmen.

»Ich ... ich war panisch. Hab mich angezogen, bin aus der Wohnung gerannt und habe nur noch geheult.«

Dass ich zur nächsten Tankstelle gelaufen war, verschwieg ich. Ich stand schon an der Kasse mit einer Flasche Wodka in der Hand. Und obwohl das Bedürfnis nach Alkohol in diesem Moment um so viel größer war als in den Monaten davor, hatte ich ihn dann doch wieder ins Regal gestellt.

»Was war vor dieser Kissenschlacht? Wie ist es Ihnen da gegangen? Sie haben gesagt, es war Nachmittag und Sie waren im Bett ...?«

»Es ist mir gut gegangen. Konny war mit Konrad bei unserer Nachbarin und Hannes und ich ... wir hatten miteinander geschlafen. Es war schön, alles war in Ordnung. Bis zu der Kissenschlacht.«

»Konny ist Ihr Sohn. Und wer ist Konrad?«

»Er ist ... ein Freund.« Ich hatte keine Ahnung wieso, aber mir schoss das Blut in die Wangen. Als wäre die Lüge über Konrad anders, schwerwiegender als die anderen.

»Verstehe. Es war also alles normal. Bis es das plötzlich durch einen scheinbar harmlosen Auslöser nicht mehr war. Und Sie wissen nicht, wieso Sie so reagiert haben. Habe ich das richtig zusammengefasst?«

Ich sah von meinen Händen hoch. Frau Dr. Machland hatte eine Brille aufgesetzt und sich Notizen in ein kleines Heft gemacht. Ich hatte es gar nicht bemerkt.

»Nein, es ist ... lächerlich.«

»Warum finden Sie das lächerlich?«

Die Worte ›Weil ich fast von einem Psychopathen vergewaltigt wurde und mich ein irrer Serienkiller umbringen wollte, aber ich das alles besser verkraftet habe als diese beschissene Kissenschlacht‹ lagen mir auf der Zunge. Aber wenn ich es ihr erzählte, dann würde sie mehr erfahren wollen. Und deshalb war ich nicht hier.

»Hatten Sie in letzter Zeit außergewöhnlichen Stress?«

»Nein, nicht mehr. Sogar im Gegenteil.«

Sie wartete, doch als ich es nicht näher ausführte, sagte sie: »Verstehe. Hat Sie diese Kissenschlacht denn an etwas erinnert?«

»NEIN.« Es war mir energischer rausgerutscht, als ich beabsichtigt hatte. Als wäre ihre Frage etwas Böses.

Frau Dr. Machland legte Stift und Block auf den kleinen Couchtisch. Dann nahm sie die Brille herunter und rieb sich mit der anderen Hand über die Nasenwurzel.

»Verzeihung, aber ich muss das fragen. Wie würden Sie generell die Beziehung zum Vater Ihres Kindes beschreiben?«

Ich atmete tief ein. »Ganz normal.«

Sie lächelte flüchtig, als wäre »ganz normal« wieder keine adäquate Antwort. Vielleicht erkannte sie auch, dass ich nicht die Wahrheit sagte. Nach außen sah es so aus, als hätten wir eine glückliche Beziehung. Aber je näher ich Hannes an mich heranließ, je mehr ich meine Liebe für ihn zuließ, desto größer wurde meine Angst, die Kontrolle über mein Leben zu verlieren. Die Gründe dafür waren verständlich und ich wusste, das hatte nichts mit ihm zu tun. Trotzdem wurde es dadurch für mich nicht einfacher – im Gegenteil.

»Fühlen Sie sich bei ihm sicher?«, fragte Frau Dr. Machland.

Soweit es für mich überhaupt so etwas wie Sicherheit gibt, dachte ich und nickte.

»In einer für Sie vollkommen sicheren Situation ist also etwas passiert, das Sie zutiefst verunsichert hat. Sagt Ihnen der Begriff Triggern etwas?«

Ich hob halbherzig die Schultern, natürlich war er mir bei der Suche nach den Eckpfeilern meiner Vergangenheit oft begegnet.

»Damit wird in der Psychologie ein ausgelöster Schlüsselreiz bezeichnet. Also etwas Belastendes, das Sie einmal erlebt haben, wird getriggert. Das bedeutet, es ist gar nicht der aktuelle Vorfall, der Ihnen in Wahrheit zu schaffen macht. Es ist das, woran er in Ihrer Lebensgeschichte andockt. Haben Sie eine Ahnung, einen Verdacht, was das sein könnte?«

»Nein.«

»Was war denn das stärkste Gefühl, als Sie fortgelaufen sind?«

»Es war mehr ein Zustand.«

»Können Sie ihn beschreiben?«

»Ich ... dachte, ich würde ersticken. Keine Luft bekommen. Sogar, als ich bereits auf der Straße stand. Ich ... hatte Todesangst.«

»Manchmal handelt es sich bei solchen Schlüsselreizen um Kindheitserlebnisse, darum ist die konkrete Erinnerung daran so schwer. Vielleicht geht es darum bei dieser Kissenschlacht? Was ist mit Ihren Träumen? Haben die sich seit diesem Vorfall verändert?«

Ich nickte, aber nur sehr langsam und zögernd, denn ich wollte nicht, dass sie mich danach fragte. Sie tat es trotzdem.

»Inwieweit?«

Ich sah in ihr freundlich mitfühlendes Gesicht und fragte mich, wie sie reagieren würde, wenn ich ihr die Wahrheit sagte. Würde sie mir glauben? Wahrscheinlich nicht. Mich für durchgeknallt halten? Das war anzunehmen. Also verschwieg ich, dass ich von Maria Fiore träumte, immer und immer wieder, seit dieser Kissenschlacht. Dem hochgeschätzten, bewunderten, heißgeliebten Weltstar Maria Fiore, zu dessen Ehrengrab am Wiener Zentralfriedhof ihre Fans unverdrossen pilgerten und Blumen niederlegten, oder Kerzen anzündeten und es ganz besonders in einem Monat, zu ihrem sechsten Todestag, machen würden. Die Menschen verehrten die Frau, die der Ursprung meiner Geheimnisse war. Und warum auch nicht? Sie wussten schließlich nichts. So, wie Dr. Machland nichts davon wusste, und das sollte auch so bleiben. Darum sagte ich: »Wenn ich aufwache, habe ich Angst. Es fühlt sich an, als hätte ich einen Alptraum gehabt, aber ich kann mich an nichts erinnern.«

Mir wurde heiß, meine Hände begannen zu kribbeln und ich schob die Ärmel hoch.

Frau Dr. Machland nahm wieder ihr Heft und schrieb etwas hinein. Dann stoppte sie plötzlich und deutete mit dem Kugelschreiber in meine Richtung.

»Nach diesen Träumen seit der Kissenschlacht, also, ich meine, am nächsten Tag, tauchen da irgendwelche konkreten Bilder auf? Flashbacks? Diffuse Erinnerungen? Während irgendwelcher alltäglicher Tätigkeiten, wie kochen, Zähne putzen ...«

Ich schüttelte den Kopf. Sie nickte und schrieb weiter.

»Erschrecken Sie nicht, wenn das nach unserer Stunde passiert«, sagte sie. »Manchmal wird Erinnerungen eine Tür geöffnet, wenn man sich bereit erklärt, auf die Dinge der Vergangenheit zu schauen. Hatten Sie früher schon Alpträume?«

Einen Moment überlegte ich, ob ich ihr wenigstens davon erzählen sollte. Meine unzähligen Nächte als Kind, in denen ich, von Alpträumen geplagt, schlafgewandelt war. Doch dann läutete es an der Gegensprechanlage. Frau Dr. Machland stand auf, sagte: »Ich öffne nur rasch meiner nächsten Klientin«, und verließ das Zimmer. Kurz darauf kam sie wieder zurück, schloss die Tür und setzte sich auf ihren Platz. Meine Bereitschaft, mehr zu erzählen als unbedingt notwendig, war verflogen. Sie wartete kurz. Als ich nichts sagte und bereits das Quietschen und Schließen der Praxistür zu hören war, fragte sie: »Was empfinden Sie, wenn ich sage, es sieht so als, als wolle Ihr Unterbewusstsein Sie vor etwas schützen?«

Obwohl ihre Worte mich erschreckten, hob ich unbeteiligt die Schultern. »Und was soll das sein?«

»Etwas, das diese Kissenschlacht ausgelöst hat. Verdrängung hat einen Grund. Immer. Das ist das Ökosystem unseres Geistes. Damit wir überleben. Manchmal ist das Erlebte auch so belastend, dass man durchdrehen würde, wenn es plötzlich so ungefiltert im Gedächtnis auftaucht.« Frau Dr. Machland beugte sich vor. »Bewusst wird nur das, was eine Seele ertragen kann. Frau Müller, sind Sie denn bereit, sich dem zu stellen, was da vielleicht in Ihrer Vergangenheit schlummert?«

Ich schluckte schwer. Ich hatte gedacht, das hätte ich schon getan.

4.

Ich schaltete auf Autopilot. Alles in mir wollte weglaufen, rennen, so schnell und so weit ich konnte, als ich meinen Namen auf dem Zettel las. Es grenzte an eine Höchstleistung, dass ich blieb, wo ich war.

Wer war dieser Mann? Wieso wusste er von diesem Datum? Was stand da in Hieroglyphenschrift sonst noch? Kannte ich ihn?

Ohne noch auf die Putzfrau zu achten, durchwühlte ich den Stapel der Zeitschriften, warf sie vom Tisch, bis ich eine mit Adressaufkleber fand. Anton Jäger. Ich erinnerte mich nicht, den Namen schon mal gehört zu haben.

Ich brauchte ein Foto von ihm. An den Wänden hingen nur lauter Urlaubsbilder von irgendwelchen Wüsten, in deren Mitte eine winzige Gestalt mit Strohhut vor diversen Jeeps stand. Ich nahm an, das war Anton Jäger, aber sein Gesicht war zu klein, um ihn zu erkennen.

So sehr ich mich vorher gesträubt hatte, den Toten zu sehen, so wichtig war es mir jetzt.

»Konrad, Franz, wo seid ihr?«, rief ich in den Flur.

»Hier«, kam die Antwort vom anderen Ende der Wohnung. »Die letzte Tür links.«

»Lotta«, sagte Konrad noch, wahrscheinlich um mich zu warnen. Aber da hatte ich das Badezimmer schon betreten. Und stolperte rückwärts. Ich hatte nicht mit diesem Anblick gerechnet. Der Mann war nicht in der Badewanne eingeschlafen. Er war durch einen Stromschlag gestorben. Seine Arme waren an den Körper gepresst, die Hände ragten zu Klauen verkrampft aus der inzwischen leeren Wanne. Sein Oberkörper war voller dunkelroter Flecken, als wäre er in eine Schlägerei geraten, und seine Haut war von spinnennetzartigen blauen Fäden überzogen. Sein Gesicht war aufgedunsen, er wirkte irgendwie betrunken. Die Augen waren trüb und milchig. Vielleicht bildete ich mir das ein, aber ich sah in ihnen Todesangst. Der Wasserhahn tropfte mit einem kaum hörbaren Plink-Plink-Plink.

Mein Blick folgte den Tropfen, sie fielen auf seine blauschwarze Schulter und schlängelten sich von dort weiter in die Achsel.

Mir wurde so schlecht, als hätte ein Faustschlag in meinen Magen dessen Inhalt schlagartig nach oben befördert. Ich zwang mich wegzusehen und starrte auf das altmodische erbsengrüne Waschbecken voller Zahnpastaflecken. Konrad kam zu mir herüber und streichelte mir über den Rücken.

»Sollen wir rausgehen?«

Ich schüttelte den Kopf. »Geht schon wieder«, sagte ich.

Aber es ging nicht. Und schon stürmte ich aus dem Bad, um mich in den silberfarbenen Elefanten-Schirmständer im Flur zu übergeben, in dem zwei Schirme standen. Im nächsten Moment spürte ich Konrads Hand, wie er versuchte, mir die Haare aus dem Gesicht zu halten, aber ich schüttelte den Kopf und winkte ihn fort.

Zum Glück hatte ich heute Morgen vor Nervosität nur einen Apfel hinuntergebracht. Durch meine Würggeräusche angelockt, kam die Putzfrau aus dem Wohnzimmer. Wahrscheinlich witterte sie Arbeit. Sie fing an zu jammern, doch sie wurde dabei vom Klopfen an der Wohnungstür unterbrochen.

Franz öffnete, ich schielte aus dem Augenwinkel, ohne meinen Kopf zu heben und klammerte mich am Elefantenrüssel fest. Und flehte, dass es jetzt bitte, bitte jeder, von mir aus auch Krump, nur bitte nicht Hannes wäre. Nicht jetzt.

Sie sprachen leise, es waren mehrere Stimmen. Mein Herz fuhr einen Stock tiefer, als ich in einer davon Hannes erkannte. Als wäre das nicht genug, erklang auch die rauchige Stimme von Hannes' süßer Kollegin Regina Steindl, die so gar nicht zu ihrem zarten Äußeren passte. Zum Glück blieben sie vor der Tür, ich kam schnell hoch, aber mir war so schwindlig, dass ich gleich wieder einknickte.

Ich konnte nicht alles verstehen, was sie sagten. Eine fremde Männerstimme sprach über den Abtransport der Leiche. Mir wurde wieder schlecht, ich schloss die Augen, stützte mich an der Wand ab, hörte, wie Männerschritte vorbeigingen, einer sagte »Jössasna«, dann das Aneinanderstoßen von Metall auf Fliesen und eine zweite Stimme, die »Geh bitte, pass doch auf« sagte.

Jemand stupste mich am Oberarm. Ich erwartete Hannes und öffnete zögerlich die Augen. Aber es war die Putzfrau. Sie stand rechts von mir und sagte etwas in einer Sprache, die ich nicht verstand. Ich atmete tief ein.

»Ja, er wird jetzt abgeholt«, sagte ich zu ihr, weil ich dachte, das war, was sie meinte. Doch sie schüttelte den Kopf und deutete auf meine Hosentasche, in die ich vorhin Anton Jägers Notiz mit meinem Namen gesteckt hatte. Erschrocken sah ich mich um. Hannes stand in der Tür und schaute zu mir herüber. Er zog die Augenbrauen hoch, sein Blick fragte: »Alles okay?«

Ich nickte übertrieben, durch seine Beine konnte ich hinter ihm die braun gemusterten Cowboystiefel von Regina Steindl sehen. Er lächelte, wandte sich zu seiner Kollegin um und fing an, leise mit ihr zu reden. Im nächsten Moment tauchte Regina Steindls blonder Bubikopf seitlich von Hannes auf und sie sah mich mit ihren babyblauen Augen an. Sie winkte, ich wollte sie zurückgrüßen, da zupfte die Putzfrau mich am Ärmel. »Was Sie haben mitgenommen?«, fragte sie ärgerlich. »Von seine Tisch?«

Regina Steindl verschwand wieder hinter Hannes, sie sagte

etwas, das ich nicht verstehen konnte und ihr glockenhelles Lachen hallte durch das Treppenhaus.

»Hallo, Sie da«, protestierte die Putzfrau. »Was Sie haben mitgenommen?«

»Ja, es ist besser, Sie warten drinnen«, überging ich ihre Frage und linste zu Franz, der hinter ihr Richtung Badezimmer gewandt stand. Rasch griff ich der Putzfrau unter den Ellbogen und versuchte sie ins Wohnzimmer zu schieben.

»Hallo!«, beschwerte sich die Putzfrau und Franz drehte sich um. Wo war Konrad, wieso war er nicht hier?

»Was meint sie?«, fragte mich Franz.

»Ich weiß nicht ...«, begann ich, »ich glaube, das ist alles zu viel für sie.«

»Franz, du brauchst uns eh nicht, wir gehen«, rief Hannes von der Tür. Ich ließ die Putzfrau nicht aus den Augen und hoffte inständig, dass Hannes nichts von dem hier mitbekommen hatte. Kurze Zeit später hallten seine und Regina Steindls Schritte durch das Treppenhaus. Was sollte dieser Auftritt? War er gekommen, um mich zu überprüfen?

Doch mir blieb keine Zeit, darüber nachzudenken, denn die Putzfrau zielte auf mich, als wäre ihr Zeigefinger eine Pistole.

»Sie hat etwas mitgenommen. Von die Tisch im Wohnzimmer. Eingesteckt in Hose.«

Franz beugte sich ein bisschen zu mir. »Wirklich?«

»Ja, hab ich gesehen«, antwortete die Putzfrau an meiner Stelle.

»Das darfst du nicht, Lotta«, sagte Franz. »Die Wohnung muss überhaupt erst freigegeben werden. Bitte, gibs her.«

»Ja, hergeben«, bestätigte die Putzfrau.

Als ich es nicht tat, wiederholte sie energischer: »Hergeben.«

»Es ist nichts«, zischte ich und griff in meine hintere Hosentasche, in der Hoffnung, ich würde darin irgendeine alte Supermarktrechnung finden.

»Nicht die! Andere!«, bellte die Putzfrau. »Diese!« Sie deutete auf meine rechte vordere Hosentasche. Widerwillig holte ich den Zettel hervor. Franz nahm ihn entgegen und klappte ihn auf. Erst jetzt sah ich, dass es eine handgeschriebene Rechnung aus einem Café oder Lokal war, die auf der Rückseite bekritzelt worden war. Da standen Beträge, darunter die Summe von 15 Euro und 40 Cent. Ich legte meinen Kopf schief, um es besser lesen zu können, aber Franz hielt seinen Zeigefinger genau auf den gedruckten Namen des Lokals. Lediglich 1010 Wien konnte ich erkennen, der 1. Bezirk. In dem es wahrscheinlich gut 700 Restaurants, Bars und Cafés gab.

»Wieso steht da dein Name?«, fragte Franz verwundert. Ich schnellte hoch.

»Und diese Schrift, was heißt das?«, fragte er und sah mich an.

»Steno«, antwortete die Putzfrau. »Hat Herr Jäger solche Notizen gemacht. Er geschrieben für Zeitung.« Tränen stiegen ihr in die Augen.

»Wieso Zeitung?«, fragte ich.

»Herr Jäger arbeitet als eine ... wie ist das Wort?«

»Journalist«, sprang Franz ein.

»Er war Journa ... wo?«, fragte ich.

Die Putzfrau hob die Schultern. »Weiß nicht.«

»Hat er für das *Wiener Tagblatt* geschrieben?«, platzte ich heraus.

Die Putzfrau sah mich erstaunt an. »Ich weiß nicht. Ist in letzter Zeit mit Arbeit nicht so gut gegangen, glaube ich ...«

»Wieso?«, fragte Franz.

»Letztes Monat hab ich keine Geld bekommen. Aber ich war trotzdem da, wird schon wieder besser werden, hab ich zu ihm gesagt, kann mich später zahlen.«

Tränen stiegen ihr erneut in die Augen, sie fasste unter ihr Pulloverbündchen und holte ein zerknülltes Taschentuch heraus.

Franz ging zwei Schritte näher an die Putzfrau heran und hielt ihr den Zettel vors Gesicht. »Können Sie das lesen?«

Sie wischte sich über die Augen, dann schüttelte sie den Kopf. »Wollte nie, dass es jemand liest, darum diese Schrift. Hat Herr Jäger immer gesagt, damit ihm niemand kann die Geschichten wegnehmen.«

Sie fing an zu schluchzen.

»Lotta? Hast du den Zettel mitgenommen, weil du weißt, was da steht?«

Weil mir nichts anderes einfiel, sagte ich: »Es ... es ist etwas Persönliches.«

Franz' Gesichtsausdruck, der trotz allem bis eben noch sehr freundlich gewesen war, verfinsterte sich. Er schnaubte so sehr, dass seine Nasenflügel flatterten. Dann wandte er sich zur Putzfrau.

»Sie gehen jetzt bitte. Danke für Ihre Mithilfe. Wir haben ja Ihre Personalien. Wenn es noch Fragen gibt, melden wir uns.«

Ohne Widerrede nahm sie mit bebenden Schultern ihre Tasche vom Haken der Garderobe und verließ die Wohnung.

»Das hättest du mir sagen müssen«, zischte Franz, als sie draußen war. »Du machst dich dadurch strafbar. Oder gehörst du auch zu denen, die sich für was Besseres halten?«

Auf seinem langen dünnen Hals traten Adern hervor, ich kam gar nicht dazu, etwas zu sagen, denn er schoss eine Frage nach der anderen ab, als wären sie Pfeile.

»Hast du den Toten gekannt? Haben sie euch deshalb hergeschickt? Und du wolltest es mir nicht sagen? Ist es das?«

»He, Franz, komm mal her«, rief einer der Männer aus dem Badezimmer.

Tausend Gedanken rasten durch meinen Kopf. Wenn ich vorgab, den Toten zu kennen, würde Franz mir den Zettel zurückgeben? Sollte ich eine Andeutung machen? Was musste ich tun, damit er die Sache nicht weiterverfolgte? Welche Lüge könnte mich retten?

Doch Franz interpretierte mein Zögern falsch.

»Das hätte ich echt nicht von dir gedacht«, sagte er verbittert. »Gerade nicht von dir.«

Kopfschüttelnd verschwand er im Badezimmer und schloss die Tür lauter als nötig hinter sich. Ich brauchte diese Notiz. Jetzt. Sofort. Ich musste den Namen des Lokals erfahren, aus dem sie stammte.

Doch mir war klar, solange Franz im Badezimmer war, hatte es keinen Sinn. Wo war Konrad? Bei Franz konnte er ja schon aus Platzmangel nicht sein, jetzt, wo sie den Metallsarg hineingebracht hatten.

Ich sah zur offenen Wohnungstür, ob er vielleicht rausgegangen war, da blieb mein Blick an einem eingerahmten Zeitungsausschnitt im Flur hängen. Bis auf die Glatze hatte der Mann mit Sektglas in der Hand keine Ähnlichkeit mit dem Toten in der Badewanne. Aber er war es, sein Name stand unter dem Foto. Der Ausschnitt war zwei Jahre alt, Anton Jäger hatte irgendeine Auszeichnung als Journalist erhalten. Ich ging näher heran. Nein, ich kannte ihn nicht, hatte sein Gesicht noch nie gesehen. In meinem Handy rief ich noch einmal die Seite aus dem *Wiener Tagblatt* von heute Morgen auf. Den Artikel über Maria Fiore hatte Anton Jäger nicht geschrieben, die Journalistin hieß Luzia Lindner.

Die Tür zum Badezimmer wurde wieder geöffnet, der erste Träger des Sargs kam mit dem Rücken voran heraus. Ich flüchtete in den einzigen Raum, den ich schon kannte – ins Wohnzimmer. Konrad saß mit geschlossenen Augen auf der Couch. Aus der Stereoanlage klang unverändert das Lied der Jazzsängerin.

Ich war mir unsicher, ob er vielleicht eingeschlafen war. Am liebsten hätte ich die Musik abgedreht, aber da Franz es nicht getan hatte, musste es einen Grund geben, warum sie noch lief. So leise wie möglich fing ich an, die restliche Post auf dem Tisch durchzusehen.

Vielleicht versteckten sich hier irgendwo noch mehr Informationen?

Ich sah immer wieder zur Tür, damit mich Franz nicht überraschte. Da waren nur Rechnungen, Briefe, Zeitungen und Zeitschriften, aber keine weitere Notiz war zu finden. In einem Regal sah ich ganz unten einen kleinen Korb, wie zur Ablage von Papieren. Ich ging in die Knie, nahm ihn heraus und begann den Inhalt durchzusehen. Auch hier nichts Brauchbares, alles nur diverse Reiseprospekte über Vietnam und Bali. »Was machst du da?«, fragte Konrad hinter mir. Ich erschrak so sehr, dass ich einen kleinen Rückwärtshüpfer machte und auf dem Hintern landete.

»Ich sehe mich nur um«, sagte ich und schob den Korb rasch wieder in sein Fach.

»Geht's wieder?«, fragte er.

»Ja, alles wieder okay«, log ich.

»Und was war da sonst noch los? Mit Franz und der Putzfrau?«, fragte Konrad und deutete Richtung Flur.

»Es ist ... also da war ...« Ich kam hoch, sah in seine fragenden Augen, brachte es aber nicht über mich. Daher schüttelte ich den Kopf und fragte stattdessen: »Was machst du hier?«

»Dieses Lied.« Er seufzte. »Es ist von Billie Holiday. Kennst du es?«

Gloomy is Sunday. With shadows I spend it all. My heart and I, have decided to end it all. Soon there'll be candles and prayers that are said, I know. Let them not weep, let them know that I'm glad to go.

»Nein, wieso fragst du?«

»Ich bin mir nicht sicher, aber ... Kannst du mir den Text übersetzen?«

»Ja. Ungefähr heißt das: Düsterer Sonntag, im Schatten verbrachte ich ihn. Mein Herz und ich haben beschlossen, alles zu beenden. Bald gibt es Kerzen und Gebete – ich weiß nicht genau, was damit gemeint ist ... vielleicht bezieht sich das auf etwas

Kirchliches? Lass sie nicht weinen. Lass sie wissen, dass ich froh bin zu gehen.«

Erst während ich den letzten Satz aussprach, begriff ich dessen Bedeutung.

Ich nahm mein Handy und googelte ›Gloomy is Sunday‹. »Das ist ein Abschiedslied. Es heißt auch ›Lied vom traurigen Sonntag‹.«, las ich vor.

Franz hatte erzählt, es war gelaufen, als sie die Sicherung wieder eingeschaltet hatten. Ein passendes Lied, um sich das Leben zu nehmen.

»Das Lied der Selbstmörder«, sagte Konrad.

»Ja, das steht hier. Woher weißt du das?«

»Weil ich es kenne. Ich kenne es sehr gut.«

Der plötzliche Schmerz in seinem Blick machte mir Angst.

»Wir müssen los, Krump wartet«, sagte ich rasch. Aber Konrad hörte gar nicht zu, er sah ins Leere, vollkommen abwesend. Ein Schleier legte sich über seine Augen.

»Hast du mit Franz gesprochen?«, fragte ich, lauter als nötig, damit meine Stimme den Gesang von Billie Holiday durchbrach.

Wie auf Kommando steckte der Polizist in dem Moment seinen Kopf bei der Tür herein. »Ich muss kurz runter. Solange könnt ihr noch dableiben, aber dann mach ich hier dicht.«

Er hatte nur Konrad angesehen, als wäre ich für ihn gar nicht mehr vorhanden. Und diesen Zettel hatte er immer noch.

Ich wollte etwas sagen, aber Konrad kam mir zuvor. »Gibt es hier irgendwo einen Computer?«

Franz schüttelte den Kopf. »Wir haben keinen gefunden. Außerdem dürft ich *euch* eh nicht dranlassen.« Seine zornigen Augen blickten dabei zu mir. Dann machte er am Absatz kehrt und ging davon.

Ich musste diesen Zettel haben. Und was, wenn ich Franz die Wahrheit erzählte, warum er für mich so wichtig war? Nein, das war keine Alternative. Aber was sollte ich sonst tun? Je mehr ich nachdachte, desto leerer wurde mein Hirn. Ich ließ mich nach hinten auf die Couch fallen und schlug meine Hände vors Gesicht. Als könnte ich mich wie ein kleines Kind verstecken.

»La mia ragazza?«

Die Stimme in meinem Kopf war so klar und deutlich, als würde ich sie tatsächlich hören. Erschrocken nahm ich die Hände herunter und schnappte nach Luft. Jemand hatte diese Worte einmal zu mir gesagt. Es war ein Spiel, ich erinnerte mich nicht, wie alt ich damals war, aber es war in London in meinem Kinderzimmer. Doch diese erwachsene Frauenstimme war nicht die von Maria Fiore. Sie war heller. Freundlicher.

»Was hast du?«, fragte Konrad.

Ich stand auf, wischte meine schwitzigen Hände an der Jeans ab. »Es ist nichts.«

»Wegen dem ... Toten im Badezimmer?«

Bevor ich antworten konnte, rief eine heisere Frauenstimme: »Hallo? Ist jemand hier?«

Konrad und ich sahen uns an, er nickte mir zu, und noch während er aufstand, ging ich in den Flur.

Im Eingang stand eine Frau in einem rosablau geblümten Hausmantel und passenden rosafarbenen plüschigen Hausschuhen. Sie war einen Kopf kleiner als ich. Magentarot, Butterbrot und 84. Ich schien sie nicht zu interessieren, sie sah sofort wieder von mir weg, zu Konrad, der mir gefolgt war. Mit ihren kleinen Knopfaugen unter den weißen Augenbrauen musterte sie ihn. Irgendwie wirkte sie verwirrt.

»Junger Mann, sind Sie Kommissar?«, fragte sie.

Ohne zu zögern, sagte Konrad: »Das bin ich. Was kann ich für Sie tun?«

»Ist er tot? Er ist tot, nicht wahr? Ach, wie furchtbar.«

Sie hatte keine Antwort abgewartet, als wüsste sie es schon. Im nächsten Moment torkelte sie bedrohlich schwankend Richtung Wohnzimmer und schaute sich dabei immer wieder um. Aber ihr Blick galt nicht uns, es war, als würde sie etwas oder jemanden suchen.

»Ist alles in Ordnung?«, fragte ich.

Abrupt blieb sie stehen. »Ist die Riesin da?«, flüsterte sie.

»Wer?«, fragte Konrad.

»Die Riesin ... die heute Nacht hier war.«

Durch die geöffnete Tür hörte ich Schritte im Treppenhaus heraufkommen.

»Das solltest du vielleicht in ihrer Wohnung besprechen«, sagte ich und bedeutete Konrad, mit ihr rauszugehen. Ich durfte Franz nicht mit der Notiz davongehen lassen, musste es wenigstens noch ein Mal versuchen, auch wenn mir bislang keine Strategie eingefallen war.

Franz tauchte in der Wohnungstür auf. Er verzog das Gesicht, als er uns zu dritt sah.

»Ich hab Ihnen doch gesagt, es ist alles in Ordnung, Frau Pospischil«, sagte er und ging auf die alte Frau zu. »Alles gut. Sie brauchen nicht mehr herzukommen.«

»Aber diese Frau ...«, warf sie ein.

»Ja, ja, wir wissen, die riesige Frau. Hab es notiert.«

Er trat neben sie und wich nicht von ihrer Seite, während sie mit Minischritten wie ein Kleinkind, das gerade erst gehen lernt, die Wohnung verließ. Wir folgten den beiden.

»Sie sind nicht sehr freundlich«, beschwerte sie sich.

Ungerührt hielt Franz ihr die Tür zu ihrer Wohnung auf.

»So. Es läuft sicher was Schönes im Fernsehen. Und wir schauen nicht mehr so viel ›Aktenzeichen XY‹, gell? Das ist nicht gesund, das regt nur auf. Also, auf Wiedersehen, Frau Pospischil.«

Er wartete, bis sie durchgegangen war, lächelte ihr noch einmal zu und schloss dann die Tür.

»Wen hat sie gemeint?«, fragte Konrad.

»Sie ist nicht mehr ganz da«, sagte Franz leise und malte an seiner Schläfe mit dem Zeigefinger einen Kreis in die Luft, »sie redet von ihrer Heimhilfe. Die kommt zwei Mal am Tag zu ihr.«

»Wieso weißt du das?«, fragte ich. Es war als ganz normale Frage gemeint, aber bei Franz kam es anders an. Er rollte mit den Augen und sagte gehässig: »Weil ich mit der Heimhilfe geredet hab, die war bis vor einer Stunde bei ihr.«

»Franz, es tut mir leid, ich wollte nicht ...«, begann ich.

»Ihr müsst mit dem Auto wegfahren, sonst kommt mein Kollege nicht raus«, unterbrach er mich barsch.

»Aber wegen dieses Zettels«, versuchte ich es noch, doch Franz verschwand bereits in Anton Jägers Wohnung und knallte die Tür hinter sich zu.

»Was hat er denn?«, fragte Konrad.

Ich öffnete den Mund, um jetzt doch etwas zu sagen. Vielleicht gab es noch eine Chance für mich, wenn Konrad mit Franz redete.

Aus dem Gangfenster hinter mir fielen Sonnenstrahlen auf Konrads Gesicht.

»Hm?«, fragte er nach, als ich nichts sagte. Sein rechter Mundwinkel schob sich in die Höhe zu diesem leichten Lächeln, und wie Astgabeln kamen die Fältchen um seine Augen zum Vorschein.

Ich klappte den Mund wieder zu und lächelte zurück, anstatt zu antworten. Es war wie so oft ein falsches Lächeln.

»Ich glaube, er hat einfach Stress«, sagte ich. »Ich sprech noch kurz mit ihm. Geh schon zum Auto runter, damit wir gleich zu Krump fahren können.«

5.

»Wenn du ausgeparkt hast, kannst du dann bitte irgendwo in der Nähe anhalten?«, fragte Konrad. Ich fuhr gerade aus der Einfahrt und musste scharf bremsen, weil uns ein blauer Volvo nicht reinlassen wollte und wie verrückt hupte.

Der rothaarige Teenager-Polizist saß in seinem Dienstwagen vor uns und tat so, als wäre er mit seinem Funkgerät beschäftigt, aber ich bemerkte seine kurzen Blicke in den Rückspiegel.

»Hast du was in der Wohnung vergessen?«, fragte ich Konrad. Er schüttelte den Kopf, sagte aber nichts. Ich schielte auf die Uhr am Armaturenbrett. In zehn Minuten war die Stunde um und Krump erwartete mich im Kommissariat. Aber wenn Konrad noch mal in die Wohnung wollte, dann hatte ich auch noch mal die Chance mich umzusehen. Und vielleicht mehr herauszufinden. Denn Franz hatte mir den Zettel natürlich nicht zurückgegeben. Er hatte mir nicht mal geantwortet, als ich ihn bat, mich wenigstens als Erste anzurufen, sobald die Steno-Schrift entschlüsselt wäre.

Endlich war die Straße frei, ich parkte aus, fuhr bei der nächsten Möglichkeit um die Ecke und wollte im Halteverbot stehen bleiben, aber Konrad winkte ab.

»Nicht da. Wir müssen noch mal rauf. Aber erst, wenn die zwei Kollegen weg sind.«

Also fuhr ich ein paar Mal um den Block, bis ich einen Parkplatz auf der anderen Straßenseite von Anton Jägers Wohnhaus fand. Der Polizeiwagen stand unverändert in der Einfahrt. Ich sah wieder auf die Uhr am Armaturenbrett – der Termin bei Krump war genau jetzt. Über den Außenspiegel auf Konrads Seite sah ich wieder den roten Haarschopf des jungen Polizisten, er leuchtete seitlich aus dem halboffenen Fenster.

Eigentlich sollte ich jetzt Krump anrufen. Oder ihm wenigstens eine SMS schicken. Ich schnallte mich ab, beugte mich zu meiner Tasche am Rücksitz und holte mein Handy heraus.

»Erzählst du es mir?«, fragte Konrad.

Während ich »Verspätung um …« eintippte, fragte ich: »Was meinst du?«

»Wieso ich dieses Lied kenne? Aus der Wohnung des Toten.«

Ich hielt meinen Finger über dem Display, ich hatte schlagartig vergessen, was ich Krump schreiben wollte. Normalerweise versuchte Konrad zu verstecken, wenn er sich nicht erinnern konnte. Es klappte gut, in den letzten Monaten war es, soweit ich das sagen konnte, niemandem mehr aufgefallen. Außer mir. Aber ich hatte ihn nie darauf angesprochen.

Rasch machte ich eine wegwerfende Geste, eine von der »Du redest dir was ein«-Sorte und sagte: »Wieso glaubst du, dass ich das weiß?« Doch meine Stimme hatte verräterisch geknarzt.

Konrad zog nur seinen rechten Mundwinkel hoch und lehnte seinen Kopf seitlich an die Kopfstütze. »Wegen der Art, wie du mich angesehen hast.«

»Wie habe ich dich denn angesehen?«

»Wie jemand, der erschrickt, es aber nicht zeigen möchte.«

Ich warf das Handy auf den Rücksitz. Schon seit längerem fragte ich mich, warum er die ganze Angelegenheit nicht mehr erwähnte. Seit dieser Nacht vor ein paar Monaten, als er mit dem Brief in meinem Schlafzimmer aufgetaucht war, hatte er nichts mehr darüber gesagt. Und ich hatte es auch nicht getan. Schlafende Hunde soll man nicht wecken. Eine passable Ausrede für meine Feigheit.

»Wieso bist du so erschrocken?« Es war ein so leises Flüstern, dass es fast in den Motorengeräuschen der vorbeifahrenden Autos unterging.

Ich wünschte, er hätte mich nicht gefragt. Nicht jetzt. Nicht hier. Ich linste in seinen Außenspiegel, doch der Polizeiwagen stand unverändert in der Einfahrt.

»Lotta?«

Ich suchte nach Worten, nach der richtigen Einleitung, aber was konnte ich schon sagen, das diese Geschichte weniger schmerzhaft machen würde?

»Das letzte Mal hast du offiziell vor 27 Jahren als Kommissar gearbeitet.«

Ich versuchte, meine Stimme so neutral klingen zu lassen, als wäre ich eine Nachrichtensprecherin. Nur das verräterische Zittern bekam ich nicht weg.

»Danach nicht mehr?«

»Doch, aber inoffiziell. Zuerst wolltest du nicht mehr. Und dann durftest du nicht.«

»Warum?«

»Du hast deinen Dienst quittiert, um nach deiner Tochter Julia zu suchen. Deine Methoden bei dieser Suche waren nicht immer straffrei. Ich weiß nicht genau, wieso du dieses Lied, das da in der Wohnung lief, kennst. Aber ich denke, aus der Zeit, als es dir … nicht gut ging. Es ist damals viel geschehen … sehr viel.«

»Julia? Ich erinnere mich. Aber … was ist passiert? Wieso ist es mir nicht gut gegangen? Wo ist sie?«

Ich hoffte, er würde von selbst darauf kommen. Dass er nur einen kleinen Hinweis brauchte, wie eine Stecknadel, die in einen Luftballon sticht. Und die Erinnerung würde über ihn hereinplatzen.

»Sie war lange Zeit weg.« Ich wartete eine kurze Weile, bevor ich »Sie war vier Jahre alt, als sie entführt wurde« sagte. Nichts an seinem Ausdruck änderte sich. Er sah mich so unbeteiligt an, als würde ich von einer anderen Julia und nicht von seiner Tochter sprechen.

»Es passierte bei einem Fest im Stadtpark, während du ihr ein Eis gekauft hast. Du hast sie gesucht, bist zur Bühne des Clowns gelaufen, den ihr euch ansehen wolltet. Julia hat Clowns geliebt.« Ich hielt inne.

»Und was war dann?« Seine Frage klang so unbekümmert und interessiert, als würde ich ihm die Handlung eines Buchs oder Films erzählen.

»Da war sie nicht, also bist du wieder zurück zum Eiswagen. Hast die Menschen, die dir entgegenkamen, gefragt, ob sie deine Tochter mit dem bunten Kinderrucksack gesehen hätten. Aber Julia war unauffindbar. Und sie blieb es auch. Zuerst ging man noch von einer absichtlichen Tat aus, die etwas mit deinen vergangenen Fällen zu tun hatte. Aber wenig später fand man den Rucksack deiner Tochter im Zulauf zum Wienfluss. Weil es sonst keine Hinweise oder Fortschritte gab, war das Grund genug, die Suche nach Julia einzustellen und sie offiziell für tot zu erklären. Wahrscheinlich war sie bei einem ungesicherten Zugang hinuntergestiegen, ins Wasser gefallen und ertrunken. Das war zumindest Krumps Erklärung, er war damals für den Fall verantwortlich. Ihr wart Freunde. Danach nicht mehr.«

Je länger ich sprach, desto skeptischer sah Konrad mich an. Als würde ich gar nicht über ihn reden, sondern nur irgendeine verrückte Geschichte erzählen. Er rückte sogar ein Stückchen weg.

»Du hast die Suche nach deiner Tochter nie aufgegeben«, sagte ich. »Und dafür dein halbes Leben geopfert. Du bist als Clown aufgetreten, immer in dem Glauben, eines Tages würde Julia in der Menge kreischender Kinder stehen und dir zusehen.«

Er lachte auf, als hätte ich einen Witz gemacht.

»Was letztendlich auch geschehen ist«, sprach ich weiter. »Nur war sie da schon erwachsen und niemand wusste, dass sie es ist. Das kam erst durch einen Hinweis und dann endgültig durch einen DNA-Test ans Licht. Das Ergebnis war eine 99,9-prozentige Übereinstimmung zwischen dir und ihr.«

Konrad verschränkte die Arme. »Wenn das stimmen sollte, wieso weiß ich nichts davon?«

»Das Koma.« Ein Wort wie ein Urteil. »Du hattest diesen Unfall in der Wiener Oper bei unserem Undercover-Einsatz. Bist von der meterhohen Beleuchterbrücke gestürzt.«

Weil ich zu spät Hilfe geholt hatte. Doch das sagte ich nicht. Ein erschrockenes Zucken wanderte über sein Gesicht. Er sackte ein wenig in sich zusammen, sah mich verständnislos an. Ich fragte mich, ob jetzt der Luftballon geplatzt war.

»Und woher ... weißt du ... das alles?«, fragte er.

Ich holte tief Luft. »Weil ich deine Tochter Julia bin.«

6.

Das Läuten meines Handys schnitt in die Stille im Auto. Konrad hatte nichts gesagt, er hatte mich nicht mal weiter angesehen, sondern seinen Kopf abgewandt und auf das Armaturenbrett gestarrt, als gäbe es dort irgendwas zu sehen. Selten war ich so erleichtert gewesen, Krumps Namen auf dem Display zu lesen. Ich hob sofort ab.

»Wir sind noch ...«, begann ich, aber ich kam gar nicht dazu, weiterzureden.

»Planänderung. Bitte kommen Sie erst in einer Stunde ins Kommissariat, Frau Fiore«, näselte Krump und schob ein Lachen hinterher, das wie das Blöken einer Ziege klang. Aber nicht nur deshalb wusste ich sofort, dass jemand Wichtiges bei ihm sein musste. Erstens nannte er mich sonst nur Fiore. Zweitens klang seine Stimme geradezu fadenscheinig freundlich. Und drittens hatte er »bitte« gesagt, ein Wort, das er mir gegenüber nur sehr selten benutzte.

»Jemand wartet auf Sie«, schob er vergnügt hinterher, als würde er mich zu einem Kindergeburtstag einladen.

»Sind Sie sicher, dass Sie sich nicht verwählt haben?«, fragte ich.

Krump blökte erneut gekünstelt auf. Es rauschte, als würde er seine Hand über das Handy legen, gedämpft hörte ich: »Ganz kurzen Moment ich bin sofort wieder bei Ihnen.«

Es dauerte ein paar Sekunden, dann flüsterte er: »Fiore, Sie ...

und dann … ich nicht …« Seine Stimme wurde immer wieder durch ein Rauschen unterbrochen.

»Bleiben Sie stehen, ich kann kein Wort von dem verstehen, was Sie sagen.«

Konrad tippte mir auf den Oberarm und deutete zur anderen Straßenseite. Ich lehnte mich vor und sah im Außenspiegel, dass die Einfahrt, wo bis vor kurzem noch der Polizeiwagen gestanden hatte, leer war. Von Krump waren jetzt nur noch alle fünf Sekunden Wortfetzen zu hören. Konrad stieg aus und ich versuchte noch ein paar Mal, Krump klarzumachen, dass ich nichts verstand. Dann legte ich auf, schickte aber trotzdem eine SMS, dass die Verbindung abgebrochen war und ich wie vereinbart in einer Stunde im Kommissariat sein würde.

Konrad hatte bereits die Straßenseite gewechselt und wartete auf mich.

Es war mir unangenehm, ihn in diesem Moment anzusehen, ich ging einfach an ihm vorbei, voraus zum Haus von Anton Jäger.

»Warte kurz«, rief er mir hinterher und ich blieb stehen.

»Also, du wolltest noch mal rauf«, sagte ich geschäftsmäßig, als er mich eingeholt hatte. »Und was machen wir oben?«

Doch er antwortete nicht. Er nahm mein Kinn zwischen Zeigefinger und Daumen. Mit der anderen Hand wischte er mir eine Haarsträhne aus dem Gesicht und klemmte sie mir hinters Ohr. Wie ein Vater bei seiner Tochter. Sein Blick wanderte über mein Gesicht. Er lächelte wehmütig und streichelte mir über die Wange.

»Dieses Fest im Stadtpark … wie lange ist das her? Wann war das?«

Der Lärm der Straße rückte in den Hintergrund.

»Es war am 1. Mai vor 26 Jahren.«

Die Notiz auf dem Rechnungszettel in Anton Jägers Wohnung mit meinem Namen und daneben dem Datum von dem Tag, an dem Maria Fiore mich mitgenommen hatte. Der 1. Mai.

Ich wollte ihm sagen, was ich in der Wohnung des Journalisten gefunden hatte, aber ich schaffte es nicht. Er hatte schon genug mit sich und dieser ganzen Situation zu tun.

Ich konnte seinem Blick kaum standhalten. Er forschte in meinem Gesicht nach den Erinnerungen an seine Tochter. Und da begriff ich etwas. Es kam ganz plötzlich und unerwartet, wie ein Name, der einem einfällt oder der Ort, an dem man das Auto am Vortag abgestellt hat.

Nämlich, dass es völlig egal war, wie ich mich fühlte, oder woran er sich erinnerte. In Wahrheit ging es um etwas ganz anderes.

Konrad hatte sein halbes Leben nach mir gesucht. Und nun musste ich ihm zeigen, dass ich diese jahrelange Suche wert war. Auch wenn ich es nicht so empfand.

Ich nickte ihm zu, ein halbherziges Lächeln, wie wenn man einem Fremden die Tür aufhält, und versteckte meine zitternden Hände in den Hosentaschen. Er nickte zurück und ließ mein Gesicht los. Die Stellen, die er berührt hatte, waren heiß und kribbelten. Mir stiegen Tränen in die Augen, ich wusste nicht, warum. Rasch blinzelte ich sie weg und hoffte, er hatte sie nicht bemerkt.

»Also, was machen wir oben?«, wiederholte ich.

Seine Augen wanderten unruhig umher, als hätte er einen Gedanken, den er verfolgte. »Es ... es ist nichts Konkretes ... nur diese Nachbarin. Irgendwas lässt mich da nicht los.«

»Ja?« Die alte Frau schaute skeptisch unter der Sicherheitskette ihrer zu einem Spalt geöffneten Tür hindurch, als wir geläutet hatten.

»Dürfen wir noch mal mit Ihnen sprechen, Frau Pospischil? Es geht um Ihren Nachbarn.«

Konrad deutete an mir vorbei Richtung Anton Jägers Wohnung, die Franz mit Absperrband versiegelt hatte.

»Wer sind Sie?«

»Wir haben uns vorhin in seiner Wohnung getroffen. Sie haben die riesige Frau gesucht, wissen Sie noch?«

Konrad hatte so einen sanften Tonfall angeschlagen, dass es schon fast als Flirten durchging. Und anscheinend empfand das Anton Jägers Nachbarin genauso, denn sie kicherte plötzlich und senkte ihren Kopf. Dann schloss sie die Tür, das Zurückschieben der Kette war zu hören. Als sie öffnete, richtete sie mit einer Hand ihren weißen Wuschelkopf. Sie blinzelte Konrad an, als wäre sie Mitte 20 und nicht Mitte 80.

»Bitte kommen Sie herein.«

Der Geruch von chlorhaltigem Putzmittel stieg mir in die Nase, es roch wie in einem Schwimmbad. Konrad fing an zu husten und versuchte es mit einem »Oh, hier wurde aber gründlich geputzt« abzuschwächen. Mir tränten die Augen, aber Anton Jägers Nachbarin lächelte ungerührt. Sie hielt sich mit einer Hand an einem Garderobenständer fest, senkte den Kopf und sah mit leuchtenden Augen, die plötzlich ebenfalls jünger als der Rest ihres Gesichts wirkten, zu Konrad hoch.

»Können Sie mir sagen, wer diese Frau ist, von der Sie gesprochen haben? Die Riesin?«, fragte Konrad.

Sie sah ihn lange an, ihr Gesichtsausdruck verlor an Begeisterung, als hätte sie Schmerzen. Oder Angst?

»Wer war das? Wer ist die riesige Frau?« Konrad trat näher an sie heran. »Können Sie mir etwas über sie erzählen?«

Sie nickte bedächtig. »Groß. So groß.«

»Wie groß?«, fragte ich, hielt meine Hand über meinen Kopf und bewegte sie aufwärts. »So?«

An einer bestimmten Stelle nickte die alte Dame.

»Wie groß ist das?«, fragte ich Konrad.

»Vielleicht 1,85 oder 1,90«, sagte er zu mir. Unter einer Riesin verstand ich zwar etwas anderes, aber die alte Dame war auch viel kleiner als ich.

»Und was war mit ihr? Was war mit der großen Frau?«

»Sie war weg. Dann wieder da. Ich … ich … ach, sie kann nichts dafür. Hat sich in den Falschen verliebt. Haben wir alle schon mal.«

Wehmütig hob sie ihre Schultern und begann zu brabbeln, als würde sie der Unterhaltung nicht mehr folgen und irgendwohin abdriften.

»Ja, ich fürchte, da haben Sie recht«, antwortete Konrad unbeirrt. Er ging noch ein paar Schritte auf sie zu, beugte sich hinunter und griff nach ihrer Hand.

»Bleiben Sie bei mir. Ich weiß, es ist anstrengend. Glauben Sie mir, ich weiß es wirklich. Aber Sie können das. Sehen Sie mich an. Bleiben Sie bei mir. Bitte.«

Sie lächelten einander an, ein stummes Einverständnis. Als wären soeben die Schranken der gewöhnlichen Distanz zwischen zwei Fremden gefallen, tätschelte sie Konrad. Es war so eine vertraute Geste als würden sie einander bereits lange kennen. Ich hatte diese Wirkung von ihm auf manche Menschen schon ein paar Mal erlebt. Trotzdem überraschte es mich immer wieder. Es war nichts Greifbares, nichts, von dem ich genau hätte sagen können, wie er es machte. Auch das Koma hatte daran nichts geändert. Ich hatte mich oft gefragt, ob das der Grund war, weswegen sogar Krump davon schwärmte, dass Konrad in seiner aktiven Zeit zu den besten Kommissaren gehört hatte.

In Momenten wie diesem kam mir jedenfalls der Gedanke, dass Konrad mein Vater war, geradezu absurd vor. Ihn und mich trennte so viel.

»Wieso war Anton Jäger der Falsche für diese Frau?«, fragte Konrad nach.

»Immer diese vielen Frauen. Sie wollte ihn ein paar Mal besuchen, aber er hat sie nicht reingelassen.«

»Wieso?«

»War schon eine andere bei ihm.«

»Wer denn?«

»Gestern war sie wieder da.«

»Diese Frau war gestern Abend bei ihm?«

Sie nickte. »Sie war weg. Dann war sie wieder da. Aber anders.«

»Was meinen Sie mit anders? Wie sah sie denn aus?«

Sie presste ihre Lippen zusammen, bis sie nur noch ein einziger Strich waren. Konrad drängte sie nicht, wartete ab. Als sie nichts sagte, ging er zu der weißen Kommode im Vorraum, auf der das Telefon stand. Er nahm seine Brille aus der Innentasche des Sakkos, setzte sie auf und griff nach einem Stift.

»Wie ist meine Telefonnummer?«, fragte er und sah mich an.

Ich sagte sie ihm an, aber nach den ersten vier Ziffern merkte ich, dass es meine war, nicht seine. Trotzdem korrigierte ich es nicht, vielleicht war es ohnehin besser so.

»Das ist meine Telefonnummer. Wann immer Ihnen etwas einfällt, Tag oder Nacht, rufen Sie mich an. Mein Name ist Konrad Fürst, ich habe ihn dazugeschrieben.«

Sie nahm den Zettel so vorsichtig, als wäre er etwas sehr Kostbares und ihr Gesicht entspannte sich.

»Gut, dann auf Wiedersehen«, sagte Konrad und reichte ihr die Hand. Sie griff danach und fing an zu murmeln. Ich verstand kein Wort, aber Konrad bat: »Können Sie das bitte noch einmal wiederholen?«

»Hohe Schuhe, schwarzes Kleid, goldene Ohrringe ... Sandra war viel hübscher als sonst.«

»Sandra? Ist das ihr Name? So heißt diese Frau?«

Ihr Gesicht erhellte sich. »Sandra, Sandra, ja. Ja.«

»Und sie war weg, hat sich umgezogen, und kam zurück?«

Sie nickte, drei, vier Mal.

»Wie sieht Sandra aus?«, fragte er. Die alte Dame presste ihre Lippen wieder aufeinander, ihr Blick entglitt. Aber Konrad ließ ihre Hand nicht los, er stand einfach da und wartete.

»Rote Lippen sollst du küssen, denn zum Küssen sind sie da ... rote Lippen sind ...«, fing sie plötzlich ganz leise mit zittriger Stimme an zu singen.

»Sie hatte rote Lippen?«

»Dieses Lied ... sie hat gesungen. Rote Lippen ... und sie war schön ... so schön ... hat gesagt, sie malt meine Lippen auch so rot an. Sandra.«

»Wie sieht Sandra sonst noch aus? Wie alt ist sie?«

Doch die alte Dame reagierte nicht, als würde sie ihn gar nicht verstehen. Konrad fing an, ihre Hand zu streicheln. Und irgendwie schien es, als kehrte sie dadurch aus dem Nirwana zurück, in das sich ihr Geist immer wieder verabschiedete.

»Wann hat Sandra gesagt, dass sie Ihre Lippen auch rot anmalt?«, fragte Konrad sanft.

Sie blinzelte, sah ihn mit großen Augen an, wie ein erstauntes Kind.

»Gestern Nacht. Als sie mich besucht hat. Ich bin aufgewacht. Sie war hier in meiner Wohnung. Und sie stand genau da, wo Sie jetzt stehen.«

7.

Bei unserer Rückkehr merkte ich schon beim Betreten des Kommissariats, dass etwas anders war – und das nicht nur, weil uns keiner der Anwesenden zur Kenntnis nahm. Auf den ersten Blick waren alle wie emsige Insekten beschäftigt, liefen durch die Gegend, saßen gebückt über irgendwelchen Akten, arbeiteten an ihren Computern. Aber etwas dabei stimmte nicht. Die Geräusche fehlten. Als würde jeder versuchen, leiser zu sprechen, zu gehen, sogar leiser zu tippen.

Ich sah mich um, ob Krump hier irgendwo lauerte und dafür verantwortlich war. Ich konnte ihn nicht entdecken, aber sein Sohn Florian saß an einem der Schreibtische und kaute gelangweilt an einem blauen Kugelschreiber. Vor ihm lagen eine Menge Akten. Ich nickte ihm zu, er hob leicht den Kopf. Ob Krump ihm auch einen Job hier verschafft hatte? Seit er Polizeichef war, hatte er seinen zwanzigjährigen Sohn immer im Schlepptau. Obwohl nicht darüber gesprochen wurde, war allen klar, dass er es tat, um Florian von den Drogen fern und unter Kontrolle zu halten. Aber nicht wegen der Gesundheit seines Sohns. Sondern wegen Krumps Angst, sein Ruf könnte Schaden nehmen.

Es war genau eine Stunde her seit seinem Anruf. War er vielleicht gar nicht mehr da? Auch Konrad bemerkte die merkwürdige Stimmung.

»Was ist denn hier los?«, fragte er so leise, als gäbe es eine allgemeingültige Absprache.

»Keine Ahnung«, antwortete ich in normaler Lautstärke. Sofort schossen ein paar Köpfe hoch, blickten in meine Richtung, »Psst« war zu hören. Ich hob fragend die Schultern, bekam aber keine Antwort. Eine Tür wurde geöffnet und ein greller Lichtschein fiel aus dem Spalt in das Großraumbüro. Eine laute Männerstimme sagte: »Ruhe!«

Sofort waren alle wieder mit sich beschäftigt und nahmen weder Konrad noch mich mehr zur Kenntnis.

»Bitte absolute Ruhe. Wir drehen. Szene sechs, Take d, die Dritte«, brüllte die Stimme hinter der Tür. Dann war ein Klappgeräusch zu hören.

Und da begriff ich! Die Kameras aus dem Kastenwagen von Ö-TV, als Konrad und ich das Kommissariat verlassen hatten. Hier wurde gedreht! Ich bedeutete Konrad, sich zu mir zu beugen, damit ich ihm etwas zuflüstern konnte, denn ich musste hier verschwinden, und zwar sofort. Ich legte meine Hände wie einen Trichter um sein Ohr.

»Ich kann nicht hierbleiben.«

Er drehte sich zu mir, sah mich verständnislos an, seine Lippen formten ein lautloses: »Warum?«

»Danke! Wir sind fertig! Das war's«, brüllte in diesem Moment die Stimme hinter der Tür erneut.

Ein kollektives Aufstöhnen ging durch den Raum, der Geräuschpegel erhob sich blitzschnell auf normale Lautstärke, Stimmengewirr schwoll an, als wäre der Deckel eines Wespennests geöffnet worden.

»Ich will nicht, dass die vom Fernsehsender mich sehen«, sagte ich panisch.

»O... okay. Ich kann dich anrufen, wenn sie weg si-«, begann Konrad. Aber er kam nicht weiter.

»Ach, Frau Fiore, da sind Sie ja!«, sagte Krump zuckersüß hinter mir. Ich erstarrte und verzog mein Gesicht zu einer schmerzverzerrten Grimasse, während Konrad entschuldigend die Schultern hob.

»Wir haben Sie schon erwartet. Bitte schön, hier ist sie. Wie versprochen«, säuselte der Polizeichef.

Ich drehte mich um. Irgendwo im Hintergrund fing Musik leise zu spielen an, aber ich war zu abgelenkt, um sie wirklich zu registrieren.

Neben Krump stand ein fremder Mann und streckte mir seine Hand entgegen. Ich musste ratlos dreingesehen haben, denn Krump sagte rasch: »Sie erinnern sich sicher an Maximilian Breck?«

Hätte Krump nicht seinen Namen genannt, ich hätte ihn nicht wiedererkannt. Breck hatte sich so sehr verändert. Obwohl er sein freundliches Charisma nicht eingebüßt hatte – er hatte noch immer dieses leichte Lächeln hinter den Augen –, hatten die Jahre mehr Tribut gefordert, als ich erwartet hatte.

Wenn Erfolg einen Menschen attraktiver machte, dann schien das bei Breck der umgekehrte Fall zu sein. Und damit meinte ich nicht nur die tiefen Falten auf der Stirn und um die Augen, die breite silberne Strähne in den kurzen brünetten Haaren.

Sein Gesicht war grünlich blass, die Tränensäcke geschwollen, die Haltung leicht gebückt. Er wirkte um Jahre gealtert, total erschöpft, darüber konnte auch seine teure Designerkleidung nicht hinwegtäuschen. Das perfekt sitzende Sakko und die Hose schimmerten in dunklem Silbergrau, die schwarzen Lederschuhe glänzten, das weiße Hemd mit dem hohen steifen Kragen und die grau gemusterte Seidenkrawatte passten irgendwie gar nicht zu ihm.

»Schön, Sie wiederzusehen, Carlotta«, sagte er und schüttelte meine Hand.

Es waren etliche Jahre vergangen seit unserer letzten Begegnung. Breck hatte damals Maria Fiore für irgendeine Vorabendsendung interviewt, ein paar Tage vor ihrer Premiere als Prinz Orlowski in der *Fledermaus* in der Wiener Oper. Maria war immer nervös vor Fernsehauftritten – nervöser als vor ausverkauften Opernpremieren. Doch vor diesem TV-Interview damals war es besonders schlimm. Der Prinz Orlowski war eine Mezzosopran-Rolle. Da Maria Sopran war, hatte man die Tonlage ihrer Stimme angepasst. Sie dachte, sie würde sich nun live im Fernsehen dafür rechtfertigen müssen. Mir war klar, dass ihre Befürchtung nichts als Hysterie war – Maria Fiore wäre auch umjubelt worden, hätte sie ein Telefonbuch vorgesungen.

Trotzdem hatte ich sie damals ins Studio begleitet und in der Garderobe gewartet. Breck war vorbeigekommen, um mich zu begrüßen. Er war sehr nett zu mir. Auch wenn ich nur in Marias Schlepptau meinen Platz hatte, ließ er mich nie fühlen, dass ich nichts weiter als ihr Anhängsel war. Das unterschied ihn von vielen seiner Kollegen.

Diese letzte Begegnung mit ihm war kurz bevor er von einem großen TV-Sender als Moderator einer monatlichen Quiz-Show nach Deutschland geholt wurde. Durch den überraschenden Erfolg, den diese Sendung mit ihm hatte, wurde er quasi über Nacht für alle Österreicher zu »unserem Maxl«, einer Art Nationalheiligtum des Fernsehens. Vor einem Jahr hatte ihn Ö-TV unter viel Aufhebens wieder zurück nach Österreich geholt, wo er jetzt drei Mal die Woche eine Late-Night-Talkshow moderierte, die als einziges Programm des Senders auch in Deutschland und der Schweiz ausgestrahlt wurde.

Seit Marias Tod vor sechs Jahren hatte ich keine seiner Sendungen mehr gesehen. Kaum hörte ich in der Vorankündigung seinen Namen, wechselte ich den Sender. Das hatte aber nichts mit ihm zu tun, sondern mit den Dämonen meiner Vergangenheit.

»Es freut mich auch«, presste ich so gequält hervor, dass völlig klar war, wie sehr ich das Gegenteil meinte. Er nickte mir zu, und als ich seine Hand losließ, drehte ich mich um und wollte den Ausgang ansteuern.

»Herr Breck hat den ausdrücklichen Wunsch geäußert, Sie wiederzusehen, Frau Fiore«, hielt Krump mich sofort auf. Ich blieb stehen und drehte mich wieder zu den beiden Männern. Breck lächelte, doch Krump funkelte mich wütend an, seine Nasenflügel zuckten.

»Ja, es tut mir leid, ich habe nur keine Zeit, ich muss …«, sagte ich.

Ich hatte keine Ahnung, was ich so dringend musste, doch das machte nichts, denn da unterbrach mich Breck bereits und kam auf mich zu.

»Pardon, Carlotta, aber waren das nicht eben Sie?« Er deutete mit seinem Zeigefinger in die Luft, als wolle er die Windrichtung feststellen.

Noch bevor ich »War ich was?« fragen konnte, wurde die Lautstärke hochgedreht. Nicht schon wieder. Ich machte ein bemühtes »Haha, sehr lustig«, während erneut »Habanera« aus *Carmen* erklang.

»Wer spielt das? Was soll …?«, fragte Krump verwirrt. »Sie entschuldigen mich kurz.« Er machte am Absatz kehrt.

»Da erlaubt sich wohl jemand einen Scherz«, sagte Breck freundlich und gab mir mit einem leichten Kopfschütteln zu verstehen, dass ich das nicht ernst nehmen sollte. Mit der linken Hand lockerte er seine Krawatte, öffnete den ersten Hemdknopf und strich sich mit einem tiefen Ausatmen über den befreiten Adamsapfel.

Die Musik brach so plötzlich ab, wie sie erklungen war. Ich sah mich um, ob Krump dafür verantwortlich war, aber ich konnte ihn nicht entdecken. Auch Konrad war nicht mehr da, ich hatte gar nicht bemerkt, dass er gegangen war.

»Wie geht es Ihnen, Carlotta?«, fragte Breck. »Polizeichef

Krump hat mir gesagt, Sie sind nun bei der Kripo. Haben Sie der Musik denn ganz den Rücken gekehrt?«

Er war nett und es war nicht meine Absicht, unhöflich zu sein, aber ich wollte nicht mit ihm reden. Ich wollte ihm weder sagen, wieso ich hier war, noch zulassen, dass er meine Vergangenheit in die Gegenwart holte.

»Was haben Sie gefilmt?«, fragte ich, statt zu antworten.

»Es gibt ein großes Special in meiner Sendung über Polizeichef Krump.« Er hatte es völlig ungekünstelt gesagt, ohne auch nur den Hauch einer Allüre.

»Wirklich? Wen hat er dafür bestochen?«, fragte ich.

Breck gluckerte auf, es klang wie ein Kind, das sich bemüht, ein Lachen zu unterdrücken.

»Max, wir sind jetzt fertig«, rief eine Frauenstimme.

»Einen Moment noch«, rief Breck zurück.

Ich streckte ihm meine Hand entgegen, dankbar für die Möglichkeit, mich zu verabschieden. »Es hat mich gefreut, Sie mal wiederzusehen, Herr Breck.«

Er nahm meine Hand. »Bitte, ich heiße Max.«

Er bemühte sich um ein Lächeln, aber es war so traurig, dass es mir unangenehm war.

»Carlotta, warum ich Herrn Krump gebeten habe mit Ihnen zu sprechen ... ich musste die letzten Tage so oft an Ihre Mutter denken, der Todestag ... schon sechs Jahre ... jedenfalls tut es mir wirklich leid, dass ich damals nicht bei dem Begräbnis war. Das wollte ich Ihnen schon so lange sagen. Darum habe ich gehofft, dass wir uns bei einer Veranstaltung über den Weg laufen. Dann habe ich überlegt, Sie zu kontaktieren, aber, na ja.« Er hob die Schultern. »Ich habe Ihre Mutter immer sehr geschätzt.«

Er sah mich vielsagend an, ein tiefer Blick, ein leichtes Nicken. War Breck eine der zahllosen Affären von Maria? Wollte er mir das damit zu verstehen geben?

»Maria war eine der beeindruckendsten Personen, der ich je begegnet bin. Und ich kann mir vorstellen, wie sehr sie Ihnen fehlen muss.« Ein Schatten huschte über sein Gesicht. »Ich wäre wirklich zu ihrem Begräbnis gekommen, nur ... ich konnte damals einfach nicht. Meine Frau war kurz davor bei dem Unfall gestorben und ... ich war einfach nicht in der Lage ...«

Jetzt wo er es sagte, erinnerte ich mich dunkel. Die Meldung war fast zeitgleich mit Marias Tod aufgetaucht, hatte mich aber nur kurz in meiner emotionalen Taubheit gestreift und war dann in den Vorbereitungen von Marias Staatsbegräbnis untergegangen.

Brecks Frau war jung gewesen, ich glaube, sie war an den Folgen eines Skiunfalls gestorben, aber ich konnte mich nicht mehr an die Einzelheiten erinnern.

»Max, bitte, Sie müssen sich wirklich nicht entschuldigen. Ich habe es damals gelesen, es tut mir sehr leid.«

Es war nicht meine Absicht, aber ich sah automatisch zu seiner linken Hand – als er sich die Krawatte gelockert hatte, hatte da nicht was an seinem Finger geglitzert? Er bemerkte meinen Blick und nahm die Hand hoch, am Ringfinger war ein breiter Ring in mattem Gold mit einem winzigen Diamanten in der Mitte.

»Ich habe vor einem Jahr wieder geheiratet«, sagte er. Es klang fast wie eine Entschuldigung und er wechselte rasch das Thema. »Jedenfalls, ich würde Sie gerne in den TV-Bericht über Polizeichef Krump mit einbeziehen, Carlotta. Übermorgen ist die Sendung und gerade jetzt zum sechsten Todestag bietet sich das an. Mir schwebt da auch noch etwas Größeres vor, aber wir müssen das nicht jetzt und hier besprech-«

»Auf gar keinen Fall«, platzte ich heraus. Breck schien über meine heftige Reaktion überrascht.

Vielleicht war es nett von ihm gemeint und er wollte mir mit seinem Angebot einen Gefallen tun und war deshalb so irritiert. Aber mein nach außen hin bodenständiges Leben war nichts weiter als dünnes Seidenpapier, das zwischen zwei Drahtseile gespannt war. Eine Erschütterung und es würde reißen. Publicity war das, was ich am allerwenigsten brauchen konnte.

Durch den Raum klackerten Schritte in unsere Richtung.

»Herr Breck«, begann Krump hinter mir, »da bin ich wieder. Sie wollten ... äh, was ist denn los?«

»Nichts«, sagte Breck, der die Sprache wiederfand. »Ich habe Carlotta nur gerade angeboten, in dem Bericht über Sie mitzuwirken und ...«

»Um Gottes willen«, schoss Krump hervor, klatschte die Hände zusammen und verharrte, als würde er gleich anfangen zu beten.

»Ich meine, das ist keine gute Idee«, korrigierte er sich rasch. Er deutete auf mich. »Nein, nein ... Fiore hat doch gerade erst hier angefangen ... und die Kollegen ... außerdem die neue Aufgabe ... wir dürfen doch die Polizeiarbeit nicht behindern ... und schon gar nicht wegen ihrem Kollegen ... da ... ja ... also ...«

Ich hatte es noch nicht oft erlebt, dass Krump nach Worten suchte und trotz der Umstände fand ich daran einen gewissen Gefallen.

»Was ist denn mit Ihrem Kollegen?«, fragte mich Breck.

Krump antwortete an meiner Stelle, aber ich konnte ihn nicht verstehen, da hinter mir eine wohlvertraute Stimme rief: »Lotta! Hallo, Lotta!« Und dann jauchzte ein noch vertrauteres Baby auf.

Sowohl der Polizeichef als auch der TV-Moderator, Froschgesicht Inge und Kieksstimme Eva reckten ihre Köpfe zur Tür.

Alles in mir flehte: »Bitte nicht jetzt«. Bitte, liebe Fee, lieber Gott, liebes Was-auch-immer, mach, dass ich mich irre. Lass es nicht Henriette sein, lass sie nicht mit meinem Sohn ins Kommissariat gekommen sein, nicht jetzt.

Sehr langsam drehte ich mich um. Natürlich stand da Henriette mit Konny auf dem Arm und winkte mir zu. Hinter ihr ver-

sperrte die SUV-Variante eines Kinderwagens den Eingang. Henriette hatte ihn selbst gekauft, weil man mit ihm auch joggen gehen konnte, obwohl Henriette nie joggen ging. Sie wirkte in ihrem hellgelben Kleid und der rosa Strickjacke, die wahrscheinlich beide ein Vermögen gekostet hatten, hier so deplatziert, als wäre das eine Verabredung zum Fünf-Uhr-Tee, die nur zufällig im Hauptgebäude der Wiener Polizei abgehalten wurde.

»Ich dachte, ich bringe Konny mal her, damit er sieht, wo du arbeitest.«

Sie rückte sich die moderne Hornbrille zurecht, ganz geschäftsmäßig, straffte sich und stellte ein Bein vor das andere, als würde sie eine Ballettposition einnehmen. Das war typisch für Henriette, sie hatte eine Anmut an sich, als wäre in ihrer Größe und der Fülle ihres voluminösen Körpers eine Ballerina versteckt. Links von mir hörte ich Kieksstimme kichern.

»Glaubt die, sie ist ein Model? Die sieht eher so aus, als hätte sie eines gegessen«, sagte sie laut genug, damit es alle mitbekamen. Ein paar Lacher waren zu hören, ich funkelte sie wütend an. Aber sie nahm mich nicht wahr, ich hörte, wie sie leiser zu Froschgesicht sagte: »Aber siehst du ihren Ehering? Sogar die hat jemand geheiratet. Scheiße, Inge, was mach ich falsch?«

Es war das erste Mal, dass ich Henriettes Ehering-Attrappe großartig fand. Sie trug ihn, weil ihr der Gedanke gefiel, dass die Leute von ihr glaubten, sie wäre eine ganz normale Ehefrau und Mutter, wenn sie mit Konny unterwegs war. Mich traf der Anblick des Rings immer, denn er war in Wahrheit nichts anderes als das irreführende Symbol ihrer Sehnsüchte. Doch jetzt verschaffte mir dieser unglaublich teure Ring, den sich Henriette bei einem Juwelier am Hohen Markt in der Wiener Innenstadt gekauft hatte, wenigstens diese winzige Genugtuung gegenüber Kieksstimme.

Breck fragte: »Ist das Ihr Baby, Carlotta?«

Ich nickte, murmelte: »Das ist mein Sohn und …« Dann wusste

ich nicht mehr, was ich noch sagen sollte. Breck ging an mir mit einem begeisterten »Ja, hallo, junger Mann« vorbei und steuerte auf Henriette und Konny zu.

Krump packte mich am Arm und zischte: »Ich will weder Ihren Sohn noch diese Frau hier haben. Schauen Sie zu, dass die beiden verschwinden. Sofort.«

Zu Froschgesicht und Kieksstimme bellte er: »Habt ihr nichts zu tun?« Augenblicklich widmeten sich Eva und Inge irgendwelchen Unterlagen, die vor ihnen auf den Tischen lagen.

Dann pappte Krump sein altbewährtes falsches Grinsen aufs Gesicht, hob die Arme und folgte Maximilian Breck mit den Worten: »Na, na, ist das vielleicht der nächste Kriminalkommissar?«

Die beiden Männer machten sich an Konnys Wangen und Händchen zu schaffen. Sofort fing er an, wie am Spieß zu brüllen. Krumps Gesichtsausdruck verhärtete sich, aber Breck lachte nur.

»Du und Fips, ich meine Hannes, ihr habts ein Kind?«, fragte mich Froschgesicht Inge leise, es klang fast erschrocken. Aber ich ignorierte sie und ging zu Henriette. Während ich ihr Konny abnahm und ihn auf meiner Hüfte wippend zu beruhigen versuchte, gab ich ihr mit meinen Blicken Richtung Aufzug zu verstehen, dass sie wieder gehen sollten. Henriette zog die Augenbrauen zusammen und drehte sich um, als gäbe es im Gang was zu sehen. Ich schüttelte leicht den Kopf und dachte, sie hätte mich nicht verstanden. Doch dann sagte sie: »Ich nehme Konny wieder. Wir werden gehen. Komm, wir wollen doch die Mama nicht bei der Arbeit stören. Wann hast du aus?«

»Am späten Nachmittag, vielleicht 17 Uhr, ich weiß nicht. Ich ruf dich an.«

Sie nickte, nahm mir Konny ab und drückte meine Hand. Diese Geste irritierte mich, so etwas taten wir nie. Es war förmlich und ich fühlte mich sofort unbehaglich.

Doch sie ließ nicht los, drückte mit ihren Fingern fester und sagte: »Pass auf dich auf.« Dann nickte sie Krump und Breck zu und ging, den Kinderwagen vor sich herschiebend, zu den Aufzügen.

»Sie haben einen goldigen Sohn«, sagte Breck.

»Ja, ganz hinreißend«, presste Krump zwischen seinen Zähnen hervor.

Breck sah mich erwartungsvoll an, zum Glück kam in diesem Moment eine junge Frau mit kurzen schwarzen Haaren, grüner Brille und einem Klemmbrett unterm Arm zu ihm.

»Max, es tut mir leid, aber wir müssen los. Dein nächster Termin. Der Innenminister erwartet uns bereits seit 20 Minuten, und ich kann ihn wirklich nicht länger hinhalten.«

Der Innenminister. War das der Grund, wieso es diesen TV-Bericht über den Polizeichef gab? Krumps Kontakte zur Politik hatten ihm ja schon immer Freiheiten und Möglichkeiten jenseits aller offiziellen Dienstwege beschert. Aber gerade ich durfte mich nicht darüber beschweren – ohne Krumps Kontakte wären wahrscheinlich weder Konrad noch ich hier.

»Natürlich«, sagte Breck. »Carlotta, darf ich Sie anrufen? Es gibt da noch etwas anderes, über das ich gerne mit Ihnen sprechen möchte.«

Er wartete keine Antwort ab, nahm sein Handy aus der Sakkotasche und sah mich fragend an. Wahrscheinlich war er es gewohnt, dass sich jeder darum riss, von Max Breck nach der Telefonnummer gefragt zu werden. Jeder außer mir. Aber ich hatte keine Wahl. Unter Krumps Adleraugen sagte ich dem Moderator meine Nummer an. Ich hoffte, dass er mich gleich anrief, damit ich auch seine Nummer hatte und wusste, wann ich nicht rangehen durfte. Doch er tat es nicht, bedankte sich nur und steckte das Handy wieder ein. Mit einem herzlichen Händeschütteln verabschiedete er sich von Krump, der so angestrengt lächelte, dass die Muskeln in seinem Hals gespannt waren wie Seile. Dann reichte Breck mir die Hand.

»Ich melde mich. Ach ja, und ich hoffe auch, Sie lassen sich die Sache mit dem Interview in der Sendung über unseren Polizeichef noch mal durch den Kopf gehen, Carlotta.«

Ich wollte antworten, dass es da nichts zu überlegen gäbe, aber da beugte sich der TV-Moderator zu mir und zog mich an sich. Seine Hände ruhten auf meinen Schulterblättern, während er mir einen Kuss, der zwei Sekunden zu lange dauerte, um als flüchtiges Abschiedsbussi durchzugehen, auf die Wange gab.

»Und noch mal, das mit Maria tut mir wirklich leid. Ihre Mutter fehlt mir«, flüsterte er mir ins Ohr, bevor er mich wieder losließ.

8.

Es war, als hätte Brecks Verabschiedung die Luft aus dem Raum gesaugt. Der TV-Moderator verließ mit seiner Assistentin das Büro, aber ich hatte nicht den Eindruck, dass noch irgendjemand auf ihn achtete. Die Blicke von Froschgesicht und Kieksstimme waren so stechend, als wollten sie damit Löcher in mich bohren. Krump starrte mich mit hochrotem Kopf an.

»Sie! Da! Rein!«, japste der Polizeichef und deutete zu dem Büro, in dem Breck und er bis eben noch den Bericht gedreht hatten.

»Aber ich ...«, begann ich, doch Krump zischte: »Sofort.« Dann machte er kehrt und rannte Breck hinterher.

Ohne meine beiden Kolleginnen noch eines Blickes zu würdigen, ging ich in den kleinen Büroraum.

Eine Mischung aus Erdbeergeruch und Tannennadeln schlug mir entgegen. Ich schloss die Tür hinter mir und lehnte mich dagegen.

An den Wänden hingen alte, schon leicht ausgebleichte Computerausdrucke auf vergilbtem Papier mit Weisheiten wie:

Wer die Wahrheit sehen will, muss die Augen schließen.

Sei selbst die Veränderung, die du dir für die Welt wünschst.

Jeder Tag, an dem du nicht lächelst, ist ein verlorener Tag.

Ich hatte keine Ahnung, um wessen Arbeitsplatz es sich da handelte, aber diese Person war anscheinend nur noch einen Windhauch von der Erleuchtung entfernt.

In den dunkelsten Nächten leuchten die hellsten Sterne.

Glaub nichts, was du hörst und nur die Hälfte von dem, was du siehst.

Der Mensch wird durch seine Taten bestimmt, nicht durch seine Worte.

Auf dem Schreibtisch gab es einen Monitor, eine Tastatur, eine Tasse mit Stiften, ein Telefon und einen silbernen Brieföffner. Die zwei kleinen Schränke rechts und links unter dem Tisch waren versperrt. Ich öffnete ein paar Laden des Metall-Aktenschranks, darin befanden sich keine Akten, sondern etliche Duftbäumchen in den Sorten Erdbeere, Tanne und Vanille. Daher der Geruch, Vanille war schon ausgeraucht, aber die anderen beiden Sorten hatten durchgehalten.

Ich schloss die Laden wieder, schob die Tasse mit den Stiften zur Seite und setzte mich auf die Schreibtischplatte. Die gedämpften Stimmen jenseits der Tür waren wie trockenes Stroh für den brennenden Ärger in mir. Wieso war Henriette überhaupt hergekommen? Warum hatte sie nicht angerufen? Und dann auch noch mit Konny! Dadurch hatte sie mich noch angreifbarer für Kieksstimme und Froschgesicht gemacht.

Ich versuchte mich abzulenken, dachte an Breck und fragte mich, ob er wirklich mal zu der Riege von Marias unzähligen Liebhabern gehört hatte. Sie war schließlich bekannt für ihren lockeren Lebensstil – und dass Breck zu der Zeit verheiratet war, stellte für sie sicher keinen Hinderungsgrund dar. Hatte sie doch damals auch mit meinem Verlobten geschlafen, um mir zu zeigen, dass er nicht gut genug für mich war.

Aber bei Brecks Verabschiedung – seine Innigkeit irritierte mich, so gut hatten wir uns nicht gekannt. Ich rutschte vom Tisch, öffnete die Bürotür einen winzigen Spalt, gerade weit genug, damit ich hinaussehen konnte. Konrad war da, er stand bei Kieksstimme, sie debattierten über irgendwas, Konrad deutete immer wieder zu einem Computerbildschirm. Ich überlegte kurz, ihm zuzurufen, aber er war so in sein Gespräch vertieft, dass ich die

Tür schloss. Eine bleierne Müdigkeit legte sich über mich, ich war todmüde und die Sehnsucht nach einem Kaffee, wenn nicht nach etwas Stärkerem, wuchs sekündlich. Die Minuten krochen dahin. Wie lange musste ich noch warten? Plötzlich wurde die Bürotür aufgerissen. Krump kam auf mich zu und fing an zu reden, als wären wir nur kurz bei einem Gespräch unterbrochen worden. Dazu wedelte er mit einer Akte vor meiner Nase herum.

»... und außerdem, Fiore, was haben Sie sich dabei gedacht? Wenn Sie noch mehr Mist bauen, sind Sie draußen. Respekt! Verstehen Sie dieses Wort? Mein Gott, offiziell haben wir uns geeinigt, dass Sie als Konrads Assistentin hier sind. Und schon das ist eine Gratwanderung für mich. Sie hätten das nie tun dürfen.«

»Was genau?«

»Bitte ersparen Sie mir das, dafür hab ich jetzt weder die Zeit noch die Nerven. Wenn ich das vorher gewusst hätte, ich hätte Sie nie ... wenn das rauskommt.«

Er rollte mit den Augen und wischte sich mit dem Handrücken in dramatischer Geste imaginären Schweiß von der Stirn. Ich versuchte zu lesen, was auf dem Aktenvermerk stand, aber er bewegte seine Hand so schnell, dass es unmöglich war. Doch ich konnte mir schon denken, dass meine neuen Kollegen gar nicht hatten abwarten können, Krump von meinem Fehlverhalten in Anton Jägers Wohnung zu berichten. Ich drehte mich weg, um Zeit zu gewinnen.

Das Leben ist 10 %, was dir passiert und 90 %, wie du darauf reagierst, las ich auf einem der Zettel an der Wand, der mit Kaffeespritzern übersät war. Ich hatte falsch reagiert, als ich die Notiz mit meinem Namen im Wohnzimmer des Toten gefunden hatte. Aber in der Theorie sind wir ja alle die größten Meister – an der Umsetzung in die Praxis hapert es.

»Weiß man, was die Zeichen zu bedeuten haben?«, fragte ich mit einem Stoßseufzer.

»Zeichen?«

»Ja, die Zeichen auf der Rechnung. Die Stenoschrift meine ich.«

Weil Krump nicht antwortete, drehte ich mich wieder zu ihm. Der Polizeichef reckte seinen Kopf vor und sah mich an, als wäre ich nicht ganz dicht.

»Zeichen? Was für Zeichen? Wovon reden Sie, Fiore?«

Weil ich nicht gleich antwortete, schob er nach: »Soll das einer Ihrer misslungenen Scherze sein? Reicht es nicht, dass Sie so unverfroren mit Breck geflirtet haben und …«

Ich bemühte mich erst gar nicht, meine Erleichterung zu verstecken.

»Ich habe doch nicht …«, widersprach ich.

Doch im selben Moment klopfte es an der Tür und Krump brüllte: »Jetzt nicht!«

»Es ist aber wichtig!«, sagte eine Frauenstimme dahinter.

Krump ging zur Tür, riss sie auf und sagte genervt: »Was ist denn, Herrgott?«

Froschgesicht schob sich ins Zimmer, ihr Blick mühsam auf den Fußboden geheftet, als hätte sie erwartet, Krump und mich halbnackt in flagranti zu erwischen.

»Ich hoffe, dass es wirklich wichtig ist, ich hab doch gesagt, ich will nicht gestört werden«, blaffte Krump.

»Es tut mir leid.« Ihre Schultern waren bis zu den Ohren hochgezogen. »Aber einer der Kameramänner ist zurückgekommen, er würde gerne noch eine Einstellung vom Büro draußen drehen.«

»Ja, von mir aus, soll er. Aber sag ihm, keine Gesichter.«

»Es gibt da nur ein Problem.«

»Was?«

Sie senkte die Stimme. »Dein Sohn, der Florian … er … also … er raucht im Kopierkammerl. Ich hab schon versucht, ihn von dort wegzubekommen, aber er will nicht …«

»Dann lass ihn einfach.«

Ich war über dieses milde Verhalten von Krump gegenüber seinem Sohn Florian überrascht. Normalerweise kommandierte er ihn herum, schleppte den Anfang Zwanzigjährigen wie einen kleinen Schoßhund mit und ließ ihn so gut wie nie aus den Augen.

»Na ja, Heinz, also, er raucht keine ... Zigarette«, sagte Froschgesicht.

Krumps Kopf schnellte hoch. »Was?«

»Es ist ein Joint. Außerdem steht er unter dem Feuermelder und er hat gesagt, es ist ihm egal, wenn der jeden Moment losg-«

Sofort stürmte Krump aus dem Büro, das unverkennbare Klackern seiner kleinen Füße tönte dazu wie der Soundtrack seiner Panik.

Froschgesicht blieb wie angewurzelt stehen, unschlüssig, was sie tun sollte. Dann wandte sie sich plötzlich zu mir und bemühte sich zu lächeln. Aber ihre ausdruckslosen Augen verrieten, wie es ihr wirklich ging. Ohne ihre Kollegin Kieksstimme war ihre Selbstsicherheit quasi nicht vorhanden.

»Konrad ... er hat dich gesucht. Er sitzt im Speisesaal, einen Stock tiefer«, sagte sie leise und hielt dabei ihre Hände umklammert. Als ich nichts sagte, nickte sie mir zu und verließ den Raum.

Hätte das Schild »Speisesaal« nicht neben dem Eingang gehangen, wäre ich auf der Suche danach daran vorbeigelaufen. Das hier war kein Saal, es war einfach ein Aufenthaltsraum, den man zum Speisesaal befördert hatte. Fünf weiße Kunststofftische, dazu je vier weiße Plastikstühle und vier weitere Stühle, die herrenlos um einen leeren Platz standen. Und ich wusste auch, warum.

In ihrer Mitte fehlte der wackelige weiße Kunststofftisch, den mir meine Kollegen heute Morgen in dem Großraumbüro als meinen Schreibtisch präsentiert hatten. Darum waren also die unzähligen braunen Ränder von Kaffeetassen darauf, er hatte bis vor kurzem noch hier gestanden.

Eine kleine Küchenzeile mit Spüle, Kühlschrank und Mikrowelle rundete den kulinarisch tristen Eindruck ab.

Aber auch sonst war der Begriff Speisesaal die reinste Übertreibung. Es gab, sofern man von dem surrenden Automaten mit diversen Schokoriegeln, Chips und Erdnüssen absah, keinerlei Speisen. Daneben stand ein schmutziger Kaffeeautomat mit Münzeinwurf, der aussah, als wäre er bereits seit den 80er Jahren hier.

Konrad sah mich nicht, er saß an dem Tisch unter dem Fenster, hatte einen braunen Plastikbecher vor sich stehen und schaute hinaus.

Ich kramte in meiner Tasche, ich hatte genau 50 Cent dabei. Obwohl er alles andere als einladend aussah, ging ich zum Kaffeeautomaten – die abgebildeten Schillingmünzen beim Einwurf waren schlecht mit Kugelschreiber überkritzelt, daneben hatte jemand ein Eurozeichen geschrieben. Mit meiner Münze konnte ich aus einer Vielzahl chemischer Köstlichkeiten wählen, ich entschied mich für einen großen Espresso mit Zucker. Das Gerät setzte sich mit einem rumpelnden Geräusch in Gang, als wäre ein alter Propeller angeworfen, und Konrad drehte den Kopf zu mir.

»Wie ist der Kaffee?«, fragte ich.

Er sah von mir zu dem Becher vor sich, griff danach und nippte daran. Sofort sank er ein paar Zentimeter tiefer in den Stuhl und sein Hals spannte sich so sehr an, dass ich es sogar von meinem Platz sehen konnte.

»Dann willst du wohl keinen zweiten?«, fragte ich. Er verschluckte sich, hustete und schüttete etwas von der dunkelbraunen Flüssigkeit aus. Rasch wischte er es mit seiner Handkante weg und hob einen weißen Umschlag hoch, den er vor sich liegen hatte.

Ich nahm meinen Kaffee in Empfang und hielt ihn mir unter

die Nase. Er roch, als hätte jemand seine alten Socken in der Maschine vergessen, also leerte ich ihn gleich wieder aus und ging zu Konrad. Der weiße Umschlag war eine Polizeiakte mit der »Bundespolizei Wien«-Überschrift, darunter statt einer Aktenzahl sein Name.

»Was ist das?«, fragte ich und setzte mich ihm gegenüber.

Wortlos schob er mir die Akte über den Tisch. Ich schlug sie auf, da waren fünf Blätter mit ausgedruckten Tabellen. Über der ersten Spalte stand »Datum und Uhrzeit«, über der Zweiten »Ort« und über der dritten »Ansprechperson«. Ich las weiter.

Das waren Termine für den ganzen Monat. Der Erste am Montag in einer Woche um 9 Uhr, in einem Gymnasium, die Ansprechperson hieß Frau Professor E. Travnicek. In der nächsten Zeile stand 11 Uhr, Pensionistenheim am Rosenhügel, daneben Herr Ferdinand. Ich überflog die restlichen Seiten, das waren alle Arten von Schulen, diverse Vereine und Heime. »Was soll das?«, fragte ich und sah hoch.

»Das ist unser Aufgabengebiet. Wir sollen gemeinsam ab nächstem Montag Vorträge halten. Über die Polizeiarbeit. Nichts Außergewöhnliches, nur Einblicke, wie der Polizeiapparat funktioniert. Diese Woche haben wir Zeit, um uns mit den Unterlagen und dem Schulungsmaterial vertraut zu machen.«

»Wir sollen was? Ich verstehe nicht ...«

Konrad seufzte genervt und fuhr sich über die müden Augen.

»Das ist, was wir machen sollen. Deshalb sind wir hier.«

Ich blätterte noch einmal ungläubig die Papiere durch. Das musste ein Fehler sein. Mein Gespräch mit Krump über diesen Job war zwar schon einige Zeit her, aber da war immer klar gewesen, dass Konrad und ich ganz normal in den Kriminaldienst aufgenommen werden sollten.

»Ich habe versucht, Eva zu überreden, einen Phantomzeichner zu der Nachbarin von Anton Jäger zu schicken.«

»Kieksstimme? Wieso bist du damit zu Kieksstimme?«

Konrad hob überrascht die Augenbrauen. »Wer soll das sein?«

Ich winkte ab und ließ die Frage unbeantwortet. Er seufzte müde.

»Jedenfalls hat Eva gelacht. Wie ich mir das vorstelle? Eine senile alte Frau, wahrscheinlich käme das Gesicht von Marlene Dietrich oder Greta Garbo dabei heraus.«

»Ist die irre?«

Die Wut strömte durch meine Adern, mir wurde schlagartig heiß. Das konnte nicht sein. Das durfte einfach nicht wahr sein.

»Ich rede mit Krump«, sagte ich und stand so rasch auf, dass der Stuhl umkippte.

Konrad schüttelte den Kopf. »Heinz hat das angeordnet.« Er beugte sich vor und tippte mit dem Zeigefinger auf die Akte. »Das war seine Idee.«

»Krump hat was?«

»Ja, Heinz hat es angeordnet.«

War es das, was Krump mir hatte sagen wollen? Die Akte in seiner Hand? Aber was machte das für einen Sinn? Wieso hatte Krump Konrad zurückgeholt, wenn er ihn jetzt als Redner versauern lassen wollte? Oder hatte das mit mir zu tun? War das meine »Strafe«, weil ich mich Krump gegenüber nicht mit der duckmäuserischen Dankbarkeit verhielt, die er erwartete? Denn wenn Krump mich kleinkriegen wollte, dann gab es nur einen Weg, das wussten sowohl er als auch ich. Und dieser Weg führte über Konrad. Jetzt wollte ich erst recht zum Polizeichef.

»Nicht, Lotta«, hielt Konrad mich auf. »Vielleicht hat er recht. Vielleicht war das alles ja wirklich eine Schnapsidee.«

»Ich werde dir sagen, was eine Schnapsidee ist. Nämlich, dass du auch nur eine Sekunde denkst, Krump könnte recht …«

Doch er winkte ab, schürzte die Lippen. Ich wusste nicht, was ich sagen sollte, stellte meinen Stuhl wieder auf und nahm Platz.

»Das war nicht ausgemacht«, sagte ich trotzig, als würde es irgendwas ändern. Endlich war ich da, wo ich immer hinwollte. Konnte Konrad das zurückgeben, was er meinetwegen aufgegeben hatte. Und jetzt sollte er beschissene Vorträge in Schulen halten?

Konrad stand auf und sah mich an. Dann, ohne erkennbaren Anlass, ging er zur Tür des Speisesaals und schloss sie leise. Er kam wieder zurück, griff in die Außentasche seines Sakkos und nahm einen Packen zusammengefalteter Computerausdrucke heraus.

»Sieh dir das an«, sagte er.

Es waren Zeitungsartikel, der Autor war Anton Jäger. Der Älteste war vor einem Monat, der Neueste erst vor ein paar Tagen erschienen. Die Themen waren unterschiedlich, Politik, Fernsehkritiken und ein bisschen Feuilleton. Aber jeder einzelne dieser Artikel stammte aus ein und derselben Zeitung: dem *Wiener Tagblatt*. Anton Jäger hatte also doch dafür geschrieben.

»Das ist nur ein winziger Teil, es gibt noch viel mehr, aber die anderen konnte ich in der Eile nicht ausdrucken. Die Sache ist die ...«, Konrad schnaubte kurz und verzog sein Gesicht, »ich habe ein ungutes Gefühl bei der ganzen Angelegenheit.«

»Und warum?«

Er setzte sich wieder und verschränkte die Hände ineinander. »Diese Nachbarin. Irgendwas sagt mir, dass sie nicht nur wirres Zeug redet. Ich glaube, sie sagt die Wahrheit. Oder zumindest versteckt sich ein Kern Wahrheit darin.«

»Wieso denkst du das? Auf mich hat sie nicht besonders fit gewirkt.«

»Vielleicht hast du recht ... aber ... ach, ich weiß auch nicht. Irgendwas stört mich.«

»Und was?«

Er sog Luft zwischen seinen Lippen ein. »Franz hat gesagt, sie haben keinen Computer gefunden. Nichts. Der Mann war Journalist. Laut seiner Putzfrau hat er viel von zu Hause gearbeitet. Sie sagte, es lief in letzter Zeit nicht so gut, aber diese Artikel zeigen das Gegenteil. Er hat ihr also nicht die Wahrheit gesagt.«

»Du meinst, weil er vielleicht sein Geld nicht für sie, sondern etwas oder jemand anderes ausgeben wollte? Vielleicht für diese große Frau?«

»Kann sein. Aber geschrieben hat er auf jeden Fall. Wo ist also sein Computer?«

Erst jetzt, als er es sagte, leuchtete es mir ein.

»Außerdem gibt es keinen Abschiedsbrief. Zumindest noch nicht. Er war Journalist. Sein Beruf ist es zu schreiben. Es ist kein Beweis, aber gerade er nimmt sich das Leben und hinterlässt keine Nachricht?«

»Vielleicht ist ein Abschiedsbrief auf dem Computer?«

»Der Computer, der nicht da ist, genau. Das passt alles nicht zusammen.«

Er wandte den Blick Richtung Fenster und starrte hinaus. »Eine Woche«, sagte er.

»Was, eine Woche?«

Er sah wieder zu mir, lehnte sich vor und tippte mit dem Zeigefinger auf die ausgedruckten Vortragstermine. »Wir haben jetzt eine Woche Zeit. Eine Woche, um herauszufinden, was es mit diesem Selbstmord auf sich hat.«

Eine Woche. Eine Woche, in der ich nachforschen konnte, wieso Anton Jäger meinen Namen mit dem Datum meiner Entführung auf die Rückseite dieser Rechnung geschrieben hatte. In welchem Lokal er war und mit wem er sich dort getroffen hatte.

Ich durfte Konrad das alles nicht länger verschweigen.

»Konrad, es gibt da noch was, das ich dir sagen mu-«, begann ich, doch ein Glockenspiel unterbrach mich. Es war mein Handy, Hannes' Klingelton, der aus meiner Tasche zu läuten anfing.

»Hallo?«

»Lotta, wo bist du?«, fragte Hannes.

»Wir sind im Kommissariat, im sogenannten Speisesaal. Ich wusste nicht, dass ...«

Ich hörte, wie die Tür geöffnet wurde, im selben Moment sagte Hannes: »Ich bin hier.«

Aber es war nicht aus dem Telefon gekommen, sondern vom Eingang. Ich drehte mich mit einem Lächeln um, doch es fiel mir auch gleich wieder aus dem Gesicht. Hannes war nicht allein, neben ihm stand seine Kollegin Regina Steindl. Sie lächelte uns aufmunternd zu, und das Schlimme war, ich glaubte ihr diese Freundlichkeit. Eifersucht und Neid fingen einen erbitterten Kampf mit meinem Verstand an, während ich zurücklächelte.

Ich wusste, dass meine Gefühle lächerlich und sinnlos und dumm waren und auch nichts damit zu tun hatten, dass ich Hannes nicht vertraute. Es war etwas völlig anderes.

Ich beneidete Regina Steindl.

Ich beneidete sie so sehr, dass es weh tat. Weil sie so normal und perfekt und ausgeglichen war, als wäre sie einer Frauenzeitschrift entsprungen. Weil sie eine Gruppe von »besten Freundinnen« hatte, der sie genug vertraute, um mit ihnen dieses bonbonrosa, glitzernde Geheimnis kichernd zu teilen. Und weil sie sogar dann noch gelassen damit umging, als durch ihren eigenen Fehler jeder hier von diesem Geheimnis erfahren hatte.

Vor ein paar Monaten hatte Regina Steindl eine private Mail geschickt. Darin schrieb sie in ihrer unbekümmerten Art, dass es ihr selber schon peinlich wäre, wie sehr sie sich in ihren neuen Kollegen Hannes Fischer verliebt hatte und dass sie in seiner Gegenwart kaum einen klaren Gedanken fassen könne. Dass die Freundinnen nicht immer fragen sollten, ob der Traummann in der Nähe war, wenn sie telefonierten, er könnte es schließlich mitbekommen. Und dass sie ihm deswegen ab jetzt den Codenamen »Fips« geben würde – die geliebte Figur aus den alten Kasperl-Aufführungen, die ihre Mutter ihr immer in den DVD-Player gelegt hatte, wenn sie als Kind nicht schlafen konnte. Doch Regina Steindl hatte diese Mail nicht nur an ihre Freundinnen geschickt. Sie war unabsichtlich auch im internen Verteiler der Kriminalpolizei gelandet. Alle hatten es gelesen. Alle nannten Hannes seither Fips, nur Regina Steindl tat das natürlich nicht. Ich wusste nicht, ob Hannes und sie jemals darüber geredet hatten. Mir gegenüber hatte sie es nie erwähnt, sie war, wenn auch etwas distanziert, immer nett und freundlich zu mir.

Ich beneidete sie aus ganzem Herzen darum, dass sie sogar mit diesem Fauxpas umgehen konnte, ihn mit einer Lässigkeit wegsteckte, als wäre es nichts weiter als ein alter Tomatenfleck auf der Kleidung, den man beim Anziehen übersehen hat.

Dass sie bei ihren Kollegen nicht nur beliebt war, sondern man ihr sogar nichts übelzunehmen schien. Die nette junge Frau von nebenan, mit der man gerne was trinken ging. Die neben ihrem intakten Seelenleben auch noch Nerven wie Drahtseile hatte, weswegen sie laut Hannes eine gute und gewissenhafte Kriminalistin war. Deren schlechteste Eigenschaft war, dass sie alles richtig machen wollte und vor Polizeichef Krump zur Streberin wurde.

Sogar ich wäre lieber mit ihr zusammen gewesen als mit mir. Regina Steindl war das genaue Gegenteil von mir.

»Was macht ihr hier?«, fragte Hannes.

Sie kamen zu unserem Tisch. Ich klappte die Akte mit den Vortragsadressen rasch zu, damit die beiden dessen Inhalt nicht sehen konnten, und ließ Anton Jägers Artikel in meiner Tasche verschwinden.

»Wir dachten, das ist ein richtiger Speisesaal«, sagte ich.

Hannes lächelte und beugte sich zu mir herunter. »Ist alles wieder okay?«, fragte er leise. Wie schon in Anton Jägers Wohnung nickte ich übertrieben und machte eine wegwerfende Geste, als würde es täglich passieren, dass ich mich beim Anblick eines Toten übergeben musste.

»Wollt ihr mit uns essen gehen? Wir sind gerade unterwegs zum Lucky Chan«, fragte Regina Steindl. Die Art, wie sie das sagte, war süß wie Zuckerguss und schmerzhaft wie Nadelstiche.

Ich spürte, wie mir das Blut in die Wangen schoss, ein Mittagessen mit Hannes und ihr war das Allerletzte, was mir an diesem Katastrophentag zur Vollkommenheit fehlte. Doch während ich panisch nach einer Ausrede suchte, kam mir Konrad zuvor.

»Sehr gern. Ich bin am Verhungern.«

»Fein«, antwortete Regina Steindl. »Lotta, darf ich noch kurz mit dir sprechen?«

Bevor ich antworten konnte, verließ Konrad mit Hannes den Speisesaal und ließ mich mit Regina Steindl allein.

Ich hatte mich geirrt. Das Mittagessen war nicht das Allerletzte, was mir gefehlt hatte. Das hier war es.

»Lotta, diese Sache mit Hannes, meine E-Mail damals ...«

»Fips. Ich weiß.«

Sie zog die Mundwinkel auseinander und sog geräuschvoll Luft ein. Sogar wenn ihr etwas unangenehm war, wirkte es süß.

»Also, das tut mir leid. Wirklich. Ich wollte dir das nur mal persönlich sagen. Da wir ja jetzt Kolleginnen sind.«

»Was tut dir leid?« Die Frage: »Dass du dich in Hannes verliebt hast, oder dass es jeder hier weiß?«, sprach ich nicht aus.

Sie zögerte irritiert. Anscheinend hatte sie nicht damit gerechnet, dass ich wissen wollte, was sie meinte.

»Fips. Dieser blöde Name. Alle nennen ihn jetzt so. Das ist meine Schuld.«

Ich wartete, aber mehr kam nicht.

»Kein Problem«, sagte ich. »Na, dann gehen wir ins Lucky Chan.«

»Ja.« Sie lächelte und hielt mir die Tür auf.

Ich wusste nicht, was sie mit dieser »Aussprache« gewollt hatte. Aber über eines war ich mir im Klaren: Es gefiel mir nicht.

9.

Das Lucky Chan war ein Chinarestaurant der Sorte, bei der einem Glutamat-Geruch entgegenströmte, kaum öffnete man die Eingangstür auch nur einen Spalt.

Aber anscheinend war es das einzige Lokal in der Nähe, denn fast das halbe Kommissariat schaute von seinen Frühlingsrollen, gebratenen Nudeln und knusprigen Enten auf, als wir eintraten. Auch Kieksstimme sah zu uns, sie warf Froschgesicht, die ihr gegenübersaß, einen vielsagenden Blick zu.

Hannes stand hinter mir, er legte seine Hand auf meinen Rücken. Es war eine kleine Geste, aber vor diesem Publikum und neben seiner Assistentin wurde sie riesengroß. Meine rechte Hüfte fing an zu vibrieren. Im ersten Moment dachte ich, es wäre wegen seiner Berührung. Aber dann begann der Brr-Brr-Brr-Rhythmus und ich begriff, dass es mein Handy sein musste. Der Geräuschpegel im Lokal war so laut, dass der Klingelton nicht zu hören war.

Die Nummer kannte ich nicht. Ich sagte: »Ich bin gleich wieder da«, und hob das Telefon in die Höhe wie ein Zauberer, der vor dem nächsten Trick sichergehen will, dass es alle sehen.

»Ja, hallo?«, fragte ich noch beim Verlassen des Lokals. Die Frau am anderen Ende sprach so leise, dass ich kaum was verstehen konnte.

»Wie bitte?«

»Herrn Fürst, bitte.« Es war bemüht deutlich gesprochen, aber der ausländische Akzent war nicht zu überhören.

»Er kann gerade nicht«, sagte ich verwundert. Wer rief bei mir an und wollte Konrad sprechen? »Worum geht es?«

Ein Räuspern am anderen Ende, gefolgt von abwartendem Schweigen. Aber in Anbetracht der Tatsache, dass mich nur ein Mittagessen mit Regina Steindl unter geschätzten sechzig Argusaugen erwartete, hatte ich Zeit. Autos fuhren vorüber, ich schlenderte ein Stück die Straße weiter, um vom Restauranteingang wegzukommen.

»Sind Sie noch dran?«, fragte die Frau schließlich. War das ein tschechischer Akzent? Ungarisch?

»Ja. Bin ich.«

Ich kratzte mit dem Fingernagel an einem Stückchen Hausmauer, das langsam abblätterte.

»Sind Sie denn auch von der Kriminalpolizei?«, fragte sie. Das kam so unerwartet, ich stieß fest in den Verputz, dass ich mir den Nagel leicht umbog und ein kleines Ziegelbröckchen aus der Wand fiel.

»Au. Ich meine, ja. Bin ich. Mein Name ist Lotta Fiore. Ich bin die Kollegin von Konrad Fürst. Wer spricht denn bitte?«

»Mein Name ist Olga. Ich bin die Heimhilfe von Frau Pospischil ...«

Natürlich, ich hatte Anton Jägers Nachbarin meine Nummer gegeben.

»Also, mir ist eingefallen. Heute bei diese Polizist, hab ich gesagt, Frau Pospischil meint mich mit die große Frau. Aber wie ich war weg, hab ich mich erinnert an diese Dame, die wollte zu Herrn Jäger, Gott hab ihn selig ... wollte ich Polizist anrufen, aber Frau Pospischil hat gesagt, waren Sie bei ihr, weil Sie große Frau suchen? Stimmt das? Ich war mir nicht sicher, Frau Pospischil erzählt sie viel ...«

»Doch, es stimmt, wir waren da. Frau Pospischil hat uns erzählt, diese Frau hätte gestern Abend Herrn Jäger besucht. Wissen Sie was davon?«

»Nein, ich bin immer nur in der Früh und dann wieder am Nachmittag für zwei Stunden hier. Aber ein paar Mal, da konnte ich erst später kommen und da ich habe sie gesehen.«

»Sie wissen, wie sie aussieht?«

»Nicht wirklich, hab ich sie immer nur kurz von die Seite oder von hinten gesehen. Aber ist sie groß. Und kräftig.«

»Sie meinen dick?«

»Kräftig. Wie Sportlerin.«

»Athletisch?«

»Ja. Und ich glaube, sie ist blond, aber mehr dunkel. Aber sicher bin ich mir nicht, sie trug Mütze.«

»Was schätzen Sie, wie alt sie ist?«

Ich hörte, wie sie Luft ausstieß. »Kann 30 sein. Oder auch schon 40, ich weiß nicht.«

»Wo haben Sie sie denn immer gesehen?«

»Im Treppenhaus, bei die Wohnung von Herr Jäger.«

»Und wissen Sie ihren Nachnamen?«

»Keine Ahnung. Frau Pospischil hat gesagt, sie heißt Sandra, aber ich weiß nicht, ob stimmt.«

Meine Anspannung ließ augenblicklich nach. Wenn wir keinen Namen hatten, dann waren wir auch nicht besser dran als vor fünf Minuten. Sie sprach weiter, aber einen Moment war ich unaufmerksam, denn ich hörte hinter mir Schritte und drehte mich um. Es war Konrad. Er zeigte mit seinem Daumen Richtung Restauranteingang und runzelte fragend die Stirn.

Ich hob meinen Zeigefinger und sagte stumm: »Gleich.«

»Wer ist denn dran?«, fragte er.

»Also, ich hoffe, ich konnte Ihnen irgendwie helfen«, sagte die Heimhelferin am Telefon.

»Womit?«, fragte ich.

»Na, ich dachte, ist vielleicht wichtig, dass Sie wissen, wo sie arbeitet?«

»Moment, Entschuldigung, würden Sie bitte wiederholen, was Sie gerade eben gesagt haben?«

Sie tat es und mit jedem Wort wurde ich aufgeregter.

»Wir müssen sofort los«, sagte ich zu Konrad, nachdem ich das Gespräch beendet hatte.

»Wieso?«

»Weil wir Sandra haben.«

Zwanzig Minuten später standen Konrad und ich am Josef-Meinrad-Platz im 1. Bezirk.

Ich lehnte mich gegen die aufgelassene Zapfsäule der alten Tankstelle, in deren Sichtschutz wir warteten. Auf der anderen Straßenseite war der Bühneneingang des Burgtheaters. Das kastanienbraune Holztor lag geschützt unter einem Rundbogen-Vorbau, der von zwei cremefarbenen ionischen Säulen getragen wurde. Die Sonne schien direkt darauf und tauchte die Renaissance-Fassade in goldenes Licht.

»Wieso gehen wir nicht einfach rein?«, fragte Konrad.

»Und was sollen wir sagen?«

»Dass wir zu Sandra möchten.« Konrad hatte es so selbstverständlich und ohne Zögern gesagt, dass ich lachen musste.

»Weißt du, wie groß so ein Ensemble in einem Staatstheater ist? Außerdem wissen wir nicht mal, ob Sandra wirklich Sandra heißt.«

Die Heimhilfe hatte nur vor ein paar Wochen ein Telefonat mitgehört, in dem diese große Frau im Treppenhaus mit jemandem gestritten hatte, da sie einspringen musste.

»Was ist das Burgtheater für ein Saftladen geworden? Da hätte ich auch in der Provinz bleiben können«, hatte sie ins Telefon gebrüllt. Deshalb hatte es sich die Heimhilfe auch gemerkt.

»Was willst du sonst tun? Sollen wir hier warten?«, fragte Konrad.

Es war kein Vorwurf in seiner Stimme, trotzdem wurde mir bewusst, wie übereilt mein Vorgehen war. Wir hätten auch einfach online das Theaterensemble nach dieser Sandra durchsuchen können. Aber dann würden wir jetzt wahrscheinlich noch im Lucky Chan sitzen. Und das war der einzige Ort, wo ich noch weniger sein wollte als irgendwo sonst.

»Ich weiß nicht, was wir machen sollen. Wir haben keine Ausweise. Keine offizielle Genehmigung. Nichts.«

»Warum sind wir dann überhaupt hergefahren?«

Ich spürte Konrads Blick, aber ich sah ihn nicht an.

»Weil ... also weil ...« Während ich noch nach einer Erklärung suchte, die nichts damit zu tun hatte, dass ich einfach weg aus dem Lucky Chan hatte wollen, überquerte ein Mann die Straße. Ich schätzte ihn auf Mitte 70 und seinem roten Seidenschal und der schwarzen Baskenmütze nach zu urteilen, musste er ein Schauspieler oder Regisseur sein. Wenn das Wort Klischee je seine Bestätigung suchte, dann fand es die genau in diesem Moment. An der Leine hatte er einen fetten Bassett, der hechelte, als hätte er Asthma. Die beiden verschwanden im Bühneneingang. Und mir kam eine Idee.

Ich trat näher an Konrad heran und legte meine Hand auf seinen Arm.

»Ich weiß, was wir machen. Wir müssen da rein. Also tun wir so, als wärst du Schauspieler.«

»Was?« Sein Gesichtsausdruck wechselte von amüsiert zu verblüfft und schließlich zu geschockt, als er merkte, dass ich es ernst meinte.

»Ja. Und du sagst, du bist auf der Suche nach einer Kollegin, deren Namen du leider vergessen hast, es könnte aber sein, dass sie Sandra heißt. Sie ist sehr groß und blond und hier beschäftigt. Wir brauchen nur ihren ganzen Namen, das ist alles. Ich würde es ja selber machen, aber die Wahrscheinlichkeit, dass mich jemand im Theater erkennt, ist einfach zu groß«, sagte ich.

Er lachte gequält auf. »Du meinst, wenn ich mich schon nicht daran erinnere, Kriminalkommissar gewesen zu sein, dann kann ich auch ruhig so tun, als wäre ich Schauspieler gewesen.«

»Lass mich einfach für dich reden, in Ordnung? Du brauchst nichts weiter zu machen, als so zu tun, als wärst du wahnsinnig wichtig. Kannst du das Hemd aus der Hose nehmen?«

»Wozu?«

»Weil wir es hinbekommen müssen, dass du ein bisschen weniger wie ein Kriminalkommissar und ein bisschen mehr wie ein Künstler aussiehst.« Ich wuschelte ihm durch die Haare, die sich sofort zu unzähligen Locken kringelten. Ein paar davon zog ich ihm in die Stirn.

»Und noch einen weiteren Hemdknopf öffnen«, bat ich, während er sein Hemd in die Länge zog, um die Falten ein bisschen zu glätten. Anschließend stellte ich seinen Sakkokragen auf, ging in die Knie und krempelte beide Jeansbeine einmal um.

Konrad sah an sich herunter. »Ich sehe aus wie ein Idiot.«

»Ja. So wird kein Mensch anzweifeln, dass du Schauspieler bist.«

Konrad hob den Kopf und deutete zum Straßenschild. »War dieser Josef Meinrad ein Schauspieler?«

Ich nickte.

»Und ist er jemals in so einem Aufzug herumgelaufen?«

»Kann ich mir nicht vorstellen«, sagte ich und hakte mich bei ihm unter. »Aber das lässt sich auch nicht vergleichen, denn bei dir müssen wir die Leute ja einfach nur glauben machen, du wärst ein Schauspieler. Also, egal was da drinnen passiert, stell dir einfach vor, du bist, was weiß ich, Tom Hanks.«

Konrad sah mich ratlos an. »Wer?«

»Gibt es irgendeinen Schauspieler, an den du dich erinnerst?«

»Karl Gable?«

»Er heißt Clark Gable. Gut, stell dir einfach vor, du wärst er.«

Ich wollte losgehen, doch Konrad blieb stehen. Weil ich noch immer in seinem Arm eingehängt war, stolperte ich zurück.

»Wie soll ich das machen? Ich ... ich kann nicht denken, wenn ich am Verhungern bin«, sagte er. Wie zur Bestätigung fing sein Magen laut zu knurren an.

»Hast du beim Chinesen gar nichts gegessen?«

Er schüttelte den Kopf, sein Magen knurrte wieder. Ich kramte in meiner Tasche und holte ein paar Kräuter-Hustenbonbons und einen halben Kaugummi hervor.

»Tut mir leid, mehr hab ich nicht. Sollen wir dir was zu essen besorgen, bevor wir reingehen?«

Er schüttelte den Kopf, seufzte, nahm eines der Bonbons, wickelte es aus und steckte es sich in den Mund.

»Ich hoffe nur, Hannes lässt sich mein Chop Suey schmecken.«

»Was hast du ihm denn gesagt, als du gegangen bist?«, fragte ich.

»Gar nichts. Er und seine Kollegin haben gerade mit wem gesprochen und ich wollte nur rasch nach dir sehen.«

Ich sagte »Verstehe« und dachte »Verdammt«. Niemand wusste, warum ich gegangen war. Mein Telefonanruf hätte genauso gut vorgetäuscht sein können.

»Warte kurz, ich muss noch telefonieren, bevor wir reingehen. Dauert keine Minute«, sagte ich zu Konrad und ging um die Ecke Richtung Bundeskanzleramt.

Erst als ich außer Sichtweite zum Bühneneingang war, holte ich mein Handy hervor. Ich hatte von Hannes eine SMS bekommen.

›Alles okay?‹

Ich rief zurück, aber er ging nicht ran, also legte ich auf.

Wahrscheinlich war er noch immer mit Regina Steindl im Lucky Chan. Ich fing mit einer Antwort-SMS an, aber schon nach ›Musste weg, weil‹ wusste ich nicht mehr weiter. Weil ich nicht mit dir und deiner Kollegin Mittagessen gehen wollte? Weil ich jeden Vorwand benutzt hätte, um wegzukommen?

Ich wartete auf eine Eingebung, die nicht kam, also löschte ich die drei Worte. Aber irgendwas musste ich tun, also wählte ich seine Nummer erneut. Auch jetzt sprang wieder die Mobilbox an. Während die automatische Ansage um eine Nachricht bat, dachte ich daran, wie die wohl klingen würde, wenn Regina Steindl sie statt mir hinterließ. Der Signalpfiff ertönte, ich wartete kurz, holte tief Luft und senkte meine Stimme zu einem süßlichen Flüstern.

»Hallo Hannes, ich bin's, Lotta. Wir mussten weg. Es war ein kurzfristiger Hinweis. Aber ... ich freu mich schon auf heute Abend. Es ... war schön, dich vorhin zu sehen. Wirklich, sehr schön. Auch, wenn es nur so kurz war. Aber dich zu sehen ist ja immer schön. Ja, Hannes ...« Ich lachte ein unechtes Lachen, stockte, weil ich bei meiner Regina-Steindl-Imitation nicht mehr weiterwusste, und legte schließlich auf. Ich hielt das Handy wie eine Trophäe vor mich und wartete auf dieses zufriedene Gefühl, alles richtig gemacht zu haben. Aber es stellte sich nicht ein. Im Gegenteil. Ich schämte mich. Ich schämte mich so sehr für den kindischen, dummen Versuch, jemand zu sein, der ich nicht war. Und noch mehr schämte ich mich, weil ich mir in der tiefsten dunkelsten Ecke meiner Seele wünschte, dass es doch so wäre.

10.

Ich war so in meine Gedanken versunken, als ich zu Konrad zurückging, dass mir erst bei der Tankstelle klar wurde, dass er nicht mehr da stand. Ich lief zum Eingang des Burggartens ein paar Meter entfernt, vielleicht hatte er sich ja auf eine der Parkbänke gesetzt. Aber auch hier war er nicht.

Also überquerte ich die Straße und betrat das Burgtheater durch den Bühneneingang. Von innen sah das Ganze viel weniger imposant aus als von außen. Rechts eine Holzbank unter dem Fenster, links eine lange Theke. Der Portier dahinter nickte mir freundlich aus seinem Chefsessel zu und wirkte dabei so gelassen, als würde er in der Rezeption einer Jugendherberge und nicht in einem der bedeutendsten deutschsprachigen Theaterhäuser sitzen.

»Ist hier gerade ein Mann vorbeigekommen, um die 60, mit grauen Locken, so groß?«

Ich hielt meine Hand gut zwanzig Zentimeter über meinen Kopf.

»Er ist in der Kantine. Gehen Sie geradeaus bis zur Glastür auf der rechten Seite.«

Ich hatte keine Ahnung, was Konrad ihm gesagt hatte, also bedankte ich mich nur und folgte seiner Beschreibung.

Konrad biss gerade in ein Würstel, von dem der Gulaschsaft tropfte, als ich die Kantine betrat. Er saß an einem der Tische, ihm gegenüber der alte Schauspieler, der vorhin das Theater betreten hatte. Der Mann hatte seine Baskenmütze abgenommen, seine schneeweißen dichten Haare waren perfekt frisiert, als hätte er den ganzen Vormittag nichts anderes getan. Sein Basset saß neben ihm auf der Holzbank, mit abgelegtem Kopf auf der Tischplatte und verfolgte mit seinen blutunterlaufenen Augen sehnsüchtig jede Bewegung von Konrads Würstel. Auf der gegenüberliegenden Wand war ein Flachbildfernseher befestigt, auf dem gerade diverse Szenen aktueller Theaterstücke liefen. Ich schaute mich um, sonst waren noch vier weitere Tische besetzt, aber an keinem saß eine blonde, große Frau.

Als Konrad mich sah, winkte er und deutete auf den Tisch. »Ich habe dir auch welche bestellt.« Neben seinem stand ein zweiter Teller, in dem zwei lange Sacherwürstel in kupferfarbenem Gulaschsaft schwammen.

Ich grüßte den Schauspieler mit einem Kopfnicken, er sprang sofort von der Bank auf, nahm meine Hand und gab mir einen formvollendeten Handkuss, bei dem seine Lippen zwei Zentimeter über der Haut stoppten. »Ich war so frei, Herrn Fürst Gesellschaft zu leisten.«

Ich sah überrascht zu Konrad, aber der war gerade damit beschäftigt, ein großes Stück Semmel in den Gulaschsaft zu tunken.

»Wir haben schon gegessen«, sagte der Schauspieler, der meinen Blick missverstand und deutete auf den Hund neben sich. Doch da sein Blick genauso sehnsüchtig auf Konrads Teller klebte wie der von seinem Hund, bezweifelte ich das. Rasch setzte er sich, nahm einen kleinen Schluck aus dem Achtelglas Rotwein, das er vor sich stehen hatte. Ich rutschte neben Konrad auf die Bank.

»Ich habe keinen Hunger, wollen Sie vielleicht?«, fragte ich und schob meinen Teller über den Tisch.

»Auf gar keinen Fall. Sie müssen was essen, ohne Mampf kein Kampf, sag ich immer«, dröhnte der Schauspieler und lachte.

Rasch zog ich den Teller wieder heran. Eigentlich hatte ich gedacht, ich würde nichts runterbringen, doch als ich den ersten Bissen nahm, merkte ich, wie hungrig ich war.

Der Basset war hin- und hergerissen zwischen Konrad und mir, er fing an, leise zu winseln und unter seinen Lefzen bildete sich eine kleine Speichelpfütze.

»Otti, du verfressenes Viech«, sagte der Schauspieler und gab dem Hund einen Klaps auf den Kopf. »Eigentlich heißt er ja König Ottokar, das war meine Paraderolle. Mein Gott, das ist aber auch schon lang her …«

Die dunkelhaarige Kellnerin deutete zu mir, ob ich etwas trinken wolle. »Mineral, bitte«, sagte ich, während mein Blick automatisch zu den Weinflaschen hinter ihr schwenkte. Sie nahm eine kleine Flasche aus dem Kühlschrank und brachte sie mit einem Glas an den Tisch. Dann blieb sie stehen und lächelte mich an. Es war ein Lächeln, als müsste ich sie kennen. Als ich nichts sagte, sah sie zum Schauspieler.

»Und Helmut, du willst sicher nichts? Was ist mit König Ottokar, der wird mir ja gleich ohnmächtig vor Hunger?«

Ich hatte mich also nicht geirrt. Konrad sah überrascht zu ihm, dann zur Kellnerin. Sie trat einen Schritt zurück, so, dass sie aus dem direkten Blickwinkel des Schauspielers verschwand, schüttelte leicht den Kopf und rieb Zeige-, Mittelfinger und Daumen der rechten Hand aneinander, die Geste für Geld.

»Es wäre uns eine Ehre, wenn Sie unser Gast sind«, sagte Konrad. »Sie und Otti.«

Der Schauspieler hob abwehrend die Hände, doch da sagte die Kellnerin schon: »Ich bring euch was«, und zog ab.

»Das wäre aber wirklich nicht nötig, dass Sie und Ihre Begleitung mich einladen«, sagte der Schauspieler.

Konrad hielt in seinem Bissen inne, er drehte sich zu mir und sah mich an. Dann fingen seine Augen, sein Mund, seine Nase, alles in seinem Gesicht zu lächeln an und er sagte: »Das ist meine Tochter.« Aus dem Augenwinkel registrierte ich, dass der Schauspieler freundlich nickte, er sagte auch etwas, aber ich hörte ihm nicht mehr zu.

Meine Tochter.

Konrad hatte mich noch nie so genannt. Geschweige denn so vorgestellt. Der Kloß in meinem Hals wurde schlagartig riesengroß. Ich schloss kurz die Augen und öffnete sie wieder, aber es wurde nicht besser.

Meine Tochter, meine Tochter, meine Tochter.

Es fühlte sich an, als würde in mir ein Feuerwerk explodieren. Die Tränen schossen mir in die Augen, je mehr ich versuchte, sie zu unterdrücken.

Meine Tochter, meine Tochter, meine Tochter.

Am liebsten wäre ich rausgerannt, aber ich blieb wie angewurzelt sitzen, blinzelte, konzentrierte mich mit ganzer Kraft auf den Bildschirm an der gegenüberliegenden Wand. Die Bilder ergaben keinen Sinn, ein dicker Mann in einem rot glitzernden Ganzkörperkostüm hopste gerade über eine Bühne voller schwarzer Müllsäcke. Er sprang hinein, wälzte sich in ihnen, bis eine Frau auf ihn zuschritt und eine überdimensionale Mistgabel auf ihn richtete. Mehrere Frauen tauchten hinter ihr auf, alle in graue Kleider gehüllt. Ihre Gesichter und Haare waren mit grauer Farbe überzogen, als hätte man sie in einen Farbeimer getaucht. Und jede trug eine Mistgabel.

Eine Frau stach aus der Masse hervor. Ich achtete im ersten Moment gar nicht auf sie, weil ich so damit beschäftigt war, meine Gefühle unter Kontrolle zu bringen. Aber der Anblick dieser einen Frau durchbrach dann doch stückchenweise mein Bewusstsein. Denn sie war groß. Riesengroß. Sie überragte die anderen um sicher zwei Kopflängen. Die blonden Haare waren wild auftoupiert und standen in Stacheln vom Kopf ab – als hätte sie, wie in einem

Comic, in eine Steckdose gefasst. Bis auf die grellroten Lippen war ihr Gesicht im Gegensatz zu den anderen komplett mit weißer Farbe angemalt. Rote Lippen … rote Lippen sollst du küssen …

»Da. Das ist sie«, sagte ich und deutete auf den Bildschirm.

»Was ist denn?«, fragte der Schauspieler, aber Konrad folgte sofort meinem ausgestreckten Zeigefinger.

»Welches Stück ist das?«, fragte Konrad.

Der Schauspieler sah jetzt auch zu dem Bildschirm, er verzog sein Gesicht, als hätte er Schmerzen. »Das ist kein Theaterstück, das ist ein Verbrechen. *Hamlet!* Shakespeare würde sich bei dieser Inszenierung im Grab umdrehen. Und zu Recht! Kein Wunder, dass die ständig Umbesetzungsproben haben.«

»Wissen Sie, wer diese große Schauspielerin ist?«, fragte ich.

»Nein, tut mir leid.«

Ich stolperte beim Aufstehen und stieß mir das Schienbein an, zückte mein Handy und hüpfte näher zum Bildschirm. Ohne Unterbrechung machte ich ein Foto nach dem anderen von der Szene. Manchmal war das Gesicht der großen Frau für einen Sekundenbruchteil in der Großaufnahme erkennbar.

Die Kellnerin brachte eine weitere Portion Würstel mit Saft und einen Teller, auf dem sie kleingeschnittene Wurststücke zu einem Berg drapiert hatte. Eilig nahm ich das Handy herunter. Während ich mich wieder hinsetzte und über mein Schienbein strich, fragte ich beiläufig: »Ich kenne diese Schauspielerin aus *Hamlet*. Ma, aber mir fällt ihr Name nicht ein. Wissen Sie, wer das ist?«

»Wie sie heißt, weiß ich nicht, das ist eine von den Jungen.«

»Das glaube ich nicht, sie wird zwischen 30 und 40 Jahre alt sein.«

»Alles unter 60 Jahre ist hier jung. Von denen kenne ich die wenigsten, kommen ja fast nicht in die Kantine, weil wir hier nicht vegan kochen und auch keine Smoothies haben.«

Sie stellte den Wurstteller auf der Bank ab, der Basset stieß einen Jauler aus. Er fing im Stakkato zu hecheln an, ich war mir nicht sicher, ob er sich so freute oder gerade einen Herzinfarkt hatte. Im nächsten Moment stürzte er sich auf das Essen. Entweder war dieser Hund wirklich außergewöhnlich verfressen, oder er hatte schon länger nicht so einen Berg Fleisch vor sich gehabt.

Die Kellnerin nickte mir zu, dann ging sie wieder zurück zur Theke.

»Wir sind auf der Suche nach einer großen blonden Frau, eine Schauspielerin, sie heißt Sandra und ...« Ich gab Konrad unter dem Tisch einen so festen Tritt, dass er aufstöhnte. Er sah mich überrascht an und ich schüttelte den Kopf und verzog mein Gesicht, dass er sofort still sein sollte.

»Nach wem?«, fragte der Schauspieler.

»Nach ...«

»Ich suche diese Schauspielerin da eben, ich kenne sie. Aber es ist nicht wichtig«, fiel ich Konrad ins Wort. Ich lächelte den alten Schauspieler an, der gerade das Würstel, das er zu seinem Mund führen wollte, sinken ließ. Er hob rhythmisch seine Augenbrauen, es sah aus, als würden sie Polka tanzen.

»Und woher kennen Sie sie?«, fragte er. Vielleicht war es nur seine Neugierde, vielleicht hatte er aber auch meine Lüge durchschaut. Darum konterte ich mit dem einzigen Trumpf, den ich hatte, der gewöhnlich alle anderen Themen sofort zum Erliegen brachte.

»Über meine Mutter. Maria Fiore.«

Die Polka erstarrte, er riss die Augen auf. »Die Maria Fiore?«

Und ich nickte.

»Mein Gott, Sie sind die kleine Fiore!« Er klatschte in die Hände, und während der nächsten zehn Minuten hörte ich mir an, wie großartig Maria Fiore bei welcher Aufführung gesungen hatte, wo er in den Genuss gekommen war, sie live zu hören und antwortete auf alle Fragen, welche Anekdoten denn nun der Wahrheit entsprachen. Es schien eine gefühlte Ewigkeit zu dauern, bis Herrl und Hund fertiggegessen hatten, dann reichte Konrad mir seine Brieftasche unter dem Tisch.

»Kannst du an der Theke zahlen gehen? Wir treffen uns draußen.«

»Was ist mit ihm?«, fragte ich leise die Kellnerin und deutete zu unserem Tisch. Konrad redete mit dem Schauspieler, aber man hörte nicht, was sie sagten.

Sie hob die Schultern, mehr bedauernd als unwissend. »Zuerst hat er alles verspielt. Hat Vorstellungen versäumt, weil er nicht aus dem Casino gekommen ist. Da haben sie ihm natürlich gekündigt. Er wollte sich ändern, aber dann ist er krank geworden. Sehr krank. Zum Spielen hat er kein Geld mehr. Und auch sonst ... er wird nicht mehr lange herkommen. Ich frag mich nur, wer sich dann um König Ottokar kümmern wird. Hoffentlich kommt er nicht ins Tierheim. So einen alten Hund nimmt doch niemand mehr.«

Ich gab ein großzügiges Trinkgeld, denn ich brauchte noch einen Gefallen, aber sie schob es mir wieder zurück.

»Sie können sich nicht mehr an mich erinnern, oder? Ich habe früher in der Kantine der Wiener Oper gearbeitet. Es ist schon lange her. Als Ihre Mutter und Ihr Verlobter dort noch gesungen haben.« Erst als sie es ausgesprochen hatte, schien sie ihren Fauxpas zu bemerken. Sie bemühte sich um ein Lächeln, ein belangloses, harmloses. Und sie hätte mir nicht deutlicher verraten können, dass sie von der Affäre meiner Mutter mit dem Mann, den ich hatte heiraten wollen, wusste. Sie waren damals beide an der Wiener Oper beschäftigt gewesen, sie der größte Opernstar, er ein junger, vielversprechender Tenor. Mein Verlobter. Dieses Wort hörte sich an wie aus einem früheren Leben. Wo es in gewisser Weise auch hingehörte.

»Ach, ich dachte schon, Sie kommen mir bekannt vor.« Ich

konnte mich überhaupt nicht an sie erinnern, überspielte es mit einem Lächeln, schob ihr das Trinkgeld wieder hin und deutete zu dem alten Schauspieler am Tisch.

»Heben Sie es einfach auf für seinen nächsten Besuch mit König Ottokar.«

Sie nahm das Geld, hielt es in die Höhe und wollte gerade zu dem Tisch rufen, aber ich griff gerade noch rechtzeitig nach ihrem Arm, um sie zu stoppen.

»Nicht, er braucht das nicht zu wissen.«

Sie deutete mit den Geldscheinen auf mich. »Sie waren schon immer anders, Carlotta.«

Obwohl ich gerne gewusst hätte, was genau sie damit meinte, verkniff ich mir die Frage.

»Sind Sie hier, weil Sie das Fach wechseln?«, fragte sie und legte die Scheine in eine Lade. Sie war nett, aber ihre Neugierde war nicht zu überhören.

»Bitte?«

»Na, Schauspiel statt Oper?«

»Oh nein, nein, keines von beiden.«

Ich suchte nach einer passenden Lüge, warum ich hier war, ich wollte nicht noch mehr Aufmerksamkeit auf diese große Schauspielerin werfen. Unglücklicherweise hatte ich aber mein Reservoir für heute schon ausgeschöpft, mein Kopf blieb leer. Darum sagte ich nur: »Schön, dass wir uns mal wiedergesehen haben«, ging zurück zu unserem Tisch und holte meine Tasche. Die beiden Männer waren so ins Gespräch vertieft, dass sie mich erst bemerkten, als ich Konrad seine Brieftasche hinhielt.

Der Schauspieler sah hoch zu mir.

»Dass Sie und Ihr Vater sich nach so vielen Jahren wiedergefunden haben, ist ja unglaublich«, sagte er mit seiner dröhnenden Stimme und deutete mit offenen Händen auf Konrad, als wollte er ihn zum Verkauf anbieten.

Ich zuckte zusammen und war dermaßen perplex, dass ich nichts sagen konnte.

Was hatte ich getan? Wie hatte mir dieser Fehler nur passieren können? Maria Fiore als meine Mutter zu erwähnen, dabei hatte Konrad mich keine paar Minuten zuvor als seine Tochter vorgestellt. Blitzschnell sah ich zur Theke. Die Kellnerin sah verwundert herüber, ihr erstaunter Gesichtsausdruck ließ keinen Zweifel, dass sie den letzten Satz gehört hatte. Offiziell war mein Vater ein bildschöner Bühnenarbeiter aus Covent Garden in London, der nach Asien ausgewandert war, wo ihn niemand aufspüren konnte. Niemand außer einer Handvoll Menschen kannte die Wahrheit. Und das musste auch so bleiben.

Ich bemühte mich, mir meine Panik nicht anmerken zu lassen. Eine Theaterkantine ist für Geheimnisse und Gerüchte so etwas wie eine Petrischale für Keime. Sind sie auch noch so klein, hier wachsen und gedeihen sie auf dem besten Nährboden. Aber jetzt war es zu spät, der Keim war hineingelegt. Und es war meine eigene Schuld.

»Wir müssen los«, sagte ich. Es war nicht meine Absicht, aber es war mir so barsch herausgerutscht, dass Konrad mich verwundert anschaute. Rasch nahm ich meine Tasche und wollte gehen, doch der Schauspieler hielt mich auf.

»Moment noch. Ich habe es schon Ihrem Vater gesagt: Wenn Sie wollen, gebe ich Ihnen die Nummer vom Probenband. Ich höre es jeden Tag ab. Macht der Gewohnheit. Darum weiß ich, dass *Hamlet* sehr oft Proben hat. Ihnen ist der König von Dänemark abgesprungen, wen wundert's? Wenn sie noch im Stück ist, werden Sie Ihre Bekannte sicher finden.«

Ich presste die Zähne so fest zusammen, dass es knirschte. Während er mir die Nummer ansagte, tippte ich sie ins Handy. Dann bedankte ich mich und ging unter dem wissbegierigen Blick der Kellnerin Richtung Ausgang.

»Lotta«, sagte Konrad hinter mir. »Was ist denn, was hast du denn?«

Ich drehte mich blitzschnell zu ihm und warf ihm einen eindringlichen Blick zu, jetzt nicht weiterzusprechen.

»Sie sind Ihr Vater?«, rief die Kellnerin ihm zu.

»Nein, nein …«, sagte ich, sah zu ihr und wedelte dabei durch die Luft, als wollte ich eine Fliege vertreiben. »Wir sind nicht … das stimmt nicht …«

Aber an ihrem Blick erkannte ich, dass es zu spät war.

11.

»Kannst du bitte stehen bleiben?«, rief Konrad mir hinterher. Ich lief voraus, vorbei an dem Bühnenportier, raus aus dem Theater, Richtung Auto, das wir bei der Minoritenkirche abgestellt hatten.

Konrads Schritte hallten in einiger Entfernung durch die enge Gasse, aber ich konnte nicht stehen bleiben. Ich bog um die Ecke, in der Entfernung leuchtete mir an der Windschutzscheibe ein Strafmandat entgegen, dabei war der Parkschein gerade mal ein paar Minuten abgelaufen. Genervt riss ich es unter dem Scheibenwischer heraus und warf die Plastikhülle auf die Straße.

»Scheiße, verdammte.« Ich sah mich nach dem Parksheriff um, fast schon dankbar, dass ich ein Ventil für meine Wut bekommen hatte. Doch von dem Kontrolleur war keine Spur zu sehen. Wie machten die das immer? Jedes Mal dasselbe, als könnten sie sich in Luft auflösen. Genau das wünschte ich mir jetzt auch, als ich mit der flachen Hand auf die Karosserie des Wagens schlug. Meine Finger brannten. Aber nicht so sehr wie die Frage, was Konrad alles ausgeplaudert hatte. Wieso war ich so dumm gewesen, ihn nicht gleich zu stoppen, als er mich als seine Tochter vorgestellt hatte? Und dann hatte ich auch noch Maria Fiore ins Spiel gebracht. Ich. Ich. Ich.

Wie lange würde es dauern, bis unser Kantinenbesuch die Runde gemacht hatte – gerade jetzt zu Marias Todestag? Ich versuchte, einen klaren Gedanken zu fassen, aber ich schaffte es nicht, mich zu konzentrieren. Als würde eine Horde Mücken in meinem Kopf gerade durchdrehen.

Konrad war nur noch ein paar Meter entfernt, ich sperrte das Auto auf, warf meine Tasche auf die Rückbank und stieg auf der Fahrerseite ein.

»Was ist los? Habe ich einen Fehler gemacht?«, fragte er wieder, kaum saß er neben mir. Ich schüttelte den Kopf.

»Du nicht. Ich.«

»Wieso, was ist denn?«

Statt einer Antwort steckte ich den Schlüssel ins Zündschloss. Jetzt konnte ich es mir erst recht nicht mehr leisten, nicht zu wissen, wieso der Journalist meinen Namen und dieses Datum notiert hatte. Ich musste noch einmal mit Franz sprechen, und zwar sofort. Ich wollte den Wagen starten, doch Konrad hielt mich auf.

»Nein, bitte, Lotta. Was ist los?«

Dabei berührte er mich am Oberarm, ein leichtes Streicheln, das mein Chaos im Kopf augenblicklich beruhigte. Ich ließ den Schlüssel los, sah aus der Windschutzscheibe und den Seitenfenstern, ob irgendjemand in der Nähe war. Unsere Straßenseite war leer, nur beim Eingang zur Minoritenkirche gegenüber versammelten sich ein paar Touristen. Ich nahm mein Handy heraus, öffnete den Browser. In das Eingabefeld der Suchmaschine tippte ich ›Maria Fiore‹ ein und gab es ihm.

»Was ist das?«, fragte er.

»Siehst du die Zahl, die erscheint, wenn man Maria Fiores Namen eingibt?«

Er griff in die Innentasche seines Sakkos und nahm seine Brille heraus.

»Das sind über acht Millionen«, sagte er und sah mich über den Brillenrand überrascht an.

»Ja. Ich weiß. Und kannst du dir vorstellen, was passiert, wenn die Verfasser dieser acht Millionen Einträge erfahren, was Maria getan hat?«

»Was meinst du?«

»Was glaubst du, wird passieren, wenn die Öffentlichkeit erfährt, dass Maria mich entführt und als ihre eigene Tochter aufgezogen hat?« Er sah mich ratlos an, als würde er gar nicht verstehen, was ich damit meinte.

»Konrad, niemand wird es für möglich halten. Sie werden mir nicht glauben. Und sie werden dir nicht glauben. Die einzige Person, die von meiner Entführung wusste und Maria geschützt hat, ist tot. Unser DNA-Test beweist, dass du mein Vater bist, aber was höchstwahrscheinlich geschieht, ist, dass sie dich als Lügner und Betrüger hinstellen, der eine Affäre mit Maria Fiore hatte. Und alle an der Nase herumgeführt hat mit der Kindesentführung. Eine Maria Fiore tut so etwas nicht. Alle anderen ja, aber sie nicht.«

Er schüttelte skeptisch den Kopf, natürlich konnte er das nicht nachvollziehen, wieso denn auch?

»Die Menschen haben Maria geliebt. Ihre Kollegen, ihre Freunde, ihre Fans. Glaub mir, ich versuche seit zwei Jahren, mehr über sie herauszufinden, was für ein Mensch sie wirklich war. Ob es sonst noch Geheimnisse gibt. Es ist komplett verrückt, aber das Schlimmste, das ich gehört habe, war ihr krankhafter Ehrgeiz, und selbst der wird voller Ehrfurcht erwähnt, als würde man damit ein Heiligtum beschmutzen. Sie ist ein Phantom, als hätte es zwei Versionen von ihr gegeben, die nichts miteinander zu tun haben. Eine, die mich aufgezogen hat und eine, die in der Öffentlichkeit stand.«

Ich nahm ihm mein Handy wieder ab, öffnete YouTube und gab ›Maria Fiore La Boheme‹ ein. Im nächsten Moment erfüllte ihr Gesang das Innere des Wagens. Zart, zerbrechlich, voller Sehnsucht und gleichzeitig von einer Tiefe und Kraft, als wäre sie nicht von dieser Welt. Nicht einmal der Smartphone-Lautsprecher konnte ihr etwas anhaben. Nie zuvor und nie danach hatte ich so eine Stimme gehört.

»Deshalb wird Marias Leichnam nie untersucht werden«, sagte ich leise. »Das ist so, als würde man wegen eines Gerüchts Pavarotti oder Callas wieder ausgraben. Noch dazu ist es ein absurdes Gerücht. Würde sie noch leben, ja, das wäre was anderes. Dann würde sich die Presse wie eine Horde Geier auf sie stürzen. Aber ihr Tod hat sie unantastbar gemacht, darum wird das nicht passieren. Aber etwas anderes wird geschehen. Wir werden keine Ruhe mehr haben. Nie wieder.«

Wir hatten die Büchse der Pandora geöffnet. Und jetzt musste ich alles daransetzen, dass niemand sonst deren Inhalt zu Gesicht bekam.

Konrad sah mich an, seine Gesichtsfarbe war blass und wächsern geworden, das Blut aus den Lippen gewichen. »Das ... das wusste ich nicht.«

Ich drückte auf Stopp.

»Ich weiß. Es tut mir leid, es war mein Fehler.«

Eine Weile saßen wir schweigend da und beobachteten die Touristengruppe. Die Frauen zeigten sich gegenseitig ihre eingekauften Souvenirs, mit Sissi oder Kaiser Franz Josef bedruckte Tassen, Miniatur-Lippizaner als Stifthalter, Schneekugeln mit dem Riesenrad und dem Stephansdom.

»Und dann ist da noch Henriette«, sagte ich. »Selbst wenn wir uns irgendwann an die Anfeindungen gewöhnen, Henriette wird es nicht.«

»Was hat sie damit zu tun?«

Ich hatte es ihm nie erzählt. Bevor er ins Koma gefallen war, hatte ich es selber nicht gewusst. Und danach ging es immer nur um ihn und mich, aber nie um Henriette. Mein Körper fühlte sich bleischwer an, ich legte den Kopf auf der Nackenstütze ab und schloss die Augen. Henriette, dieses laute kleine Mädchen mit dem verrückten Lachen, das mich immer so fest an sich gedrückt hatte, bis mir die Luft weggeblieben war. Schon als Fünfjährige hatte sie sich mit einer Anmut bewegt, als wäre eine Ballerina in diesem damals bereits voluminösen Körper versteckt. Daran hatte sich bis heute nichts geändert. Ich wusste nicht mehr viel von meiner frühen Kindheit, aber ich erinnerte mich an Henriette. An den Schmerz an diesem Morgen, als ich aufwachte und der Platz im Bett neben mir zum ersten Mal leer war. An die Verwirrung, die Angst und die Hilflosigkeit, als mir mit jedem Tag klarer wurde, dass sie nicht mehr zurückkam. Bis zu unserem Wiedersehen sollten 25 Jahre vergehen. Ich hatte nicht gewusst, wer sie war, diese merkwürdige Frau, die damals freiwillig in einer psychiatrischen Anstalt wohnte, jede Woche ins Möbelhaus kam und einen Ladendiebstahl beging, nur um von mir geschnappt und in mein kleines Detektivbüro gebracht zu werden. Sie hatte mich erkannt, lange bevor ich erfahren hatte, welche Vergangenheit wir teilten.

»Lotta?«, fragte Konrad und holte mich aus meinen Gedanken. Ich öffnete die Augen.

»Was hat Henriette damit zu tun?«, wiederholte er.

Ich drehte mich zu ihm. Seine dunklen Kohleaugen blickten ruhig auf mich, diese Augen, die ich so sehr in meinen Erinnerungen an die Vergangenheit suchte, aber nicht finden konnte. Wie war das möglich? Ich war vier Jahre alt gewesen, als Maria mich mitgenommen hatte. Wieso erinnerte ich mich nicht daran? Wieso erinnerte ich mich nicht an ihn?

»Henriette ist Marias leibliche Tochter«, sagte ich und ignorierte dieses vertraute Gefühl, als würde ein Gurt sich um meine Brust zuziehen. »Sie ist der Grund, warum Maria mich damals mitgenommen hat. Zuerst waren wir gemeinsam dort, aber dann brachte sie Henriette fort. Maria hat mich gegen ihre Tochter ausgetauscht. Ich weiß nicht, wieso sie das getan hat – vielleicht, weil ihre Tochter sich nicht so entwickelte, wie sie sich das vorgestellt hat. Henriette wuchs in einem privaten Heim in der Steiermark auf. An diesem 1. Mai bei dem Stadtfest – ich hatte einfach nur das Pech, zur falschen Zeit am falschen Ort zu sein, und dazu hübsch und normal – zumindest damals noch – und süß genug zu sein, um als Marias Tochter der Öffentlichkeit präsentiert werden zu können. Aber die echte Carlotta Fiore, das ist Henriette.«

Konrad sagte nichts, er sah mich nur an. Ich hätte gerne gewusst, was der Blick bedeutete, doch ich wagte nicht, diese Frage laut auszusprechen. Er hatte keine Erinnerungen mehr, noch viel weniger als ich.

»Ich glaube ...«, begann er plötzlich. Doch dann stoppte er und sprach nicht weiter.

»Ja?«

Er schüttelte den Kopf, räusperte sich, sein Blick wanderte zu meinem Handy.

»Wir sollten das Probenband abhören, von dem uns der Schauspieler erzählt hat ... damit wir diese Sandra finden. Wie heißt er eigentlich, kennst du ihn?«

Damit hatte ich nicht gerechnet. Glaubte er mir nicht? War das alles zu viel für ihn? Als ich nichts sagte, nickte er mir entschuldigend zu. Ich scrollte zu der letzten eingespeicherten Nummer, drückte die Ruftaste und schaltete den Lautsprecher ein.

Konrad beugte sich über das Telefon, hörte so konzentriert zu, als hätte das Gespräch zwischen uns eben gar nicht stattgefunden.

»*Hamlet* ist nicht dabei«, sagte er. Ich hatte gar nicht aufgepasst. »Außerdem werden die Darsteller nur mit Nachnamen genannt.«

Die Stimme sagte noch, die Proben des nächsten Tages wären ab 17 Uhr anzuhören. Ich sah auf die Uhr, es war gerade 15 Uhr vorbei. Dann sprang die Ansage von selber ab und die Verbindung wurde unterbrochen.

Ich startete den Wagen und fuhr los.

»Wo fahren wir hin?«, fragte Konrad, seine Stimme klang merkwürdig brüchig, er hatte sein Gesicht zum Seitenfenster gewandt.

»Zurück ins Kommissariat. Ohne Ausweise kommen wir nicht weiter.«

Doch das war nur die halbe Wahrheit. Mir war völlig klar, dass sich sicher niemand um unsere Ausweise gekümmert hatte, da wir ja offiziell nur Vorträge halten sollten. Aber ich hatte mich eben entschieden, keine weiteren Nachforschungen mehr anzustellen, bevor ich nicht wusste, was Anton Jägers Notiz zu bedeuten hatte.

Das Großraumbüro lag wie ausgestorben da, als wir zurückkamen, alle Plätze waren leer. Und ich war erleichtert, dass weder Kieksstimme noch Froschgesicht zu sehen waren. Auf meinem Schreibtisch, der keiner war, türmten sich Ordner mit so interessanten Titeln wie »Exekutive im Wandel – 1950 bis heute«, »Behördenaufbau und Richtlinien der Wiener Kriminalpolizei« und »Präventionsarbeit in Theorie und Praxis – für Kinder ab 6 Jahren«. Darauf klebte ein gelbes Post-it. »Vortrags-Unterlagen Fürst/Fiore« stand darauf.

Konrad stieß ein Seufzen aus, aber ich hatte jetzt keine Zeit, mich mit wem auch immer darüber zu streiten. Ich musste zu Franz, und zwar sofort. Mein einziges Problem war, dass ich keine Ahnung hatte, wo ich ihn finden konnte. Und bei der Vermittlung im Haus anzurufen, um mich mit dem Polizisten Franz ohne Nachnamen verbinden zu lassen, war nicht unbedingt die beste Variante.

Konrad setzte sich an den Schreibtisch, nahm seine Brille aus der Sakkoinnentasche und zog einen der Ordner heran. Er blätterte und murmelte: »Wie soll ich mir das merken, wenn ich nicht mal …?«

»Das musst du nicht, weil du diese Vorträge nicht halten wirst.«

Er schob die Brille zur Nasenspitze und sah mich fragend über den Rand an.

»Weißt du, wo sich das Wachzimmer befindet?«, fragte ich.

Er schüttelte den Kopf. »Sind dort unsere Dienstausweise?«

»Warte hier, ich bin gleich wieder da.«

Ich verschwand in dem kleinen Büro mit den weisen Sprüchen an den Wänden und schloss die Tür hinter mir. Das Telefon stand unverändert auf dem Schreibtisch. Ich drückte auf die Kurzwahl-Taste für das »Wachzimmer«.

Gerade als am anderen Ende der Leitung abgehoben wurde und sich ein Mann mit »Was gibt's?« meldete, wurde die Tür aufgerissen.

»Was machst du da? Das ist nicht dein Büro«, keifte Kieksstimme und baute sich breitbeinig vor mir auf. Mein erschrockener Blick schien sie zu freuen, denn sie verzog den Mund zu einem gehässigen Grinsen und entblößte eine kleine Lücke zwischen den Schneidezähnen, die mir bis jetzt nicht aufgefallen war.

»Hallo?«, fragte der Mann am Telefon nach. »Was ist denn da los?«

Kieksstimme funkelte mich an. »Du musst hier raus.«

Ich saß in der Falle. Das Letzte, was ich wollte, war, dass sie mitbekam, wie ich Franz suchte. Aber wenn ich jetzt einfach auflegte, wäre das mein Eingeständnis.

»Jetzt«, sagte sie, als wäre ich ein Hund, den man ins Körbchen schickt.

Ich atmete tief ein und sagte so ruhig wie möglich ins Telefon: »Hier ist Carlotta Fiore. Ich arbeite mit Konrad Fürst zusammen und bin auf der Suche nach Franz.« Stille. »Dem Polizisten«, schob ich hinterher.

»Hat Franz auch einen Nachnamen?«, fragte der Mann.

Kieksstimmes Grinsen wuchs in die Breite. Ich wich ihrem

Blick nicht aus, der Kunststoffhörer knackste, so fest hielt ich ihn in der Hand.

»Den hat er sicher, nur kenne ich ihn nicht. Er ist groß, sehr schlank und war heute Vormittag bei einem Selbstmord in der Florianiga-«

»Franz Steinmeier. Er ist hier. Soll ich weiterverbinden?«

Ich verfluchte Kieksstimme, wollte sie am liebsten mit meinem Blick aus dem Zimmer scheuchen, doch sie bewegte sich nicht mal einen Zentimeter.

»Nein danke. Wo ist er?«

»In welchem Stockwerk sind Sie?«

»Im zweiten.«

»Gehen Sie runter ins Erdgeschoss, dann neben der Treppe gleich links den Gang entlang, bis man nicht mehr weiterkommt, dort gehen Sie rechts. Es ist nicht zu verfehlen. Man kommt auch von der Straße rein, es ist ...«

»Danke, ich bin gleich unten.«

Ich legte auf und wollte an Kieksstimme vorbei aus dem Büro, doch sie versperrte die Tür und machte keine Anstalten, mich durchzulassen.

»Möchtest du mir noch irgendwas sagen?«, fragte ich.

»Wie alt ist dein Sohn? Ein Jahr? Eineinhalb?«

»Was geht dich das an?«

Sie schüttelte den Kopf, langsam, abschätzig und genussvoll. »Er ist dein Baby. Was bist du für eine Mutter, dass du nicht bei ihm bist?«

Ihre Worte trafen mich, als hätte sie mir eine Ohrfeige gegeben. Kieksstimme hatte mir soeben die Frage gestellt, die ich mir selbst jeden Tag ein Dutzend Mal stellte. Was war ich für eine Mutter, dass ich hier sein wollte? Dass ich in diesen Stunden Henriette für ihn sorgen ließ? Doch die Wahrheit kannte niemand, und das sollte auch so bleiben.

Kieksstimme funkelte mich an, der Triumph in ihrem Blick war so widerlich, dass ich sie am liebsten gegen die Wand gedonnert hätte. Und ich fragte mich, ob es das war, was sie gemeint hatte, als sie am Morgen auf der Toilette mit Froschgesicht gesprochen hatte. Das Geheimnis um mich, das »sooo arg« wäre. Ich trat einen Schritt zurück.

»Und, Miss Marple, gibt es sonst noch irgendetwas, das du mir sagen möchtest?«

Sie spitzte die Lippen und legte ihren Kopf schief.

»Ein Geheimnis, das soooo arg ist?«, stocherte ich nach.

Sie verschränkte die Hände ineinander. »Sag du mir, warum sie dich damals aus der Polizeischule geworfen haben?«

Ich hatte mich geirrt. Sie hatte noch ein Ass im Ärmel. Obwohl ich das Gefühl hatte, innerlich zu fallen, blieb meine Miene unverändert. Zumindest hoffte ich das.

Die einzige Frage im Eignungstest bei der Aufnahmeprüfung der Polizei, bei der ich gelogen hatte. Die Frage, ob der Anwärter schon einmal versucht hatte, sein Leben zu beenden. Ich hatte gelogen und Nein angekreuzt. Wie hatte sie davon erfahren? Wenn sie nicht bluffte, konnte sie es nur von Krump haben, da er mich damals aus der Polizeischule geworfen hatte. Sonst wusste kein Mensch außer Hannes davon.

»Weißt du, warum man Selbstmörder nicht in den Polizei- oder Kriminaldienst aufnimmt?«, fragte sie.

»Weil sie tot sind?«

»Du weißt genau, was ich meine. Ich spreche von dir. Was denkst du, wieso du diese Vorträge zugewiesen bekommen hast? Selbstmörder werden nicht in den Dienst aufgenommen, sie stellen eine Gefährdung der allgemeinen Sicherheit dar.«

»Was ist das hier? Die Millionenshow?«

Sie verzog ihr Gesicht. »Dir werden die Witze schon noch vergehen«, sagte sie und verließ den Raum.

12.

Franz stand im neonlichthellen Wachzimmer und telefonierte. Links neben ihm blubberte die Filterkaffeemaschine lautstark. Die kalte Beleuchtung und dieses Geräusch – wäre nicht der Duft von frischem Kaffee in der Luft gelegen, hätte ich das Gefühl gehabt, ein Aquarium zu betreten.

In einer Hand hielt Franz eine Tasse, die genauso blau war wie sein Uniformhemd, mit der anderen Hand drückte er sein Handy ans Ohr. Als er mich sah, drehte er sich weg und sagte ins Telefon: »Ja, ist sie.«

Was die Person am anderen Ende erwiderte, konnte ich nicht verstehen. Aber sehr wohl erkannte ich ihre Stimme. Kieksstimmes Sopran schnatterte aus dem Telefon wie ein Quietsche-Entchen.

Hinter Franz saßen drei Kollegen an ihren Schreibtischen, ein Mann telefonierte und füllte dabei irgendwelche Formulare aus, einer spielte Solitär auf seinem Computer und eine Frau tippte etwas auf der Tastatur. Ich murmelte »Hallo« in die Runde, sie hoben kurz ihre Köpfe, um sich dann gleich wieder ihren Tätigkeiten zu widmen. Endlich legte Franz auf und drehte sich zu mir.

Wie seine Kollegen wirkte auch er nicht besonders erfreut, er sah an mir vorbei in den Gang, aus dem ich gekommen war, als würde er erwarten, dass Konrad gleich auftauchte. Doch der hatte gerade mit Froschgesicht debattiert, als ich das Großraumbüro verlassen hatte, auf einen aufgeschlagenen Ordner am Tisch gedeutet und etwas gesagt, das ich als »Statistik-Deppen« verstanden hatte. Sie hatte bekümmert mit den Schultern gezuckt und sich hilfesuchend umgesehen, wahrscheinlich nach Kieksstimme als Verstärkung. Aber die war in dem verlassenen Büro geblieben, wo sie gleich Franz angerufen hatte.

Das Licht im Wachzimmer machte mich schwummrig, ich versuchte, in Franz' Gesicht zu lesen, ob es Neuigkeiten gab, was Kieksstimme ihm mitgeteilt haben könnte? Doch seine Miene verriet mir gar nichts. Seine Augen streiften mich nur kurz.

»Ja, was gibt's?«

Ich deutete hinter mich. »Können wir irgendwo anders reden?«

Nicht ein Muskel schien sich in seinem Gesicht zu regen, als er »Hier« sagte. Als wäre er eine Bauchrednerpuppe. Er nippte am Kaffee. Eine Neonlampe über uns fing an zu surren und zu flackern.

»Schon wieder. So ein Scheißding«, sagte der Solitärspieler und die anderen beiden reckten ihre Köpfe zur Decke.

Ich deutete erneut zum Gang.

»Bitte, Franz«, sagte ich leise.

Er seufzte verhalten und stellte die Tasse ab. Dann ging er an mir vorbei, aus dem Aquarium hinaus und blieb drei Schritte weiter im Verbindungsgang zum Kommissariat stehen. Die telefonierende Stimme aus dem Wachzimmer war noch zu hören, aber ich konnte wenigstens nicht mehr verstehen, was sie sagte. Ich lehnte mich gegenüber von Franz an die Gangmauer.

»Franz, ich bin hier, weil ... es gibt was, über das ich mit dir sprechen muss.«

Ich wartete ab, hoffte, er würde gleich sagen: »Wenn es wegen der Notiz ist, da stand nichts drauf, wir haben sie weggeworfen.« Aber er tat es natürlich nicht.

Während ich noch nach den richtigen Worten suchte, sagte er: »Wenn du hier bist, um mir zu erzählen, dass du den Toten doch kanntest, dann spar dir die Mühe. Das hab ich inzwischen selber rausgefunden.«

In manchen Situationen hatte ich es mittlerweile zur Perfektion gebracht, mir meine Risse und Narben nicht anmerken zu lassen – genauso wenig wie meinen Schrecken.

»Wie hast du es herausgefunden?« Ich verschränkte die Arme, um zu verbergen, dass meine Hände zitterten.

Franz schnaubte, als würde ihn diese Frage beleidigen. »Über seine Anrufe.«

Ich hatte keine Ahnung, was er meinte. »Aha.«

»Weißt du, was ich nicht verstehe? Du musst doch damit gerechnet haben, dass wir die drei Anrufe letzte Woche entdecken. Ich meine, deine Nummer ist in seinem Handy gespeichert. Wieso hast du nicht … ich verstehe das alles nicht.«

Am liebsten hätte ich laut ausgerufen: »Meine Nummer in seinem Handy?«, aber ich verkniff es mir.

Sofort fielen mir die paar Anrufe letzte Woche mit unterdrückter Nummer ein. An welchem Tag oder wie viele es waren, wusste ich nicht mehr. Wegen Maria Fiores bevorstehendem Todestag war ich nicht rangegangen, ich nahm an, dass es sich um irgendwelche Interview- oder Kommentaranfragen handelte. Es gab keine Nachricht auf der Mobilbox, deshalb hatte ich das alles auch rasch vergessen. Aber was, wenn Anton Jäger da versucht hatte, mich zu erreichen?

Doch wieso hatte er es dann nicht wieder versucht? Und mir auch keine Nachricht hinterlassen? Vielleicht, weil es zu gefährlich war?

Anscheinend hatte ich nicht so ungerührt reagiert, wie ich annahm, denn Franz fragte: »Was ist los?«

»Was? Nichts.« Ich machte eine wegwerfende Geste, verzog mein Gesicht zu etwas, das hoffentlich als nicht zu verkrampftes Lächeln durchging.

»Du hast ihn doch gekannt, oder?«

Ich überspielte mein Zögern mit einem Räuspern, nickte und sagte: »Tut mir leid«, weil mir nichts anderes einfiel. Franz verdrehte die Augen, aber nicht mehr so genervt wie vorher.

»Ich werde nicht melden, dass du etwas aus der Wohnung entwenden wolltest. Wenn es das ist«, sagte er leise.

Er sah mich abwartend an, während durch meinen Kopf Unmengen an Erklärungsversuchen zogen, wie der Wind zwischen zwei geöffneten Fenstern. Das Ergebnis war lediglich wieder mein bemühtes Lächeln, meine Mundwinkel ließen sich so schwer hochziehen, als wären sie festzementiert.

»Danke. Kann ich diese Notiz aus der Wohnung noch mal sehen?«

»Wozu?«

Damit ich mit meinem Handy ein Foto davon machen kann. Damit ich Himmel und Erde in Bewegung setzen kann, um zu erfahren, was auf dieser beschissenen Rückseite einer Rechnung steht. Damit ich herausfinden kann, in welchem Lokal er mit wem war und wieso mich Anton Jäger letzte Woche drei Mal angerufen hat, ohne mir eine Nachricht zu hinterlassen.

»Ich muss etwas überprüfen.«

Anscheinend war das die falsche Antwort, denn Franz zog plötzlich die Augenbrauen zusammen und die Zornesfalte über der Nase bildete eine kleine Grube.

Konnte ich Franz trauen? Ihn wissen lassen, was Konrad und ich herausgefunden hatten? Dass es diese sehr große Frau wirklich gab und sie keine Einbildung von Anton Jägers alter Nachbarin war? Dass der Journalist sehr viele Artikel für das *Wiener Tagblatt* geschrieben hatte, aber allem Anschein nach das Geld nicht für seine Putzfrau ausgeben wollte? Dass er einen Computer oder Laptop haben musste?

»Der Zettel ist bei der Spurensicherung«, unterbrach Franz

meine Gedanken. »Und bevor du fragst, nein, du kannst ihn dort nicht einsehen. Er muss erst freigegeben werden. Ich habe jetzt zu tun.«

Irgendwo aus weiter Ferne erklang ein vertrautes Geräusch. Ein Brabbeln, Quietschen, die Glueckslaute eines Babys. Es kam aus dem Eingang des Kommissariats. Und es klang ... wie Konny. Aber das konnte nicht sein.

»Franz, es tut mir leid, ich wollte nie ... ich hätte nie ... es ist wirklich nicht meine Absicht gewesen, dich zu ...«

Die Babygeräusche wurden lauter, dazu setzte Stimmengewirr ein. Ich hielt inne. Und dann hörte ich es. Das quiekende Aufjuchzen, das Konny machte, wenn man ihn zum Lachen brachte, gefolgt von dem knatternden Luftholen, das klang wie das Schnarchen eines alten Mannes. Wir hatten Tränen gelacht, als er es vor einem Monat das erste Mal getan hatte. Hannes hatte nicht aufhören können, ihn zu kitzeln, weil er so vernarrt in diesen Laut war. Das war keine Einbildung. Dieses Baby war mein Sohn. Oh Gott, das hatte mir gerade noch gefehlt. Wieso tat Henriette das, wieso war sie wieder hier? Ich sah in Gedanken bereits Kieksstimmes hämisches Grinsen vor mir, nein, ich musste Henriette aufhalten, bevor sie mit dem Lift in den zweiten Stock hochfuhr.

»Ja?«, fragte Franz, seine Gesichtszüge hatten sich ein wenig entspannt.

Ich hörte, wie sich die Geräusche weiter entfernten, leiser wurden.

»Ich bin gleich wieder da«, sagte ich und rannte los, den Gang entlang, den ich gekommen war. Ein paar Leute standen vor dem Lift, aber Henriette war nicht dabei. Wo war sie? War ich zu spät, war sie schon oben? Ich lief die Treppe hoch, nahm zwei Stufen auf einmal. Das Stimmengewirr wurde lauter. Dazu Konnys Lachen.

»Wo ist Fiore? Das ist ihr Sohn, nicht wahr?«, fragte Kieksstimme.

Alles in mir fluchte auf, verdammt, verdammte Scheiße, ich war zu spät. Ich beeilte mich die letzten Stufen hinauf, straffte mich und holte tief Luft. Um den Kinderwagen stand ein kleines Grüppchen, Henriette war nicht dabei.

Kieksstimme stand neben einem älteren Polizisten, den ich heute Morgen beim Eingang des Kriminalkommissariats gesehen hatte. Froschgesicht befand sich ein wenig abseits, sie hatte die Lippen zusammengepresst, als wäre ihr etwas unangenehm. Und da war Hannes' Assistentin, Regina Steindl, die meinen Sohn in ihren Armen hielt und auf und ab wippte. Sie verzog ihr Gesicht, blies ihre Backen auf und brachte Konny zum Lachen. Wenn Eifersucht eine Flamme ist, dann stand ich mitten im Feuer. Wieso hatte Henriette ihr meinen Sohn gegeben, wieso hatte sie zugelassen, dass Regina Steindl ihn hielt? Wo war sie?

»Was ist los?«, fragte ich, weil mich keiner bemerkte.

Kieksstimme drehte sich zu mir, zum ersten Mal war kein gehässiger Gesichtsausdruck zu erkennen, was ich fast noch verstörender fand. Froschgesicht trat vor und legte sich eine Hand aufs Herz, Regina Steindl riss ihre Augen auf, als wäre sie erschrocken, und der Polizist nickte bedeutungsschwanger und hielt seine geschlossene Faust hoch. Das Ganze hatte die Dramatik eines Stummfilms. Und da bekam ich Panik. Mit zwei Schritten war ich bei Regina Steindl, nahm ihr unsanft Konny ab, drückte ihn an mich, streichelte über sein Gesicht. Er sah gesund aus, fühlte sich auch nicht heiß an. Ich hob ihn hoch, drehte ihn nach rechts und links. Alles war in Ordnung, er war nicht verletzt. Regina Steindl winkte ab. »Oh, nein, nein, es geht ihm gut. Alles in Ordnung …«

Mein Puls normalisierte sich schlagartig, Konny fing an zu quengeln und streckte seine kleinen Hände nach der Blonden aus.

»… er wurde nur beim Eingang abgegeben und …«, sagte sie und deutete auf den älteren Polizisten, »… und weil Konny …«

Sie hatte seinen Namen so liebevoll ausgesprochen, dass Konny sofort vergnügt zu glucksen begann.

»Danke«, unterbrach ich sie barsch. Ihre Wangen färbten sich so pastellrosa wie ihre Lippen und ihr Gesicht ähnelte noch mehr dem einer Puppe.

»Nicht abgegeben«, sagte der Polizist dazwischen. »Die Frau hat gesagt, sie muss nur schnell zurück zum Auto und ich soll kurz auf ihren Sohn aufpassen. Und dass diese Schlüssel für eine Carlotta Fiore wären, die hier arbeitet.«

Der Beamte reichte mir zwei Schlüssel, an einem glitzernden pinken Anhänger in der Form eines Sterns. Das waren Henriettes Schlüssel – einer für unsere Wohnung, der zweite für die Haustür.

»Aber warum ...?«

»Es ging alles so rasch, ich konnte gar nichts sagen, da ist sie schon weggelaufen und um die Ecke verschwunden. Ich hab kurz gewartet. Als sie nicht wiedergekommen ist, bin ich ihr nachgegangen. Aber ich konnte sie nicht finden. Ich dachte, das ist eine Verrückte«, er verdrehte die Augen, »und wäre unsere Steinderl nicht gerade gekommen ...«

Steinderl ...

»Ich habe Konny gleich erkannt«, sagte sie mit einem Hauch von Stolz, »ich kenne ja auch den Kinderwagen ...«

»Diese Frau hat Konny einfach abgegeben? Und ist dann gegangen?«, unterbrach ich sie. Der Wachmann nickte. Und ich wurde so wütend auf Henriette, dass mein Zorn alles andere unwichtig werden ließ. Wie konnte Henriette nur? Was war in sie gefahren?

Oder war es etwas anderes? Hatte unsere Nachbarin Anna vielleicht Konny vorbeigebracht, weil irgendwas mit Henriette passiert war? Das würde auch den Schlüssel erklären ...

»Die Frau, die da war, wie hat die ausgesehen?«, fragte ich den Polizisten, meine Stimme zitterte.

»Groß. Kräftig. Brille. Dunkle Haare. Und sie hat sich so komisch bewegt. So was hab ich noch nie gesehen …«

»Was heißt komisch?«

»Ich weiß nicht. Komisch eben. Sie war …«

Er legte den Kopf in den Nacken und überlegte.

Ohne auf die Ausführung des Wachmanns zu warten, stapfte ich mit Konny im Arm in das Großraumbüro, zu dem Tisch, an dem Konrad noch immer über den Ordnern saß. Ich pfefferte Henriettes Schlüssel in die Tasche, nahm mein Handy heraus, öffnete die Galerie und wählte das Foto, das ich vor zwei Tagen gemacht hatte, als Henriette Konny einen riesigen weißen Teddybären, größer als er selbst, geschenkt hatte. Damit ging ich wieder hinaus zu dem Wachmann.

»War das die Frau, die meinen Sohn bei Ihnen abgegeben hat?«

Sein Nicken machte mich augenblicklich wieder wütend. Oh Gott, Henriette konnte was erleben! Nie wieder würde ich sie alleine mit Konny lassen. Nie, nie wieder.

»Und sonst hat sie nichts gesagt?«

»Doch.« Er hob seinen Zeigefinger, wie ein Schüler, der die richtige Antwort weiß. »Sie hat gesagt … ihre Mutter wartet im Auto.«

»Meine Mutter?«

»Nein, ihre Mutter. Sie hat gesagt, meine Mutter wartet im Auto.«

»Ich verstehe nicht …«

»Wieso?«

»Diese Frau hat wirklich gesagt, ihre Mutter würde im Auto warten?«

»Ja, ich bin mir sicher, zu hundert Prozent.«

Die Zeit schien stillzustehen. Als wäre meine Wut auf Henriette gerade gegen eine Mauer gefahren und in tausend Scherben zersprungen. Mutter. Ihre Mutter.

»Und sie wollte zu ihrem Auto?« Meine Stimme war mir hochgerutscht.

Er nickte wieder.

»Hat sie sonst noch etwas gesagt?«

Er öffnete seinen Mund, schloss ihn wieder, seine Augen wanderten in die Ferne. Während er nachdachte, fing mein Herz an gegen meinen Brustkorb zu hämmern und meine Knie wurden weich. Ich konnte nichts dagegen tun. Alle Befürchtungen explodierten in meinem Kopf.

Es war etwas passiert. Ich war mir sicher. Henriette liebte Konny über alles. Sie war eine Löwin, wenn es um meinen Sohn ging und hätte ihn nie freiwillig irgendwo abgegeben. Sie hatte kein Auto. Sie hatte nie eines besessen. Sie hatte keinen Führerschein, konnte gar nicht fahren. Ihre Mutter war Maria Fiore. Und die war tot.

»Nein, nur dass diese Schlüssel für Carlotta Fiore wären«, sagte der Wachmann schließlich. »Und ich müsse unbedingt dafür sorgen, dass Sie sie bekommen. Das schien ihr sehr wichtig.«

Henriette hatte »meine Mutter« gesagt. Sie musste wissen, dass der Beamte mir das sagen würde. Es war eine Nachricht an mich.

»Ich bin gleich wieder da«, sagte ich und lief zur Treppe.

Zweite Hypnose-Sitzung, vor zwei Wochen

»Und, Frau Müller, wie ist es Ihnen seit unserer letzten Sitzung gegangen? Sie haben …«

Im ersten Moment war ich völlig überrascht und wollte Frau Dr. Machland unterbrechen, dass sie mich verwechselte, mein Name sei nicht Müller. Ich machte den Mund auf, begann: »Aber ich heiße …«

Sie blinzelte perplex und in genau dieser winzigen Pause, bevor ich meinen echten Namen aussprach, fiel es mir ein. Ich hatte ihr bei unserer ersten Sitzung gesagt, mein Nachname wäre Müller. Daran, welchen Vornamen ich gewählt hatte, konnte ich mich selbst nicht erinnern.

»Ja? Was meinen Sie?«

Sie nickte mir zu, schloss kurz ihre erstaunlich blauen Augen, als wäre das ein Code für ›es ist alles in Ordnung, vertrauen Sie mir‹. Ich presste mich stärker in den dunkelgrünen Sessel und schüttelte den Kopf.

»Ach nichts!«

»Nein, bitte, sagen Sie mir, was Ihnen am Herzen liegt, Frau … Müller?«

Das ›Müller‹ hatte sie hochgezogen, ich konnte den Schriftzug des Namens förmlich in der Luft schweben sehen.

»Wirklich, es ist nichts.« Sie wartete noch einen Augenblick.

»Gut«, sagte sie schließlich. »Also, Sie haben mir ja in unserer letzten Stunde von dieser Kissenschlacht zwischen Ihnen und Ihrem Partner erzählt. Wie ist es Ihnen denn seither ergangen?«

Meinen Namen hatte sie nicht mehr gesagt. Sehr schlau, Lotta.

»Nicht anders als vorher.«

»Sie haben also keine Veränderungen wahrgenommen?«

»Nicht wirklich, nein.« Lüge, Lüge, Lüge.

Es war lächerlich, aber ich konnte seit meinem Besuch bei der Therapeutin vor einer Woche nicht mal mehr mit einem Kissen unter meinem Kopf schlafen, ohne dieses beklemmende Gefühl, das in meinen Eingeweiden herumkroch wie ein vergifteter Wurm. Ich wusste nicht, ob Frau Dr. Machland bemerkte, wie sehr ich log, sie legte Zettel und Stift auf den kleinen Couchtisch zwischen uns und verschränkte ihre Finger.

»Irgendwelche Flashbacks? Erinnerungen? Gefühle, die Sie nicht einordnen konnten?«

Mein Leben schien nur noch aus nicht einordbaren Gefühlen zu bestehen, doch anstatt etwas zu sagen, hob ich unbekümmert die Schultern. Und überspielte, dass ich sofort an die Nacht vor zwei Tagen denken musste.

Konny schlief bereits, ich stand unter der Dusche. Hannes war eben nach Hause und zu mir ins Badezimmer gekommen. Ich hatte meinen Kopf aus der Duschkabine gestreckt und er küsste mich zur Begrüßung. Ein Kuss von der Sorte, der harmlos beginnt, bei dem sich die Lippen kurz berühren. Und dann kommt dieser Moment, der dafür verantwortlich ist, dass es einen zweiten Kuss gibt. Und einen dritten. Aus diesem kurzen wird plötzlich ein langer und die Lippen öffnen sich ganz von selbst. Und alles, was so leise begonnen hat, wird stürmischer, als würde man ineinander eintauchen.

Hannes stieg vollbekleidet zu mir unter die Dusche, er zog sein Sweatshirt über den Kopf, streifte seine Hose ab. Es war das erste Mal, dass wir uns wieder so nahe waren. Das erste Mal seit dieser Kissenschlacht vor ein paar Tagen.

Ein Teil von mir wollte ihn, liebte seine Haut auf meiner, sehnte sich nach ihm in mir. Aber während wir uns weiter küssten, tauchte plötzlich etwas anderes auf. Und das war dunkel. Bedrohlich. Etwas, das in den Winkeln meines Geistes ausgeharrt hatte, um jetzt zum Vorschein zu kommen. Ich versuchte zu ignorieren, dass ich keine Luft mehr bekam. Mein Brustkorb schnürte sich zu, es war dasselbe Gefühl, als hätte er mir wieder dieses Kissen auf das Gesicht gedrückt. Aber da war kein Kissen, da war nur das warme Wasser, das sich den Weg über unsere nackten Körper bahnte.

»Woran denken Sie?«, fragte Frau Dr. Machland. Ich schrak hoch, mir war nicht aufgefallen, wie sehr ich in meiner Erinnerung abgedriftet war.

»Sie haben letzte Stunde gemeint«, sagte ich ganz sachlich, »meine Reaktion auf die Kissenschlacht hätte etwas mit meiner Kindheit zu tun. Wenn es so ist, wie bekomme ich das dann weg?«

Die Psychologin runzelte ihre Stirn, drei längliche Falten kamen zum Vorschein. Ich musste an einen Spruch denken, den ich auf einer Postkarte gelesen hatte: Das sind keine Stirnfalten, das ist ein Sixpack vom Denken.

Frau Dr. Machland räusperte sich.

»Ich möchte Ihnen etwas vorschlagen. Was halten Sie davon, wenn wir als ersten Schritt gemeinsam erforschen, was Sie an dieser Kissenschlacht getriggert hat?«

»Ich möchte es nicht erforschen. Ich möchte es weghaben.«

»Das verstehe ich. Aber ... stellen Sie sich vor, Ihr Unterbewusstsein ist so etwas wie ein Labyrinth. Ein Fuchsbau. Und in dem Fuchsbau versteckt sich diese Erinnerung. Das bedeutet, Sie müssen sie zuerst finden und ans Tageslicht holen, bevor Sie sie fortschaffen können. Sonst wird sie für immer dort versteckt bleiben. Vielleicht klappt es ja. Vielleicht kommt sie nie wieder und es war eine einmalige Sache. Aber ich glaube, würden Sie das so empfinden, dann würden Sie jetzt nicht hier bei mir sitzen. Oder?«

Ich rutschte tiefer in den Stuhl und blies geräuschvoll Luft aus. »Haben Sie eigentlich Probleme?«

Frau Dr. Machland lachte auf, es war ein freundliches, helles Lachen. »Wie meinen Sie das?«

»Na ja, ich denke, Sie können sich sicher selbst behandeln?«

Sie legte den Kopf ein wenig schief. »Also, ich sage es mal so: Ein Chirurg sieht zwar das Geschwür, aber er kann sich auch nicht selbst operieren.«

Sie lachte und ich musste mitlachen. Und ein klein wenig mehr schmolzen meine Skepsis und mein Misstrauen.

Ich schluckte. »Und Sie meinen, mit Hypnose komme ich an diese Geschichte?«

Ihre Augenbrauen schnellten in die Höhe. »Nur, wenn Sie sich mit dem Gedanken an eine Hypnose wohl fühlen. Tun Sie das denn?«

Tat ich das? Es war das erste Mal, dass ich mir diese Frage bewusst stellte. Und ich war überrascht über die Antwort. Denn ich wollte es in keiner Weise. Alles in mir sträubte sich dagegen, es war ein Gefühl, als würden mich zwei Hände auf eine vollbefahrene Autobahn schieben. Wieso ich dann ausgerechnet diese Therapeutin gewählt hatte, war mir selbst ein Rätsel.

»Nein, ich will keine Hypnose.«

Aus dem Fenster rechts von mir fielen Sonnenstrahlen ins Zimmer und blendeten mich. Frau Dr. Machland stand auf und zog die Vorhänge zu.

»Dann versuchen wir etwas anderes. Darf ich Sie bitten, Ihre Augen zu schließen? Das hat nichts mit einer Hypnose zu tun. Ich möchte nur, dass Sie sich ganz auf sich konzentrieren und nicht abgelenkt werden.«

Meine Augenlider klappten so widerwillig zu, als wären sie mit Klebeband an meiner Stirn befestigt. Irgendwie verstand ich noch immer nicht, warum ich eigentlich hier war.

»Gut. Jetzt denken Sie an Ihren Bauch. Wenn Sie durch die Nase einatmen, stellen Sie sich vor, die Luft strömt durch Ihren Nabel in Ihren Körper. Und wieder von dort aus. Als wäre das kein Nabel, sondern eine zweite Nase.«

Die ersten Atemzüge fielen mir schwer, als würde ich in einem Korsett stecken, gegen das ich atmen musste. Mein Körper wehrte sich, in meinem Brustkorb pikste es. Aber dann gaben meine Rippen plötzlich nach und es wurde leichter.

»Ich möchte, dass Sie gleich sagen, was Ihnen einfällt, wenn Sie nun an diese Kissenschlacht denken. Unzensiert. Auch wenn es für Sie keinen Sinn ergibt. Völlig egal. Okay?«

Ich sagte »Okay« und meinte »Nein«. Wozu sollte das gut sein?

»Dann stellen Sie sich nun die Kissenschlacht vor. Das Kissen auf Ihrem Gesicht. Atmen Sie weiter. Nabel ein. Nabel aus. Kissen auf Ihrem Gesicht. Was fällt Ihnen ein?«

Schlagartig fiel mir das Atmen wieder schwerer.

»Bett. Hannes. Benommen. Luft. Keine Luft. Ersticken. Müde. Traurig.

Dunkel.« Meine Hände und Füße begannen zu kribbeln, als würden Ameisen darüber laufen. Sofort versuchte ich mich nur auf ein Kissen zu konzentrieren, ein ganz normales Kissen auf einem Bett. Wie in einem Katalog. In einem Musterbett einer Möbelabteilung. Nichts weiter. Ein Kissen, mit dem ich nichts zu tun hatte.

»Gemütlich. Schlafen. Dösen. Sex. Frisch gewaschen. Waschmaschine. Waschmittel. Weich ...«

Das war besser, die Ameisen krabbelten davon, der Atem strömte wieder leichter. Ich ratterte die Worte völlig emotionslos herunter, leise hörte ich, wie der Kugelschreiber von Frau Dr. Machland über das Papier ihres Blocks kratzte.

»Ausruhen. Entspannen. Träumen. Matratze. Vorhänge. Weiße Wände. Make-up-Flecken. Sonntag. Federn. Lavendelduft ...«

Ich stockte. Lavendelduft? Wo war das hergekommen? Ich konnte ihn riechen, würzig und gleichzeitig blumig.

»Machen Sie weiter.«

»Lavendelduft ...« Alles roch danach. Als würde ich an einem Lavendelfeld sitzen. Und der Geruch wurde mit jedem Atemzug intensiver.

»Lavendel. Zimmer. Schwarz. Allein. Angst ...« Da waren sie wieder, die Ameisen. Und diesmal schien es eine ganze Armee zu sein. Meine Finger krallten sich an den Armlehnen fest, ich zog die Zehen ein.

»Angst ...«, wiederholte Frau Dr. Machland. »Bleiben Sie noch ganz kurz dort. Gleich ist es vorbei.«

»Schatten. Nacht. Tür. Die Tür ... sie geht auf ... die Tür ...«

Ich hatte das Gefühl, keine Luft mehr zu bekommen. Alles drehte sich. Ich versuchte zu atmen, aber es ging nicht.

Diese Tür. Das Geräusch der Türschnalle, die heruntergedrückt wurde. Das leise Knarren der Scharniere. Ich musste weg ... weg ... weg ... sonst würde ich sterben.

Mit letzter Kraft riss ich die Augen auf. Erst jetzt merkte ich die Tränen auf meinen Wangen. Frau Dr. Machland stand neben mir, sie legte eine Hand auf meinen Unterarm, strich darüber.

»Ganz ruhig. Alles ist vorbei. Sie sind in Sicherheit.«

Sie ging vor mir in die Knie, ohne meinen Arm loszulassen. Ihre Augen fixierten mich, als wollte sie mich damit in dieses Zimmer zurückholen.

»Geht es Ihnen gut?«, fragte sie.

»Was war das?«

Sie beugte ihren Kopf leicht vor und sah mir tief in die Augen.

»Man nennt es freies Assoziieren. Normalerweise funktioniert es nicht gleich beim ersten Mal in dieser Intensität. Aber ich glaube, was auch immer Sie so bedrückt, liegt bereits sehr viel näher an der Oberfläche, als Ihnen bewusst ist.«

13.

Sorge und Hoffnung wechselten einander ab wie die zwei Seiten einer Wippe. Ich konnte Henriettes Worte »meine Mutter wartet im Auto« förmlich hören und versuchte den absurden Gedanken abzuschütteln, dass Maria Fiore zu ihrem sechsten Todestag von den Toten auferstanden war. Aber er tauchte immer wieder auf.

Es waren einfach zu viele Zufälle. Diese Notiz mit dem Datum meiner Entführung in der Wohnung des toten Journalisten. Meine Telefonnummer in seinem Handy. Die Anrufe mit unterdrückter Nummer. Der Online-Kommentar unter dem Zeitungsbericht im *Wiener Tagblatt: Ich tanze auf ihrem Grab. Und wenn ihr wüsstet, was ich weiß, dann würdet ihr das auch tun.* Und das an meinem ersten Tag bei der Kriminalpolizei. Als wären das alles Fäden, die jemand zu mir ausgelegt hatte. Oder war ich paranoid?

Ich musste daran denken, wie Henriette heute Vormittag plötzlich im Kommissariat aufgetaucht war. Pass auf dich auf, hatte sie zum Abschied gesagt. Pass auf dich auf.

Ich hatte gedacht, sie meinte den neuen Job, aber was, wenn es nicht so war?

Ihr Telefon läutete nicht, es sprang sofort die Mobilbox an.

Darum hatte ich Konrad mit Konny zu Hause abgeliefert und war zu der Wohnung gefahren, die ich Henriette aus Maria Fiores Nachlass überschrieben hatte. Als Marias offizielle Tochter hatte ich sie geerbt. Doch Henriette war Marias leibliche Tochter, nicht ich. Und obwohl Marias Testament mir verbot, die Wohnung zu veräußern oder zu vermieten, hatte sie ein Schlupfloch für eine Überschreibung gelassen. Als hätte sie damit gerechnet, dass Henriette und ich irgendwann die Wahrheit herausfinden würden.

Henriette hatte die Wohnung vermietet, bizarrerweise an einen Sänger der Wiener Oper und seine Familie. Seine Frau, eine dürre Schwarzhaarige, öffnete mir. Sie wusste nicht, wo Henriette war, sie hatten immer nur telefonischen Kontakt, zuletzt vor ein paar Wochen. Zu meinem Unglück erkannte sie mich.

»Frau Fiore, nein, so eine Überraschung. Ach schade, dass mein Mann nicht da ist.«

In meiner Angst wollte ich fragen, ob Maria Fiore hier aufgetaucht war. Im letzten Moment setzte mein Verstand ein und ich hielt mich zurück.

Ich fuhr weiter zu dem einzigen Anhaltspunkt, den ich hatte. Das vom Staat unterstützte und von einer privaten Organisation betreute Wohnheim im 4. Bezirk, in das man sich bei psychischen Problemen für »unterstütztes Wohnen« einweisen lassen konnte. Henriette lebte hier seit etwas mehr als einem Jahr.

Ich drückte auf die Klingel neben der gläsernen Eingangstür und versuchte mich an einem unbekümmerten Gesicht. Auf keinen Fall durfte ich den Eindruck erwecken, dass etwas nicht stimmte.

Durch das milchige Glas kam eine Gestalt mit wippendem Gang den Flur entlang. Die Hüften wiegten rechts und links und ich war überrascht, als die Tür von einem Mann in einem weiten weißen Hemd und dunklen Jeans geöffnet wurde – ich hatte eine Frau erwartet.

»Ja, bitte?«, sagte er, dann schnellten seine zusammengewachsenen Augenbrauen in die Höhe. »Oh, Lotta! Hallo. Ich habe Sie gar nicht erkannt!«

»Oh, hallo! Ja, ich bin's«, antwortete ich in gespielter Fröhlichkeit. Wir lachten, er echt, aber ich klang wie ein Handyklingelton.

Henriette hatte ihn mir bei meinem letzten Besuch vorgestellt. War er ein Bewohner? Ein Pfleger? Seinen Namen hatte ich auch vergessen, irgendwas altmodisch Heiliges, Anastasius, Ignatius, Franziskus ... Er reichte mir die Hand und schüttelte sie so heftig, als wollte er mir den Arm ausreißen. Ich versuchte ruhig zu bleiben, mir nichts anmerken zu lassen.

»Ist Henriette hier?«

»Sie war da, aber sie ist vor gut einer Stunde gegangen. Vielleicht ist sie zurück, ich hatte gerade zu tun mit einem unserer musikbegeisterten Bewohner.«

Er verdrehte die Augen, als müsse ich verstehen, was er damit meinte.

Ich bemühte mich, normal zu erscheinen und nickte freundlich. »Darf ich kurz nach ihr sehen?«

Er erwiderte mein Nicken und bedeutete mir, ihm zu folgen. Am liebsten hätte ich ihn angeschoben oder wäre vorausgelaufen, denn bei jedem zweiten Schritt drehte er sich zu mir, seine Plastikschuhe quietschten auf dem Linoleumboden. Vor Henriettes Tür nahm er einen Schlüsselbund aus seiner Hosentasche. Also ein Pfleger, oder wie auch immer die Betreuer hier genannt wurden.

»Henriette? Du hast Besuch. Bist du da? Ich bin es, Bartholomäus.« Und das war der Name, den ich mir nicht gemerkt hatte. Er wartete, aber keine Antwort kam. »Ich öffne jetzt«, sagte er laut, dann suchte er den richtigen Schlüssel und steckte ihn ins Schloss.

Die Tür schwang einen Spalt auf, er schnappte sofort nach dem Griff, bevor ich auch nur einen Blick in das Zimmer werfen konnte. Sein Kopf verschwand in dem Spalt, er fragte noch einmal: »Henrie-« Dann stoppte er.

»Was ist los?«, fragte ich, schriller noch als Kieksstimme.

Er antwortete nicht. Seine Finger krallten sich fest um den Türgriff, die Knöchel traten weiß hervor. Mein Mund wurde trocken.

Ganz von selbst, als würde es irgendein anderer Teil von mir machen, über den ich keine Kontrolle hatte, griff ich nach der Tür, stieß sie auf. Henriettes Pfleger stolperte ins Zimmer, ich zwängte mich an ihm vorbei.

Da lagen Spiegelscherben. Hunderte. Wie schillernde Teile eines Mosaiks. Aber nicht nur das, jemand hatte dieses Zimmer durchsucht. Denn die Scherben lagen auf dem zerwühlten Bett, den aufgerissenen Laden, den verstreuten Kleidungsstücken am Boden, den Büchern, CDs, Taschen, Schuhen, einfach auf allem.

Ich sah zu dem leeren Platz über dem kleinen Schreibtisch, wo der Spiegel gehangen hatte.

»Was ist hier passiert?«, fragte ich.

Er schüttelte verdutzt den Kopf und hob die Schultern.

»Als Henriette ging, hat sie gesagt, wo sie hinwollte?«

»Nein.«

»War jemand bei ihr?«

»Ich glaube nicht.«

Ich sah mich wieder um, nicht weit vor mir lagen die zerbrochenen Einzelteile ihres Handys. Jemand war darauf getreten oder hatte es mit einem schweren Gegenstand bearbeitet und zerstört. Ich ging in die Knie, um die Teile aufzuheben, doch Bartholomäus hielt mich auf.

»Es tut mir leid, aber das ist Henriettes Eigentum. Auch, wenn sie es zerstört hat. Das ist eine unserer Grundregeln.«

Ich kam wieder hoch. »Haben Sie eine Kamera beim Eingang?«

»Schon, aber die ist kaputt, seit ein ...« Der Rest seines Satzes wurde überlagert vom plötzlichen ohrenbetäubenden Schlagzeugintro von Billy Joels »Uptown Girl«. Die Stimme des Sängers setzte ein und ließ die Zimmerwände vibrieren.

»Verdammt, nicht schon wieder. Dieser depperte Trottel«, brüllte der Pfleger über »Uptown Girl, she's been living in an uptown world« und hämmerte gegen die Wand.

Mit »I'm gonna try for an uptown girl ...« wurde noch lauter gedreht. Henriettes Pfleger deutete, dass ich jetzt gehen müsse.

»And now she's looking for a downtown man, that's what I am«, sang Billy Joel nun in Disco-Lautstärke.

Bartholomäus ging vor mir aus dem Zimmer. Ich folgte ihm und da sah ich es. Das orangefarbene Stück Stoff, das hinter der geöffneten Tür hervorleuchtete. Dieser Mandarina-Duck-Beutel mit Tunnelzug aus glänzendem dickem Kunststoff hatte einmal mir gehört. Ich hatte den Beutel Henriette geschenkt, weil er ihr so gefiel. Jedes Mal, wenn sie ihn verwendete, bedankte sie sich erneut bei mir. Sie hatte sich einen Rock in derselben Farbe gekauft. Und orangefarbene Ohrringe. Vielleicht war es ein Irrtum, aber ich hatte das Gefühl, dass dieser Beutel für mich da hing.

Der Pfleger drehte sich zu mir, winkte mich aus dem Zimmer. Die Musik dröhnte so laut, dass ich nicht mehr richtig denken konnte. Aber ich brauchte diesen Beutel. Der Pfleger wurde immer ungeduldiger, winkte heftiger. Ich ging einen Schritt, eine Scherbe zerbrach unter meinem Schuh. Und genau das lieferte mir den rettenden Einfall. Reflexartig tat ich so, als würde ich straucheln, knickte um und riss den Mund auf.

Mit einer Hand hielt ich mich an der Tür fest, mit der anderen deutete ich auf meinen Fuß, als hätte sich eine Spiegelscherbe durch meine rechte Schuhsohle gebohrt.

Bartholomäus kam zwei Schritte zurück und beugte sich runter. Und in dem Moment griff ich nach dem Beutel, nahm ihn vom Haken, stopfte ihn unter meine Jacke und klemmte ihn unter meinem linken Ellbogen ein.

Der Pfleger kam hoch, bedeutete mir, dass mein Fuß in Ordnung sei. Ich trat vorsichtig auf, nickte, hob dankend die Hand und verließ so schnell ich konnte das Wohnheim.

Bis ich zu Hause war, wagte ich nicht, den Beutel zu öffnen. Die ganze Zeit hatte ich das Gefühl, beobachtet zu werden – ob es real war oder nur eine paranoide Begleiterscheinung, wusste ich nicht. Konrad war mit Konny im Wohnzimmer, ich ging in die Küche, schloss die Tür, nahm den Beutel und öffnete ihn. Buttriger Schokoladengeruch stieg mir in die Nase. Mir wurde augenblicklich schlecht, ich musste würgen und streckte den Beutel weg.

Nach ein paar Mal schlucken und Luft holen sah ich wieder in den Beutel. Der Duft kam von einer länglichen violetten Verpackung, der Karton war auf einer Seite geöffnet. Das waren Kekse, englische Cadbury-Kekse. Die Enttäuschung, dass ich mich geirrt hatte, überlagerte meine Abscheu vor diesem Geruch. Dieser Beutel war gar nicht für mich bestimmt, Henriette hatte ihn einfach nur so hängen lassen. Mit alten Keksen.

Jemand klopfte an die Küchentür, ich warf den Beutel auf die Fensterbank hinter mir.

»Ja?«

Ich hatte Konrad erwartet, aber da stand Anna, Lungenfachärztin und unsere Nachbarin. Leichter Zigarettengeruch zog herein, ich hatte mich bei dem Qualm im Treppenhaus schon gefragt, ob er von ihr stammte und sie wieder zu rauchen begonnen hatte. Sie trug einen Blaumann mit weißen, gelben und roten Farbspritzern. Meinem Blick folgend, sah sie an sich herunter.

»Ich lasse meine Wohnung neu ausmalen.«

Im ersten Moment wollte ich erzählen, dass Henriette verschwunden war, aber es ging nicht. Als hätte ich eine Fremde vor mir. Und das lag nicht daran, dass Anna nichts darüber wusste, dass Konrad mein Vater und ich seine entführte Tochter Julia war. Die Situation war aus einem anderen Grund angespannt. Seit Konrad und sie sich vor ein paar Wochen getrennt hatten, gingen wir uns aus dem Weg. Wo vorher Vertrauen gewesen war, herrschte jetzt Schweigen. Es fühlte sich an, als hätte sie sich auch von mir getrennt. Wenn wir uns im Treppenhaus über den Weg liefen, war es ihr genauso peinlich wie mir. Und ich wusste nicht mehr, wie ich mich ihr gegenüber verhalten sollte.

Anna strich sich die kupferroten Haare hinter die Ohren und entblößte dabei ihre grauen Schläfen. Ich war überrascht, ich wusste zwar, dass sie in Konrads Alter war, aber weil ich sie immer nur rothaarig kannte, war mir nie in den Sinn gekommen, dass sie sich die Haare färbte. Sie räusperte sich.

»Ist mit Henriette alles in Ordnung?« Die rollenden R's ihres russischen Akzents klangen abgehackter als sonst.

»Wieso fragst du?«

»Wir haben uns im Treppenhaus getroffen. Sie hat gesagt, sie hätte es eilig. Und ... ich war mir nicht sicher, aber sie sah aus, als hätte sie geweint.«

»Wann war das?«

Anna fasste sich ans Kinn, Zeige- und Mittelfingerspitze hatten gelbe Nikotinflecken.

»Vor zwei Stunden vielleicht.« Sie bemühte sich, mich anzusehen, aber ihr Blick huschte immer wieder unstet durch die Küche. Ich hatte das Gefühl, sie wollte noch etwas sagen, doch dann griff sie in ihre Hosentasche, holte den Schlüssel für unsere Wohnung hervor und legte ihn auf den Küchentisch.

»Nein, behalt ihn, bitte, ich will ihn nicht.« Ich griff danach, hielt ihn ihr wieder hin, aber sie schüttelte den Kopf und verließ die Küche.

»Anna, bitte, warte«, rief ich ihr nach.

Sie blieb stehen.

»Henriette ist weg. Ihr Zimmer im Wohnheim ist das reinste Chaos, ihr Handy zerstört und sie hat Konny einfach im Kommissariat abgegeben. Ich verstehe das nicht ... hat sie dir gegenüber etwas erwähnt?«

Anna drehte sich zu mir und verschränkte die Arme. Ihre Augen glänzten.

»Das tut mir sehr leid, aber ... weißt du, Lotta, Henriette ist schon länger unglücklich.« Ich war mir nicht sicher, ob sie wirklich über Henriette oder sich selber sprach.

»Wie ... seit wann? Wieso?«

»Sie wollte nicht, dass du es merkst. Aber du und Konny und Hannes ... sie hat die ganze Zeit vor Augen gehabt, was sie so gern hätte und nie bekommen wird. Ich meine, der Ehering, den sie sich gekauft hat ... ich weiß, du liebst Henriette und sie ist ein wunderbarer Mensch. Aber Henriette ist auch psychisch krank, Lotta, und das schon seit sehr langer Zeit. Sie lebt nicht grundlos schon fast ihr ganzes Leben unter Betreuung.«

Ja, weil Maria Fiore sie als Fünfjährige in ein Sanatorium gesteckt hat, wer würde da nicht durchdrehen, dachte ich und senkte den Blick.

»Ich kenne mich damit zwar nicht aus, aber ...«, fuhr Anna fort, »ehrlich gesagt, habe ich befürchtet, sie könnte kippen, weil du jetzt diesen Job hast. Vielleicht war ihr die Verantwortung mit Konny einfach zu viel und da ist es pas-« Sie stoppte plötzlich, ich sah wieder hoch. Der Ausdruck in ihren Augen wirkte erschrocken und verletzt, sie hatte die Stirn krausgezogen.

»Wenn ich auf Konny aufpassen soll, komm einfach rüber«, sagte sie rasch und verließ die Wohnung. Die Tür fiel so laut ins Schloss, dass der Boden vibrierte.

»Wieso war sie da?«, fragte Konrad hinter mir. Ich fuhr herum, ich hatte ihn nicht bemerkt. Er starrte auf die Wohnungstür, sein Gesicht sah fleckig aus.

»Sie hat ihren Schlüssel gebracht.«

Ein Zucken fuhr über seine Lippen, er presste sie sofort aufeinander, bis sie nur noch ein Strich waren.

»Ich koche.« Es klang wie ein Befehl, den er sich selbst gab.

Konrad ging an mir vorbei in die Küche, und im nächsten Moment hörte ich das Radio plärren und Kochtöpfe klappern.

Ich ging ins Schlafzimmer. Hatte Anna recht? War es meine Schuld, weil ich Henriettes Gesundheitszustand einfach nicht ernst genug genommen hatte? Vieles sprach dafür. Sehr vieles. Hatte ich sie in letzter Zeit wirklich wahrgenommen? Vielleicht hatte Henriette etwas ganz anderes mit »meine Mutter« gemeint? Ein Vorwurf an mich, weil ich mich nicht um Konny kümmerte? So wie Maria sich nicht um sie gekümmert hatte?

Konny war in seinem Gitterbett eingeschlafen. Ich nahm mein Handy und setzte mich auf den Boden, griff zwischen den Holzgitterstäben durch und streichelte über seine flauschigen dunklen Haare. Seine Augenlider flatterten leicht, sein gezeichneter Mund war einen kleinen Spalt geöffnet. Er war so perfekt. Zu perfekt, um mich als Mutter zu haben.

Zum Glück hast du noch deinen Vater, dachte ich und drückte auf die Kurzwahltaste, um Hannes anzurufen. Er hatte nicht viel Zeit, aber ich erzählte ihm von Henriette, auch was Anna gesagt hatte, und bat ihn, die Augen offen zu halten, falls er irgendwas mitbekam. Er versprach es, dann hörte ich im Hintergrund schon seine Kollegion Regina Steindl nach ihm rufen.

»Es wird spät«, sagte er noch und legte auf. Ich zog die Knie an und stützte mein Kinn darauf ab, während ich Konny beim Schlafen zusah.

Nach einer Weile holte ich den Laptop und das Babyfon, ging hinüber ins Wohnzimmer und setzte mich auf die Couch. Während der Computer hochfuhr, nahm ich mein Handy und wählte die Nummer des Probenbands im Burgtheater.

Sandra. Wenn die große Frau wirklich so hieß. Sie war mein einziger Anhaltspunkt, um rauszufinden, was Anton Jäger über mich wusste. Wieso er mich angerufen hatte. Ob alles auf irgendeine Art ineinander verflochten oder ich einfach nur paranoid war.

Nach drei Minuten legte ich das Handy weg. Am nächsten Tag wurden vier verschiedene Stücke geprobt, aber nicht *Hamlet*.

Ich scrollte mich durch die Internetseite des Burgtheaters, im weiblichen Ensemble gab es keine einzige Sandra. Anschließend suchte ich die Besetzungsliste von *Hamlet* und googelte jeden einzelnen Namen. Es gab eine Sabine, aber keine Sandra. Doch das hatte nichts zu bedeuten, vielleicht hatte sich die alte Nachbarin bei dem Namen einfach geirrt oder ihn verwechselt. Anschließend öffnete ich die Bildergalerie meines Handys, suchte das Foto heraus, auf dem ich das Gesicht der großen weißgeschminkten Schauspielerin mit den roten Lippen am besten erkennen konnte, und verglich es zuerst mit der Besetzungsliste von *Hamlet* und dann mit den Porträtfotos des Ensembles. Kein einziges passte. Also war sie entweder ein Gast und tauchte deshalb nicht in dieser Liste auf. Oder sie war Statistin. Und das würde auch am einfachsten erklären, warum ich ihren Namen in keiner Liste finden konnte. Das bedeutete ebenfalls, dass die Nummer des Probenbands uns nicht weiterhalf, denn da wurden erstens die Statisten nicht erwähnt und zweitens war es sehr unwahrscheinlich, dass sie zu Umbesetzungsproben geholt wurden. Ich ließ mich zurück auf die Couch fallen.

Ein Duft nach Basmatireis und Curry zog von der Küche in das Zimmer, begleitet vom Zischen der Bratpfanne. So schlecht Konrads Gedächtnis auch sein mochte, was Erinnerungen betraf – seine Rezepte schienen in einem Areal seines Gehirns abgespeichert zu sein, das bestens funktionierte. Jahrelang waren seine schlaflosen Nächte, seit er vor Jahren aufgehört hatte zu trinken, mit Kochen gefüllt gewesen. Jetzt war er endlich wieder da, wo er hingehörte. Und das war sicher nicht als Vortragender vor irgendwelchen Schulklassen oder Vereinen.

Was tat ich hier überhaupt? Ich war jetzt bei der Kriminalpolizei und musste nicht mehr irgendwelche Internetseiten durchsuchen. So sollten Ermittlungen doch nicht aussehen. Ich nahm mein Handy und rief bei der Dienststelle an. Es war zwar schon spät, aber da es Schichtdienste gab, rechnete ich damit, jemanden zu erreichen. Zu meinem großen Glück hob Kieksstimme ab. »Hallo?«, quietschte sie ins Telefon, als ich mich nicht meldete. »Hallo«, quietschte ich zurück und legte auf. Von ihr würde ich garantiert keine Akte auf dem kurzen Dienstweg bekommen. Ich versuchte eine andere Nummer, aber da ging keiner ran.

Also legte ich mein Handy weg und gab dann doch »Anton Jäger Journalist mit Freundin« in die Bildersuche des Browsers ein. Vielleicht hatten die beiden eine Veranstaltung gemeinsam besucht und es gab Fotos. Aber Fehlanzeige. Ich versuchte »Anton Jäger, Sandra«. Wieder mit demselben Ergebnis. Und dann gab ich »Anton Jäger, Maria Fiore« ein. Und plötzlich tauchten verschiedene Artikel in der Liste auf. Kritiken von Opernaufführungen. Ein Interview. Anton Jäger hatte Maria gekannt. Die Berichte waren alt, der Letzte vor sechs Jahren veröffentlicht worden.

Der Geruch nach gebratenem Fisch, Limetten und Pfeffer stieg mir in die Nase.

»Lotta«, rief Konrad aus der Küche.

»Sofort.«

Ich rief wieder den Artikel im *Wiener Tagblatt* auf, den ich bereits heute Morgen zu Marias sechstem Todestag gelesen hatte. Luzia Lindner war die Verfasserin der Lobeshymne, Anton Jägers Name tauchte darin nicht auf. Ich wollte schon die Namen der beiden Journalisten googeln, da blieb mein Blick an Marias Fotos in dem Artikel hängen. Sie strahlte mir vor der Wiener Oper entgegen. Und sah aus, wie sie in den letzten zwanzig Jahren immer ausgesehen hatte. Als wäre der Alterungsprozess bei ihr irgendwann stehengeblieben. Ob der Hasskommentar über sie bereits gelöscht war? Ich scrollte runter, er stand unverändert dort. Nur seine Dislike-Anzahl war mittlerweile auf 1769 angestiegen. Neunzehn

Leser hatten den Like-Button gedrückt. Ich wollte schon wegklicken, da blieb ich an dem Namen des Verfassers dieses Kommentars hängen.

Notna29.

Notna. War das ein Nachname? Ein ausländischer Vorname? Eine Figur aus einem Buch oder Film?

Ich öffnete ein neues Browserfenster. Und noch während ich die Buchstaben in das Feld der Suchmaschine eintippte, erkannte ich es. Notna. Das war ein Vorname. Anton, nur rückwärts geschrieben. Das konnte Zufall sein. Aber was bedeutete 29?

Ich stand auf, um den Zettel mit Anton Jägers Adresse in meiner Handtasche zu suchen. Während ich noch kramte, hörte ich, wie Konrad bereits den Tisch deckte. Das gelbe Post-it war zerknüllt, ich faltete es auseinander, da stand Florianigasse 29.

Notna29. Sein umgedrehter Name. Seine Hausnummer.

Die Uhrzeit. Der Artikel war um 6 Uhr heute Morgen online gestellt worden. Den Kommentar hatte Notna29 um 6:42 Uhr geschrieben. Aber Anton Jäger konnte es nicht gewesen sein. Denn um diese Uhrzeit war er schon lange tot.

Fahrlässige Tötung

Ich habe einen guten Platz im Park zwischen zwei Hainbuchen auf einer kleinen Anhöhe.

Nah genug, um alles zu sehen und weit genug entfernt, um nicht unmittelbar beteiligt zu sein. Ich lege meinen Kopf in den Nacken, der 250 Meter hohe Donauturm wirkt von hier unten so unwirklich, als hätte ihn ein Riese in dieser Grünanlage in den Boden gerammt.

Eine Brise lässt die Blätter rascheln, in der Ferne bellt ein Hund. Niemand ist in der Nähe, trotzdem tue ich immer wieder so, als würde ich in dem vielgelobten Bestseller, den ich mitgenommen habe, lesen. Beim Blick auf meine Uhr beginnt mein Herz schneller zu klopfen. Es ist 16:50 Uhr.

Er fährt wahrscheinlich gerade den Express-Lift zu der Bungee-Absprung-Stelle hoch. Vielleicht steht er auch schon oben und legt sich das Geschirr mit den Haken an, an denen das Seil befestigt wird.

Sein Termin ist um 17:00 Uhr. Es ist der erste Sprung, der heute stattfindet. Ich weiß es, da ich diese Uhrzeit für ihn vereinbart habe. Keine Zufälle mehr.

Dieses Mal wird es keinen Fehler geben. Nicht wie bei Anton.

Sein so perfekt durchdachter angeblicher Suizid. Vom Kokainnachschub für seine durch mich entdeckte Sucht bis zu dem Selbstmordlied in Dauerschleife. Sogar seine Sexfotos habe ich mitgenommen. Doch das alles fiel wie ein Kartenhaus in sich zusammen, als seine alte Nachbarin mich in ihrer Wohnung sah. Im ersten Moment wollte ich auf sie zuspringen. Mein Instinkt schoss in meine Hände, bereit, ihren Hals zuzudrücken, sie zu ersticken oder ihr das Genick zu brechen. Alles in mir schrie, meine inneren Stimmen waren ohrenbetäubend.

Sie hob ihren dürren Finger. Deutete auf mich. Ich war darauf gefasst, sie zu töten, auch wenn ich dadurch meinen gesamten Plan zerstört hätte. Und dann sagte sie mit ihrer vom Alter brüchigen Stimme diese zwei erlösenden Worte.

»Rote Lippen.«

Sie klang wie ein kleines Mädchen, voller Ehrfurcht und Sehnsucht. Ohne eine Spur von Angst oder Verwunderung. Als würde nicht gerade eine völlig fremde Person mitten in der Nacht in ihrer Wohnung stehen.

Ich rührte mich nicht, als sie auf mich zukam, sich vor mir auf die Zehenspitzen stellte und mit ihrer Fingerkuppe meinen Mund berührte.

»Rote Lippen.«

Ein Lächeln breitete sich auf ihrem Gesicht aus und sie begann zu singen. »Rote Lippen soll man küssen, denn zum Küssen sind sie da ...«

Irgendwann stimmte ich leise in ihren Gesang ein. Sie wiegte ihren Oberkörper dazu, wie ein Pendel, das ausschlägt. Als das Lied zu Ende war, begann sie zu reden. Wirres Zeug von Zuckerwatte und Küssen und kleinen Engeln, die sie gesehen hatte. Da begriff ich, dass ich nichts zu befürchten hatte. Sie würde mich nicht verraten, selbst wenn sie es wollte. Ihr Verstand war an einem Ort, an dem er mir nicht gefährlich werden konnte. In jeder Beziehung. Denn sogar für den sehr unwahrscheinlichen Fall, dass sie die Realität erkannte, wer sollte ihr schon glauben?

Das ferne Aneinanderschlagen von Metall lässt mich hochschrecken. Meine Armbanduhr zeigt 17:00 Uhr. Ein paar Gestalten, vielleicht drei, stehen bereits auf der Eisenvorrichtung am Donauturm in 150 Metern Höhe.

Eine von ihnen, von meinem Platz nicht größer als eine Playmobilfigur, löst sich. Tritt auf das vorgelagerte Absprungbrett. Ich halte den Atem an.

Ganz langsam, wie in Zeitlupe, kippt die Gestalt nach vorne. Ihre Füße lösen sich von der Unterlage. Und dann fällt sie mit ausgebreiteten Armen in die Tiefe.

Sie rast.

Und rast …

Der Aufprall ist aus der Entfernung kaum lauter als ein herabfallendes Ei.

Die Schreie der Zuschauer sind es schon.

14.

Ein sanftes Rütteln holte mich aus dem Schlaf. Die Bilder meines Traums schossen in die Ferne, ich wollte sie zurückholen, aber sie verschwommen zu diffusen Nebelschwaden. Zurück blieb nur diese Traurigkeit – sie verschlang mich wie ein Sumpf.

»Lotta«, sagte Hannes' Stimme. Seine Lippen berührten meine Wange, seine warmen Hände umfassten meine Schultern, angenehm und tröstend.

»Lotta, wach auf.«

Ich blinzelte. Das Letzte, an das ich mich erinnerte, war, wie ich neben Konrad auf der Couch saß. Wir hatten darüber gesprochen, wo Henriette sein könnte und ich wollte noch mal los, um nach ihr zu suchen. Oh Gott, wie hatte ich einfach so einschlafen können?

Hannes stand über mich gebeugt, er roch schwach nach Desinfektionsmittel, nach gebratenem Essen und seinem Aftershave – süßer Jasmin und Bergamotte. Ich stützte mich auf den Ellbogen auf. Der Vollmond schien durch das hohe Fenster herein und tauchte das Zimmer in warmes, klares Licht. Der Platz neben mir, wo Konrad gesessen hatte, war leer.

»Wie spät ist es?«, fragte ich verschlafen.

»Nach Mitternacht.« Er lächelte erschöpft.

Ich ließ mich zurückfallen und rieb mir über die Augen. T-Shirt und Pyjamahose klebten an mir, als hätte ich geschwitzt.

»Seit wann bist du da?«

»Noch nicht lange, ein paar Minuten. Überstunden ... ich war bis jetzt auf der Gerichtsmedizin. Gibt es Neuigkeiten von Henriette?«

Ich schüttelte den Kopf und er setzte sich zu meinen Füßen, gähnte und legte sein Handy auf den Couchtisch.

»Ich hab mit einem der Kriminalpsychologen über sie gesprochen.« Ich musste erschrocken ausgesehen haben, denn er setzte sofort nach: »Keine Angst, ich hab keinen Namen oder sonst was erwähnt. Aber Anna hat ziemlich sicher recht. Der Psychologe meinte, so eine Reaktion ist nicht ungewöhnlich. Und er hat auch gesagt, sie wird mit sehr großer Wahrscheinlichkeit in ein paar Tagen wieder auftauchen. Dafür ist das ...«, er überlegte kurz, »... das soziale Netz für sie zu wichtig. Wir wissen beide, Henriette hält es ohne Konny keine drei Tage aus. Sie ist vielleicht einfach nur gekränkt, weil du ...« Er vollendete den Satz nicht.

»Weil ich was? Einen Job habe?«

»Nein, nein ... ich hör schon auf. Also, wie war der erste Tag?«

Ich seufzte. Er klopfte auf seine Oberschenkel und ich drehte mich um und legte meinen Kopf so auf ihnen ab, dass ich ihn ansehen konnte. Die Müdigkeit machte ihn blass, auf seinen Wangen lag der Schatten von Bartstoppeln. Er streichelte mir über den Kopf.

»Anders als erwartet«, sagte ich.

Er nickte, atmete tief ein. »Den ersten Toten vergisst man nie. Mir ging es damals nicht anders ... ich habe in einen Blumentopf gekotzt. Aber es wird besser ...«

»Hast du mit Franz gesprochen?«

Hannes sah mich mit einem Blick an, den ich nicht verstand – war das Ärger? Skepsis? Doch dann schüttelte er den Kopf und strich mir über den Unterarm.

»Wieso fragst du?«

Ich öffnete den Mund und betrachtete ihn. Er wusste sicher von nichts. Nicht von der Notiz in Anton Jägers Wohnung, nicht von meiner Auseinandersetzung mit Kieksstimme. Und ich beschloss, es dabei zu belassen.

Mit »Hast du Hunger?« wich ich aus.

»Nein, wir waren zwischendurch einen Happen essen.«

Wir, damit meinte er seine Assistentin Regina Steindl, ich kannte dieses »wir«. Aber was ich nicht verstand, wieso war dieses »wir« plötzlich so schwer zu ertragen? Ich drehte mich zur Seite und zog die Beine an. An seiner Jeans haftete der beißende Geruch nach Formaldehyd, aber der war mir lieber, als Hannes anzusehen. Mit dem Daumen strich er mir die Haare aus der Stirn. Er beugte sich zu mir und küsste mein Ohr.

»Ich liebe dich«, flüsterte er. Ich seufzte und konnte nicht anders, als zu lächeln.

»Ich liebe dich auch.«

Es war noch gar nicht so lange her, dass mir diese Worte höllische Angst machten. Aber das hatte sich geändert. Wenigstens das, dachte ich.

Hannes rutschte mit dem Becken vor, gleichzeitig umfasste er mit einem Arm meinen Brustkorb, seine andere Hand schob sich unter meine Taille. Mit einem sanften Ruck zog er mich hoch, griff unter meinen rechten Oberschenkel und setzte mich mit gespreizten Beinen auf seinen Schoß.

»Und ich liebe deine Pyjamahose, die ist so weich und flauschig.«

Er grinste, legte den Kopf auf der Lehne ab und sah mich an. Seine Hände ruhten auf meinen Oberschenkeln, dann wanderten sie höher, unter mein T-Shirt, meinen Bauch entlang, Richtung Busen.

Seit dieser Kissenschlacht vor einem Monat hatten wir nicht mehr miteinander geschlafen. Unter der Dusche war es fast dazu gekommen, er hatte sich nackt an mich gepresst, mir zugeflüstert, wie sehr er mich wollte. Zu unseren Füßen lag seine nasse

Kleidung, er kniete sich vor mich, schob meine Schenkel auseinander, grinste unter dem Duschregen mit geschlossenen Augen zu mir hoch. Doch kurz bevor mich seine Lippen berührten, sagte ich: »Hör auf, Hannes.«

Er hatte noch breiter gegrinst, dachte wahrscheinlich, ich würde einen Scherz machen. Seine Hände packten meinen Hintern, er fing an, meine Pobacken zu kneten. Und da stieß ich ihn weg und sprang aus der Dusche. Er sah mich an, irritiert und erschrocken. Es tat mir so leid, ich versuchte, alles mit Ausreden zu erklären. Marias Todestag stresse mich, weil ich zum ersten Mal nicht untertauchen konnte. Ich hatte Angst, ob ich im neuen Job überhaupt bestehen würde. Wäre das alles vorbei, sei es sicher wieder anders.

Doch nichts war anders geworden. Es gab keine nennenswerten Fortschritte bei der Psychologin und der vorgeschobene Todestag von Maria war nun vorbei. Dafür war eine ganze Wagenladung an Problemen dazugekommen. Aber ich hatte mir geschworen, es nie wieder so weit mit Hannes kommen zu lassen.

»Ich liebe dich so sehr«, sagte er jetzt, mit den Fingerspitzen streifte er über mein Schlüsselbein, zeichnete die Wölbung meiner Brüste nach. Im nächsten Moment spürte ich seine Härte zwischen meinen Beinen.

Seine Berührungen lösten eine schleichende Panik in mir aus, wie ein herannahender Zug, während man auf Gleisen steht. Mit jeder verstrichenen Sekunde begreift man, dass man nicht wegkommt. Ich schloss die Augen, meine Muskeln spannten sich an. Würde ich ihn jetzt nicht stoppen, würde eines zum anderen führen. Um ihn nicht ansehen zu müssen, beugte ich mich vor und verbarg mein Gesicht an seinem Hals. Ich konzentrierte mich auf seinen vertrauten Geruch, aber dieses beklemmende Gefühl ließ sich nicht vertreiben.

»Du hast mir so gefehlt«, flüsterte er.

Das hier war der Mann, den ich liebte. Der mich hatte heiraten wollen. Und auch nach meinem Nein mit mir zusammenbleiben wollte.

Mit wie vielen Männern in meinem Leben hatte ich geschlafen, betäubt von Alkohol und aus dem drängenden Gefühl, mich nicht mehr spüren zu müssen?

Ich kam wieder hoch, nahm sein Gesicht in meine Hände, küsste ihn und ignorierte, dass ich am liebsten von ihm runtergesprungen wäre.

Seine Küsse wurden stürmischer, er presste mich noch stärker an sich. Ich griff nach seinen Händen, löste sie von meinen Brüsten, rutschte auf die Couch und legte mich auf den Rücken.

»Schließ die Tür«, sagte ich, er stolperte hoch, im nächsten Moment quietschten leise die Scharniere. Er kam zurück, beugte sich über mich, und während er mir die Pyjamahose runterzog, versuchte ich, an etwas anderes zu denken. Ich konzentrierte mich, nicht darauf zu achten, wie er meinen Bauch küsste, weiter hinunterwanderte, sein Atem zwischen meine Beine strömte.

Er öffnete seine Jeans, strampelte sie mit Hilfe einer Hand herunter, gleichzeitig schob er seine andere Hand unter mich, um mein Becken anzuheben. Ich sah hinunter, wie sein Gesicht in meinem Schoß verschwand, und musste mich zurückhalten, ihn nicht an seinen Haaren wegzuziehen.

In diesem Moment hätte ich alles für einen Schluck Alkohol gegeben und ich hasste mich dafür. Wir können noch so weit vor uns weglaufen, so viele Dinge tun, wie wir wollen, wir entkommen uns einfach nicht.

Mit ganzer Kraft versuchte ich, mich auf meine Atemzüge zu konzentrieren: einatmen, ausatmen, einatmen, ausatmen, nichts weiter. Und irgendwann driftete ich ab, mein Körper schien sich von mir zu lösen, als wären wir keine Einheit, sondern nur ein loses Gebilde.

Die Bilder meines Traums von gerade eben tauchten wieder hinter den Nebelschwaden auf. In der Ferne hörte ich Hannes keuchen, spürte, wie er in mich eindrang, seine rhythmischen Bewegungen. Aber es spielte keine Rolle mehr.

Ich war in einem dunklen Raum.

Dieses Mädchen im Traum ... obwohl ich ihr Gesicht sah, konnte ich es nicht erkennen. Es war merkwürdig, wie eine Schrift in einer fremden Sprache, man sieht die Buchstaben, aber kann nicht lesen, was geschrieben steht. Sie hielt einen Keks in den Händen. Er war nicht rund, sondern länglich und doppelt so dick wie ein Bleistift. Sie hielt ihn wie einen Maiskolben. Knabberte die Schokolade der Länge nach herunter und hielt mir dann triumphierend die leicht matschige Teigstange hin. Ich war verärgert und wollte das nicht. Das Mädchen griff neben sich und holte einen neuen Keks aus einer violetten Verpackung. Ich dachte, er wäre für mich, doch sie führte ihn zu ihrem Mund und fing wieder an, die Schokolade herunter zu knabbern.

»Lotta?«

Was war das für ein Mädchen? Ich kannte sie und vor allem dieses Gefühl von Geborgenheit, das sie in mir auslöste. Die violette Verpackung war mir vertraut, dieser buttrige Geruch ...

»Lotta?«

Ich versuchte, mich zu konzentrieren, um ihr Gesicht zu erkennen. Als würde ich bei einem Fernglas die richtige Sichtstärke einstellen, wurde das Bild klarer. Wimpern wie Bindfäden. Die wulstigen Lippen. Oh, mein Gott. Das war Henriette! Henriette als kleines Mädchen.

»LOTTA! VERDAMMT, WAS IST LOS MIT DIR?«

Ich öffnete die Augen. Hannes lag über mir auf seine Ellbogen gestützt, sein Körper berührte mich nicht mehr. Er starrte wütend auf mich herunter, es sah aus, als würde er auf mir einen Liegestütz machen. Ich fühlte mich so ertappt, dass ich ihm automatisch mein Becken entgegenstreckte, bereit, ihn wieder in mich aufzunehmen. Doch er wich zurück.

»Was soll das? Wo bist du?«

»Was? Ich bin doch hier.« Ich lachte auf, als wüsste ich nicht, was er meinte und ließ meine Hand zwischen seine Beine wandern. Er verdrehte sein Becken, meine Hand stieß an seinen Hüftknochen und mit einem Ruck stieg er von mir runter.

»Nein, bist du nicht. Du bist nicht hier!«

Von seiner Erektion war nichts mehr zu sehen. Ich setzte mich auf, versuchte es noch einmal, streckte meine Hand nach ihm aus, aber er schob sie weg, noch ehe ich ihn berührt hatte.

»Zieh jetzt bloß nicht dein Fickprogamm mit mir durch, Lotta.«

Er stand auf, grapschte nach seiner Kleidung, verließ das Wohnzimmer und schlug die Schlafzimmertür zu. Ich hielt den Atem an, wartete auf Konnys Weinen. Und war erleichtert, als es nicht kam.

Nach einer Minute setzte ich mich auf, streifte das T-Shirt über und schlüpfte in meine Pyjamahose.

»Brrr … brrr … brrr.«

Im ersten Moment wusste ich nicht, woher dieses Geräusch kam. Dann bemerkte ich das Blinken auf dem Display von Hannes' Handy, er hatte es am Couchtisch liegen gelassen.

Normalerweise wäre mir nicht in den Sinn gekommen, seine Nachrichten zu lesen oder in seinem Handy zu spionieren. Aber ich redete mir ein, es war Mitternacht, vielleicht wäre es wichtig, weil es mit seinem aktuellen Fall zu tun hatte. Den Gedanken, dass er im Notfall einen Anruf und keine SMS bekam, schob ich beiseite. Ich steigerte mich so hinein, dass ich es selber fast glaubte.

Rasch nahm ich sein Handy und gab den Code ein, um das Display zu entsperren. Ich hatte mit einer SMS von Regina Steindl gerechnet, doch Hannes hatte eine E-Mail bekommen.

In der Betreffzeile stand: Re: C. Fiore

Ich klickte darauf. Der Absender war aus dem Bundeskriminalamt, die Initialen MK.

Lieber Fips (ich kann nicht anders :-))! Wollt dich nur wissen lassen, dein Ansuchen, Carlotta Fiore nicht im aktiven Kriminaldienst einzusetzen, wurde heute bereits in die Wege geleitet. Sorry für die späte Rückmeldung, aber ich bin nicht eher dazu gekommen. Fiore und Fürst haben von Eva die Unterlagen für die Vorträge erhalten, leider war es erst möglich, nächste Woche Termine zu vereinbaren (du musst mir das alles aber echt mal erklären – oder mich mit einem Kasten Bier bestechen). Und keine Sorge, wir haben so viele Vortragsreihen, da ist sie sicher das ganze Jahr beschäftigt (sofern sie so lange bleibt, Eva hat mir den Grund ihres Ausscheidens aus der Polizeischule erzählt). Meinen nächsten Journaldienst habe ich in zwei Tagen, aber wenn du noch irgendwas brauchst, melde dich bei Eva.

Alle hier wissen Bescheid, FF (Fiore und Fürst, ich bin ein Genie) werden nicht mehr eingesetzt. So, ich klink mich aus, diese Nachricht zerstört sich selbst in fünf Minuten – haha. M.

15.

Ich las die E-Mail wieder und wieder und wieder.

Klickte am Handy auf den Ordner der ›Gesendeten Nachrichten‹, ob ich seinen Originaltext fand, aber der Ordner war leer. So wie alle anderen Ordner auch. Hannes hatte seine gesamten Mails gelöscht.

Ich saß auf der Couch, starrte in die Dunkelheit, keine Ahnung, wie viel Zeit verging. Mein Verstand weigerte sich, es zu begreifen. Hannes steckte dahinter? Er hatte das alles in die Wege geleitet? Er hatte Kieksstimme dieses Geheimnis meiner ruhmlosen Vergangenheit verraten? Das konnte, nein, es durfte nicht wahr sein. Nicht Hannes.

Erst vor ein paar Wochen, als ich ihm von Krumps Angebot, mit Konrad bei der Kriminalpolizei anzufangen, erzählt hatte, waren seine Worte: »Ich verstehe es jetzt. Ich verstehe es, weil ich dich verstehe. Ich bin vielleicht nicht mit allem einverstanden, aber ich verstehe dich.«

Das ergab überhaupt keinen Sinn. Der Mann, der gesagt hatte, er wolle für den Rest seines Lebens meine Angst mit mir aushalten?

Je mehr Zeit verstrich, desto mehr fing ich an zu zittern, tausend winzig kleine elektrische Schläge unter meiner Haut.

Der Drang, einfach rauszulaufen, zur nächsten offenen Tankstelle, um mir eine Flasche Wodka zu besorgen, war riesig.

Tu es nicht, tu es nicht, schrie etwas in mir. Und ich ließ es schreien, dachte an Konny, an Konrad und wartete, bis der Drang verebbte und nur noch eine dumpfe Leere hinterließ. Ich strich über das Display, drückte auf die E-Mail, bis das Papierkorb-Zeichen erschien.

»E-Mail löschen?«

Ich bestätigte und im nächsten Moment leuchtete mir der leere Posteingangs-Ordner entgegen.

»Was machst du da?«

Ich zuckte erschrocken zusammen, ich war so in Gedanken, dass ich Konrad nicht gehört hatte. Er stand im dunkelblauen Pyjama im Eingang zur Küche, ein Buch unter den Arm geklemmt und sah mich über den Rand seiner Brille an.

»Hab ich dich geweckt?«

»Nein. Ich hab gelesen. Also, was machst du?«

»Ich koche.« Ich hatte alles Gemüse, das ich finden konnte, klein geschnitten, mit Zwiebeln angeröstet und mit passierten Tomaten aufgegossen. Vor mir türmte sich ein Berg geriebener Parmesan auf dem Küchenbrett.

»Du kochst?«

»Minestrone«, sagte ich, als wäre das eine völlig logische Antwort. Erst als ich es aussprach, wurde es mir bewusst. Keine Gemüsesuppe, nein, Minestrone hatte ich gemacht. Genauso wie Maria sie zubereitet hatte, bei den seltenen Gelegenheiten, als sie für mich kochte. Am liebsten hätte ich auf der Stelle alles in den Ausguss gekippt.

»Es ist vier Uhr früh.«

»Ich weiß.«

»Und wieso kochst du um vier Uhr in der Früh?«

Ich legte den Parmesan und die Reibe auf die Arbeitsfläche.

»Warum liest du um vier Uhr in der Früh?«

Er hob die Augenbrauen, nahm das Buch unter seinem Arm

hervor. Es war ein Kinderbuch, *Die Mäuse der drei Stanisläuse*, am ramponierten Einband sah man, dass es schon oft gelesen worden war.

»Können wir kurz reden?«, fragte Konrad.

Ich nickte und drehte den Herd ab. Er setzte sich an den hellen Küchentisch, aber ich blieb stehen, klammerte mich an der Arbeitsfläche hinter mir fest, als wäre sie das Einzige, was mich noch aufrecht hielt.

Konrad wartete, aber als er merkte, dass ich mich nicht zu ihm setzte, fuhr er sich erschöpft durch die Haare. Eine graue Locke hing ihm in die Stirn wie ein Fragezeichen.

»Ich musste sehr viel darüber nachdenken, was du mir heute erzählt hast ... über uns.« Er stellte das Kinderbuch auf den Tisch, am Einband waren drei unterschiedlich große gezeichnete Männerköpfe mit Ritterhelmen.

»Erinnerst du dich daran?«

Ich schüttelte den Kopf, ich hatte dieses Buch noch nie gesehen.

»Woher hast du das?«

»Es war versteckt. Manchmal, wenn ich es am wenigsten erwarte, fällt mir irgendetwas wieder ein. Ich war gerade am Einschlafen, da wusste ich plötzlich von diesem Buch.«

Auf der Suche nach meiner Vergangenheit in dieser Wohnung, in der ich bis zu meinem vierten Lebensjahr gelebt hatte, hatte ich jeden Schrank, jede Lade, jeden Winkel abgesucht.

»Wo war es?«

»Hinter der Waschmaschine.«

Obwohl mir zum Weinen zumute war, lachte ich auf. Das war wahrscheinlich der einzige Ort, an dem ich nicht nachgesehen hatte. Die Frage, was da noch alles hinter der Waschmaschine versteckt war, verkniff ich mir. Ich hatte noch nie ein Foto von meiner Mutter gesehen. Aber genauso wie ich mich danach sehnte, genauso fürchtete ich mich davor. Sie hatte sich das Leben genommen. Ich wusste nicht, ob mein Verschwinden wirklich die Ursache oder nur der Schicksalsschlag war, der einen Dominostein mit dieser Konsequenz zum Umfallen gebracht hatte. Wenn ich sie nicht kannte und nicht wusste, wie sie aussah, war ihr Selbstmord weit weg und dadurch irgendwie leichter zu ertragen. Zumindest redete ich mir das ein.

Konrad klappte das Buch auf und hielt es mir hin. Eine verblasste Kinderzeichnung, mit Kugelschreiber gekritzelt, war auf der ersten Seite. Ein kugeliges Männchen mit Hut, dicken Backen und einem breiten Grinsen.

»Ist das ein Schneemann?«, fragte ich.

Konrad schüttelte den Kopf. »Nein. Es ist ein Clown. Du hast ihn gezeichnet.«

Darunter war ein schiefes Herz, dessen Enden aneinander vorbeiliefen.

Durch meinen tränenverschleierten Blick verschwamm Konrad mit dem Küchenstuhl.

»Warum stehst du um vier Uhr früh in der Küche und kochst?«, fragte er.

Ich sagte unbeholfen: »Nur so. Du hast ja auch nicht geschlafen.«

Er stand auf, zog einen Mundwinkel hoch und streichelte die Träne auf meiner Wange weg.

»Aber zwischen im Bett lesen, weil man nicht schlafen kann und um vier Uhr in der Küche stehen und kochen gibt es einen Unterschied.«

»Weißt du nicht mehr, wie du früher in den Nächten gekocht hast?«

Er beugte den Kopf vor und nahm die Brille ab. »Ich habe was?«

»Du hast gekocht. Der Tiefkühler war voll mit eingefrorenen Gerichten, die du in diesen Nächten zubereitet hast.«

Er schwenkte seinen Blick zur Tiefkühltruhe, aber ich schüttelte den Kopf.

»Es ist nichts mehr da. Als du … ich habe mir manchmal was davon gemacht, als du … weg warst.«

Ich vermied »als du im Koma gelegen hast« auszusprechen, als würde es dadurch weniger real. Wie oft hatte ich weinend über einer seiner aufgetauten Suppen, Braten oder Aufläufe gesessen, wenn mich die Sehnsucht nach ihm überrollt hatte. Ich hatte die Augen geschlossen und mir vorgestellt, er wäre da. Mit mir in der Küche. Dieser kleine Moment des Glücks in diesem ganzen Chaos, dass er gerade jetzt vor mir stand, ließ mich genauso dankbar sein, wie er diese komplette Hilflosigkeit in mir auslöste.

»Warum bist du nicht im Bett?«

Seine Stimme war leise und sanft, er sah mich mit seinen rabenschwarzen Augen an, sein berühmter Röntgenblick, bei dem ich das Gefühl hatte, er würde in mich hineinsehen. Ich wollte es sagen, wollte ihm alles erzählen. Was ich in dieser E-Mail von Hannes herausgefunden hatte. Die Notiz in Anton Jägers Wohnung. Und auch alles andere.

Er streichelte mir über die Wange und flüsterte: »Julia?« Es klang mehr wie eine Frage. Dieser Name, der die Mauer um meine Seele zum Einsturz brachte und alles freigab.

Aber das durfte nicht geschehen.

Konrad hatte so viel durchgemacht, um mich zu finden. War an diversen Abgründen der Verzweiflung gestanden, hatte sie aber nie überschritten. Weil er daran glaubte, dass ich noch lebte. Wir uns eines Tages wiedersehen würden. Er war auf der Suche nach der erwachsenen Version seiner Julia. Nach einem Mädchen, das mir fremd war und an das ich mich nicht erinnern konnte. Als wäre dieser Teil von mir auf dem Stadtfest geblieben, an dem Tag, als Maria Fiore mich entführt hatte.

»Sag mir, was mit dir los ist«, fragte Konrad, als könnte er meine Gedanken hören.

Ich suchte nach den richtigen Worten. Aber wie sollte ich sie finden, wenn ich sie selber nicht mal kannte?

»Anna und du, wieso habt ihr euch getrennt?«

Die Frage war mir schärfer rausgerutscht als beabsichtigt. Schon während ich sie aussprach, schämte ich mich dafür. Ich wollte nur das Thema wechseln.

Dieser tiefe Schmerz in seinem Gesicht traf mich unvorbereitet. Er schluckte, sein Kinn fing an ein wenig zu beben und er presste den Mund zusammen, um sich unter Kontrolle zu bringen. Dann zog er eine Seite hoch zu diesem leichten Lächeln, aber es sah so unecht aus, als wäre ein Bindfaden an seinem Mundwinkel befestigt. Er atmete tief ein.

»Vielleicht, weil ...«, seine Augen fingen an zu glänzen, er senkte rasch den Blick, »... weil für manche Menschen im Herzen Platz ist. Aber nicht im Leben.«

Die Wahrheit seiner Worte traf mich mit voller Wucht.

Ich weiß nicht, wie lange wir so dastanden, hilflos und verloren, wie zwei Kinder. Irgendwann zog mich Konrad an sich. Er drückte mich, wiegte mich in seinen Armen. Die Schutzmauer wackelte. Und wir weinten beide.

16.

Das blassblaue Licht der Morgendämmerung tauchte bereits vor dem Fenster auf, als Konrad ins Bett ging. Er wollte nicht, aber ich redete so lange auf ihn ein, sich wenigstens noch eine Stunde hinzulegen, bis er schließlich die Hände hob und sagte: »Ich ergebe mich.«

Er küsste mich auf die Stirn, dann lauschte ich seinen Schritten und war wieder allein.

Ich hatte Konrad nichts über Hannes erzählt. Oder sonst über irgendwas. Und ich hatte es ausgehalten, dass er nichts sagte. Es war vielleicht nicht die gesündeste Einstellung, aber wir waren im Schweigen vereint und das war, wenn schon nicht erleichternd, dann zumindest tröstend.

Ich war so müde, jede Faser und jede Zelle meines Körpers schmerzte, aber ich konnte nicht ins Bett. Nicht zu Hannes. Und auf die Couch wollte ich nicht.

Deshalb schaltete ich die Kaffeemaschine ein und füllte frisches Wasser in den Tank. Während sich der Bardruck aufbaute, setzte ich mich an den Tisch und nahm das Kinderbuch in die Hand. Ich blätterte es durch, in der Hoffnung, irgendwas zu erkennen. Aber da war nichts. Nicht der Hauch eines vertrauten Bilds. Es war fast schon eine Ironie des Schicksals – Vater und Tochter mit ihren gestörten Erinnerungen. Konrad durch die Folgen des Unfalls, für den ich mich schuldig fühlte, da ich zu spät Hilfe geholt hatte. Und ich ... zum ersten Mal kam mir der Gedanke, ob er sich dafür verantwortlich fühlte, dass Maria mich entführt hatte? Aber ich schob ihn sofort beiseite. Wie sollte er etwas empfinden, wo er doch kaum wusste, dass es passiert war?

Ich streckte mich, der orangefarbene Beutel aus Henriettes Zimmer leuchtete mir im Licht der ersten Sonnenstrahlen auf dem Fensterbrett entgegen.

Ich stand auf, hob ihn hoch und holte die Kekspackung heraus.

Hannes' E-Mail hatte meinen Traum von Henriette und diesen Keksen ins Abseits gedrängt. Aber jetzt war er wieder da. Dieser vertraute schokoladige Buttergeruch.

Die Abbildung auf dem Karton. Das waren keine normalen runden Kekse, sie hatten eine längliche Stäbchenform und waren in Schokolade getunkt.

»Cadbury Fingers« stand in geschwungener weißer Schrift darüber.

Die Erinnerung schoss ein, als wäre ein Schalter in meinem Hirn umgelegt.

Das war eine der lila Packungen, die Maria Fiore uns gebracht hatte, in dieses kleine Zimmer in ihrem Haus in London, in dem sie uns das ganze Jahr über versteckt hielt. Henriette lebte bis zu meinem Erscheinen dort alleine, da Maria ihre Tochter, die so gar nicht ihren Vorstellungen entsprach, nie der Öffentlichkeit präsentierte. Und das war auch nicht ihr Plan. Denn nachdem sie Henriette weggebracht hatte, war ich es, die von Maria ins Rampenlicht ihres Ruhms gezerrt wurde. Als ihre Tochter Carlotta Fiore.

Henriette hatte die Cadbury Fingers geliebt. Sie steckte sich immer ein Stäbchen nach dem anderen in den Mund und küsste mich dann mit ihrem schokoladeverschmierten Mund ab. Ich war fünf Jahre alt, konnte damals noch nicht lesen, darum hatte ich den Namen dieser englischen Kekse nie gewusst. Und bis eben hatte ich auch nie mehr daran gedacht.

Henriette hinterließ mir die Kekse, die wir in dem Jahr, in dem wir zusammen waren, gegessen hatten.

Bis zu diesem Morgen vor mehr als 25 Jahren. Der Platz im Bett neben mir war zum ersten Mal leer gewesen, als ich in diesem fremden Zimmer erwachte. Ihre Wärme hing noch in dem Bettzeug. Am Nachttisch auf ihrer Seite lag eine volle Packung der Schokoladenstäbchen.

Aber es gab niemanden mehr, mit dem ich sie teilen konnte. Denn es war der Morgen vor mehr als 25 Jahren gewesen, als Henriette fort war.

Und da wusste ich es. Henriette hatte diesen Beutel mit der Packung nicht zufällig hinterlassen.

Der Geruch war so stark, weil die Kekspackung auf einer Seite geöffnet war. Ich sah hinein, da steckte etwas, ein Papier, gebogen über dem Zellophan. Vorsichtig zog ich es heraus.

Es war ein Foto, ein altes Polaroid, schon ganz gelbstichig und verblichen. Das Mädchen mit dem runden Gesicht lachte, ihre Brille mit den dicken Gläsern war verrutscht und sie riss den Mund mit den schiefen Zähnen auf. Das andere Mädchen war schmal und blass. Die Augenringe viel zu dunkel für so ein kleines Kind, ihr Lachen mehr Grimasse als Kindergesicht.

Dieses Mädchen war ich.

Ich konnte mich nicht mehr erinnern, wer dieses Foto von Henriette und mir gemacht hatte oder wie es entstanden war. Aber ich wusste, dass ich das Bild viele Jahre lang gesucht hatte. Weil es der einzige Beweis war, dass dieses dicke Mädchen mit der Brille wirklich existierte.

Als ich zehn Jahre alt war und die Erinnerung an Henriette als genauso wirr empfand wie meine Alpträume, fand ich das Foto bei unserem Umzug von London nach Wien. Wie einen Schatz versteckte ich es vor Maria, doch dann war es plötzlich verschwunden. Ich hatte immer angenommen, es wäre bei der Übersiedlung verloren gegangen. Wieso war es hier? Woher hatte es Henriette?

Ich drehte das Foto um. Auf der weißen Fläche, die vielleicht zwei Zentimeter breit war, stand in Henriettes leicht krakeliger Schrift:

Ich werde dich nie vergessen. Bitte verzeih mir. Für immer, deine Henriette

In der Entfernung hörte ich Schritte, aber ich nahm sie gar nicht wirklich wahr. Erst bei Hannes' »Guten Morgen« sah ich auf.

Er war angezogen und frisch rasiert. Am Arm trug er Konny, der seine rechte Schläfe auf Hannes' Schlüsselbein abgelegt hatte und die Augen kaum offen halten konnte. Dieser Anblick, den ich so geliebt hatte, gab mir jetzt einen Stich. Hannes legte den Kopf schief und seufzte, sein entschuldigendes Lächeln, als er auf mich zukam, war verstörend.

»Was hast du da?«

Wortlos streckte ich ihm das Foto von Henriette und mir entgegen.

»Wow ... das ist doch ... bist das du mit Henriette?«

Ich nickte und drehte das Foto um, damit er die Nachricht lesen konnte. Er sah überrascht auf.

»Oh Lotta ... das tut mir leid.«

Wie konnte er das tun? Wie konnte er sagen, es tat ihm leid, und zwar so, dass ich es glaubte und mich gleichzeitig hintergehen? Er gab mir das Foto zurück.

»Dieses Foto ... ist das aus der Zeit bei Maria?«

Würde ich auch nur ein Wort sagen, würde ich entweder anfangen, ihn anzubrüllen oder zu weinen. Oder beides. Also sagte ich nichts und nickte wieder.

»Woher hat sie es?«

Ich hob die Schultern.

»Hast du schon in ihrem Heim angerufen? Ich meine, vielleicht ist sie ja doch wieder aufgetaucht?«

Aus dem Wohnzimmer fing sein Handy an zu klingen. Er verdrehte die Augen und reichte mir Konny. »Ich muss los. Das wird Regina sein, sie holt mich ab. Wir haben um acht Uhr einen Termin bei Krump. Und wegen Henriette ... sollte sie bis heute Mittag nicht auftauchen, kümmere ich mich darum. Wir finden sie, Lotta. Ihr ist sicher nichts passiert.«

Er ging zur Tür, dann stoppte er und drehte sich um.

»Ich hätte gestern nicht so reagieren sollen. Verzeih mir. Bitte. Es war ein verrückter und langer Tag und ...« Sein Handy erstarb, aber nur, um im nächsten Moment erneut loszugehen. »Du ... du fehlst mir so. Es tut mir leid, wenn ich dich ...«

Das Schrillen der Gegensprechanlage unterbrach ihn. Er verzog sein Gesicht und sog Luft ein. »Uh, ich hätte schon vor zehn Minuten unten sein sollen. Regina flippt immer aus, wenn es um Krump geht. Wir sehen uns ja dann sicher später im Kommissariat.«

Ich nickte in Zeitlupe, aber es schien ihm nicht aufzufallen, denn er lächelte. Dann lauschte ich, wie er ins Wohnzimmer ging, er sagte: »Ich bin sofort da«, wieder Schritte und schließlich das Öffnen und Schließen der Wohnungstür.

Ich wollte nicht nachdenken. Alles, nur nicht nachdenken. Konny fing an zu quengeln und verlangte sein Frühstück.

Während das Wasser für sein Fläschchen kochte, holte ich mein Handy. Ich verdrängte alle aufkommenden Gefühle, konzentrierte mich auf das, was jetzt wichtig war. Ich sollte in Henriettes Heim anrufen. Vielleicht war sie ja wirklich aufgetaucht. Und sei es nur, um nachzusehen, ob ich den Beutel geholt hatte.

Am Tag, als Konny geboren wurde, hatte Henriette mir die Durchwahl für ihr Stockwerk gegeben, damit ich sie immer erreichen konnte. Es klingelte drei Mal, dann hob eine Frau mit einem schlichten »Ja, hallo« ab, ihre Stimme klang brüchig.

»Guten Morgen, hier ist Fiore. Ist Henriette da?«

Keine Antwort.

»Hören Sie mich?«

Ein zustimmender Laut, der mehr einem Grunzen glich, erklang.

»Ist Henriette da? Oder war sie in der Nacht bei Ihnen? ... Hallo, sind Sie noch dran?«

Statt einer Antwort schluchzte die Frau am anderen Ende im Stakkato auf. Das war kein Grunzen. Sie hatte geweint. Sofort war ich hellwach. »Was ist los?«

Es dauerte quälende Sekunden, bis sie endlich antwortete.

»Es gab ... einen schrecklichen Unfall.«

Mein Magen drehte sich um, aus meinem Mund kam ein Laut wie ein Wehklagen. Ich schnappte nach Luft.

»Was?«

»Das Seil ... es ist furchtbar. Ich kann nicht ... einfach so ... tot. Tot. Oh Gott ...« Ihre Stimme kippte in ein Wimmern.

Meine Beine gaben nach, ich musste mich an der Küchenkredenz festhalten und drückte Konny an mich, während ich langsam zu Boden glitt. Ein Seil. Wieso hatte ich gestern nicht mehr nach ihr gesucht? Ich sah Henriettes leblosen Körper, erhängt, in ihrem Zimmer. Bitte nicht, bitte, bitte nicht.

»Wann?«

Konny fing an zu weinen, ich musste mich beruhigen. Zwang mich, normal zu atmen, es fiel mir so schwer, als gäbe es keinen Sauerstoff in der Küche.

Am anderen Ende war Krachen zu hören, eine energische Frauenstimme sagte: »Sissi, mit wem redest du? Gib mir den Hörer.« Wieder Krachen. »Hallo? Wer spricht?«

Ich nannte ganz automatisch meinen Namen, wie in Trance.

»Henriette, sie ist ...?«, fragte meine Stimme, fern und fremd von mir.

»Es tut mir leid, ich bin nicht befugt, Auskünfte zu erteilen.

Bitte rufen Sie die Leitung des Wohnheims an«, sagte die Frau ganz sachlich.

»Nein, bitte. Sagen Sie es mir.«

»Es tut mir leid, ich kann jetzt nicht. Wir haben gerade jede Menge zu tun. Auf Wiederhören.«

»Nein, halt! Legen Sie nicht auf. Ich – ich bin Henriettes ... bitte. Die Frau, mit der ich eben gesprochen habe, sie hat gesagt, Henriette ... mit einem Seil ... ist sie ...?«

Ich verschluckte die Worte.

Die Frau am Telefon seufzte tief, sagte: »Warten Sie kurz, ich lege Sie rüber ins Büro.«

Im nächsten Moment erklang Mozarts »Kleine Nachtmusik« auf einer Bontempi-Orgel. Ich bemühte mich, weiter zu atmen, aber mein Körper verweigerte noch immer den Sauerstoff und mir wurde schwindlig.

»Hallo?«, meldete sich die Stimme.

Ich brachte kein Wort mehr heraus, quälte mir einen zustimmenden Laut ab.

»Es geht nicht um Henriette. Das war ein Missverständnis.«

Die Erleichterung trieb mir die Tränen in die Augen. Konny streckte seine Arme nach dem Küchenfußboden aus, kaum hatte ich ihn abgesetzt, krabbelte er los.

»Ist sie da?«

»Nein.«

»War sie in der Nacht bei Ihnen?«

Sie zögerte, ich schob ein »Bitte« hinterher. »Nein, war sie nicht.«

»Aber wieso hat dann die Frau ...?«

»Wir haben hier einen Unglücksfall, alle sind sehr verstört.«

»Oh.« Ich sagte nichts mehr, wartete ab, dass die Frau weitersprach. Doch bei ihr funktionierte diese simple Taktik nicht.

»Hoffentlich nichts Schlimmes«, sagte ich, als würde ich über eine Verkühlung sprechen.

Sie seufzte, sagte nebenher: »Leider sogar sehr schlimm.«

Sie schwieg wieder, im Hintergrund hörte ich, dass sie etwas auf einer Tastatur tippte.

»Das tut mir leid. Ich war gestern noch bei Ihnen, Bartholomäus hat mich ...«

»Sie haben Bartholomäus gesehen?«

Am erschrockenen Klang ihrer Stimme nahm ich an, dass es etwas mit ihm zu tun haben musste.

»Ja. Er war sehr nett. Hat mich in Henriettes Zimmer gebracht und mir gesagt, er ruft mich an, falls sie auftaucht. Aber er hat sich nicht gemeldet, deshalb dachte ich ...«

»Er ist verunglückt«, platzte es aus ihr heraus.

»Was?«

Sie murmelte etwas, aber ich verstand kein Wort. Dann wurde es ruhig am anderen Ende.

»Was ist denn passiert?«, fragte ich.

Eine Weile schwieg sie. »Wie haben Sie noch mal gesagt, ist Ihr Name?«

Ich wiederholte ihn, hörte wieder ein Tippen. Dann sagte sie »Ah«, als wüsste sie jetzt, wer ich war.

»Henriette wird es schwer treffen. Bartholomäus ... er hatte einen Unfall. Und er hat ihn ... nicht überlebt.«

»Was? Aber wie ...?«

»Beim Bungee-Jumping. Laut erster Information ist ein Fehler unterlaufen.«

»Welcher Fehler?«

»Ein zu langes Seil. Es ist furchtbar. Mehr wissen wir auch noch nicht.«

Die Frau verstummte. Die Zweifel, ob das alles nur unzusammenhängende Zufälle waren, mit denen ich es seit gestern zu tun hatte, implodierten. Ich glaubte an keinen Unfall. Und auch nicht an ein unabsichtlich verwendetes zu langes Seil.

»Frau Fiore?«, fragte die Frau.

»Ja?«

»Eine Sache noch, wegen Henriette. Also, wenn sie heute Abend wieder nicht auftaucht, müssen wir das melden.«

»Was meinen Sie mit melden?«

»Da sie in dieser Einrichtung wohnt, gehen wir bei einem Fernbleiben von mehr als 36 Stunden von Gefahr im Verzug aus.« Sie räusperte sich. »Das heißt, wir machen Meldung an die Polizei.«

Ich fühlte mich innerlich so leer und tot, dass ich nicht wusste, ob ich diese Vorgehensweise gut oder schlecht finden sollte. Geistesabwesend verabschiedete ich mich und legte auf.

Keine Ahnung, wie lange ich auf dem kalten Fliesenboden saß, als mein Handy läutete. Ich zuckte erschrocken zusammen, die Nummer war unterdrückt.

»Hallo?«

»Lotta! Ich bin's, Fanny. Ich bin wieder da! Mach auf, ich steh vor der Tür.«

17.

Fanny saß gegenüber von Konrad am Küchentisch, sie schaufelte bereits die dritte Riesenportion Cornflakes in sich rein, als hätte sie die letzten zwei Tage nichts zu essen bekommen.

»Wann bist du in Wien gelandet?«, fragte Konrad die Vierzehnjährige und nahm einen Schluck Kaffee. Er war eben erst aufgestanden. Kaum hatte er die Küche betreten, war Fanny von ihrem Stuhl hochgesprungen und hatte ihn so stürmisch umarmt, dass er gegen den Türrahmen gekippt war. Wir beide hatten uns bei den Ermittlungen in der Wiener Oper mit Fanny angefreundet – sie war ungewöhnlich, und damit meinte ich nicht, dass sie der Kinderstar in der Wiener Oper war. Wenn sie sang, war schon allein ihre Stimme überwältigend, aber ihr Talent war es noch viel mehr. Dazu ihre Liebe zu unkonventioneller Kleidung – niemand wusste, dass die meisten Stücke, die sie trug, von ihrer Mutter stammten, die vor neun Jahren an Krebs gestorben war.

Die fehlende Größe und die noch nicht vorhandenen Körperrundungen machte Fanny wett, indem sie mit Gürteln alles fest- und hochzurrte. Ihr außergewöhnliches und so gar nicht mädchenhaftes Gesicht – die Hakennase, das Fliehkinn – und ihr lebhaftes Wesen sorgten dafür, dass sie den Menschen im Gedächtnis blieb. Das war den Amerikanern nicht anders gegangen, denn erst gestern war sie von einer Tourneeproduktion der Wiener Oper aus den USA zurückgekehrt.

»Gestern Abend«, sagte Fanny mit vollem Mund. »Papa hat mich vom Flughafen abgeholt. Sogar das Fernsehen war da. Die waren völlig irre. Papa hat das nicht gefallen ... er hat gesagt, dass ich erst wieder weiter weg als nach Bad Ischl darf, wenn ich 18 und mit der Schule fertig bin.«

Sie grinste und sah zu Konny, der in meinen Armen energisch an seiner Flasche saugte. »Als wäre der Zwerg mit mir verwandt. Auch ein ganz schöner Gierschlund!« Dann lud sie einen weiteren Cornflakesberg auf ihren Löffel und beförderte ihn zwischen ihre schmalen Lippen.

»Redet er schon?«, fragte sie mit vollen Backen, ein Klümpchen segelte aus ihrem Mund auf den Tisch.

»Wer?«, fragte ich.

»Dein Sohn, Lotta. Ich rede von Konny.«

»Musst du nicht in die Schule?«, unterbrach Konrad. Fanny verzog das Gesicht, als hätte er ihr mit Folter gedroht. Ich sah auf die Küchenuhr, es war schon acht vorbei. Konrad hatte recht, Fannys Schulweg führte sie bis ans andere Ende der Stadt. Außerdem mussten wir in einer halben Stunde los, um rechtzeitig im Kommissariat zu sein. Trotzdem überraschte mich sein Einwand, er hatte das Mädchen immer gerne um sich.

»Bitte, ich bin voll im Jetlag«, protestierte sie. »Für mich ist es jetzt ein Uhr in der Nacht. Wie kann man da erwarten, ich würde in die Schule gehen? Wann kommt eigentlich Henriette? Ich dachte, ich verbringe den Tag mit ihr und Konny, während ihr Verbrecher jagt.«

»Henriette kann heute nicht kommen«, sagte ich rasch und stand auf. Konny machte sich mit einem Schrei bemerkbar, der Sauger war ihm aus dem Mund geglitten.

»Darf ich ihn haben?«, fragte Fanny und streckte die Hände aus. Ich nickte und setzte ihn ihr auf den Schoß.

»Na, komm, Gierschlund«, sagte sie und richtete sein Fläschchen, an dem er gleich zu saugen begann, während er seine Hände nach Fannys Nase ausstreckte. Schon seit dem ersten Mal, als Fanny ihn gehalten hatte, war er davon fasziniert. Das Mädchen lachte auf und ruckelte mit ihrem Kopf hin und her, als wäre ihre Nase ein Spielzeug für Konny.

»Wo ist Henriette denn?«, fragte sie nebenbei.

Sofort griff ich nach meiner Kaffeetasse und versteckte mein Gesicht dahinter.

»Ich dachte, sie passt auf Konny auf, während du arbeitest?«

Sie sah mich erwartungsvoll an, aber ich drehte mich weg und versuchte unbekümmert zu klingen, als ich sagte: »Das passt im Moment nicht.«

Es war nicht meine Absicht, aber ich stellte die Kaffeetasse zu fest neben eine Schüssel in den Geschirrspülerkorb und ein Stück des Porzellans splitterte ab.

»Ahaaaa«, sagte Fanny, aus ihrer Stimme hörte ich die Skepsis heraus.

»Ich werde Anna fragen, ob sie sich ein paar Tage um Konny kümmern kann.«

Das hatte ich mir bereits heute Nacht vorgenommen. Bis ich einen Platz in einer Krippe für ihn hatte.

Das sollte nicht schwer sein, denn ich hatte einen gehabt, aber dann hatte Henriette darauf bestanden, sich um Konny zu kümmern.

»Mist«, sagte Konrad. Ich drehte mich um, er hatte die Hälfte seines Kaffees auf dem Pyjama verschüttet.

Fanny zog fragend die Stirn kraus. Konrad stand auf und sagte: »Ich geh mich anziehen. Wir müssen bald los.«

Fanny sah ihm nach und schnalzte mit der Zunge. Als seine Zimmertür sich schloss, sagte sie: »Er ist ordentlich zusammengezuckt, als du Annas Namen erwähnt hast.«

»Ach so?«

»Ja. Sag bitte nicht, sie haben sich nicht versöhnt? Ich dachte, wenn ich zurück bin, ist alles wie vorher?«

Konny hatte sein Fläschchen geleert, ich wollte ihn Fanny wieder abnehmen. Stattdessen griff sie nach dem Geschirrtuch, das über der Stuhllehne hing, legte es sich auf die Schulter, hob Konny hoch und klopfte auf seinen Rücken.

»Nein, es ist nicht wie vorher ... und bevor du fragst, ich weiß nicht, wieso sie sich getrennt haben.«

»Oh, sie haben sich nicht getrennt. Konrad hat Schluss gemacht.«

»Was?«

Sie sah erschrocken auf. »Ups. Du ... du wusstest es nicht?«

»Nein ... ich meine ... wirklich?«

Fanny nickte, aber irgendwas stimmte nicht. Sie rutschte unruhig auf dem Stuhl herum, hob Konny von einer Seite zur anderen.

»Und woher weißt du das?«, fragte ich.

Fanny war plötzlich sehr mit Konnys Gesicht beschäftigt, obwohl er gar nichts gemacht hatte, außer sie anzustarren.

»Fanny? Woher weißt du es?«

Langsam hob sie den Kopf. »Ich hab's zufällig gehört, echt. Ich wollte nicht lauschen, aber bei Anna war die Tür offen und ... eigentlich war ich nur drüben, um mich vor der Reise zu verabschieden. Ich bin rein, sie waren in der Küche und ... sie haben mich nicht bemerkt. Da hab ich alles mitgehört. Ich dachte wirklich, sie versöhnen sich tausendprozentig wieder. Wenn ich gewusst hätte, wie ernst es ist, hätte ich es dir erzählt.«

»Warum hat Konrad sich von Anna getrennt?«, fragte ich.

Sie sah zum Flur, dann wieder zu mir und schob die Unterlippe vor.

»Ich sag es dir, wenn ich mich diese Woche um Konny kümmern darf.«

»Du gehörst in die Schule, Fanny. Das kommt gar nicht in Frage.«

Sie lachte auf. »Ach bitte, Lotta, sei nicht so bourgeois.«

»Bonjour – was?«

»Bourgeois. Das heißt bürgerlich. Hab ich von einem französischen Tenor von der MET. Außerdem, seit wann gehörst ausgerechnet du zu den Moralaposteln? Ich war jetzt drei Wochen nicht dort. Glaubst, eine Woche mehr oder weniger macht einen Unterschied?«

»Das ist mir wurscht, dein Vater killt mich auch schon dafür, wenn er erfährt, dass du jetzt hier statt in deiner ersten Schulstunde sitzt. Oder weiß er, dass du zu uns kommen wolltest?«

Sie sagte nichts, doch das war Antwort genug. Ich konnte Fannys Vater die Sorge um seine Tochter nicht übelnehmen. Schließlich war unsere Freundschaft der Grund, warum das Mädchen vor ein paar Monaten entführt und fast umgebracht worden war. Dass sie die ganze Sache so unbeschadet überstanden hatte, war für mich ein Wunder. Aber so war Fanny. Vielleicht, weil sie an etwas anderes glaubte als der Rest von uns.

»Aha. Okay. Dann hier, bitte. Ich muss los«, sagte sie jetzt sehr nüchtern.

Sie stand auf und drückte mir Konny in die Arme.

»Mach's gut, Fanny. Baba.«

Sie ging zur Tür, weiter ins Vorzimmer, dann hörte ich ein Aufstampfen.

»Ach, Mist, Lotta. Du weißt, dass ich eh gut bin in der Schule. Lass mich wenigstens heute bei Konny bleiben. Ein weiterer Tag bringt mich schon nicht um.«

Ich ließ ein paar Sekunden verstreichen. »Okay. Aber nur heute. Und ich frag trotzdem Anna, ob sie auf Konny aufpasst, damit du deinen Jetlag ausschlafen kannst.«

Fanny erschien hüpfend im Türrahmen. »Du hast eh gewusst, dass ich nicht geh.«

»Aber du hast gut geblufft.«

Sie legte sich mit dramatischer Geste den Handrücken auf die Stirn. »Anscheinend nicht gut genug. Der Jetlag schwächt mein schauspielerisches Talent.«

»Oder ich kenn dich einfach schon sehr gut.«

Sie jauchzte auf, im nächsten Moment kam sie mit offenen Armen auf mich zugestürmt. »Du hast mir so gefehlt. Du und Konrad und Henriette und Hannes und der kleine Gierschlund.«

»Du hast mir auch gefehlt«, sagte ich. Es war die Wahrheit, ich hätte es anfangs nie für möglich gehalten, wie sehr ich Fanny ins Herz schließen würde.

Als sie mich wieder losließ, fing Konny an zu jammern. Anscheinend hatte ihm die Umarmung gefallen.

»Kann ich ihn wiederhaben?«, fragte Fanny.

Ich reichte ihn ihr, sie nahm wieder auf dem Küchenstuhl Platz und ich setzte mich gegenüber.

»Wieso hat sich Konrad von Anna getrennt?«, fragte ich leise.

»Wegen der Arzt-Sache.«

»Was für einer Arzt-Sache? Meinst du, weil Anna Ärztin ist?«

Fanny schüttelte den Kopf.

»Nein. Konrad war bei Anna im Krankenhaus. Um sich untersuchen zu lassen. Bei dem Streit hat er ihr vorgeworfen, dass sie ihn dazu gezwungen hat. Und sie hat gesagt, es sei notwendig, wenn er mit dir diesen Job bei der Kripo annimmt, sonst wäre es unverantwortlich.«

»Ich versteh das nicht, Anna hat Konrad mit ins Krankenhaus genommen?«

»Ja, aber er war nicht auf ihrer Station. Er war bei diesen Gehirnleuten, weil er sich doch nicht so gut erinnern kann und so. Er wollte nicht, aber Anna hat darauf bestanden.«

»Davon weiß ich nichts. Wann war das?«

Sie zuckte mit den Schultern. »Keine Ahnung. Vielleicht ein paar Tage, bevor ich geflogen bin?«

Sie stockte, reckte ihren Kopf und lauschte. Als sie sicher war, dass Konrad nicht kam, sagte sie: »Jedenfalls haben sie wegen seinem Hirn anscheinend jede Menge Untersuchungen gemacht. Ich hab nur kurz um die Ecke geschaut, auf dem Tisch sind so Röntgenbilder gelegen und alle möglichen Befunde.«

Fanny stieß ein beherztes Seufzen aus.

»Die Ärzte«, fuhr sie fort, »haben gesagt, er ist okay. Das Problem mit der Erinnerung ist nichts Körperliches.«

»Sondern?«

»Anna hat gesagt, Konrad hat eine dissoziative Amnesie.«

»Was bedeutet das?«

»Ich hab's gegoogelt. Es heißt, seine Amnesie ist psychisch.«

»Was? Aber ... ich verstehe nicht.«

»Konrad erinnert sich nicht, weil er sich nicht erinnern will. Sein Kopf ist in Ordnung. In Wirklichkeit weiß er alles.«

Ich war so perplex, dass ich nichts antworten konnte.

»Es stimmt, frag Anna«, sagte Fanny, die meine Reaktion als Zweifel missverstand. Aber es war etwas anderes. Ich hatte mich oft gefragt, wieso Konrad sich vor ein paar Monaten, als wir das Ergebnis unseres DNA-Tests wussten, erinnern konnte, an mich, an seine Suche, an uns. Und weswegen dann plötzlich, von heute auf morgen, diese Erinnerungen wieder wie gelöscht waren.

Mein Wissen über sein Leben war nur ein Bruchteil dessen, was er durchgemacht hatte. Wenn jemand genug Gründe hatte, sich an sein Leben vor dem Koma nicht erinnern zu wollen, war das Konrad.

Aber wieso spielte er dieses »Ich erinnere mich nicht«-Spiel mit mir so unbeirrt weiter? Warum fragte er mich über Begebenheiten aus, die er wahrscheinlich sowieso wusste und eigentlich vergessen wollte?

Fanny beugte sich über den Tisch und senkte ihre Stimme noch mehr.

»Ich bin dann weg aus Annas Wohnung. Sie haben mich nicht bemerkt. Aber eine Sache hab ich mitgekriegt, bevor ich draußen war. Nämlich, dass Konrad sehr böse geworden ist. Und er hat gesagt, er will mit Anna nichts mehr zu tun haben.«

18.

»Ich dachte, wir wollten ins Kommissariat?«, fragte Konrad, als wir an Anton Jägers Wohnhaus in der Florianigasse 29 vorbeifuhren.

»Wollen wir auch. Nur machen wir vorher noch diesen Abstecher.«

Aus dem Augenwinkel sah ich, dass Konrad alles andere als begeistert war, aber warum, wusste ich nicht. Während der gesamten Fahrt hatte er laut darüber nachgedacht, wie es möglich wäre, für unsere Nachforschungen diese Woche doch an Ausweise zu kommen.

»Und was machen wir hier?«

»Ich möchte dieser Nachbarin und ihrer Heimhilfe das Foto zeigen, das ich im Burgtheater gemacht habe. Von der Schauspielerin aus *Hamlet*.«

Und das war nicht das einzige Foto, das sich die beiden Frauen ansehen sollten.

»Aha. Und weswegen?«

»Weil wir einen Anhaltspunkt brauchen. Es hat ja keinen Sinn, wenn wir jetzt nach dieser einen Frau suchen und am Ende ist sie es gar nicht.« Oder eine andere – schob ich in Gedanken hinterher.

Vor dem »Tunnel«, einem Studentenlokal in der Florianigasse und nicht weit vom Wohnhaus des Journalisten entfernt, parkte gerade ein Wagen aus und ich trat auf die Bremse und setzte den Blinker. Unser Auto stoppte kaum, wir wurden eben mal ein kleines bisschen langsamer. Mit einem raschen Griff zog ich die Handbremse an. Der Wagen schlingerte, Konrad trat automatisch mit dem rechten Fuß vor, als hätte er am Beifahrersitz auch eine Bremse. Sehr knapp an dem ausparkenden Auto kamen wir zum Stehen und ich setzte zurück.

»Dieser Wagen ist lebensgefährlich.« Konrad wischte sich über die Stirn. Weil das Lenkrad nicht so wollte wie ich, musste ich fünf Mal hin- und herfahren, bis ich endlich eingeparkt hatte.

Ich zog den Zündschlüssel raus, der Auspuff hustete nach. Dann klemmte auch noch der blöde Gurt und löste sich nicht aus dem Verschluss. Ich fing an zu fluchen und Konrad musste mir helfen, ihn zu öffnen. Als wir mich endlich befreit hatten und ich meine Tasche von der Rückbank holte, fasste er mir an den Unterarm.

»Können wir noch kurz …?«

Er stoppte mitten im Satz, und ich setzte mich wieder hin. Doch statt weiterzusprechen, seufzte er tief und sah mich an. Und mich überkam ein so beklemmendes Gefühl, dass ich am liebsten aus dem Wagen gesprungen wäre. Konrads Geheimnis um seinen Zustand, von dem ich seit einer Stunde wusste. Ich kam mir plötzlich vor, als würde ich ihn belügen, dabei war er es doch, der die Wahrheit verschwieg.

»Wie ist diese große Frau in die Wohnung der alten Nachbarin gekommen? Ich meine, sie hat sie ja nicht reingelassen, oder?«, fragte ich rasch.

»Was?« Er sah mich so verwirrt an, als hätte ich ihn eben geweckt.

»Na, wenn es stimmt und sie da war, dann muss sie irgendwie reingekommen sein. Und vor allem – sie muss einen Grund gehabt haben, in die Wohnung zu wollen.«

Er dachte nach und ich nutzte den Moment, öffnete die Tür und stellte meinen linken Fuß auf den Gehsteig. Mein Handy in der

Tasche läutete. Es war Hannes' Klingelton, aber ich hatte nicht vor ranzugehen.

»Lotta«, hielt Konrad mich auf.

»Ja?« Ich packte meine Tasche so fest, als wollte ich sie erwürgen.

»Ich ... ich ...« Er atmete tief ein, dann streckte er plötzlich seinen Kopf vor. Erst jetzt schien er zu registrieren, dass es aus meiner Tasche läutete, er deutete darauf und fragte: »Willst du nicht rangehen?«

Bevor ich mir eine Ausrede einfallen lassen musste, erstarb der Klingelton. Ich schluckte schwer, sah nach links, als gäbe es etwas unglaublich Wichtiges im Schanigarten des »Tunnel« zu entdecken.

»Du machst das wirklich gut«, sagte Konrad.

»Was?«

»Das hier. Diesen Job. Einfach alles. Du machst es richtig gut.«

Ich ignorierte das Signal einer eingehenden SMS und sah zu Konrad. Er nickte, als würde er erkennen, dass ich ihm nicht glaubte. Dann tauchte dieses schiefe Lächeln auf, das ich so liebte.

»Das habe ich von meinem Vater«, sagte ich leise. Seine Augen glänzten und einen Moment hatte ich den Eindruck, dass alles so war wie an diesem Abend vor ein paar Wochen. Als er mit unserem DNA-Test, der schwarz auf weiß jeden Zweifel widerlegte, zu mir ans Bett gekommen war. Dass er alles wusste, über sich, über mich. Dann war der Moment auch schon wieder fort, er nahm seine Hand weg und fragte: »Also, was machen wir hier?«

»Wir gehen zu Frau Pospischil. Aber wir müssen uns beeilen, sonst bekommt Kieksstimme noch einen Anfall, wenn wir nicht pünktlich im Kommissariat auftauchen.« Und ich musste so schnell wie möglich an diese Akte von Anton Jäger kommen und mehr über den »Unfall« von Henriettes Pfleger rausfinden.

Konrad wiederholte glucksend: »Kieksstimme?«

Wir stiegen aus dem Auto, und während wir uns durch den

dichten Verkehr auf die andere Straßenseite kämpften, hörte ich die Mobilbox ab. Hannes entschuldigte sich noch mal wegen heute Nacht, aber bevor die Nachricht zu Ende war, legte ich bereits auf.

Die Tür der Florianigasse 29 war versperrt, auf der Gegensprechanlage gab es keine Namen, nur die Ziffern der Wohnungen. Ich versuchte mich zu erinnern, welche zu der Nachbarin von Anton Jäger gehörte, da holte Konrad einen Schlüssel aus der Sakkotasche und steckte ihn in das Generalschloss. Im nächsten Moment surrte das Tor und ich stemmte mich dagegen.

»Woher hast du den?«, fragte ich.

»Ein Relikt aus alten Tagen.«

Ich ließ mir Zeit bei den Treppen, Konrad schnaufte hinter mir, aber dieses Mal wollte ich nicht vorausgehen.

Endlich erreichten wir den zweiten Stock. Das Absperrband verklebte an drei Stellen den Eingang von Anton Jägers Wohnung und das Schloss war zusätzlich plombiert. Das hier war zu viel Aufwand für einen Selbstmörder. Es schien eher so, als wäre in der Zwischenzeit etwas rausgefunden worden, das diese Maßnahme rechtfertigte.

Ich sah zu Konrad, er klopfte an die Wohnungstür der Nachbarin. Nichts rührte sich, Konrad zeigte fragend auf meine Uhr, es war Viertel vor 9. Eigentlich sollte jetzt die Heimhilfe da sein, und ich flehte, dass sie Bescheid wusste, welche Neuigkeiten es gab. Ich stellte mich neben Konrad, legte mein Ohr an die Tür und lauschte. Im ersten Moment dachte ich, es wäre ruhig. Aber dann bemerkte ich dieses sehr leise Geräusch. Eine Art Schlurfen. Also klopfte ich auch, energischer als Konrad.

»Olga?« Den Namen ihrer Heimhilfe hatte sie sehr leise und vorsichtig gesprochen, aber das war eindeutig die Stimme der alten Nachbarin.

»Nein, hier sind ...«, sagte ich.

»Gehen Sie weg«, unterbrach sie mich.

»Nur einen Moment«, sagte Konrad. »Frau Pospischil, bitte machen Sie auf. Sie kennen uns. Wir waren schon gestern bei Ihnen.« Es dauerte ein paar Sekunden, dann wurde die Türkette zur Seite geschoben, dem Umdrehen eines Schlüssels folgte das Klicken der Schnalle. Die Tür wurde nur einen Spalt geöffnet.

»Ist die noch da?« Sie klang ängstlich, ich verkniff mir das »Wer?« und sah mich um.

Konrad sagte: »Hier sind nur meine Kollegin und ich.«

Langsam ging die Tür jetzt ganz auf, wir traten ein.

»Schnell, zumachen«, sagte sie, ihr Blick war besorgt und änderte sich erst, als Konrad die Tür schloss.

Wie schon beim ersten Mal raubte mir beißender Chlorgeruch den Atem. Frau Pospischil stand auf eine Gehhilfe gestützt. Konrad ging einen Schritt auf sie zu. Als sie ihn erkannte, ließ sie die Haltegriffe sofort los, als wäre der Kunststoff heiß.

»Wen haben Sie gemeint, wer war da?«, fragte Konrad. Sie blinzelte ihn an, ich war mir nicht sicher, ob das ein Zeichen ihrer Verwirrung war oder ob sie zu flirten versuchte.

»Wo ist Olga?«, fragte ich. Sie registrierte mich nicht, als wäre ich gar nicht vorhanden.

Konrad ging noch näher an sie heran. »Wann kommt Olga?«

»Apotheke.« Sie senkte ihren Blick, als hätte sie eben etwas Verbotenes oder Unanständiges gesagt. Konrad drehte sich zu mir, er formte seine Lippen zu einem stummen »Foto« und streckte seine Hand aus. Ich war versucht, das zweite Bild, wegen dem ich auch hier war, zu wählen. Henriette sah mir darauf entgegen. Die roten Lippen mit dem Chanel-Lippenstift, den sie so liebte, glänzten im Blitzlicht. Aber dann tat ich es nicht, suchte stattdessen die beste Aufnahme, die ich von dem Ausschnitt aus *Hamlet* in der Kantine des Burgtheaters gemacht hatte, heraus und reichte Konrad das Handy.

»Diese Sandra, von der Sie mir erzählt haben, ist sie das?«

Er zeigte ihr das Bild, doch als Frau Pospischil ihren Kopf senkte, um das Display zu betrachten, verlor sie das Gleichgewicht. Mit der freien Hand umfasste Konrad ihre Schulter und hielt sie gerade noch rechtzeitig aufrecht. Als wäre das eine Einladung, legte sie ihren Kopf an seine Brust und schloss die Augen.

Konrad sah hilfesuchend zu mir, ich zuckte mit den Schultern.

»Kennen Sie diese Frau, die Sie eben gesehen haben?«, fragte er. Statt einer Antwort fing Frau Pospischil an zu summen. Es war eine sehr falsche Version von »Rote Lippen soll man küssen«. Ob das die Bestätigung war?

»Kann ich mein Handy haben?«, bat ich.

Er reichte es mir und ich wählte nun doch Henriettes Foto und hielt es der alten Frau vor das Gesicht. »Frau Pospischil, bitte, haben Sie diese Frau schon mal hier gesehen?«

Konrad schaute mich erstaunt an, ich presste die Lippen aufeinander und versuchte, nicht auf seinen Blick zu reagieren.

Die alte Dame öffnete blinzelnd ihre Augen. Sie zuckte zurück, als sie auf das Display blickte. »Oh.«

»Kennen Sie diese Frau?«

Statt einer Antwort fing sie wieder an zu singen. »Hänschen klein, ging allein, in die weite Welt ...«

Ich ließ das Handy sinken und versuchte mir meine Erleichterung nicht anmerken zu lassen. Diese alte Dame war anscheinend viel verwirrter, als Konrad wahrhaben wollte.

Er sah mich fragend an, doch bevor ich etwas sagen konnte, wurde ich von Stimmen aus dem Treppenhaus abgelenkt. Da sprachen ein Mann und eine Frau miteinander. Konrad hörte es auch, er deutete mit seinem Zeige- und Mittelfinger auf seine Augen, dann auf die Tür und nickte. So leise wie möglich schob ich die Abdeckung des Türspions zur Seite. Von der Frau sah ich nur die Rückseite, sie war klein und schmal, trug einen enganliegenden fliederfarbenen Hosenanzug. Der Mann hatte dagegen die Statur eines Bären und mit seinen langen Haaren und dem Vollbart sah er aus, als wäre er direkt von seiner Hütte in den Bergen herabgestiegen. Nur die hochmoderne Fotokamera und die zwei Fototaschen, die er um die Schultern gehängt hatte, passten nicht in das Bild. Die Frau drehte sich um, sie sah direkt in den Türspion. Kirschrot, 31 und Hirsebrei wusste ich sofort. Ihre Augen waren stark mit Kajal geschminkt und ihre Wangen fleckig von zu viel Rouge. Der kleine Kopf hatte ein verquollenes Gesicht. Entweder war sie krank, oder sie hatte geweint. Sehr viel geweint. Als könnte sie mich sehen, beugte sie sich näher heran. Ich bewegte mich nicht. Sie klopfte, zuerst normal, dann immer heftiger.

»Sie ist da. Ich kann sehen, dass sie rausschaut«, sagte sie zu dem Mann hinter sich. »Bitte machen Sie auf«, sprach sie jetzt lauter zu dem Türspion. »Wir wollen nur kurz mit Ihnen über Ihren Nachbarn reden. Ich verspreche Ihnen auch, dass wir in dem Artikel nicht Ihren Namen verwenden werden.«

Die beiden waren von der Presse. Ob sie vom *Wiener Tagblatt* kamen? Einen Nachruf auf Anton Jäger schreiben wollten und deshalb Informationen brauchten? Oder war bereits etwas durchgesickert, von dem ich noch keine Ahnung hatte?

»Hallo?«, fragte die Frau erneut. »Sie bekommen auch ein Zeitungsabo. Es dauert nur ganz kurz …«

Hinter mir ertönte mein Handyklingelton. Blitzschnell drehte ich mich um, Konrad hielt mir das Telefon entgegen. »Unbekannte Nummer« stand da und ich drückte automatisch auf die rote Taste, um den Anruf wegzudrücken. Das normale Display erschien wieder, aber noch im selben Moment hatte ich das Gefühl, ins Bodenlose zu fallen. Was hatte ich getan? Wieso hatte ich nicht mitgedacht? Vielleicht war das Henriette?

An der Tür wurde erneut geklopft, die Pressefrau sagte sehr laut: »Bitte, machen Sie auf. Ich hör doch Ihr Handy.«

»Kannst du die beiden wegschicken?«, flüsterte ich Konrad zu.

Er nickte und verließ die Wohnung. Ich linste durch den Türspion, aber er stand mit dem Rücken zur Tür und verdeckte die Journalistin und den Fotografen. Konrad sprach sehr leise, ich legte mein Ohr an das Holz, um ihn besser zu verstehen. »Ermittlungen« und »Diskretion« war alles, was ich hörte. Es dauerte nur kurz, die beiden gingen davon und Konrad kam zurück in die Wohnung.

»Haben sie gesagt, was sie von Frau Pospischil wollen?«, fragte ich ihn.

»Nein.«

»Gut. Können wir jetzt gehen?«

»Noch nicht«, sagte Konrad und deutete zu Frau Pospischil, die ihn nicht aus den Augen ließ.

Ich seufzte. Keine Sekunde glaubte ich noch daran, dass dieser Besuch hier sinnvoll war. Dass diese angebliche »Sandra« in der Nacht von Anton Jägers Tod tatsächlich hier in der Wohnung gewesen war.

Und ich wollte so schnell wie möglich weg, bevor noch weitere Presseleute auftauchten.

»Doch. Wir sollten jetzt wirklich gehen, Konrad.«

»Nein. Schick mir bitte das Foto der Schauspielerin aus *Hamlet* auf mein Handy.«

Er ging hinüber zu Frau Pospischil und legte eine Hand um ihre Schulter.

»Wollen wir uns kurz hinsetzen? Vielleicht im Wohnzimmer?«

Sie seufzte auf und fasste mit einer Hand nach seiner Taille. Er formte mit seinen Lippen ein stummes »Warte hier« zu mir, dann schob er die alte Dame aus dem Flur.

Genervt schickte ich das Foto an seine Nummer und blieb alleine in dem Vorraum.

Die schmiedeeiserne Garderobe mit Hutablage links an der Wand, rechts eine Eichenkommode, ein Tischchen mit Telefon. Außer dem Eingang ins Wohnzimmer gab es zwei Türen, ich öffnete sie beide. Hinter einer war das Badezimmer, da hatte der Chlorgeruch seinen Ursprung. Daneben befand sich die Toilette.

Hier war sicher keine Sandra oder sonst irgendwer wie aus dem Nichts mitten in der Nacht aufgetaucht. Und wegen dieser geistig verwirrten Frau stand ich jetzt hier. Wieso wollte Konrad ihr noch immer glauben?

Aus dem Nebenraum war seine ruhige Stimme zu hören, untermalt vom fast schon kindlichen Lachen der alten Dame.

Warum war er so überzeugt, dass sie die Wahrheit sagte? Ich ließ meinen Blick über die Möbelstücke gleiten. Bei der Kommode blieb er hängen. Die rechte Ecke der unteren Lade war abgebrochen. Ich beugte mich vor, gerade weit genug, um unter das Möbelstück sehen zu können. Da lag das Stück Holz.

Als hätte jemand versucht, diese Lade mit Gewalt zu schließen. Ich bemühte mich, so leise wie möglich zu sein, als ich sie herauszog. Eine Unmenge an Kleinkram, der wahrscheinlich schon seit Jahren hineingestopft worden war, befand sich darin. Batterien, eine alte Armbanduhr, Spielkarten, diverse Sonnenbrillen mit zerkratzten Gläsern, Tixorollen in unterschiedlichen Größen, Stifte und noch vieles andere. Ich öffnete die nächste Lade, da war es nicht anders. Irgendwas an der Sache ließ mich nicht los und ich legte mich bäuchlings auf den Boden. Aber der restliche Platz unter der Kommode war leer.

Vielleicht war der Wunsch größer als die Realität, aber was, wenn diese Frau doch in der Wohnung gewesen war? Vielleicht war sie nicht aufgetaucht, vielleicht hatte Frau Pospischil ihr sogar selbst geöffnet? Und sie war in diese Wohnung gekommen, um etwas zu verstecken? In der Lade hatte sie es nicht lassen können. Aber vielleicht an einem anderen Platz?

Ich stand auf und betrat das Badezimmer. Die Luft war so beißend, dass ich zu husten anfing und meine Armbeuge vor den Mund legte, um durch den Stoff meines Sweatshirts zu atmen. Es gab zwar zwei kleine Schränke, aber in ihnen befand sich nichts, das nicht hierher gehörte. Mit der linken Hand machte ich noch ein paar Fotos mit dem Handy. Es war bereits 9 Uhr, eigentlich sollten wir jetzt im Kommissariat sein.

Ich wechselte wieder auf Kameramodus und betrat dann die Toilette. Das Licht der Energiesparlampe war düster, aber es gab sowieso bis auf einen Wischmopp, eine altmodische Abfluss-Saugglocke und eine Sprühflasche mit Fliesenreiniger nichts zu entdecken.

Sonst war da nur das Klo, somit auch keine Möglichkeit, etwas zu verstecken.

Auf dem Klodeckel war ein hellrosa Häkeldeckchen, ein Überzug im selben Muster zierte auch die Hülle der Klopapierrolle. Ich machte ein Foto, der Blitz spiegelte sich im Bienenwabenmuster des Fensters über der Toilette. Es war nur der Bruchteil einer Sekunde, aber durch das helle Licht hatte ich etwas auf der rosafarbenen Häkelhülle des Deckels gesehen.

Ich wählte das Foto und vergrößerte die Aufnahme. Mit bloßem Auge konnte man es nicht erkennen, dafür war es hier herinnen zu schummrig. Aber auf dem Foto war am Bezug des Toilettendeckels in der Mitte deutlich ein unterbrochener Schmutzfilm zu sehen. Was war das? Ich machte ein zweites Foto, diesmal nur von dieser Stelle. Als ich das aufgenommene Bild sah, wusste ich es. Der Schmutz auf dem hellrosa Bezug war ein Schuhabdruck. Aber nicht von irgendeinem Schuh. Die vordere Fläche war oval, die hintere ein kleiner Kreis. Wenn ich richtiglag, hatte ich den Abdruck eines Stöckelschuhs vor mir.

Ich hielt meinen Fuß knapp über den Schmutzfleck und machte ein drittes Foto. Meine Stiefelette hatte einen breiteren Absatz, aber der Vergleich reichte auch so. Ich hatte mich nicht geirrt. Der Schuh, von dem der Abdruck stammte, war um ein paar Nummern größer als meiner. Aber zweifelsfrei ein Frauenschuh. Die große Frau.

Ich klappte den Deckel hoch, um die Spur nicht zu verwischen, und stieg auf die Klobrille. Das Fenster war nun auf Brusthöhe. Und es war hoch und breit genug, dass ein Mensch durchpasste. Auch einer, der größer war als ich. Der silberne Griff ließ sich leicht drehen, ich öffnete das Fenster. Dahinter war ein viereckiger Lichtschacht mit einem Durchmesser von vielleicht zweieinhalb Metern. Ich steckte meinen Kopf raus. Links, Luftlinie keinen Meter entfernt, befand sich in einem Winkel von 90 Grad ein identisches Fenster im selben Bienenwabenmuster. Ich wusste, zu welcher Wohnung es gehörte. Ich wusste es, da ich selbst erst gestern dort gewesen war. Rasch stieg ich von der Klobrille und verriegelte die Toilettentür.

Ob Anton Jäger sich wirklich freiwillig das Leben genommen hatte, wusste ich nicht. Aber Konrad hatte recht gehabt. Seine Nachbarin hatte sich die Begegnung mit der großen Frau nicht eingebildet.

Ich sah es vor mir. Sie hatte in der Wohnung des Journalisten die Tür zugesperrt, den Schlüssel stecken lassen, die Kette vorgelegt. Und dann war sie durch dieses Toilettenfenster gestiegen. So hatte sie Anton Jägers Wohnung hinterlassen. Keine Ahnung, wie sie dieses Fenster geöffnet hatte. Es war mir aber im Moment auch völlig gleichgültig. Denn eben hatte ich eine Möglichkeit gefunden, in Anton Jägers Wohnung zu kommen.

Dritte Hypnose-Sitzung, vor drei Tagen

»Heute ist meine letzte Stunde. Es tut mir leid, ich werde nicht wiederkommen.«

Ich war noch keine Minute in Frau Dr. Machlands Praxis und hatte mir eigentlich vorgenommen, ihr meinen Entschluss erst am Ende der Sitzung mitzuteilen. Aber es hatte schon ihr »Wie geht es Ihnen?« ausgereicht und die Worte waren aus mir herausgeplatzt. Die Psychotherapeutin stand an ihrem Schreibtisch, ich hatte bereits in dem grünen Sessel Platz genommen.

»Oh.« Sie drehte sich zu mir, nahm ihre Brille ab und hielt einen Bügel an die Lippen. »Ist das ein spontaner Entschluss?«

»Nein. Ich glaube, ... also, ich denke, es ist nicht der richtige Zeitpunkt für mich.«

»Weil ...?«

Weil ich dir sonst die Wahrheit sagen würde, vervollständigte ich den Satz in Gedanken. Vielleicht nicht jetzt. Aber irgendwann. Und das durfte und konnte und wollte ich nicht. Nicht nur wegen mir. Sondern wegen der Menschen, die ich durch das Geheimnis, das wir teilten, schützen musste.

»Weil ich in zwei Tagen einen neuen Job antrete und deswegen keine Zeit habe.«

Es war eine billige Ausrede, die ich gewählt hatte, mit dem berühmten Fünkchen Wahrheit, damit sie mir leichter von den Lippen ging. Und ich hatte sie auch gewählt, weil ich die Therapeutin nicht kränken wollte. So viel wollte ich ihr erzählen, aber ich schluckte es hinunter.

»Ich verstehe Ihre Entscheidung, aber, hm ...«

Ohne aufzusehen, hörte ich, wie sie mir gegenüber Platz nahm.

»… es ist so, ich habe es mir selbst zum Credo gemacht, dass hier in diesen vier Wänden von meiner Seite absolute Ehrlichkeit herrscht. Und darum …«

Dass sie zu reden aufhörte, machte mich nervös. Ich sah hoch, sie hatte ihre Brille wieder aufgesetzt und lächelte mich an.

»Es hat nichts mit Ihrer Entscheidung zu tun. Ich hätte es Ihnen sowieso gesagt. Aber, na ja, vielleicht hilft es Ihnen, Ihren Entschluss noch mal zu überdenken. Ich glaube nämlich, es ist ein wichtiger Schritt, dass Sie hier sind. Und es täte mir leid, wenn Sie diesen Weg jetzt abbrechen, Frau Fiore.«

Ich musste bei der Nennung meines Namens erschrocken ausgesehen haben, denn sie hob sofort die Hände. »Ja, ich weiß, Sie heißen nicht Müller. Aber diese Information wird niemals dieses Zimmer verlassen.«

»Wie haben Sie es rausgefunden?«

Sie stand auf, holte eine Zeitschrift aus der Lade ihres Schreibtischs und reichte sie mir. Es war die Bühne, ein populäres Spezialheft der österreichischen Theater- und Opernlandschaft, das einmal im Monat erschien. »Sie kam gestern. Ich habe ein Abo.« Es klang fast entschuldigend. »Seite 12.«

Ein vierseitiges Porträt über Maria Fiore, auf dem größten Foto stand ich neben ihr und lachte mein perfektes unechtes Lächeln in die Kamera. Diese Person, die ich nicht mehr war, hätte mir kaum fremder sein können. Dabei erinnerte ich mich gut an die Aufnahme, es war circa zwei Wochen, bevor Maria mit meinem Verlobten geschlafen hatte. Um mir zu zeigen, dass es ihm nur um den Ruhm ging, den er mit mir heiraten würde. Der Fotograf wollte mich nicht auf dem Foto haben, aber Maria hatte darauf bestanden. Und einer Maria Fiore schlug niemand etwas ab.

Daran, dass die Presse nicht erst zu Marias Todestag in drei Tagen, sondern schon vorher darüber berichten würde, hatte ich nicht gedacht. Fast jedes Jahr tauchte irgendwo ein Foto ihrer »erfolglosen Tochter« auf. Wie hatte ich so dumm sein können?

»Bitte machen Sie sich keine Vorwürfe«, sagte Frau Dr. Machland, als hätte sie meine Gedanken gehört.

»Es hat nichts mit Ihnen zu tun – also, nichts Persönliches«, sagte ich und reichte ihr die Zeitschrift zurück.

Sie lächelte, aber jetzt war es ein trauriges Lächeln. »Das habe ich auch nicht angenommen. Sie haben sicher Ihre Gründe. Sie müssen nichts sagen, ich möchte Ihnen nur mitteilen, was ich über Sie denke. Ist Ihnen das recht?«

Mein Mund wollte Nein sagen, aber mein Kopf nickte.

»Ich empfinde Sie als sehr sensible Frau, die gelernt hat, sich zu schützen. Wahrscheinlich, weil Sie das mussten. Sie geben sich härter, als Sie sind, denn so können Sie besser mit Ihren Gefühlen umgehen. Ich glaube, deshalb waren Sie auch bereit, einen Teil von sich preiszugeben, den Sie für ungefährlich hielten. Aber es hat Sie sehr erschreckt, dass sich dieser Teil als etwas anderes herausgestellt hat. Damit reiht er sich nämlich in die Geheimnisse ein, die Sie mit sich herumtragen. Und es ist nur eine Vermutung, aber so wie ich Sie kennengelernt habe, sind es schlimme Geheimnisse. Keine, die man als Tochter von Maria Fiore haben sollte. Das erklärt, warum Sie diesen falschen Namen gewählt haben. Liege ich richtig?«

Mein Nicken war mehr ein verstohlenes Wippen mit dem Kopf.

Frau Dr. Machland faltete ihre Hände im Schoß und lehnte sich zurück. Sie wartete einen Moment. Es war, als würden alle Geräusche, die vorbeifahrenden Autos, die lachenden Kinder auf der Straße, der Fernseher aus der Nebenwohnung, plötzlich verschluckt werden. Mein Herz pochte wild in meinen Ohren.

»Wollen Sie mir davon erzählen, Frau Fiore? Nichts, was Sie sagen, verlässt diesen Raum.«

Sie schob sich ihre Brille in die Haare. Ihr Blick sagte »Vertrauen Sie mir«.

Ich war so angespannt, als erwartete ich eine Explosion. Und ich war der Auslöser. Die Frage war nur, wollte ich ihn zünden?

19.

Mein rechtes Bein hing aus dem Fenster. Meterweit unter mir der Boden des Lichtschachts, auf dem neben Blättern und ein wenig Müll auch etwas lag, das wie das Gerippe eines Vogels aussah. Mein linkes Bein schwebte noch in Frau Pospischils Wohnung über dem Klo. Nur ein Meter Abstand zum Toilettenfenster, das mich in Anton Jägers Wohnung führte. Ich lehnte mich vor und streckte meine Finger aus. Mit den Fingerkuppen berührte ich das Glas und stieß dagegen. Es gab so schwungvoll nach, dass es mit einem Knall an die Wand stieß. Diese große Frau hatte das Fenster nicht geschlossen, nur angelehnt. Ich hielt den Atem an. Nichts rührte sich. Also zog ich die Bündchen meines Sweatshirts über meine Hände und umfasste dann den Kunststoff des Fensterrahmens. Als ich sicheren Halt hatte, stieg ich mit einem Fuß aufs Sims und machte den weiten Schritt über den metertiefen Abgrund. Es war nicht schwer, trotzdem zitterte ich am ganzen Körper und meine Hände fühlten sich taub an. Für jemand Größeren musste das ein Kinderspiel gewesen sein.

Ich bemühte mich, auf dem Rand des geschlossenen Klodeckels zu landen, als ich mich heruntergleiten ließ. Aber weniger, um die vorhandenen Spuren nicht zu zerstören, sondern um sie nicht mit meinen zu vermischen. Mit dem Ellbogen betätigte ich die Türschnalle. Und dann stand ich in Anton Jägers Vorraum. Ich hatte es wirklich geschafft.

Es roch unangenehm. Ich sah mich um und entdeckte, dass ich

die Ursache dafür geliefert hatte. Franz hatte den Schirmständer, in den ich mich gestern übergeben hatte, in einen durchsichtigen Müllsack gepackt. Sonst war alles unverändert. Der Euphorie folgte Beklemmung – mir brach der Schweiß aus, der Raum drehte sich. Ich versuchte, das Badezimmer rechts neben mir zu ignorieren und sah auf die Uhr. Mittlerweile war es kurz vor halb zehn. Konrad würde sicher nicht mehr lange mit der alten Nachbarin brauchen. Ich hatte nicht viel Zeit.

Wo sollte ich anfangen zu suchen?

Ich musste systematisch vorgehen. Ich ging ins Wohnzimmer, das ich schon kannte. Am Tisch lag die Post, zwischen der ich die Rechnung mit meinem darauf notierten Namen und dem Datum meiner Entführung gefunden hatte. Hier waren bereits meine Fingerabdrücke, also konnte ich ungehindert noch mal alles durchsehen, ohne meine Hände zu schützen. Ich hob jedes Blatt hoch, jedes Kuvert, drehte und wendete es.

Ein orangefarbener Umschlag zog meine Aufmerksamkeit auf sich, denn er war nicht an die Privatadresse, sondern an die Redaktion des *Wiener Tagblatt* geschickt worden. Ich schüttelte den Inhalt auf den Tisch – es war ein Foto von Anton Jäger und einer sehr schlanken schwarzhaarigen Frau in einem kurzen schwarzen Kleid. Ihr üppiges Dekolleté, aus dem der Brustansatz wie zwei Gummibälle ragte, ließ das Silikon mehr als erahnen. Sie saßen auf einer Steintreppe zwischen streng gestutzten Büschen und lachten in die Kamera.

Ich fischte mein Handy aus der hinteren Hosentasche, um das Bild zu fotografieren. Das blaue Lämpchen, das verpasste Anrufe anzeigte, blinkte. Als ich das Display entsperrte, sah ich, dass Konrad versucht hatte, mich zu erreichen. Die Toilette in der Wohnung der Nachbarin – ich hätte sie nicht versperren sollen.

»Bin gleich da«, schrieb ich, dann machte ich rasch ein Foto von der Schwarzhaarigen neben Anton Jäger und steckte es zurück in den Umschlag. Ein Schreibtisch. Ein Journalist musste doch so etwas wie einen Schreibtisch haben!

Ich ging zurück in den Flur, gegenüber vom Badezimmer befand sich das Schlafzimmer, die Tür war offen. Ich wollte es schon betreten, aber irgendwas hielt mich hier fest. Es war, als würde mich das Badezimmer, in dem Anton Jäger gestorben war, magisch anziehen.

Ich zog mir die Sweatshirtbündchen wieder über die Hände. Dann öffnete ich die Tür und trat ein. Ich machte kein Licht an, der Schein aus dem Flur genügte. Hier herinnen war es heiß und stickig. Sonst war alles unverändert – sogar die Zahnpastaflecken in dem erbsengrünen Waschbecken waren noch da – bis auf den einzigen Unterschied: Anton Jägers Leiche fehlte. Die Badewanne war leer.

Was stimmte hier nicht? Irgendwas war hier nicht richtig. Es befand sich vor mir. Ich drehte mich einmal um mich selbst, scannte mit meinen Augen das ganze Badezimmer. Aber ich konnte es nicht entdecken. Mein Blick ruhte wieder auf der Badewanne. Ich musste sehen, was er gesehen hatte. Vielleicht würde ich es dann verstehen. Also holte ich tief Luft, hob ein Bein und stieg hinein. Ich legte mich in die Wanne, penibel darauf bedacht, dass meine Haut an keiner Stelle damit in Berührung kam. Und dann lag ich auf genau derselben Seite, auf der Anton Jäger gelegen war. Das krampfartige Gefühl in meinem Magen ignorierte ich. Neben seinen Füßen das Waschbecken, darüber der Spiegel, daneben der Badezimmerschrank. Zwischen Schrank und Spiegel die Steckdose, an der der Föhn gesteckt war. Ein Föhn, den der glatzköpfige Mann nicht brauchte. Außer, um sich umzubringen.

Aber vielleicht war dieser Föhn nie seiner gewesen. Hatte er ihr gehört? Sandra? Hätte sie dann nicht öfter hier sein müssen? Es gab nicht das geringste Anzeichen einer Frau in dieser Wohnung. Keine zweite Zahnbürste im Becher, keine Abschmink-Utensilien, keine Unterwäsche oder Ähnliches. Was hatte die Heimhilfe noch mal gesagt? Anton Jäger hatte viel Frauenbesuch. Ich stand wieder auf, lehnte mich vor und öffnete den Badezimmerschrank. Neben Mundwasser, einer Schere und Pflaster war hier das, was diese Theorie bestätigte: drei noch original verschweißte neue Zahnbürsten in Gelb, Blau und Rosa. Ich schloss das Kästchen wieder und legte mich zurück in die Wanne.

Dann hatte er den Föhn auch für seine diversen Bettgenossinnen? Als Kavaliersakt für den Morgen danach?

Und in dieser Nacht hatte Sandra sich damit die Haare geföhnt? Wusste sie, dass der Föhn nicht nur ihr gehörte? Und Anton Jäger war in der Wanne gelegen und hatte ihr zugesehen. Bis sie ihn damit getötet hatte. Aus Eifersucht? Glaubte man den Statistiken, war es das Mordmotiv Nummer 1.

Aber was bedeutete das alles im Zusammenhang mit diesem Unfall von Henriettes Pfleger und ihrem Verschwinden? Oder verknüpfte ich etwas, das in keinem Zusammenhang stand? Und diese Notiz – auch wenn ich nicht wusste, was da wirklich stand – mit meinem Namen und dem Datum meiner Entführung hatte nichts damit zu tun? Ich fühlte mich wie in einem Labyrinth, in dem mein Hirn ständig den falschen Weg nahm und an eine Mauer stieß, statt den Ausgang zu finden. Es hatte keinen Sinn, so kam ich nicht weiter. Ich brauchte mehr. Viel mehr. Also stieg ich aus der Wanne, verließ das Badezimmer und betrat das Schlafzimmer des Journalisten.

Der kleine Raum war gerade groß genug für das Queensize-Bett und den Kleiderschrank. Hier hätte nicht mal ein Kinderschreibtisch reingepasst. Aber es gab ein Nachtkästchen. Ich zog mir wieder die Bündchen meines Sweatshirts über die Hände und öffnete die kleine Schranktür. Sofort musste ich daran denken, was die Nachbarin über Anton Jägers Frauenbesuche gesagt hatte.

Der Inhalt des Möbelstücks sah aus wie eine Sexshop-Minibar. Vibratoren in verschiedenen Größen, zwei davon mit Fernbedienung. Daneben Desinfektionsmittel für Silikon, diverse Gleitgele mit Hitzeeffekt und ohne, Handschellen mit rotem Plüschüberzug, eine Maske, um die Augen zu verbinden, Massageöl und drei Päckchen Kondome mit Spezialnoppen für »ihr Vergnügen«.

Ich stocherte zwischen den Sachen, ob sich irgendwas Persönliches verbarg, aber ich fand nichts. Dann legte ich mich auf den Boden und sah unters Bett. Die Putzfrau hatte ganze Arbeit geleistet, es war sauber, nicht mal eine Fluse war zu sehen.

Also kam ich wieder hoch, hob die Matratze ein Stück, da war nur der Lattenrost, sonst nichts. Als Nächstes öffnete ich den Kleiderschrank. Am liebsten hätte ich die Türen gleich wieder zugeschlagen. Ein Duftschwall von Lavendel schlug mir entgegen, so vertraut und gleichzeitig so verwirrend furchteinflößend. Die Muskeln in meinen Beinen spannten sich an, wollten weglaufen, ganz automatisch. *Konzentrier dich*, brüllte ein Rest von Vernunft in meinem Kopf, immer und immer wieder. Und irgendwann, nach dem zehnten oder zwanzigsten Mal, entspannte sich mein Körper und mein Blick wurde wieder klar.

So unordentlich Anton Jäger mit seinen Papieren war, so ordentlich war sein Kleiderschrank. Alle Hemden gebügelt und nach Farbe geordnet, daneben die Sakkos. Wahrscheinlich hatte ich auch hier das Werk seiner Putzfrau vor mir. Ich schob meine noch immer durch die Sweatshirtbündchen geschützten Hände zwischen alle Hosen, Pullover, Shirts. Aber da war nichts. Gar nichts. Wo auch immer Anton Jäger seine Unterlagen aufbewahrte, sie waren nicht hier. Die Verzweiflung machte mich mit jeder Sekunde atemloser. Ich hatte keine Zeit mehr. Ob Konrad wieder versucht hatte, mich zu erreichen? Ich musste mich melden, bevor er dachte, ich wäre auf der Toilette in Ohnmacht gefallen.

Ich nahm mein Handy wieder raus – es war bereits zehn Uhr.

Konrad hatte in der Zwischenzeit siebzehn Mal angerufen. Sofort drückte ich auf die Rückruftaste.

Das Freizeichen ertönte, dann sprang die Mobilbox an. Wieso ging er nicht ran? Es musste doch dringend sein, sonst hätte ich keine siebzehn verpassten Anrufe. Oder hörte er schon wieder sein Handy nicht, weil er es ins Sakko gesteckt und das irgendwo hingelegt hatte, wie er es immer tat? Mit seiner Brille, seinem Handy, notierten Telefonnummern. Dieser Gedanke rastete mit dem Bild des Kleiderschranks vor mir ineinander. Notizen. Man macht Notizen und steckt sie in die nächstbesten Taschen. Hosentaschen. Sakkotaschen.

Vielleicht hatte ich bis jetzt nicht das gefunden, was ich wollte. Aber vielleicht hatte ich auch einfach nur falsch gesucht.

Ich zog wieder die Bündchen über meine Hände, doch schon bei der ersten Brusttasche eines beigen Sakkos kam ich nicht weiter als bis zum oberen Drittel des Innenfutters. Das klappte so nicht. Ich brauchte meine Finger, um den Inhalt zu ertasten. Aber wenn ich die Kleidungsstücke ohne Handschuhe durchsuchte, würde ich haufenweise Spuren hinterlassen.

Noch während ich daran dachte, hörte ich es. Das Geräusch klang irgendwie fern und unwirklich.

Ein Ratschen an der Tür. Drei Mal. Dann ein hohes »Pling« und der Schlüssel, der im Schloss umgedreht wurde. Da betrat gerade jemand die Wohnung. Konrads siebzehn Anrufe ergaben schlagartig Sinn. Ich starrte zur Schlafzimmertür, ich hatte sie angelehnt, aber da war dieser winzige Spalt.

»... ich weiß nicht ...«

Das war Konrad. Ich hielt den Atem an und wagte nicht mal, mich einen Millimeter zu bewegen.

»... keine gute Idee ...«

Scheiße, das war Franz.

»... wenn die Spusi ...«

»Noch einmal dieses Wort und ihr könnt's euch ...«

Die dritte Stimme kannte ich nicht, aber ich wusste auch so, dass es jemand von der Spurensicherung war.

Panisch sah ich mich um, der Schrank aus dünnen Pressspanplatten war als Versteck nicht brauchbar. Aber unter dem Bett war genug Platz. Ich wollte hinhechten und verlagerte mein Gewicht. Aber als der Parkettboden unter meinen Füßen knarzte, hielt ich sofort inne. Und dann hörte ich auch schon ihre Schritte durch den Flur und sah die Bewegungen im Türspalt.

Meine Hände zitterten so sehr, als ich das Handy aus meiner Hosentasche holte, es fiel mir fast aus der Hand.

»hilf mir kanneuch sehn bin nebenan im schlafzimmer«, schrieb ich Konrad und schickte die Nachricht ab. Im nächsten Moment ertönte nur ein paar Meter von mir entfernt das Signal seiner ankommenden SMS.

Es dauerte vielleicht vier, fünf Sekunden. Dann fing Konrad an, bellend zu husten. Es klang, als würde er seine Lunge an die Oberfläche befördern. Dazwischen ein krächzendes Einatmen.

»Ist alles in Ord-«

»Hin ... setzen«, keuchte er. »Schnell.«

»Was hat er denn?«

»SCHNELL. HERZ. MUSS MICH HINSETZEN.«

Schritte trappelten, die Schemen bewegten sich an dem Türspalt vorbei. Ihre Stimmen entfernten sich, Konrad lotste sie ins Wohnzimmer.

Ich sah zu dem Inhalt des Kleiderkastens vor mir. Noch einmal würde ich nicht in diese Wohnung kommen. Und selbst wenn, dann wäre ich sicher nicht alleine. Hier und jetzt war trotz Konrad und den zwei Beamten meine einzige Chance. Ich hatte keine Wahl.

Ich schob die Sweatshirtbündchen hoch. Meine Hände waren frei. In Sekundenschnelle wühlte ich mich durch die diversen

Taschen der Sakkos, dann der Hosen. Ich hatte recht, Anton Jäger hatte viele Notizen. Ohne sie anzusehen, stopfte ich sie in meine Jeans.

Auf Zehenspitzen schlich ich zur Tür, öffnete sie einen Spalt und linste hinaus. Das Wohnzimmer war am gegenüberliegenden Ende der Wohnungstür. Konrad lag auf der Couch, er krächzte filmreif. Sein Gesicht konnte ich nicht sehen, denn Franz stand über ihn gebeugt, mit dem Rücken mir zugewandt. Den Mann von der Spusi sah ich auch nicht, er stand bei Konrads Füßen, ich hörte, wie er »atmen, ruhig atmen« sagte.

Aber Konrad tat es zum Glück nicht, durch seine lauten Atem-, Hust- und Röchelgeräusche übertönte er meine Schritte auf dem Parkett.

Ich war schon bei der Wohnungstür, um zu verschwinden. Aber im letzten Moment hielt ich inne. Wenn ich jetzt diesen Weg wählte, würde alles auffliegen. Durch den Riegel, den ich in der Toilette der Nachbarin zugeschoben hatte, war es unmöglich, ihre Tür von außen zu öffnen. Man müsste sie aufbrechen. Und wie war zu erklären, dass die Person, die die Tür zugesperrt hatte, nicht mehr am Klo war? Es musste nicht mal ein skeptischer Handwerker sein, es reichte schon die Heimhilfe.

Wenn rauskam, was ich getan hatte, war nicht nur ich dran. Kein Zweifel, dass Krump dann auch gleich Konrad feuern würde. Ich ballte meine Hände zu Fäusten, machte kehrt und verschwand so leise wie möglich in Anton Jägers Toilette.

Durch das Fenster zu steigen und über den Lichtschacht in die andere Wohnung zu gelangen war schon beim ersten Mal eine Herausforderung gewesen. Aber den Rückweg anzutreten und dabei kein Geräusch zu machen war die Königsdisziplin.

Ich zwang mich, nicht nach unten zu sehen, als ich den Schritt von einem Fenster zum anderen machte. Die Erleichterung, als ich hinunterglitt und die Klobrille der Nachbarin unter meinen Füßen spürte, war überwältigend. Ich drehte mich um, jetzt musste ich nur noch das Fenster schließen. Und da sah ich, dass ich etwas vergessen hatte. Das Toilettenfenster von Anton Jäger stand sperrangelweit offen.

Ich hatte es nicht zugezogen.

20.

Ich konnte nicht mehr richtig denken, alles schwamm ineinander, wie in einem Aquarell. Wie lange würde es dauern, bis jemand das weit geöffnete Fenster entdeckte? Wie lange konnte es dauern, bis der Weg sie zu mir führte? Meine Spuren waren in Anton Jägers Kleiderschrank verteilt. Die Notiz mit meinem Namen. Seine Anrufe bei mir. Zu viele Indizien, um nicht mit Fragen bombardiert zu werden. Fragen, auf die ich keine Antworten geben konnte, außer dem Hinweis auf eine verwirrte alte Frau. Der schon beim ersten Mal nicht geglaubt worden war. Und nicht nur das. Wenn das Fenster offen blieb, hatte es Einfluss auf die Spuren, die sich auf dem Toilettendeckel befanden. Und damit meinte ich nicht meine.

Keine Ahnung, wie viel Zeit verging, aber das Klopfen an der Klotür kam so unerwartet, dass ich zusammenzuckte.

»Bist du noch da drin?«, fragte Konrad. Weil ich nicht antwortete, setzte er nach: »Ich bin alleine.«

Ich schob den Riegel zurück und öffnete die Tür. Er wollte etwas sagen, aber ich schüttelte den Kopf und zog ihn herein.

»Das Fenster drüben«, wisperte ich und zeigte hoch. »Ich muss rüber in die Wohnung. Ich hab es offen gelassen. Und von hier krieg ich es nicht zu.«

»Das geht nicht.«

»Warum?«

»Es ist niemand mehr da, der Mann von der Spurensicherung musste zu einem Tatort. Franz wollte die Rettung rufen, aber ich hab so getan, als hätte ich eine Herztablette eingeworfen und ihn gebeten, dass der Vorfall unter uns bleibt.«

»Hat er dich gefragt, wieso du da warst?«

»Nein. Er dachte, ich wüsste, dass er noch mal mit wem von der Spurensicherung kommt, und wollte dabei sein.«

Ich sah zu ihm hoch.

Das war unsere Chance. Dieser Fall. Unsere Chance, nicht auf das Vortrags-Gleis abgeschoben zu werden. Wir waren weiter als irgendjemand sonst. Solange ich nicht wusste, ob Anton Jäger die Wahrheit über mich herausgefunden hatte, musste das mein Geheimnis bleiben. Die Wahrheit, die angeblich frei machte. Wer hatte diesen Schwachsinn von sich gegeben? Mich sperrte die Wahrheit ein, hielt mich gefangen, in meinem Leben, in meinen Geheimnissen, die immer mehr wurden.

»Wir müssen dieses Fenster drüben schließen. Vorher können wir nicht weg.«

Ich hatte seinen Einwand erwartet, aber er klappte sofort den Klodeckel herunter, stieg mit einem Fuß darauf und zog sich am Fensterrahmen hoch. Dann drehte er sich wieder zu mir.

»Gib mir das.« Er deutete hinter mich, aber da waren nur der Wischmopp und die Abfluss-Saugglocke.

»Was?«

»Dieses Putzding.«

Ich reichte ihm den Wischmopp. Er hielt ihn hoch, betrachtete ihn und fädelte ihn schließlich aus dem Fenster. Ein paar Mal stocherte er hin und her, bevor er ihn wieder hereinholte.

»Damit geht es nicht.«

Ich griff nach der Saugglocke, nahm ihm den Wischmopp aus der Hand und reichte sie ihm.

»Probier es damit.«

Konrad lehnte sich halb aus dem Fenster, dann kam er wieder zurück.

»Zu kurz. Ich komme nicht mal bis zu der anderen Glasscheibe.«

»Kannst du den Holzstiel aus der Saugglocke ziehen?«

Konrad musste sich anstrengen, aber schließlich löste er sich mit einem »Plopp«.

Ich nahm die befreite Saugglocke und steckte sie auf den Wischmopp-Stab. Doch der war zu schmal, die Saugglocke hing leicht schief darauf.

»Kannst du den Wischteil abschrauben?«, fragte Konrad.

Ich klemmte ihn zwischen meine Füße und drehte so lange, bis ich den freien Stab in der Hand hatte. Zuerst probierte ich das Gewinde in den Stutzen der Saugglocke zu stecken, aber es passte nicht rein. Konrad deutete mit seinem Zeigefinger an, dass ich den Stab drehen sollte. Er hatte recht, die Gewinde griffen ineinander. Ich schraubte so lange, bis beides ineinander steckte.

Dann reichte ich ihm unsere neue Konstruktion. Er nickte und steckte wortlos die Stange erneut aus dem Fenster, diesmal mit der Saugglocke voran.

Wie er es genau machte, konnte ich nicht sehen. Er fluchte ein paar Mal »Scheiße«, was ungewöhnlich war, denn eigentlich waren Kraftausdrücke mein Gebiet.

»Geht es nicht?«

Er hielt inne und sah zu mir herunter. »Der Stutzen hat sich festgesaugt. Ich bekomme jetzt zwar das Fenster zu, aber wenn ich mit mehr Kraft daran ziehe, bleibt das Ding vorne am Fenster haften und ich hab nur die Stange in der Hand.«

»Hallo?«, drang die Stimme der alten Nachbarin durch die verschlossene Tür. »Junger Mann, sind Sie da drin?«

Ich gab Konrad ein Zeichen, fest an der Stange zu ziehen. Er riss mit einem Ruck daran und das Geräusch von Holz auf Holz hallte durch den Lichtschacht. Dann berührte ich ihn am Bein und bedeutete ihm, runterzukommen. Er wollte an der Stange ruckeln, aber ich flüsterte: »Leg sie einfach ab und geh raus. Ich mach das.«

Er stieg herunter, drückte sich an mir vorbei und entriegelte die Tür.

»Frau Pospischil, da bin ich wieder. Oh, grüß Gott. Sie müssen Olga sein. Meiner Kollegin geht es nicht gut, aber sie kommt gleich.«

Die Heimhilfe war da. Olga.

Ich hörte nicht mehr zu, was sie sagte, sondern stieg sofort wieder auf den geschlossenen Klodeckel. Keine Ahnung, wie oft ich an der Stange ruckelte. Aber nichts geschah. Der Stutzen haftete so fest an dem Fenster, dass er sich keinen Millimeter bewegte. Konrad hatte recht. Man musste ihn mit ganzer Kraft wegziehen, aber dann bestand die Möglichkeit, dass der Stab herausglitt.

Wenn es regnete, wäre es dann leichter, den Stutzen zu lockern? Würde die Feuchtigkeit irgendwann unter den Kunststoff kriechen? Aber in der Nacht, als Anton Jäger starb, war es trocken gewesen. Es musste eine andere Möglichkeit geben. Ich ließ den Stab los und sah mich um.

»Wie hast du es gemacht?« Diese Frage kam wie von selbst über meine Lippen. Ich erwartete keine Antwort, aber mein Blick blieb am Fliesenreiniger mit Zitronenduft hängen.

»Hast du das benutzt?«

Ich nahm die Flasche, hielt meine Hand vor die Düse und drückte auf den Sprühknopf. Zischend wurde ein Strahl herausgeschossen, sofort roch es nach diesem typischen Duft öffentlicher Anlagen. Meine Finger waren seifig, die Flüssigkeit bildete einen glitschigen Gelfilm.

Ich lehnte mich, so weit ich konnte, aus dem Fenster, zielte auf das Fenster oberhalb des Saugnapfs und sprühte. Gleichzeitig ruckelte ich mit der anderen Hand an dem Stab. Innerhalb weniger Sekunden ließ er sich mehr und mehr bewegen und ganz plötzlich machte es »Plopp« und der Saugnapf hatte sich gelöst.

Das war es. So hatte die Frau das gegenüberliegende Fenster

geschlossen. Sie hatte es mit der Saugglocke zugezogen und dann das Fenster mit dem Spray befeuchtet. Soeben hatte ich das letzte Puzzlesteinchen der Mordnacht an die richtige Stelle gesetzt.

Ich schloss das Fenster, stieg vom Toilettendeckel, und während ich wieder die Saugglocke gegen den Wischmopp austauschte, klopfte es erneut an der Tür.

»Geht es dir schon besser?«, fragte Konrad übertrieben deutlich.

»Ist alles in Ordnung?«, fragte eine Frauenstimme mit ausländischem Akzent. »Soll ich ...?«

»Ich werde mal nach ihr sehen«, fuhr Konrad dazwischen. »Hätten Sie vielleicht einen Tee für meine Kollegin? Kamille oder Pfefferminz?«

»Natürlich.«

Er klopfte wieder, ich entriegelte die Tür und er schlüpfte herein.

»Hast du es geschafft?«, fragte er und sah zum Fenster.

»Ja. Und ich weiß es jetzt. Sie war wirklich da.«

»Wer?«

»Diese große Frau. Sandra oder wie auch immer sie heißt. Sie war da. Sie muss schon mal vorher hier gewesen sein. Darum wusste sie das alles. Wie sie von innen die Tür des Journalisten versperren und danach seine Wohnung verlassen konnte. Durch dieses Fenster. Zuerst dachte ich, sie hätte hier vielleicht irgendwas versteckt. Aber das glaube ich nicht mehr. Jemand, der so raffiniert ist, würde das nie riskieren. Sie ist gut. Richtig gut.«

Ich schob mich an Konrad vorbei zur Tür, ich wollte hier raus. Doch er griff nach meinem Unterarm und hielt mich zurück.

»Warte.«

»Was ist noch?«

»Ich habe der Heimhilfe das Foto von der Schauspielerin aus dem Burgtheater gezeigt. Aber mit der ganzen Schminke kann sie nicht sagen, ob es diese Frau ist, die sie im Treppenhaus gesehen hat.«

Sofort musste ich an Maria denken. Nicht mal ich hätte sie erkannt, wenn sie als Asiatin in *Madame Butterfly* geschminkt war oder von den Visagisten für *Die Fledermaus* als Prinz Orlwoski in einen Mann verwandelt wurde. Ich winkte ab. »Das heißt nichts.«

Konrad nickte mit einem leisen »Ach so«, aber an seinem Blick sah ich, dass er es nicht ernst meinte.

»Ist sonst noch was?«

Er schaute zur Tür und öffnete kaum seine Lippen, als er murmelte: »Heinz hat angerufen. Er will mich sprechen. Jetzt.«

»Krump?«

»Ja. Im Kommissariat.«

Ich bemühte mich, mein Augenrollen zu unterdrücken. Eine Begegnung mit dem Polizeichef war so ziemlich das Einzige, was mir an diesem Morgen noch gefehlt hatte. Ich wollte sofort zum Burgtheater und versuchen, diese Frau zu finden.

»Okay. Dann fahren wir hin, reden mit ihm, und dann ...«

»Nein. Er ... Heinz möchte nur mit mir sprechen. Allein. Es ist sehr dringend, er konnte es mir nicht am Telefon sagen.«

»Hat er auch gesagt, warum?«

Konrad nickte, aber er sagte nichts und sein Blick wanderte zu den Fliesen.

»Und?«

»Es gibt Neuigkeiten durch diesen toten Journalisten ...«

Ich hörte, wie er schwer schluckte. Dann hob er seinen Kopf und sah mich an.

»Sie haben bei ihm was über das Verschwinden meiner Tochter Julia gefunden.«

21.

Es gibt einen Punkt, an dem die Gleichgültigkeit die Führung übernimmt und man plötzlich mit einem Schlag alles, was vorher so wichtig war, als belanglos empfindet. Diesen Punkt hatte ich in dem Moment, als Konrad mir sagte, dass Neuigkeiten über Julia bei Anton Jäger gefunden worden waren, nicht nur erreicht. Ich hatte ihn überschritten.

Mich interessierte weder die Heimhilfe noch die demente Nachbarin noch die große Frau oder die Notizen, die ich aus Anton Jägers Kleidungsstücken genommen und in meinen Jeanstaschen verstaut hatte. Ich nickte Konrad nur zu, sagte »gehen wir« und lief voraus.

Auf den Straßen war so wenig Verkehr, als würde die Stadt gerade eine Pause machen. Während der ganzen Autofahrt redete Konrad ohne Pause, aber ich konnte ihm nicht folgen. Als wäre ich von einem schwarzen Loch verschluckt, das keine Worte, keine Empfindungen hinein- oder hinausließ. Mir war klar, ich musste Konrad von dieser Notiz aus Anton Jägers Wohnung erzählen, bevor er mit Krump sprach. Tat ich es nicht, ließ ich ihn in Krumps offenes Messer laufen. Der Polizeichef hatte nicht ohne Grund den Titel Superarsch von mir bekommen.

»Was sagst du dazu?«, fragte Konrad, als ich den Wagen vor dem Kommissariat parkte und den Zündschlüssel abzog.

»Wozu?«

»Du hast mir nicht zugehört, oder?«

Ich presste meine Lippen zusammen und schüttelte den Kopf. Er wollte etwas sagen, aber ich kam ihm zuvor.

»Konrad, es gibt da was wegen Krump ... ich glaube, was er dir sagen will ... also, in der Wohnung des toten Journalisten ... wurde eine Notiz gefunden.«

Ich zwang mich zu reden, jedes Wort kam so schwerfällig aus meinem Mund, als wäre es tonnenschwer.

»Was für eine Notiz?«

»Es geht dabei um mich. Mein Name steht darauf und das Datum, an dem –«

Konrads Blick huschte rechts neben mich, sein Mund verzog sich zu einem stummen ›Oh‹. Ich drehte mich nach links und sah aus dem Seitenfenster direkt in das lächelnde Gesicht von Maximilian Breck, dem TV-Moderator.

Er war nicht allein, schräg hinter ihm stand Krump. Auf meinem rechten Unterarm spürte ich Konrads Händedruck, hörte sein geflüstertes: »Ist schon gut«. Ich wollte es glauben, aber ich wusste, dass es eine Lüge war.

»Konrad, bevor du ...«, sagte ich leise, aber er hatte schon die Tür geöffnet und war dabei, den Wagen zu verlassen. Maximilian Breck nahm Konrads Aussteigen zum Anlass, meine Fahrertür zu öffnen.

»Carlotta, dass wir uns so schnell wiedersehen.«

Ich beugte mich vor, sah noch, wie Konrad auf Krump zusteuerte, dann rief der Polizeichef: »Herr Breck, wir sehen uns um 13 Uhr im Coburg.«

Breck drehte sich zu ihm. »Sehr gern. Ich freu mich. Bis später.«

Krump sagte etwas zu Konrad, das ich nicht verstand, dann verschwanden beide im Eingang des Hauptgebäudes. Es war ein Gefühl, als würde ich einem Sarg beim Hinabgleiten ins Grab zusehen. Blind tastete ich nach dem Verschluss des Gurts, um ihn zu öffnen. Wenn ich schon nicht bei dem Gespräch von Krump mit

Konrad dabei sein konnte, wollte ich wenigstens in seiner Nähe bleiben. Doch das klickende Geräusch des Gurts blieb aus. Er klemmte. Schon wieder.

»Er hält große Stücke auf Sie«, sagte Breck, der meinem Blick gefolgt war.

»Wer?«

»Polizeichef Krump.«

Mein Gesichtsausdruck schien schon wieder nicht so undurchdringlich zu sein, wie ich vermutete, denn Breck sah mich an und lachte schallend auf. »Aber das scheint wohl nicht auf Gegenseitigkeit zu beruhen.«

Sein verschmitztes Grinsen weckte mich auf. Egal, was Konrad jetzt erfahren würde, ich durfte gerade vor Breck nicht zeigen, was da vorging.

»Doch, natürlich. Krump und ich sind ein Herz und eine Seele.«

Breck lachte noch mehr. Ich drückte unbemerkt immer wieder mit meinem rechten Daumen auf den Schnappverschluss, aber der Gurt ließ sich nicht öffnen.

»Ach, wirklich? Na, vielleicht haben Sie dann ja Lust, uns zum Lunch zu begleiten? Das Coburg hat eine ausgezeichnete Küche.«

»Sehr gerne. Das mache ich. Gleich bei der nächsten Sonnenfinsternis.«

Sein Lachen wechselte in ein fast schon liebevolles Lächeln und er seufzte wehmütig. »Sie haben denselben Humor wie Ihre Mutter, wissen Sie das?«

Nein, das wusste ich nicht. Ich konnte nicht wissen, welche Art von Humor meine Mutter gehabt hatte und ich würde es auch nie mehr rausfinden. Breck hatte keine Schuld, aber er hätte in dem Moment nichts Schlimmeres zu mir sagen können. Dazu war ich auch noch in dieser alten Karre von einem beschissenen Gurt gefangen. Am liebsten hätte ich den Motor gestartet und wäre aufs Gas gestiegen.

Aber das Gute, wenn man bei einem Menschen wie Maria Fiore aufwächst, ist, dass man lernt, sich zu kontrollieren. Und das tat ich jetzt. Ich lächelte, sah dabei in Brecks Augen, als würde ich mich über seinen Vergleich freuen. »Sie erinnern mich wirklich sehr an Maria«, sprach er weiter. Meine Muskeln spannten sich an, in meinem Kopf schrie ich, »Nein, tu ich nicht«, während ich mich weiterhin hinter dieser gelassenen, ironischen, freundlichen Fassade versteckte.

»Carlotta, ich bin froh, Sie zu sehen ...« Er stockte, atmete tief ein. »Ich habe vor ein paar Stunden schon versucht, Sie zu erreichen ...«

Der einzige Anruf, den ich heute bekommen hatte und nicht zuordnen konnte, war von einer unterdrückten Nummer und ich hatte ihn wegen der Presseleute vor Anton Jägers Wohnung sofort weggedrückt. Das musste Breck gewesen sein. Breck und nicht Henriette.

»Es tut mir leid, aber ich werde nicht in Krumps Beitrag auftauchen ...«

»Nein, bitte, darum geht es nicht. Was ich Ihnen sagen wollte ...« Er drehte sich um und sah hinter sich. Ein Mann und eine Frau kamen streitend die Straße entlang, ihnen folgte ein gelangweilter Teenager. Breck beugte sich näher zu mir heran. »Können wir irgendwo ungestört sprechen?«

Er fixierte mich, ohne zu blinzeln, und wippte leicht mit seinem Kopf. Alles in seinem Ausdruck sagte, ›Es ist wichtig‹. Und mir drehte sich der Magen um. Ich wollte nicht mit einem von Marias ehemaligen Liebhabern reden.

»Bitte, Carlotta.«

Ich seufzte innerlich, während ich äußerlich freundlich nickte.

»Natürlich. Sie müssen nur vorher zu mir ins Auto kommen und mir helfen. Ich bekomme nämlich alleine den Gurt nicht auf.«

Zur Bestätigung zog ich daran und verdrehte die Augen. Breck schaute verwirrt, dann fing er plötzlich schallend zu lachen an.

»Und ich ... hab mich ... schon gewundert.«

Er schloss sanft meine Tür, ging noch immer lachend vorne um den Wagen herum und stieg am Beifahrersitz ein. Der Duft seines teuren Parfums erfüllte das Innere des Autos. Gemeinsam widmeten wir uns dem Gurt, ich drückte, er zog, dann umgekehrt. Und endlich schafften wir es und das erlösende Klicken war zu hören.

»Danke«, sagte ich.

»Gerne.«

Ich wollte aussteigen und griff nach dem Türöffner, aber ich war zu langsam. »Carlotta, was ich Ihnen sagen muss, ist sehr unangenehm«, platzte Breck heraus. Sofort ließ ich den Griff wieder los. Breck atmete hörbar ein, die Stimmung im Wagen war mit einem Schlag verändert. Ich war mir plötzlich sicher, dass er mir keine Liebesanekdote über Maria erzählen wollte. Und das fand ich beunruhigend. Er legte die Hände auf seine Knie und fuhr darüber, als würde er versuchen, Flecken zu entfernen.

Ich wartete, dass er weitersprach, aber da kam nichts.

»Was ist es denn, Herr Breck?«

»Max, bitte.«

»Max.«

Wieder folgte nervtötendes Schweigen. Ich begann zu zählen. 10, 9, 8. Bei 7 hielt ich es schon nicht mehr aus.

»Geht es um Ihre Affäre mit Maria?«

Es war ein Schuss ins Blaue, einfach ein Versuch, ihn aus der Reserve zu locken. Er zuckte zurück und sah mich entsetzt an.

»Was? Nein! Ich hatte doch keine Affäre mit Ihrer Mutter. Carlotta, wie kommen Sie ... ich meine, ich weiß, welchen Ruf Maria hatte, meine Güte, wer weiß das nicht. Aber das waren doch Gerüchte.«

Jetzt war ich es, die gerne aufgelacht hätte. Nein, es waren keine

Gerüchte. Maria hatte Liebhaber gesammelt wie andere Menschen Bücher.

Breck sah verstört aus, er fuhr sich ein paar Mal über das glattrasierte Kinn.

»Ich meine, wenn ich nur an all die Märchen denke, die über mich im Umlauf sind. Das gehört eben dazu, es ist fast schon Teil des Jobs. Nein, ich hätte auch nie mit Maria … Ihre Mutter war doch, na ja, wenn Sie so wollen, für meinen Erfolg verantwortlich.«

»Sie war *was?*«

»Ja. Sie hat damals alles in die Wege geleitet. Maria hat dafür gesorgt, dass diese Produzenten in Berlin mich für ihre Sendung wollten. Ohne sie hätte der Sender mich nie genommen.«

»Sie machen Witze.«

Es gab nur eine einzige Karriere, die Maria am Herzen lag. Außer ihrer eigenen natürlich. Und das war meine. So uneigennützig und hilfsbereit sie sonst auch verwirrenderweise zu Menschen in ihrem Umfeld war – sobald etwas Berufliches ins Spiel kam, konnte kein Außenstehender auf sie zählen. Diese ganze Energie bekam sinnloserweise ich. Bis zu unserem Bruch, ein paar Jahre vor ihrem Tod.

»Oh nein, es ist mein Ernst. Erinnern Sie sich nicht, ich hatte im österreichischen Fernsehen dieses Interview mit Ihrer Mutter zur Premiere der *Fledermaus* in der Wiener Oper. Sie haben sie ins Studio begleitet. Danach hat sie mich gefragt, ob sie mir helfen soll, meine Karriere auf eine neue Ebene zu heben. Sie und ich, wir haben uns schon vorher gemocht – platonisch natürlich. Aber nachdem sie mich zu den deutschen Produzenten in Berlin brachte, wurden wir Freunde. Mindestens ein Mal pro Woche haben wir telefoniert. Ich habe sie um Rat gefragt, welcher nächste Schritt der richtige ist. Sie war einfach wunderbar. Wirklich. Es wäre nie so steil bergauf gegangen ohne Ihre Mutter. Sie war meine Mentorin, bis …«

»Bis was?«

»Na ja, also, das ist der Grund, über den ich mit Ihnen sprechen möchte. Wissen Sie, was damals passiert ist?«

Ich schüttelte den Kopf. »Ich wusste doch nicht mal von Ihrer Freundschaft.«

»Es war vielleicht zwei Jahre nach meinem Wechsel nach Berlin. Ich war am Höhepunkt meiner Karriere. Es … es ging damals um Sie, Carlotta. Sie hat oft von Ihnen gesprochen. Ihre Mutter hat – sie wollte, dass ich Ihnen beruflich weiterhelfe. Meine Position nütze, so wie sie das für mich getan hat.«

Ich zuckte mit den Achseln, es war für mich nichts Neues. Maria hatte ständig ihre Kontakte für mich verwendet. In welcher Richtung auch immer. Sie war eine Meisterin der Manipulation. Zumindest bei einer gewissen Art von Leuten.

»Ach bitte. Das hat sie andauernd getan.«

»Nein, es war was anderes. Es war, nachdem …«

Er räusperte sich, verzog den Mund, als hätte er etwas Bitteres gegessen. »Maria hat mir von Ihrer persönlichen Tragödie erzählt.«

Er versuchte ein Lächeln, das ihm nicht gelang.

Ich bemühte mich, unbekümmert zu klingen, als ich sagte: »Da müssen Sie schon konkreter werden, persönliche Tragödien gab es einige.«

Dabei wusste ich, was er meinte. Zwei Jahre nach Marias letztem Interview bei Breck in Österreich. Das, was damals geschehen war, stellte alles Vorherige in den Schatten. Machte aus meinen Misserfolgen kleine, lustige Geschichten des Scheiterns. Lappalien meiner Untalentiertheit.

Breck sah mich hilfesuchend, fast flehend an. Als wollte er mich stumm bitten, es selbst auszusprechen. Und weil ich das hier nicht noch verzögern wollte, tat ich ihm den Gefallen.

»Meinen Sie, als ich versucht habe, mich umzubringen?«.

Er nickte schwach.

»Wissen Sie auch, warum ich es getan habe?«

Er schüttelte den Kopf, wartete. Ich glaubte ihm sogar, dass Maria es nicht erzählt hatte. Mit dem Mann, den ich liebte und heiraten wollte, zu schlafen, war zu niveaulos für eine Maria Fiore. Als ich nichts sagte, fuhr Breck fort.

»Ihre Mutter hat sich an mich gewandt, sie hat sehr gelitten.«

»Hat sie das?« Der Sarkasmus in meiner Stimme war unüberhörbar. Aber Breck ließ sich nichts anmerken.

»Maria meinte, Sie würden von ihr keine Unterstützung mehr annehmen und es sei am besten, ich hole Sie nach Berlin. Weg aus Wien. Verschaffe Ihnen einen Job. Aber ich ... ich wollte das nicht.«

»Und? Das war doch Ihr gutes Recht.«

»Nein, war es nicht. Ich habe Ihrer Mutter so viel zu verdanken, aber ich war zu stolz, zu eitel, am Höhepunkt meiner Karriere und dachte, ich bin zu gut für so was, was weiß ich.«

»Okay, wenn Sie das beruhigt, was es auch immer gewesen wäre, ich hätte Ihr Angebot sowieso nicht angenommen.«

Er sprach weiter, als hätte er mir gar nicht zugehört. »Der Erfolg kann zur Droge werden, Carlotta. Ich bin nicht stolz, wie sehr er mich damals verändert hat. Es soll keine Entschuldigung sein, aber man ahnt vorher nicht, wie leicht man sich in dem ganzen Ruhm verlieren kann. In einem Moment bist du ein Niemand, der nicht mal sicher ist, wie lange er noch seinen Job behält. Und dann bist du plötzlich der Liebling von allen, jeder will dein Freund sein und du schwimmst im Geld. Ich habe in den letzten Jahren viel über Vergänglichkeit gelernt, vor allem durch den Tod meiner Frau. Aber damals – ich war einfach ein arrogantes Arschloch.«

Diese Ehrlichkeit traf mich völlig unvorbereitet. Seine Augen glänzten, eine Hand war zur Faust geballt. Es war mir unangenehm, dass er sich so vor mir öffnete. Nicht, weil ich generell etwas dagegen hatte. Sondern weil es um Maria ging. Am liebsten hätte ich ihm gesagt, er könne sich sein Bedauern sparen, es wäre an der falschen Stelle. Weil ich das nicht konnte, verkrampfte ich mich immer mehr.

»Ich habe Marias Wunsch nicht erfüllt. Es wäre leicht gewesen, aber ich habe sie im Stich gelassen. Maria hat daraufhin den Kontakt zu mir abgebrochen. Ich habe es einfach zugelassen. Dabei stand und stehe ich noch immer in der Schuld Ihrer Mutter. Carlotta, ich brauche Ihre Hilfe. Ich weiß, es ist viel zu spät, aber ich will wenigstens jetzt tun, was in meiner Macht steht. Mein Gott, hätte ich damals um Marias gesundheitlichen Zustand gewusst, ich hätte nie ...« Seine Stimme kippte. Ich wollte nicht, dass er jetzt auch noch zu weinen anfing.

»Max, was wollen Sie von mir?«

Er schluckte schwer, wischte sich mit dem Zeigefinger eine Träne aus dem Augenwinkel.

»Okay. Ich weiß, Sie werden das nicht wollen. Aber bitte denken Sie darüber nach, Carlotta. Zu Ehren Ihrer Mutter wird es eine überregionale Fernsehshow geben. Eine Gala. Hauptabendprogramm, Live-Schaltung in die MET und die Mailänder Scala, internationale Gäste, das ganze Programm. Und ich will Sie dabeihaben, Carlotta. Aber nicht nur als einen der Stargäste.«

Ich wollte schon einen Einwand vorbringen, aber er bedeutete mir, nichts zu sagen. Sein Blick war voller Schmerz. Sehr väterlich legte er seine Hand auf meine.

»Carlotta, Sie gehören nicht zur Kriminalpolizei. Sie sind die Tochter einer der größten Sängerinnen, die jemals gelebt hat. Ich will endlich den Wunsch Ihrer Mutter erfüllen. Darum bitte ich Sie, gemeinsam mit mir durch diese Gala zu führen. Als zweite Moderatorin. Und ich verspreche Ihnen, ich werde alles dafür tun, dass dieser Abend Ihr Durchbruch wird. Das bin ich Maria schuldig.«

22.

»Aha. Okay. Ich werde mir das später ansehen, kannst du bitte …«, sagte ein Mann.

Ich hatte ihn nicht kommen gehört und sprang vom Stuhl hinter Kieksstimmes Schreibtisch auf. Da sie nicht an ihrem Platz war und sich auch gerade niemand im Großraumbüro befand, hatte ich versucht, mich in ihren Computer einzuloggen. Aber natürlich war er geschützt und es erschien immer nur das »Falsches Passwort«-Pop-up.

Sofort tat ich so, als würde ich die Bücher im Regal neben Kieksstimmes Platz studieren, bevor ich einen Blick zur Tür riskierte.

Meine Überraschung, dass es Hannes war, der im Eingang des Großraumbüros stand und ich seinetwegen aufgeschreckt war, hätte nicht größer sein können. Ich hatte seine Stimme nicht erkannt – sie klang so fremd, wie er mir seit heute Nacht geworden war. Er war ganz in sein Telefonat vertieft, hatte eine Akte in der einen Hand und einen Kugelschreiber in der anderen. Sein Handy war zwischen Ohr und Schulter geklemmt. Als er meinen Blick bemerkte, winkte er mir mit dem Kugelschreiber und deutete dann auf seinen Mund. Entweder wollte er essen gehen oder mit mir reden. Nach beidem war mir nicht zumute. Nicht mit ihm. Nicht nach gestern Nacht.

Von Konrad hatte ich weder gehört noch ihn gesehen, seit ich von der Unterhaltung mit Breck ins Büro gekommen war. Mir war noch immer schlecht vom Vorschlag des Moderators.

Eine Gala für Maria Fiore! An der ich beteiligt sein sollte! Mein Durchbruch! War der Mann noch ganz bei Trost? Auf meine Ablehnung hatte Breck so professionell reagiert, wie das nur sehr erfolgreiche Menschen können, die von den richtigen Personen Rückendeckung bekommen. Nämlich komplett gelassen. Als würde er mein Nein nicht akzeptieren. Schließlich spielte er einen weiteren Trumpf aus – er nannte eine Summe für meine Beteiligung, die so absurd hoch war, dass ich dachte, er scherzte. Als er mir versicherte, es sei sein Ernst, ließ ich ihn wissen, nicht mal wenn er mir fünf Mal so viel zahlen würde, gäbe es eine reelle Chance, dass ich auf seinen Vorschlag einging. Nachdem ich mich verabschiedet hatte, spürte ich seinen Blick, bis sich die Türen des Kommissariats hinter mir schlossen. Doch während des ganzen Wegs hinauf in das Großraumbüro klangen seine Worte in mir nach.

»Sie gehören nicht zur Kriminalpolizei, Carlotta.«

Er hatte die Antwort auf eine Frage ausgesprochen, die mich seit dem ersten Moment hier quälte. Gehörte ich hierher? Wenn es nach Hannes ging, dann war die Antwort eindeutig. Aber wohin gehörte ich überhaupt noch?

Hannes telefonierte weiter, ich wollte gar nicht wissen, was er sagte. Um mich abzulenken und nicht tiefer im Selbstmitleid zu versinken, wählte ich aus Kieksstimmes Regal das Buch mit dem Titel »Tatortermittlungen« und setzte mich mit halbem Hintern auf diese Karikatur eines Schreibtischs, den mir meine Kollegen gestern Morgen angewiesen hatten. Er wackelte demütigend, als wollte auch er mir zu verstehen geben, dass ich hier nichts zu suchen hatte.

Im Inhaltsverzeichnis fand ich ein Kapitel über »Stromtod in der Badewanne« und las über eine Frau, die auf Nummer sicher gehen wollte und einen Föhn, einen Toaster, einen Rasierer, einen Lockenstab und ein Bügeleisen mit in die Wanne genommen hatte. Diese Form des Suizids war noch immer populärer, als ich dachte. Ein überbrückter FI-Schalter war bei alten Gebäuden oft nicht nötig. Und wenn doch, dann war es ein Kinderspiel, ihn zu blockieren. Was ich auf den Fotos sah, glich dem Anblick von Anton Jägers Leiche. Die gleiche Maserung der Haut. Der gleiche betrunkene Gesichtsausdruck. Ich konnte mir nicht vorstellen, dass sie alle angetrunken waren, es musste eine Begleiterscheinung des Stromschlags sein.

Dieser Mord als Selbstmord getarnt, das war nahezu perfekt. Hätte Konrad die demente Nachbarin nicht als brauchbare Zeugin behandelt, würden die Ermittlungen wahrscheinlich in zwei Wochen abgeschlossen sein. Was sie vielleicht auch wurden, denn schließlich gab es weder einen offiziellen Fall, noch waren wir damit beauftragt, etwas darüber rauszufinden.

Hannes beendete sein Gespräch, er kam herüber, beugte sich zu mir und gab mir einen Kuss. Den ich nicht erwiderte. Ich hatte schlicht und einfach nicht mehr die Kraft, irgendwas vorzuspielen. Er schien es nicht mal zu registrieren, deutete auf das Buch in meiner Hand und sagte erfreut: »Schön. Du bereitest dich auf die Vorträge vor.«

Ich legte die »Tatortermittlungen« weg, verschränkte die Arme und sah ihn an.

»Was ist?«, fragte er.

»Was soll sein?«

»Du hast doch was? Wo ist Konrad?«

»Bei Krump.«

»Nein. Von dem komme ich gerade.«

Als wäre das ein Zeichen, wurde neben uns die Tür des leeren Büros geöffnet, in dem Brecks Dreharbeiten stattgefunden und dessen Wände mit den Weisheiten beklebt war. Kieksstimme trat heraus. Sie zuckte zusammen, als sie uns sah und ihr sonst blasses Gesicht wurde so rot, als hätte sie einen plötzlichen Sonnenbrand.

Sie drehte sich um, wollte zurück in das Büro, aber der Weg wurde ihr versperrt. Von Konrad. Sie war mit ihm in diesem Raum gewesen. Er fuhr sich gerade durch die Haare und wäre fast in sie reingelaufen. Sie drehte sich wieder zu uns um. Und während ich mich noch fragte, was Konrad gerade mit ihr da drinnen gewollt hatte, sah ich es. Ihre hellrosa Bluse war falsch geknöpft. Vielleicht wäre ich sogar da noch nicht skeptisch geworden. Hätte Kieksstimme nicht meinen Blick bemerkt und an sich runter gesehen. Sofort schoss eine Hand in die Mitte ihres Brustkorbs, und die andere auf ihren Bauch, als wollte sie diesen Fehler verdecken. Ihre Sonnenbrandröte erreichte eine feuerrote Steigerung. Sie drückte sich an Konrad vorbei und verschwand wieder in dem kleinen Büro.

Ich konnte und wollte nicht fassen, was dieser Auftritt gerade zu bedeuten hatte. Konrad und Kieksstimme? Das war ... nein. Einfach nur nein.

Hannes räusperte sich, sagte: »Ich muss rauf in mein Büro«, machte kehrt und hatte es sehr eilig wegzukommen. Konrad ging an mir vorbei Richtung Ausgang, ohne mich anzusehen. Er hatte eine Akte unter den Arm geklemmt.

»Wir müssen los«, sagte er.

»Wohin?«

»Zum *Wiener Tagblatt*.« Ich war so perplex, dass ich ein paar Schrecksekunden brauchte, bis ich ihm hinterherlief. Erst kurz vor dem Aufzug holte ich ihn ein.

»Was hat Krump gesagt?«

Er warf mir einen Seitenblick zu und sagte durch seine zusammengepressten Zähne: »Nicht hier.«

»Was war das? Mit Kieksstimme?«

»Nicht hier!«

Konrad drückte auf den Rufknopf des Lifts. Er wartete nicht mal drei Sekunden, dann sagte er: »Treppenhaus«. Links neben dem Aufzug war eine Tür, er stemmte sich dagegen.

»Bleib stehen«, rief ich, als er die Treppe hinuntereilte. Er nahm noch zwei Stufen, bevor er stoppte. Wir warteten, bis die Tür ins Schloss fiel.

»Was ist los?«, fragte ich, so leise ich konnte. Konrad reichte mir die Akte, die er in der Hand hielt. Ich sah ihn fragend an, er nickte und drehte den Kopf weg, als wollte er dessen Inhalt nicht noch einmal sehen. Langsam und vorsichtig hob ich das Deckblatt.

Im ersten Moment war ich so erleichtert über den Inhalt, dass mir ein Laut entkam. Da waren nur ein paar harmlose Fotos und darunter ein paar Seiten mit ausgedruckten Tabellen. Doch dieses Gefühl hielt nur den Bruchteil einer Sekunde – bis ich realisierte, dass ich Fotos von Konrad vor mir hatte. Sie konnten erst ein paar Wochen alt sein. Es handelte sich um typische Schnappschüsse eines Privatdetektivs, wie man sie aus Filmen kennt. Die Bilder waren aus einiger Entfernung gemacht worden. Und auf keinem einzigen bemerkte Konrad, dass er gerade fotografiert wurde.

Konrad mit Anna, wie sie Hand in Hand unser Haus betraten. Lachend in einem Café in der Innenstadt. Konrad bei Turnübungen, neben ihm sein Physiotherapeut Martin, der ihn seit seiner Zeit im Koma betreute und dafür verantwortlich war, dass Konrad in dieser guten körperlichen Verfassung war. Die Aufnahme war durch das Fenster des Trainingsraums gemacht worden. Die Nächste zeigte Konrad, wie er Konnys Kinderwagen durch den Park schob.

Bei den Computerausdrucken handelte es sich um Excel-Tabellen. Die Überschrift auf der ersten Seite lautete »K. F. – Chronologie einer Suche«.

In der linken Tabelle standen Jahreszahlen, die erste vor 26 Jahren. In den Zeilen daneben waren Stichworte. Ich blätterte durch, mit jeder Seite gaben die Muskeln in meinen Beinen mehr und mehr nach. Bis die Kraft schließlich ganz aus ihnen wich und ich mich auf eine der Stufen setzen musste.

Diese Aufzeichnungen umfassten mindestens zehn Seiten. Sie beinhalteten jede Station, die Konrad seit meiner Entführung durchlebt hatte. Jetzt verstand ich auch das K. F. in der Überschrift – Konrad Fürst.

Es begann mit dem Verschwinden von Julia auf dem Stadtfest. Danach die Ermittlungen und Befragungen von Personen, deren Namen ich nicht kannte. Das Einstellen der Suche, als man den Kinderrucksack im Zulauf des Donaukanals gefunden hatte. Meine offizielle Todeserklärung durch Ertrinken. Obwohl es nie eine Leiche gegeben hatte. Konrads Ausscheiden von der Kriminalpolizei. Seine Ermittlungen auf eigene Faust mit gefälschtem Ausweis. Die Gerichtsverhandlung, als er damit aufflog. Der Standort der Anonymen Alkoholiker, die er mit großen Unterbrechungen immer wieder aufgesucht hatte. Bis er schließlich trocken geworden war. Sogar seine Ausbildung zum Clown und die Auftrittsorte als Foxi hatte die Person recherchiert. Manche Zeilen waren nur mit einer Jahreszahl und einem Fragezeichen gefüllt. Hastig blätterte ich zur letzten Seite. Der letzte Eintrag war von vor etwas mehr als einem Jahr. Es war der Tag, als Konrad nach seinem Unfall in der Wiener Oper ins Allgemeine Krankenhaus eingeliefert worden war. Wo er ein Jahr im Koma gelegen hatte.

»Woher ist das?« Meine Stimme zitterte so wie meine Hand, die die Papiere hielt. Konrad antwortete nicht, ich hörte, wie er schwer atmete. Hier hatte ich schwarz auf weiß alles aufgelistet, weswegen sich Konrad nicht erinnern wollte. Alles, was er unternommen hatte, um mich zu finden. Sogar als wir uns bei den Undercover-Ermittlungen in der Wiener Oper kennenlernten, hatte er noch nach mir suchen lassen. Davon hatte ich nichts gewusst.

Ich blätterte wieder zurück, überflog die Seiten. Den Namen »Maria Fiore« konnte ich kein einziges Mal entdecken. Hier ging es alleine um Konrad. Zehn Seiten voller ergebnisloser Bemühungen, mich zu finden. Ich wollte mir nicht mal vorstellen, wie es ihm in dieser Zeit ergangen war. Wäre ich dazu in der Lage gewesen, so lange durchzuhalten?

Ich sagte: »Es tut mir leid.«

Es kam ganz automatisch, ich wusste nicht mal, wofür. Für meine Entführung? Dafür, was aus mir geworden war? Ich sah zu ihm hoch, doch er reagierte noch immer nicht, starrte nur die Gangmauer an. Ich griff nach seiner Hand.

»Woher ist das? Woher hat es Krump?«

Erst jetzt wachte er aus seiner Starre auf. Im ersten Moment schien er überrascht, dass ich auf der Stufe saß. Doch dann setzte er sich neben mich – ohne meine Hand loszulassen.

»Das ist nicht von Heinz. Die Unterlagen stammen aus Anton Jägers Wohnung. Sie haben das erst gestern in den Sachen entdeckt, die sie mitgenommen haben.«

»Was für Sachen?«

»Es war in einem Aktenordner, den die Spurensicherung hatte. Eva hat es mir gegeben. Obwohl sie das eigentlich nicht darf.«

Das waren zwei Nachrichten, die ich nicht hören wollte. Erstens, es gab Akten aus Anton Jägers Wohnung. Und zweitens. Eva. Kieksstimme. Eva.

»Wieso hat Eva …?«

»Sie und ich, wir waren damals … nur kurz, aber wir hatten, also, sie und ich …«

Er sprach nicht weiter, aber das musste er auch nicht. Jetzt ergab das alles Sinn. Ihre Begrüßung von Konrad. Die falsch zugeknöpfte Bluse. Kieksstimme war Konrads Affäre gewesen. Er hatte mir mal erzählt von der Frau bei der Kriminalpolizei, die ihn letztendlich den Job als Kommissar gekostet hatte. Da sie die Freundin von Heinz Krump gewesen war. Dem jetzigen Polizeichef.

Ein Jahr nachdem ich verschwand hatte sich meine Mutter, die ironischerweise den gleichen Vornamen hatte wie Kieksstimme, von Konrad scheiden lassen. Die eine Eva hatte Konrad verlassen und er hatte Trost bei einer anderen Eva gesucht.

Ich versuchte, mir ins Gedächtnis zu rufen, was Konrad sonst über diese Affäre nach seiner Scheidung erzählt hatte, aber ich wusste es nicht mehr. Es war zu lange her.

»Gibt es noch mehr Unterlagen?«

»Das weiß ich nicht. Aber das ist der Grund, weshalb die Spurensicherung heute wieder dort war.«

Die Notiz mit der Stenoschrift. Mein Name. Das Datum meiner Entführung. Vielleicht gab es dazu viel mehr in diesen Akten.

»Und ...«, sagte Konrad.

»Und was?«

»Eva hat mir erzählt, dass Jäger im *Wiener Tagblatt* einen eigenen Computer hatte. Weswegen Heinz sehr nervös ist. Er wollte ihn konfiszieren, aber sogar er kommt nicht ran, da bis jetzt nur Suizid vorliegt. Presseschutz.«

»Du hast ihm doch nichts von der großen Frau erzählt?«

»Nein. Gar nichts.«

»Gut.«

Konrad nickte zu der Akte, die ich noch immer hielt. »Deshalb wollte Heinz mich sprechen. Er denkt, ich hatte Kontakt zu dem Journalisten und hätte ihm das alles erzählt.«

»Was hast du gesagt?«

»Nichts. Ich wusste doch nicht mal, wovon er spricht. Erst nachher hat mir Eva die Akte gegeben.«

Konrad sah mich mit seinen rabenschwarzen Augen an. Sein Blick war dumpf und leer.

»Ist das alles wahr? Was da drinnen steht?«

Am liebsten hätte ich gesagt: »Das weißt du doch«, um wenigstens dieses Lügengespinst zu beenden. Ich schaute ihn an, seine Hand noch immer in meiner. Konrad Fürst. Mein Vater Dessen verzweifelte Suche ich in dieser Akte hielt, eine tonnenschwere

Last verfrachtet in ein paar Gramm Papier. Er wollte diese Lüge, dass er sich an nichts erinnerte, haben. Und so schmerzhaft es sich anfühlte – ich war die Letzte, die ein Recht darauf hatte, sie ihm wegzunehmen.

Ich nickte langsam. Konrad ließ meine Hand los, nahm die Akte, stand auf und ging die Stufen hinunter. Ich blieb sitzen und schaute ihm nach, bis nur noch seine Schritte durch das Treppenhaus hallten. Noch nie, seit Konrad aus dem Koma erwacht war, hatte ich mich so verlassen gefühlt wie in diesem Moment.

23.

Das Redaktionsgebäude des *Wiener Tagblatt* lag an einer stark befahrenen Straße gegenüber der U-Bahn-Station in der unedlen Gegend des sonst so noblen 19. Wiener Gemeindebezirks. Ich hatte in der menschenleeren Seitengasse geparkt. Wir standen erst ein paar Minuten hier, aber die Sonne brannte für diese kühle Jahreszeit so ungewöhnlich stark herunter, dass bereits jetzt im Wageninneren alles nach dem billigen Plastik des Armaturenbretts roch. Ich startete den Motor, um die Lüftung aufzudrehen. Konrad registrierte es gar nicht, er war in seine Akte aus Anton Jägers Wohnung vertieft.

Es wurde nicht kühler, ich legte meine Hand aufs Gebläse. Nicht mal der Hauch eines Lüftchens kam heraus. Bei diesem Auto wäre es auch ein Wunder gewesen, wenn sie funktioniert hätte. Endlich ließ Konrad die Akte sinken und klappte sie zu. Und ich stellte den Motor ab. Trotz der Hitze wollte ich kein Fenster öffnen, aus Paranoia, irgendjemand könnte uns hören. Als würde an der nächsten Ecke schon ein neugieriger Journalist lauern.

»Und was machen wir hier?«, stellte ich die Frage, die ich mir bis jetzt verkniffen hatte. »Wir haben keinen Ausweis, von einem Durchsuchungsbeschluss ganz zu schweigen.«

Konrad hatte darauf bestanden, zu Anton Jägers Redaktion zu fahren. Er griff in die Brusttasche seines Sakkos, das er trotz der Hitze nicht ausgezogen hatte, und holte etwas heraus. Es war nicht größer als eine Visitenkarte.

»Ich habe das hier.«

Auf dem kleinen Stück Karton sah mir auf einem mit zwei Ösen befestigten verblichenen Foto ein sehr viel jüngerer, schwarzhaariger Konrad entgegen. Die Schreibmaschinenschrift war an manchen Stellen fast nicht mehr lesbar, vor allem beim Datum.

»Ist das dein alter Ausweis?«

»Ja.«

»Woher hast du den?«

»Eva hat ihn aufgehoben.«

Ich schnappte nach Luft. »Kieksstimme hat deinen alten Ausweis fast 30 Jahre lang aufgehoben?«

Er schloss bedeutungsschwanger die Augen und nickte leicht. Die Geste war gefüllt mit Andeutungen, die ich in Bezug auf Kieksstimme nicht sehen wollte. Schweiß lief mir die Schläfen runter, aber ich hatte nicht mehr den Eindruck, dass es nur wegen der Hitze war.

»Scheiße. Konrad!«

»Gehen wir rein. Sollte jemand nach deinem Ausweis fragen, dann werde ich …«

»Ich kann nicht.«

»Was …?«

Er hob die Augenbrauen, seine Augen flackerten wie ein alter Bildschirm.

»Ja, du musst das alleine machen. Ich kann nicht mit dir in ein Haus voller Journalisten gehen.«

Und das hatte weder mit ihm noch damit zu tun, dass ich mich wegen Marias Todestag von der Presse fernhalten wollte. Solange ich nicht wusste, was Anton Jäger über mich rausgefunden hatte, was mit Henriette passiert, wieso ihr Pfleger tot war, und ob und wie das alles zusammenhing, war mein Erscheinen bei seinen Kollegen ein nicht kalkulierbares Risiko. Als würde ich mich auf einem Silbertablett servieren.

Konrad zuckte mit den Achseln. »Wie du willst. Ich brauch nicht lange.«

Er fragte nicht einmal nach, vielleicht bildete ich mir das ein, aber er schien erleichtert zu sein. Mein Herz, mein Hirn, mein ganzer Körper sehnte sich augenblicklich nach einer tagelangen Sauftour. Ich hätte sogar Hustensaft getrunken, wäre einer in greifbarer Nähe gewesen.

»Es ist wegen dieser Notiz mit meinem Namen …«

»Was für eine Notiz?«

Er sah mich ahnungslos an und da erst begriff ich, dass er es ja gar nicht wusste – er war beim Kommissariat wegen Krump und Breck ausgestiegen, bevor ich es ihm hatte sagen können.

Ich holte tief Luft, suchte nach den richtigen Worten. Doch noch bevor ich sie gefunden hatte, hielt ich inne. Anton Jäger hatte mich in Konrads Akte nicht erwähnt. Es war nicht mal ein Foto von mir bei seinen Schnappschüssen. Jäger verfasste Informationen in Steno, um sie vor seinen Kollegen zu verstecken. Ich krallte mich an die Möglichkeit, dass in der Redaktion niemand davon wusste. Trotzdem durfte ich Konrad nicht im Ungewissen lassen, für den Fall, dass meine Hoffnung nichts anderes als Wunschdenken war. Aber ich musste ihm auch nicht mehr erzählen als nötig.

»Du weißt, dass du bei den Journalisten nichts erwähnen darfst … über uns«, begann ich. »Es kann nämlich sein, dass Anton Jäger mich …«

»Ich will dort niemandem was erzählen, ich suche die Antwort auf eine Frage«, fiel er mir ins Wort.

»Welche Frage?«

Konrad umklammerte die Akte, drückte sie an seine Brust, presste die Lippen zusammen.

»Was?«, fragte ich nach.

Doch er antwortete nicht, hob nur beschämt die Schultern. Und bevor ich ihn noch zurückhalten konnte, stieg er aus. Ich verstand gar nichts mehr. Gab es etwas in der Akte, das ich übersehen hatte?

Die ersten paar Minuten starrte ich zur Straßenecke, um die er zum Eingang der Redaktion verschwunden war. Obwohl erst so wenig Zeit vergangen war, hoffte ich bei jedem Schatten, der einen Passanten ankündigte, Konrad würde im nächsten Moment um die Ecke biegen. Aber das tat er nicht.

Die Sonne brannte weiterhin durch die Windschutzscheibe, mein Sweatshirt klebte an mir. Ich öffnete das Fenster und klappte die Blende herunter. Ein Lkw fuhr viel zu schnell vorbei und Straßenstaub wirbelte herein. Ich hielt mir die Hand schützend vor die Augen. Die dicke Luft strömte in meine Lunge und ich fing an zu husten. Irgendwoher begann es zu klingeln. Erst nach ein paar Sekunden realisierte ich – das war mein Handy. Noch immer hustend, streckte ich mich zur Rückbank, auf der meine Tasche lag, aber ich war angeschnallt und der Gurt blockierte. Mit einer raschen Handbewegung versuchte ich, ihn zu öffnen. Was natürlich nicht gelang. Mein Handy läutete weiter, ich streckte mich mehr, mit den Fingerspitzen berührte ich die Handtasche. Aber sie war um ein paar Zentimeter zu weit entfernt, ich konnte sie nicht erwischen. Und dann hörte es auf zu klingeln. Ich war so wütend, dass ich an dem Gurt riss, während ich mich unentwegt räusperte, um endlich wieder normal atmen zu können.

Jemand ging am Auto vorbei, in einen beigen Trenchcoat gehüllt, der viel zu warm war für diese Hitze. Zuerst nahm ich die Person nur in der Peripherie meines Augenwinkels wahr. Aber dann schien mein Hirn vor mir zu begreifen, wen ich da gesehen hatte. Ich drehte mich zur Seite und erwischte noch einen letzten Blick von ihrem Profil. Diese Person sah aus wie Henriette. Aber das musste ein Irrtum sein, Henriette hatte dunkelbraune Haare und diese Frau hier war blond. Oder, Moment! War das eine Perücke?

Ich starrte weiter, noch immer nicht sicher, ob ich mich geirrt hatte. Die Sonnenstrahlen fielen auf den Hinterkopf der Frau. Auf jeden Fall war das eine Perücke, wahrscheinlich sogar eine billige aus Kunststoff, denn die Haare reflektierten unnatürlich gelbgold in dem hellen Licht. Sie entfernte sich immer weiter vom Auto. Und mein letzter Zweifel verflog durch ihren Gang. Diese unnachahmliche Art, mit der Henriette sich bewegte, so bedacht und zierlich, dass es mehr ein Schreiten war.

Das war sie.

Ich öffnete die Tür, wollte rausspringen. Aber dieser beschissene Gurt hielt mich immer noch gefangen.

»HENRIETTE«, brüllte ich. Sie stockte, blieb stehen drehte sich einen Hauch um.

»HENRIETTE.« Meine Stimme überschlug sich, so sehr kreischte ich. Ich rief sie ein drittes Mal. Und da lief sie los. Aber nicht in meine Richtung.

Ich zerrte an dem Gurt, versuchte, unter ihm durchzukriechen. Er blockierte zwei Mal, dann zog ich ihn, so langsam ich konnte, von mir weg. Und schlüpfte schließlich unter ihm durch. Als ich im Freien stand, konnte ich Henriette nicht mehr entdecken. Trotzdem lief ich los. Die Straße endete an einer vierspurigen Fahrbahn. Die einzige Möglichkeit, hier zu Fuß weiterzukommen, war die Seitenstraße zur Hinterseite des Zeitungsgebäudes.

»Henriette«, rief ich immer wieder und rannte weiter.

Meine Füße brannten, meine Lunge stach. Auf der gegenüberliegenden Seite war die Rückansicht der Druckerei. Der einzige Hauseingang, den ich entdecken konnte, war der Notausgang der Zeitungsredaktion. Ich drückte dagegen, die Tür bewegte sich keinen Millimeter. Sie musste hier irgendwo sein. Henriette imitierte mit ihrem voluminösen Körper vielleicht die Anmut einer Balletttänzerin, aber sie war sicher nicht schneller als ich.

»Henriette!«

Ich schaute zwischen die Autos, ob sie sich irgendwo versteckte. Rannte wieder zurück. Keine Spur von ihr. Nichts.

Und da fiel mir eine andere Möglichkeit ein. Vielleicht war Henriette gar nicht in diese Gasse gelaufen. Vielleicht war sie zu einem Auto gerannt. Sie hatte keinen Führerschein und konnte auch nicht fahren. Aber vielleicht musste sie das auch nicht. Weil jemand anderes den Wagen lenkte. Jemand, der sie in seiner Gewalt hatte. »Meine Mutter« hatte sie gesagt. Das Gefühl durchzudrehen überkam mich, wie ein alter hartnäckiger Bekannter, den man nicht loswird.

Auf dem Weg zurück zum Auto schaute ich in jeden Wagen, an dem ich vorbeikam, in der hirnrissigen Hoffnung, sie würde darin sitzen. In der Ferne sah ich Konrad in der geöffneten Autotür stehen. Er wartete bereits auf mich, seine Akte unverändert an seine Brust gedrückt, als wäre nur eine Sekunde zwischen seinem Aussteigen und dem Moment jetzt vergangen.

»Hast du Henriette gesehen?«, rief ich.

»Wo?«

Ich antwortete erst, als ich beim Auto angekommen war, blickte dabei immer wieder zurück über die Schulter. Keine Spur von Henriette.

»Sie war hier. Gerade eben. Ich bin ihr nachgelaufen.«

»Ich habe niemanden gesehen. Die Autotür stand offen und ...«

Panisch schaute ich auf die Rückbank. Zum Glück lag meine Handtasche unberührt dort. Ich holte sie heraus und kramte nach meinem Handy. Der Anruf, den ich nicht erwischt hatte, war von Fanny.

Ich bedeutete Konrad mit einer Kopfbewegung einzusteigen. Irgendein Gefühl, das ich nicht benennen konnte, ließ mich nicht los. Als würden wir beobachtet werden. War Henriette noch hier? Ich setzte mich auf den Gurt des Fahrersitzes, der noch immer in der Schnalle hing. Das war mit Sicherheit das letzte Mal gewesen, dass ich ihn verwendet hatte. Konrad stieg ein, ich schloss das Fenster, er wollte protestieren, aber ich schüttelte den Kopf.

»Was war in der Redaktion?«, fragte ich ihn, während ich über den Rück- und den Außenspiegel die Straße im Auge behielt.

»Nichts.«

»Hast du eine Frau gesehen, in einem Trenchcoat, blonde Haare? Vielleicht auch nur von hinten?«

»Nein. Ist mir nicht aufgefallen.«

»Was war dort oben los?«

»Nichts, ich habe meinen Ausweis hergezeigt und dann mit einer Kollegin des Journalisten gesprochen.«

»Worüber?«

Statt einer Antwort seufzte Konrad.

»Bitte, du musst mir sagen, was da oben los war.«

»Ich wollte wissen ...« Er legte seine Akte auf den Schoß. »Ich wollte nur wissen, woher der Journalist diese Informationen hatte. Wer ihm das alles gesagt hat. Eva ... sie hat gemeint, er muss einen Informanten gehabt haben. Diese Details findet man nicht durch einfache Nachforschungen. Ich wollte wissen, wer dieser Informant ist.«

»Hast du es erfahren?«

»Nein. Anton Jäger war sehr verschlossen mit seinen Recherchen. Sie meinte, er hat nichts mit seinen Kollegen geteilt, solange die Geschichte nicht druckreif war.«

Der Stein, der mir bei dieser Nachricht vom Herzen fiel, hätte nicht größer sein können.

»Hast du in seinen Computer gesehen?«

Konrad schüttelte den Kopf. »Ist mit einem Passwort geschützt. Ich denke ...«, begann er, doch dann brach seine Stimme.

»Was?«

»Vielleicht war ich es? Vielleicht hat Heinz recht – und ich habe dem Journalisten diese Informationen gegeben?«

»Und?« Ich drehte mich zu ihm. »Hast du?«

»Woher soll ich das wissen? Ich kann mich doch an nichts erinnern.«

Ich schluckte meine Antwort auf diese Behauptung hinunter. Mein Handy läutete erneut. Es war noch mal Fanny. Ich hob ab, doch statt ihrer Stimme hörte ich Konnys Gebrüll.

»Fanny? Was ist ...«

»Ma, endlich«, sagte sie so laut, dass ich mir das Handy ein Stück vom Ohr halten musste. »Kannst du bitte kommen? Anna musste zu einem Notfall ins Krankenhaus und Konny kreischt seit einer Stunde. Ich weiß nicht mehr, was ich mit ihm machen soll. Darum hab ich auch ...«

Sofort drehte ich den Zündschlüssel um und startete den Motor.

»Wir sind so schnell wie möglich da«, fiel ich ihr ins Wort.

Ich setzte den Blinker und stopfte das Handy in meine Hosentasche. Aber es ging nicht rein, da war irgendwas drinnen. Ich hob den Hintern, um besser reinzukönnen. Und da spürte ich sie mit den Fingerspitzen. Die ganzen Notizzettel. Die ich aus Anton Jägers Sakkos und Hosen geholt und in meine Taschen gesteckt hatte, als ich in seiner Wohnung überrascht worden war. Ich hatte sie völlig vergessen.

24.

Ich stand vor dem geöffneten Wohnzimmerfenster, drückte Konny an mich, wiegte meinen Oberkörper leicht hin und her und summte dazu »Es weht der Wind aus Sandmännchens Bergen«. Sein gekühlter Beißring polterte zu Boden, im nächsten Moment strömte sein Atem auf mein Schlüsselbein. Wahrscheinlich war er eingeschlafen, was auch kein Wunder war, wenn es stimmte und er über eine Stunde lang durchgeschrien hatte.

Als wir vor fünfzehn Minuten angekommen waren, parkte zu meiner großen Überraschung bereits Hannes' Wagen vor dem Haus. Fanny hatte ihn angerufen, da sie mich beim ersten Versuch nicht erreicht hatte. Sie wusste nicht, dass Konny so geweint hatte, weil er Zähne bekam. Sein Zahnfleisch war rot und geschwollen, er hatte leichtes Fieber, was oft vorkam, wenn sich gleich mehrere Zähne ankündigten. Anna wusste das, aber da Fanny erst von ihrer Tournee zurückgekommen war, hatte sie davon keine Ahnung.

»Geht es ihm wieder gut?«, fragte Hannes hinter mir. Er kam herüber, hob den Beißring auf, legte ihn auf den Couchtisch und setzte sich auf die Couch. Ich nickte und mein Summen blieb mir im Hals stecken. Hannes' liebevoller Blick galt Konny, aber mir konnte er nicht mal in die Augen sehen.

»Was ist das alles?« Er deutete neben sich, wo ich aus meinen Hosentaschen alle Notizzettel aus Anton Jägers Kleiderschrank gelegt hatte.

»Ich weiß es noch nicht.«

Hannes nickte, atmete geräuschvoll ein, stützte seinen Ellbogen auf und legte das Kinn auf seiner Hand ab. Erst jetzt schaute er mich an, ohne jedoch ein Wort zu sagen. Der traurige Blick war unübersehbar.

»Ich muss gleich wieder los. Aber vorher wollte ich noch ...« Er räusperte sich, richtete sich auf, griff in die Brusttasche seines Hemds und holte etwas heraus. Ich konnte nicht erkennen, was es war.

»Also, Lotta, wir haben dieses Thema zwar schon abgehakt ... Und ich will es auch wirklich nicht wieder aufwärmen.« Er fuhr sich über die Stirn. »Ich möchte nur, dass du weißt, ich bin ...«

Dieser Blick, die Geste, der Tonfall seiner Stimme. Wie oft hatten wir Streitgespräche darüber geführt, für was für eine schlechte Idee er es hielt, dass ich mit Konrad zur Kripo gehen wollte. Bevor Hannes weiterreden konnte, kam ich ihm zuvor.

»Ich weiß es, Hannes. Ich weiß, dass du dafür verantwortlich bist. Die Vorträge«, sagte ich und bemühte mich, meine Stimme sanft klingen zu lassen, um Konny nicht zu wecken.

»Bitte?« Er schaute überrascht.

»Es ist auf deine Bitte hin passiert. Konrad und mich ...«

Hannes' Gesichtsausdruck wechselte zu amüsiert, während ich mich bemühte, ruhig zu bleiben.

»... mit den Vorträgen vollzumüllen.«

Jetzt lachte er sogar auf.

»Vollmüllen?«

»Ja.«

Seine Reaktion verwirrte mich. Es war nicht seine Art, sich über mich lustig zu machen. Aber genauso fühlte es sich an.

»Oder willst du jetzt so tun, als wärst du nicht verantwortlich?«, fauchte ich.

»Was? Nein, natürlich, es ist auf mein Ansuchen passiert, aber ...«

»Aber was?«

Er blinzelte, schüttelte leicht den Kopf.

»Ich habe das vorgeschlagen, weil es euch helfen und weiterbringen wird.«

»Helfen und weiterbringen? So nennst du das? Verarschst du mich?«

»Was, nein, ich verstehe ni-«

»Nein, du verstehst nicht. Ich nenne das nämlich die berufliche Zukunft verbauen.«

Mein Versuch, leise zu sprechen, scheiterte kläglich. Ich bewegte mich auf und ab und versuchte wenigstens, ruhig zu atmen, damit ich Konny nicht weckte. Aber es gelang mir kaum, die Wut und die Trauer und die Hilflosigkeit schossen durch meine Adern wie Gift. So behutsam wie möglich legte ich Konny in seinen gepolsterten Laufstall zwischen die ganzen Stofftiere. Seine Augenlider flatterten leicht und er atmete tief. Ich konnte es mir nicht erklären, aber sein friedlicher Anblick löste in dem Moment eine panische Angst in mir aus. Oder war das wegen Hannes? Ich hörte, wie er hinter mir von der Couch aufstand.

»Lotta, komm runter. Du verstehst da was falsch. Ich verbaue dir damit gar nichts. Ich ...«

Ohne meinen Sohn aus den Augen zu lassen, sagte ich: »Ich komme nirgends runter. Und du brauchst auch keine hirnrissigen Erklärungen zu suchen. Ich verstehe es. Alles. Ich verstehe es, sogar sehr gut ... ich verstehe, dass ich mich geirrt habe. In dir, in mir, in uns. Das verstehe ich jetzt.«

Ich drehte mich um, Hannes stand direkt hinter mir. Er sah mich ernst an, fast schon erschrocken.

»Lotta, was redest du da?«

»Ich? Was ich? Nachdem du ...«

Anscheinend war ich doch lauter geworden, als mir bewusst war, denn Hannes fasste meine Hand und zog mich aus dem Zimmer. Ich war so überrascht und auch von diesem vertrauten Gefühl seiner warmen, festen Hand verwirrt, dass ich es zuließ. Er wollte in die Küche, aber da saß Konrad am Küchentisch, vor ihm seine aufgeschlagene Akte. Hinter ihm stand Fanny an der Kaffeemaschine und löffelte Pulver in den Siebträger. Also machte Hannes kehrt, Richtung Schlafzimmer.

»Nein, Hannes.« Ich entzog ihm meine Hand, er drehte sich zu mir.

»Lass uns reden. Nur kurz. Bitte.«

Er kam mir ganz nah, ich wich vor ihm zurück.

»Jetzt willst du reden? Nachdem du erfahren hast, dass ich es weiß? Jetzt?«

»Ich wollte dir helfen! Dir und Konrad! Herrgott!«

»Helfen? Wirklich? Hast du darum den Kollegen auch gleich von meinem Selbstmordversuch erzählt?«

»Ich ... was? Nein, natürlich nicht.«

»Woher wissen sie es dann?«

»Es ist in deiner Akte vermerkt, Lotta. Dachtest du echt, ich könnte ...?«

»Woher soll ich wissen, dass ich dir das glauben kann?«

Hinter mir hörte ich Schritte.

Hannes schien sie auch zu bemerken, aber er fixierte mich mit seinem Blick. Dann nahm er erneut meine Hand. Ich wollte sie schon wieder wegziehen, aber er hielt sie fest und ich spürte, wie er mir irgendeinen kleinen harten Gegenstand hineingab. Er biss seine Zähne so fest zusammen, dass die Muskeln an seinem Hals vortraten, und presste leise hervor: »Du denkst, du weißt alles. Aber das stimmt nicht. Und das Schlimme ist, dass es dich nicht mal interessiert.«

Er ließ mich los, drehte sich um und verließ die Wohnung.

»Es tut mir leid, ich wollte euch nicht stören«, sagte Fanny hinter mir.

Ich öffnete meine Hand und sah darin, was Hannes mir gegeben hatte. Es war der Ring.

Der Ring aus winzigen aneinandergereihten weißgoldenen Perlen, nicht breiter als ein Stück Paketschnur. Und der schönste und wunderbarste Ring, den ich je in meinem Leben gesehen hatte. Derselbe Ring, mit dem Hannes mich vor ein paar Monaten gefragt hatte, ob ich ihn heiraten wollte. Ich wusste nicht, dass er ihn noch besaß. Eigentlich war ich mir sogar sicher gewesen, er hätte ihn zurückgegeben, nachdem ich seinen Antrag abgelehnt hatte.

Vorhin im Wohnzimmer, bevor er sagte, er müsse mit mir reden, war es dieser Ring, den er aus der Brusttasche seines Hemds genommen hatte. Aber wieso? Ich verstand es nicht.

»Dein Handy hat geläutet und Konrad hat gesagt, ich soll rangehen«, wisperte Fanny. »Jemand will dich wegen Henriette sprechen.«

»Was?« Ich drehte mich zu dem Mädchen, sie hielt mir das Handy entgegen, den Finger aufs Mikrofon gedrückt.

»Ein Arzt. Wegen Henriette.« Sie nickte mir zu und übergab mir das Handy.

»Ja, hallo?«

»Frau Fiore, hier ist Dr. Schachinger. Der medizinische Vorstand …«

»Ja, ich … ich weiß, wer Sie sind.« Es war der Leiter aus Henriettes Wohnheim, der für die ärztliche Betreuung der Bewohner zuständig war.

»Guten Tag. Ja, ich melde mich wegen Henriette. Da sie nun leider noch nicht aufgetaucht ist, müssen wir eine Anzeige machen und darum wollte ich …«

Fanny blieb stehen, sie lehnte sich an den Türstock zur Küche und sah mir besorgt beim Telefonieren zu. Hinter ihr tauchte Konrad auf.

Ich hielt Hannes' Ring so fest, dass er mir ins Fleisch schnitt.

»Henriette ist bei mir«, sagte ich, ohne nachzudenken.

»Sie ist …?«

»Ja, es tut mir leid, dass ich Sie noch nicht verständigt habe. Es geht ihr gut. Sie ist hier bei mir«, log ich. Konrad und Fanny warfen sich ungläubige Blicke zu, ich wandte mich ab.

»Bei Ihnen? Aber wieso …?«

»Sie hat die Nachricht von dem tragischen Unfall ihres Pflegers erfahren und da …«

»Oh. Ja. Das.«

»Ja. Sie kam zu mir, sie ist sehr traurig und verstört. Ich möchte sie gerne ein paar Tage hierbehalten. Ich glaube, es ist das Beste, wenn sie jetzt in einer anderen Umgebung ist und nicht … an dem Ort, der sie an ihn erinnert.«

»Frau Fiore, wir haben Verpflichtungen. Ich verstehe Ihre Sorge, aber das kann ich nicht –«

»Bitte. Sie … es geht ihr gut. Ich verspreche, ich lasse sie nicht aus den Augen. Wirklich. Ich kümmere mich um sie. Bis nach dem Begräbnis. Wann findet es denn statt?«

»Ich weiß es noch nicht. Bartholomäus, er … die Polizei ist noch mit den Untersuchungen beschäftigt.«

»Wieso?«

»Na, ich schätze, damit so eine Schlamperei nie wieder vorkommt.«

Sein oberlehrerhafter Tonfall hätte nicht unangebrachter sein können. Anton Jägers Tod war ebenso wenig Selbstmord, wie Bartholomäus zu langes Bungee-Seil ein Versehen war. Nach Henriettes Auftauchen bei der Zeitungsredaktion war ich davon überzeugt. Auch wenn ich die Zusammenhänge nicht begriff.

»Aber um noch mal auf Henriette zurückzukommen, ich kann sie wirklich nicht bei Ihnen …«

Obwohl ich fünf Minuten versuchte, ihn zu überreden, blieb er stur. Erst das Versprechen weiterer signierter CDs von Maria Fiore aus ihrem Nachlass stimmte ihn um. Damit hatte ich ihn schon einmal bestochen, als ich Henriette mit Konny fortgeschickt hatte. Genau wie damals gab es keine CDs mit Marias Signatur. Nur mich, die sich schon vor zwanzig Jahren ihre Unterschrift für Schularbeiten und Abwesenheitsentschuldigungen angeeignet hatte.

»Wieso hast du das getan?«, fragte Konrad, als ich aufgelegt hatte. »Warum hast du ihm gesagt, Henriette wäre hier?«

Weil ich panische Angst um sie habe. Weil ich glaube, Henriette ist in Gefahr. Weil sie »meine Mutter« gesagt hatte. Und weil ein verkorkster Teil meiner Seele befürchtete, Maria Fiore sei nicht tot, wie wir alle dachten.

Der größte Trick des Teufels war es, der Welt vorzumachen, er würde gar nicht existieren. Doch das sagte ich nicht, zuckte nur mit den Achseln.

»Lotta?«, fragte Fanny aus dem Wohnzimmer.

»Was?«

Sie kam in den Flur, mit verschränkten Armen.

»Was?«, wiederholte ich.

Statt einer Antwort kam sie auf mich zu, stellte sich auf die Zehenspitzen, streckte ihren Kopf vor und rümpfte die Nase.

»Lotta, trinkst du wieder?«

»Was? Nein! Wieso kommst du darauf?«

»Wegen den Rechnungen.«

»Was für Rechnungen?«

»Na, die ganzen Rechnungen aus dem Café Hawelka.«

»Ich hab keine Ahnung, was du meinst.«

Fanny verzog die Lippen und drehte sich zu Konrad um. »Ich glaube schon, dass sie wieder trinkt.«

»Ich habe nichts bemerkt«, sagte Konrad.

»Würdet ihr bitte aufhören, so zu tun, als könnte ich euch nicht hören? Also Fanny, welche Rechnungen aus dem Hawelka, was meinst du damit?«

Das Mädchen sah wieder zu mir. Skeptisch streckte sie ihren Arm aus und richtete den Zeigefinger zum Wohnzimmer.

»Die ganzen Rechnungen auf der Couch. Die sind alle aus dem Café Hawelka.«

25.

Das Café Hawelka war um diese späte Uhrzeit gut besucht. Es mussten acht Jahre vergangen sein, seit ich das letzte Mal hier war.

Nach einer von Maria Fiores Premieren in der Wiener Oper waren wir mit einer kleinen Gruppe ihrer Freunde um zwei Uhr früh eingekehrt, zu Buchteln und Wein. Irgendwann an diesem Abend waren wir alle so beschwipst, dass Maria in dem Café »O mio babbino caro« für mich zu singen begann. Mein Lieblingslied. Ironischerweise bedeutet es »O mein lieber Papa«, aber vielleicht war das der Grund, warum es das einzige Lied war, das ich hören wollte, wenn sie mich als Kind in den Schlaf sang.

An diesem Abend in dem Café wollte ich nicht, dass sie es für mich sang. Es war mir jedes Mal zuwider, wenn sie mich benutzte, um ihren Stolz und ihre »Mutterliebe« in der Öffentlichkeit zur Schau zu stellen. Wenn sie jedem erzählte, wie großartig und talentiert ich war. Obwohl wir beide wussten, dass ich noch nicht einmal den kleinen Zeh ihres Fußstapfens ausfüllte. Zwei um sicher zwanzig Jahre jüngere Männer waren ihr daraufhin im wahrsten Sinne des Wortes zu Füßen gesunken – wahrscheinlich erlagen sie ihren eigenen Mutterkomplexen.

Maria Fiore war auch an diesem Abend wie immer in Gesellschaft die Mutter, die sich jeder wünschte. Ich sah sie noch vor mir, wie sie gleich beide jungen Männer mit nach Hause genommen hatte.

Bevor die Erinnerung zu lebendig wurde, spülte ich sie mit einem Schluck Cola hinunter. Kein Wodka. Nicht mal ein kleines Glas Wein. Eine Meisterleistung.

Die Inneneinrichtung und das Flair des Café Hawelka hatten sich in all den Jahren nicht verändert. Als wäre im Café die Zeit stehengeblieben. Nur die Luft war nicht mehr rauchgeschwängert und statt Fotos hingen jetzt Gemälde an den Wänden. Es roch nach frischen Buchteln. Das Stimmengewirr aus unterschiedlichen Sprachen und Wiener Dialekt schwoll auf und ab wie eine akustische Ebbe und Flut. Ich saß an einem der wenigen freien Tische, gleich hinter einer Säule, gegenüber des Ausschanks und der kleinen Küche.

Ein sehr junger Kellner hatte mich bedient. Auf meine Frage nach einem Stammgast namens Anton Jäger zuckte er nur mit den Achseln und versprach, seinen Kollegen zu fragen. Das war vor fünf Minuten, seither hatte ich ihn nicht mehr gesehen.

Ein anderer Kellner im schwarzen Anzug ließ sich gerade von einer sichtlich müden Frau die mit Rot- und Weißweingläsern gefüllten Tabletts hinter dem Tresen reichen.

Der Mann trug das Tablett an mir vorbei, stockte kurz. Sein Blick blieb an mir hängen, diese paar Sekunden zu lange, die den Unterschied machten zwischen interessiert und unangenehm. Trotzdem nickte ich ihm freundlich zu und sagte: »Hallo, guten Abend.«

Und da schnellten seine Augenbrauen in die Höhe wie zwei Sprungfedern.

»Oh, grüß Gott, gnä' Frau! Ich dachte mir doch, dass Sie es sind. Das ist aber eine Überraschung.«

Von einem der hinteren Tische rief ein Mann: »Herr Ober, nicht anbandeln. Wir verdursten.«

»Nur nicht hudeln«, rief er zurück, lächelte mich noch einmal an und trug dann das Tablett zu dem Tisch.

Ich hoffte, dass er wirklich nur mit mir »anbandeln« wollte und nicht so reagiert hatte, weil er mich erkannte.

Auf der Rückseite fast jeder Rechnung des Cafés, die ich aus Anton Jägers Wohnung mitgenommen hatte, hatte sich der Journalist Notizen gemacht. Lesen konnte ich keine Einzige, sie waren alle in Steno verfasst.

Der Kellner kam wieder mit dem leeren Tablett zurück. Ich wollte ihn ansprechen, aber er eilte an mir vorbei und verschwand in der Küche. Nach ein paar Sekunden kam er mit einem breiten Grinsen wieder, in der Hand hielt er einen speckigen Holzbilderrahmen, den er mir stolz reichte.

»Das ist früher hier gehangen«, er deutete an die Wand neben sich. »Aber der neue Chef wollte keine Fotos von prominenten Gästen, darum hängt das jetzt alles in der Küche.«

Das Glas war mit ein paar eingetrockneten Gulaschspritzern beschmutzt und ein schmieriger Fettfilm lag darauf. Aber das Foto war auch so gut zu erkennen. Maria Fiore stand vor einem der Tische bei den Fenstern. Eine Hand in der Mitte ihres Brustkorbs, die andere zu der Person vor sich ausgestreckt, von der man nur den Hinterkopf sah.

Ich schluckte schwer, denn das war mein Hinterkopf. Es war der Abend vor acht Jahren. Und auf dem Foto sang Maria gerade »O mio babbino caro«. Es hatte keinen Sinn, so zu tun, als wäre ich es nicht. Um mir mein Unbehagen nicht anmerken zu lassen, lachte ich auf. Es klang so falsch, dass es mir peinlich war. Ein paar Gäste drehten sich zu mir.

»Ich staune, dass Sie mich erkannt haben.«

»Bitte, das gehört zu meinem Beruf.« Er tippte sich auf die Schläfe. »Außerdem, na ja, diesen Abend werde ich nie vergessen. Solange ich lebe. Maria Fiore, hier, im Hawelka. Sie war umwerfend. Göttlich.«

Rasch gab ich ihm den Rahmen zurück.

»Es ist lange her«, sagte ich.

Das alles machte die Sache schwieriger. Wie sollte ich ihn jetzt nach Anton Jäger fragen?

»Ich hab das Bild damals gemacht. Für die Prominenz gab's immer einen Fotoapparat hinter der Budel. Früher. Na ja. Darf ich Ihnen noch was bringen?«

»Ah, Sie haben ihn schon gefragt«, sagte eine Stimme neben mir. Ich schaute hoch, es war der junge Kellner, der versprochen hatte, sich bei seinem Kollegen nach Anton Jäger zu erkundigen.

»Was hat mich Frau Fiore gefragt?«

»Nach einem Stammgast. Anton ... Burger, Jäger, Barger, ich weiß nicht.«

»Er heißt Jäger. Jössas, Ferdi, du musst noch viel lernen.«

Der Kellner gab seinem jungen Kollegen ein Zeichen, zu einem Tisch zu gehen, an dem gerade ein asiatisches Pärchen Platz genommen hatte.

»Der Anton Jäger, Sie warten auf den Journalisten?«

Ich nickte.

»Der ist mir schon abgegangen. Gestern war er nicht hier ... ich dachte, er ist krank.«

»Kommt er jeden Tag?«

»Montag bis Freitag. Immer. Er arbeitet hier. Am Laptop. Wir haben WLAN.« Er sah auf die Uhr. »Aber um diese Uhrzeit zieht er eigentlich schon wieder mit einer seiner Damen ... oh, Verzeihung.«

Er verzog den Mund zu einem verlegenen Lächeln und kratzte sich am Kinn.

»Das macht nichts«, sagte ich rasch. »Eigentlich suche ich jemand anderen. Eine Bekannte, mit der er sich hier getroffen hat.«

Ich fischte mein Handy hervor, öffnete die Galerie und vergrößerte das Bild der Schauspielerin. »Sie ist nicht gut zu erkennen, aber sie arbeitet im Burgtheater.«

Ich reichte ihm das Telefon und er kniff die Augen zusammen.

»Kann mich nicht an sie erinnern, tut mir leid.«

Er wollte mir das Handy zurückgeben, aber ich nahm es nicht.

»Sie heißt Sandra«, sagte ich.

Er sah noch mal auf das Display. »Das? Nein, das ist nicht Herrn Jägers Sandra.«

»Ist sie nicht?«

»Nein. Sie sieht ihr ja nicht mal ähnlich.«

»Wann war sie das letzte Mal hier?«

»Vielleicht vor drei Tagen. Können auch vier gewesen sein.«

»Wissen Sie, wo ich Sandra finden kann?«

»Nein.«

»Kennen Sie ihren Nachnamen?«

»Auch nicht. Sie war ja nur ein paar Mal da mit Herrn Jäger.«

»Wie oft?«

»Kann ich gar nicht sagen. Aber so jemanden vergisst man nicht.«

Er lächelte freundlich, ich erwartete, dass er mich fragte, wieso ich das alles wissen wollte. Doch entweder war er neugierige Gäste gewohnt, oder er dachte sich nichts dabei, weil ich Maria Fiores Tochter war.

»Wieso nicht?«

Da fing er an, sie zu beschreiben. Ihre Statur. Die moderne Frisur, ein dunkler Pagenkopf. Dazu die Sekretärinnen-Brille.

Einige Gäste sahen her, und ihm schien die Aufmerksamkeit zu gefallen. Er streckte seinen Oberkörper durch, als er sie nachahmte. Ihre zarten Handbewegungen. Die Art, wie sie sich durch die Haare fuhr und die Brille richtete.

Und schließlich setzte er einen Fuß vor den anderen und ging vor meinem Tisch ein paar Mal auf und ab. Wie eine Ballerina, die zu ihrem Auftritt geht.

Mit jedem Augenblick wurde mir übler. Ich redete mir ein, dass es Zufall war. Nichts zu bedeuten hatte.

»Man hatte immer ein bisschen das Gefühl, ein Weltstar ist da«, sagte er lachend. »Von dem keiner weiß. Außer sie selbst. Aber was ist denn, geht es Ihnen nicht gut?«

»Nein, alles in Ordnung.«

Dabei war nichts in Ordnung. Der Kellner sprach von keinem Weltstar. Er sprach von deren Tochter.

Ich lächelte, als ich mein Handy nahm. Zwang mich zu dieser Grimasse, während ich wieder die Galerie öffnete. Aber dieses Mal wählte ich ein anderes Bild. Eines, das ich vor zwei Wochen gemacht hatte. Ich hielt ihm das Telefon erneut hin.

»Ist sie das?«

Alles in mir flehte, er solle nein sagen. Aber seine Augenbrauen schnellten erfreut in die Höhe.

»Ja, das ist Sandra«, sagte er.

Und dabei deutete er auf das Foto von Henriette.

26.

Wenn es einen Menschen gab, von dem ich das Gefühl hatte, ich verstand ihn und konnte sogar die verrücktesten Eigenschaften nachvollziehen, dann war das immer Henriette. Bis jetzt. Bis zu dem Moment, als der Kellner des Hawelka sie als Sandra identifizierte.

Auch nach meiner fünften Nachfrage schloss er felsenfest jeden Irrtum aus. Es war, als hätte er mich von einer Brücke gestoßen. In einen reißenden Fluss. Ich war so verwirrt, mir fiel erst im Taxi auf, dass ich meine Cola nicht bezahlt hatte, sondern einfach gegangen war.

Schon als ich die Wohnungstür aufsperrte, merkte ich, dass etwas nicht stimmte. Es war mehr ein unheilvolles Gefühl als eine wirkliche Wahrnehmung.

Licht fiel aus der Küche in das dunkle Vorzimmer. Ich hatte mich bemüht, leise zu sein, um niemanden zu wecken.

Ich hielt inne, da waren Stimmen, sie flüsterten. Eine davon gehörte eindeutig Konrad. Die andere war eine Frauenstimme. Das war ... oh mein Gott.

Ich achtete nicht mehr auf die Uhrzeit, machte die Tür hinter mir zu und stürmte in die Küche. Die beiden waren so überrascht, dass sie erstarrten.

Kieksstimme saß gegenüber von Konrad am Küchentisch. In einem kurzen hellrosa Rock und einer dazu passenden pastellfarbenen Lederjacke. Ihre rechte Hand lag auf der Tischplatte. Sie wurde von Konrads rechter Hand gehalten. Konrad und Kieksstimme hielten Händchen. In unserer Küche. Vor ihnen zwei Wassergläser mit einem Rest Rotwein. Die Flasche Bordeaux stand am Tisch, es war eine teure Marke. Außerdem lag da die Akte aus Anton Jägers Wohnung mit der Chronologie von Konrads Suche nach mir.

»Was macht *die* hier?«, fragte Kieksstimme. Und nahm mir damit die Worte, die ich eben hatte brüllen wollen, aus dem Mund.

Doch im nächsten Moment überwog schlagartig die Erleichterung. Denn Kieksstimmes Frage bedeutete, sie wusste nicht, dass es in den Aufzeichnungen des Journalisten um mich ging.

»Sie wohnthier«, lallte Konrad. Sein Zungenschlag war unüberhörbar. So hatte ich ihn noch nie erlebt – nicht mal bei seinem letzten Rückfall in der Wiener Oper, als er nach Jahren zum ersten Mal Alkohol getrunken hatte, um seine Angst in den Griff zu kriegen. Was nie funktionierte. Das wussten wir beide.

Konrad ließ Kieksstimmes Hand los, er erhob sich leicht schwankend. Nach seinem Zustand zu schließen, musste er mehr als nur ein paar Gläser Wein getrunken haben. Ein Blick auf die Küchenkredenz reichte zur Bestätigung, eine zweite Flasche des teuren Bordeaux lag dort, offen und leer.

Ich schaute wieder zu Konrad. Suchte in mir die Wut, die ich bis vor ein paar Sekunden noch empfunden hatte, ihn in diesem Zustand zu sehen, mit Kieksstimme. Aber was wie ein Feuer aufgelodert war, war plötzlich weg. Verpufft.

Konrad wirkte einfach nur verloren, wie er betrunken dastand, und versuchte, Halt an der Tischplatte zu finden.

»Wir wohn' alle hier«, sagte er.

»Wieso wohnt *die* hier mit dir?«

Kieksstimme klang komplett nüchtern, aber sie war so entrüstet, dass ihre Stimme noch schriller wurde.

»Weilsie …«, begann Konrad und breitete seine Arme in meine Richtung aus. Dabei stieß er die Weinflasche auf dem Tisch um. Aber es machte nichts, sie war auch schon leer. Kieksstimme musste beide mitgebracht haben. Sie hatte ihn damit abgefüllt.

»Hoppala. Weilsiemeine …«, begann Konrad erneut.

»Ich wohne hier, weil ich Konrad liebe«, fiel ich ihm ins Wort.

Konrad sah mich so erstaunt an wie Kieksstimme. Und da wurde mir erst klar, was ich gesagt hatte. Natürlich verstand es Kieksstimme falsch, das war ja auch meine Absicht. Aber trotzdem war es die Wahrheit. Ich liebte meinen Vater, es war mit Sicherheit der ungünstigste Zeitpunkt, ihm das zu sagen, was ich noch nie ausgesprochen hatte. Der Mann, der die Hälfte seines bisherigen Lebens nach mir gesucht hatte. Ich liebte ihn dafür, was er getan hatte. Dafür, wer er war. Sogar in diesem Moment. Mir wurde heiß, Kieksstimme schnappte nach Luft und Konrads Kinn fing an zu zittern.

»Ich liebe Konrad.«

Ich sagte es gar nicht mehr für Kieksstimme. Aber irgendwie machte ihre Anwesenheit es leichter, das auszusprechen.

»Ich liebe ihn mehr, als er es sich vorstellen kann. Darum bin ich hier.«

Konrad sah mich immer noch an, ich nickte ihm zu. Er presste seine Lippen zusammen und schluckte schwer. Seine rabenschwarzen Augen waren so glasig wie zwei Murmeln. Eine Träne löste sich und lief seine Wange hinunter.

»Sie tut was?, krähte Kieksstimme und sprang auf.

Konrad ließ sich langsam wieder auf seinen Stuhl gleiten. Er hob seinen Blick zu Kieksstimme und sagte sehr ruhig: »Du solltstgehen. Evabitte.«

»Das glaub ich nicht. Konrad? Ist das dein Ernst?«

Wir wussten beide, dass sie die Situation zwischen uns missinterpretierte. Und wäre es nicht Kieksstimme gewesen, hätte sie mir in dem Moment, als Konrad seine Bitte wiederholte, fast leidgetan. Ihre Stilettos klackerten zuerst über die Fliesen der Küche, dann über das Parkett. Der Knall, mit dem die Tür ins Schloss fiel, musste das halbe Haus wecken. Ich sah auf die Küchenuhr hinter Konrad, es war halb 2. Und wartete, dass jetzt Konny zu schreien beginnen und Hannes aus dem Schlafzimmer kommen würde. Aber nichts geschah, alles blieb ruhig.

Konrad verbarg sein Gesicht in den Händen, seine Schultern zuckten vom Weinen. Ich ging zu ihm rüber, streichelte über seinen Rücken.

»Komm, ich bring dich ins Bett.«

Er schüttelte den Kopf.

»Doch. Ich brauche dich morgen. Ausgeschlafen. Und nüchtern. Na ja, zumindest ausgeschlafen.«

Er lachte leise auf, blieb aber sitzen. »Es tut mirleid«, flüsterte er. »Es tut mirleid, dass ich nichbesser auf dich aufgepasst habe. Estutmirsoleid. Ichweißnich … ichweißnich, wieich das aushalten soll. Ichweißeinfach nich.«

Langsam ließ ich ihn los und setzte mich auf den Stuhl gegenüber. Die Sitzfläche war noch warm von Kieksstimme. Mein schlechtes Gewissen, weil ich Konrad einfach mit dieser Akte über seine Suche alleine gelassen hatte, meldete sich. Fanny hatte mir sicher die Wahrheit erzählt, was sie vom Streit zwischen ihm und Anna mit angehört hatte. Aber das bedeutete nicht, dass ich alles darüber wusste.

»Was aushalten?«

Erst jetzt hob er seinen Blick und sah mich an.

»Anna … hat darauf bestanden, dassichmich untersuchen lasse. Neurologie. Die Ärzte haben gesagt, ich … ichwillmich nichterinnern … willnich …«

Ich wollte ihm sagen, dass ich das bereits erfahren hatte, aber dann hätte ich auch zu weinen begonnen. Also nickte ich nur.

Er hob die Schultern, ließ sie wieder sinken, so tief, als wären sie von zwei Ziegelsteinen beschwert. Eine Weile saß er so da, sagte nichts, starrte vor sich hin.

»Was aushalten?«, wiederholte ich.

Doch er schüttelte nur den Kopf.

Ich griff über den Tisch, öffnete meine Hand. Ich saß da, so wie Kieksstimme hier gesessen hatte. Weil ich begriff. Es ging nicht um sie. Er brauchte jetzt jemanden, der bei ihm war. Und nicht über ihn urteilte, ihn zu nichts drängte. Die ganze Zeit war ich von Konrads Stärke überzeugt gewesen und hatte mich nicht einmal gefragt, wie es ihm wirklich ging.

»Gib mir deine Hand«, sagte ich. Er sah mich müde an, ließ seine in meine gleiten.

Dann fing er wieder an zu weinen, ich weiß nicht, wie lange wir so am Tisch saßen. Aber irgendwann stand er auf und holte die Milchpackung aus dem Kühlschrank. Jede Bewegung schwerfällig und bemüht, als wollte er verstecken, wie betrunken er war. Er setzte die Öffnung der Verpackung an seine Lippen, aber er verlor das Gleichgewicht, als er den Kopf in den Nacken legte, um zu trinken. Ich stand auf, nahm ihm die Packung ab und füllte ein Glas damit. Er trank es aus, eine Milchspur lief über sein Kinn und ich wischte sie weg. Wieder füllten sich seine Augen mit Tränen. Ich legte seinen Arm um meine Schultern und führte ihn in sein Zimmer. Als ich ihn hingelegt und zugedeckt hatte, sagte er »Danke« und schlief sofort ein.

Zurück in der Küche schüttete ich die Rotweinreste aus den Gläsern in die Spüle. Ich sah zu, wie das, was ich wollte, im Abfluss verschwand. Dann nahm ich Konrads Akte genauer in Augenschein.

Ich versuchte, mich darauf zu konzentrieren, ob Henriettes Name auftauchte, es irgendeinen Hinweis auf sie gab, aber ich fand nichts. Nur Jahreszahlen, gefüllt mit Konrads Bemühungen.

Meine Gedanken machten sich selbständig mit jeder neuen Zeile. Ich musste daran denken, was ich als Kind gerade in diesen Jahren getan, wo ich gelebt, was ich erlebt hatte, während mein Vater alles Mögliche angestellt hatte, um mich zu finden.

Wieso konnte ich mich nicht an ihn erinnern? Wieso wusste ich nichts von dieser Zeit, bevor sie mich entführt hatte? Nichts von meiner richtigen Mutter?

Maria musste sich sehr sicher gewesen sein, sonst wäre sie nicht mit mir zurück nach Wien gekommen. Natürlich, Kinder verändern sich. Aber das war es nicht nur – sie war immer schon eine Perfektionistin. Sie musste gewusst haben, dass ich nichts verraten konnte, sonst wäre sie dieses Risiko nie eingegangen.

Ich zwang mich, mich wieder auf Henriette zu konzentrieren.

Sie war mit dem Journalisten im Hawelka gewesen. Unter falschem Namen. Derselbe Name, den die demente Nachbarin mir über ihre nächtliche Begegnung genannt hatte.

Ich bemühte mich, alle meine Emotionen beiseitezuschieben und rational zu denken. Wäre Henriette zu diesem Mord an Anton Jäger in der Lage gewesen? Und wenn ja, warum? Weil sie etwas erzählt hatte? Und es anschließend bereute? Aber was, wenn gar nicht sie es bereute? Sondern die Frau, die der Ursprung aller dieser Geheimnisse war – Maria Fiore.

Ich lehnte mich in den Stuhl zurück und schloss die Augen. An dem Tag, als Maria gestorben war, hatte ich per Anruf aus dem Krankenhaus davon erfahren. Während meiner Arbeit im Möbelhaus als Ladendetektivin. Irgendeine Stationsschwester hatte mir damals mitgeteilt, dass meine Mutter verstorben war. Ich hatte es gar nicht begriffen, denn Maria und ich hatten zu dieser Zeit keinen Kontakt mehr. Darum wusste ich weder, dass sie krank noch im Spital war. Aber sie hatte meinen Namen und meine Handynummer unter »nächste Angehörige« angegeben. Wie in Trance war ich sofort hingefahren. Der Arzt hatte mich in einen Aufenthaltsraum geführt. Jemand hatte mir Kaffee gebracht, den ich nicht anrührte. Aus einem Radio in der Nähe sang Phil Collins »Throwing it all away«, während mir der Arzt erklärte, was vorgefallen war. Marias schwere Krankheit. Die erfolglose Chemotherapie. Alles Tatsachen, von denen ich nichts wusste. Keine Ahnung, was dann passiert war, plötzlich wachte ich auf einem Krankenbett mit einer Infusion in der Armbeuge auf. Eine Krankenschwester kam vorbei, sie sagte, ich sei ohnmächtig geworden, aber es ginge mir sicher bald besser, der Arzt hatte mir wegen des Schocks etwas zur Beruhigung gegeben und jetzt bekam ich eine Nährstofflösung, da ich angeblich dehydriert war. Ich bat, gehen zu dürfen und sie nahm mir sofort die Nadel raus und übergab mir eine Prada-Reisetasche mit Marias Sachen.

Der Arzt kam, um sich zu verabschieden, er sprach mir sein tiefstes Mitgefühl aus. Aber weder er noch die Schwester fragten mich, ob ich Maria noch einmal sehen wollte. Damals war ich dankbar dafür, hatte angenommen, dass sie es wegen meiner Reaktion für keine gute Idee hielten.

Als ich mit dem Aufzug ins Erdgeschoss runtergefahren war, hatten mich in der Eingangshalle des Krankenhauses bereits unzählige Reporter mit Fernsehkameras und Mikrofonen empfangen. Und das ganze Spektakel mit Marias Beerdigung ging los.

Wäre so etwas möglich? Wäre es möglich, dass Maria gar nicht tot war, sondern noch lebte? Aber wie sollte das funktionieren, sie konnte ja schwer eine ganze Abteilung bestochen haben? Andererseits war Maria eine Frau, die ihr eigenes Kind in ein privates Heim in der Steiermark abgeschoben und an dessen Stelle ein fremdes aufgezogen hatte.

Während ich daran dachte, fiel mir etwas ein. Henriette hatte erwähnt, dass sie diesen Pfleger, den sie so gernhatte, bereits von früher kannte. Ich ging ins Wohnzimmer, machte das Licht an, setzte mich auf die Couch und fuhr meinen Laptop hoch.

Es dauerte nicht lange, bis ich die Seite von Henriettes Wohnheim im 4. Bezirk gefunden hatte. An der Aufmachung war zu erkennen, wie viel Geld da im Hintergrund steckte – es wirkte mehr wie eine Wellnessfarm als eine Einrichtung mit Betreuung für psychisch labile Menschen.

Ich scrollte unter »Team« durch alle Angestellte. Und da war er. Bartholomäus. Ich klickte auf das kleine Foto und sein Lebenslauf öffnete sich. In der dritten Zeile stand das, was ich suchte. Der Name von Henriettes Pflegeheim in der Steiermark, in das Maria sie gebracht hatte. Bartholomäus hatte dort bis vor zwei Jahren gearbeitet.

Ich klappte den Laptop zu, die Gedanken in meinem Kopf waren ein einziges Karussell.

Lebte Maria? Brachte sie alle um, die auf ihr Geheimnis gestoßen waren? Nein, das war zu verrückt. Ich ließ Maria von den Toten auferstehen, weil ich so verzweifelt eine Schuldige suchte. Um zu verdrängen, dass Henriette so etwas getan haben konnte. Ich musste an Annas Worte denken. Henriette war schon lange unglücklich.

Wie ich es drehte und wendete, ich kam auf keine Lösung. Ich klappte den Laptop wieder auf, öffnete den Browser und gab *Wiener Tagblatt* ein.

Der Artikel über Maria Fiore stand noch immer da. Mittlerweile war die Anzahl der Kommentare gewachsen. Ich suchte den von Notna29 und scrollte runter. Aber er tauchte nicht auf. Ich öffnete einen anderen Browser, versuchte es wieder. Aber auch da. Er war gelöscht worden.

Eine Weile suchte ich noch im Internet herum. Doch es brachte kein Ergebnis. Außerdem wurde mir immer schwindliger vor Müdigkeit und dem nachlassenden Adrenalin. Ich brauchte wenigstens ein paar Stunden Schlaf.

Ganz automatisch stand ich auf, drehte das Licht ab und tappte durch das dunkle Vorzimmer bis in unser Schlafzimmer. Die roten Leuchtziffern des Weckers waren die einzige Lichtquelle. Aber sie reichten aus, um zu erkennen, dass das Bett leer war. Und auch das Gitterbett.

Ich knipste den Schalter an. Weder Hannes noch Konny waren da. Auf dem Bett lag eine handgeschriebene Nachricht von Hannes.

Ich bringe Konny zu meiner Mutter. H.

Und daneben lag der Ring aus den winzigen weißgoldenen Perlen.

Unfall

Nein. Nein. Nein. Das ist nicht der Plan. Er hätte das nicht tun dürfen.

Es war ein Fehler. Sein Fehler.

Ich wusste nichts von den Aufzeichnungen über die Suche nach seiner Tochter.

Anton Jäger, du verdammtes Arschloch, hast darüber nie ein Wort verloren. Hast immer verheimlicht, wie weit du schon mit deinen Nachforschungen warst. Zu viele Informationen. Viel zu viele.

Er hat sich heute in der Redaktion des *Wiener Tagblatt* erkundigt. Das hätte er nicht tun sollen. Das ist nicht Teil des Plans. Er darf nicht weitermachen. Darum sitze ich jetzt im Auto und verstecke mich auf der Rückbank. Niemand kann mich sehen. Ich bin verkleidet und geschützt durch die getönten Scheiben. So wie schon vor der Redaktion des *Wiener Tagblatt*. Doch jetzt beobachte ich nicht. Sondern ich warte.

Die Nachricht ist bereits geschrieben. Das Licht in den Fenstern der Wohnung ist eben erloschen. Es dauert nicht mehr lange.

In einer Stunde werde ich das Haus betreten. Anrufen. Auflegen. Und die SMS abschicken.

Er wird kommen. Ich weiß es. Meine Nachricht lässt ihm keine Wahl. Er wird mich nicht bemerken, denn das Licht im Treppenhaus funktioniert nicht. Ich liebe diese alten Häuser in Wien. Sie machen alles so viel einfacher.

Danach wird es aussehen, als wäre ein ehemaliger Alkoholiker rückfällig geworden, hätte im Stiegenhaus die Treppe verfehlt und wäre über das Geländer die zwei Stockwerke in die Tiefe gestürzt. Bei jemandem mit seiner Vorgeschichte wird sich niemand wundern.

Ja, Anton, du Mistkerl. Es ist fast schade, dass du tot bist und meinen perfekten Plan nicht mitbekommst.

Heute habe ich einige deiner pikanten Fotos verschickt. Und damit die einzige Verdächtige mit einem Mordmotiv versorgt. Ein paar von den Bildern musste ich behalten – zur Erinnerung an dich. Ich konnte einfach nicht anders.

Es ist so weit. Ich atme ein und atme aus. Drücke auf die grüne Taste, lasse drei Mal läuten. Er meldet sich mit seiner müden, betrunkenen Stimme. Ich drücke auf die rote Taste. Öffne die Nachricht. Und schicke sie ab.

Dieses Mal wird Konrad Fürst seinen Sturz nicht überleben.

Dafür sorge ich.

27.

Ich lag wach in meinem Bett und starrte in die Dunkelheit. Das Kissen hatte ich unter das Bett verfrachtet und Hannes' Ring hielt ich zwischen Zeigefinger und Daumen und fuhr nervös über die kleinen Perlen. Wieso hatte er ihn zu der Nachricht gelegt? Wieso hatte er Konny weggebracht?

Einfach so? Ohne Frage?

Jede normale Mutter wäre deshalb ausgeflippt. Ich nicht. Und genau deshalb hielt ich mir die Armbeuge vor den Mund, damit Konrad mein Schluchzen nicht hörte.

Was war ich für eine Mutter? Für ein Mensch?

Mein Sohn war nun bei einer Person, von der ich wusste, dass sie gut für ihn sorgte. Die ihn, falls nötig, beschützen konnte. Denn ich konnte das nicht. Bei mir war er nicht sicher. Seit dieser Kissenschlacht mit Hannes hatte ich Panikattacken bekommen, wenn ich allein mit Konny war. Ich wusste nicht, woher das kam, aber jetzt war ich so froh und erleichtert, dass er nicht hier war und dafür hasste ich mich. Und verstand es nicht. Was war los mit mir?

Mir war schlecht, mein Kopf tat weh, ich konnte nicht klar denken, wollte meinen Schmerz hinausschreien, aber das durfte ich nicht und so blieb ich liegen, mit dem Gefühl zu ersticken.

Ich liebte Konny, ich liebte ihn über alles. Er hatte etwas anderes verdient. Diese Nachricht von Hannes hatte etwas in mir zum Einsturz gebracht – als würde sie eine fremde Person in mir zum Vorschein bringen, die ich nicht kannte.

Ich weinte, bis ich keine Kraft mehr hatte. Sah zum Radiowecker, es war viel zu spät, um jetzt anzurufen. Aber sie war der einzige Mensch, der mir einfiel. Und ich brauchte Hilfe. Also nahm ich mein Handy vom Nachttisch und schrieb eine SMS.

Nicht mal eine halbe Minute später kam eine Antwort.

»Morgen 17 Uhr? In meiner Praxis?«, hatte Dr. Beatrix Machland geschrieben.

»Danke«, schrieb ich zurück.

Das Monster in meinem Kopf wurde leiser, irgendwann war ich so müde, dass mir die Augen zufielen. Ich träumte von Maria Fiore, sie stand auf einer riesigen Bühne, mit dem Rücken mir zugewandt. Auf mein Rufen reagierte sie nicht. Ich ging auf sie zu, berührte ihre Schulter. Sie drehte sich um – aber das war nicht sie. Es war Henriette. Sie hatte Konny in ihren Armen.

Ich weinte, wollte nach ihm greifen, doch ich konnte ihn nicht erreichen. Irgendwas zog mich fort.

Jemand rief meinen Namen. Immer und immer wieder. Es klang von weit her, ich kannte diese Stimme. Aber etwas stimmte nicht. Sie passte nicht in den Traum. Das war die Stimme von Anna, unserer Nachbarin.

»Lotta, Lotta, schnell, ich brauche deine Hilfe.«

Plötzlich war ich hellwach. Hatte ich das geträumt? Ich blinzelte, suchte die roten Leuchtziffern des Radioweckers am Nachttisch, doch da war nichts. Alles dunkel.

»LOTTA!«

Anna rief wirklich nach mir. Nein, sie rief nicht. Sie kreischte.

Ich sprang aus dem Bett, blieb mit einem Fuß an der Bettdecke hängen, fiel hin, rappelte mich wieder auf. Tastete blind nach dem Lichtschalter im Vorzimmer, aber das Licht ging nicht an.

»Anna?«

»HIER!«

Das kam von draußen. Ich streckte die Hände vor, bis ich bei der Wohnungstür war. Sie stand offen. Auch im Treppenhaus war alles dunkel.

»WO BIST DU?«

»UNTEN!«

Ich suchte den Knopf für das automatische Ganglicht an der Wand und drückte panisch darauf, als ich ihn endlich gefunden hatte. Aber nichts passierte, es blieb stockdunkel.

»Schnell, Lotta. Konrad ist gestürzt.«

Ihre Stimme zitterte, es klang, als würde sie weinen. Ich hastete vor zum Treppenansatz, mit meinen nackten Füßen nahm ich blind zwei Stufen auf einmal, rief: »Was ist pa-?« Doch weiter kam ich nicht.

Anna kniete im Nachthemd vor Konrad, sie beleuchtete ihn mit dem Display ihres Handys.

Er saß auf der untersten Stufe, ein Bein ausgestreckt, das andere angezogen. Etwas Dunkles lief über seine Wange, das musste Blut sein. Ich erschrak so sehr, dass ich die nächste Stufe verfehlte und mich gerade noch rechtzeitig am Handlauf festhielt.

»Pass auf.«

»Was ist ... Geht es ihm gut?«

Anna nickte, aber sogar in dem schwachen Licht bemerkte ich ihren besorgten Gesichtsausdruck. Ich ging vor Konrad auf die Knie, griff nach seiner Hand.

»Konrad, was ist passiert?«

Er öffnete den Mund, um was zu sagen, verzog das Gesicht, fasste sich ans Kinn und zuckte zusammen.

»Kannst du aufstehen?«

Er nickte schwach, blinzelte mich an. »Ichglaube ... schon ... ich ...«

»Wir sollten die Rettung rufen«, unterbrach Anna.

»NEIN!« Konrad hatte das so laut gesagt, sein Nein hallte durch das Treppenhaus.

In einem der oberen Stockwerke wurde eine Wohnungstür geöffnet, ein Mann rief: »He, was ist denn da los? Was soll dieser Lärm? Ist alles okay?«

»Ja, ja, kein Problem. Im Treppenhaus ist nur das Licht ausgefallen«, rief ich zurück. »Ich melde das gleich den Stadtwerken.«

Wir warteten, bis die Tür wieder geschlossen wurde.

»Konrad, du musst ins Krankenhaus. Das muss sich jemand ansehen …«, sagte Anna nun leiser.

»Nein. Mir gehtsgut.«

Während er sprach, griff er mit der rechten Hand nach dem Handlauf und zog sich hoch. Er brauchte zwei Anläufe. Als er stand, schwankte er bedrohlich und keuchte so sehr, dass er nicht weitersprechen konnte.

»Ja, ich sehe, wie gut es dir geht«, sagte Anna. »Du nuschelst. Es kann sein, dass du eine Gehirnerschütterung hast. Hast du Kopfweh? Ist dir schlecht?«

Sie hielt das helle Handydisplay vor sein Gesicht, doch er zuckte zurück und schob es beiseite. »Nicht.«

»Also wenn dir dieser schwache Lichtschein schon in den Augen weh tut, dann …«, begann sie.

»Ichhabe keineGehirnerschütterung … ich habe getrunken … zu viel …«, lallte er.

Anna schnaubte und trat einen Schritt zurück. »Du hast getrunken? Alkohol?« Trotz seiner eindeutigen Aussprache klang es, als könnte sie es nicht glauben. Statt einer Antwort grunzte Konrad nur.

»Aha. Interessant. Du trinkst wieder«, sagte sie laut.

Er grunzte erneut, aber diesmal klang es nach: »Naund?«

Das Letzte, was jetzt noch fehlte, war, dass ein Streit zwischen den beiden ausbrach. »Wir sollten das nicht hier besprechen. Anna, kannst du Konrad leuchten? Wir gehen in die Wohnung.«

Anna griff nach meinem Arm, tastete sich daran bis zu meiner Hand und gab mir ihr Handy.

»Mach du das.«

Dann schob sie sich an Konrad und mir vorbei und ging die Stufen rauf. Ich hörte, dass sie oben stehen blieb. Wahrscheinlich lauschte sie, denn sonst hätte ihre Tür geknarrt.

Ich ging gebückt, Konrad stützte sich auf meinem Rücken ab, als wäre ich ein Stock. Das Handy hielt ich auf Konrads Kniehöhe, damit er sehen konnte, wohin er trat. Anna hatte recht, er gehörte eindeutig in ein Krankenhaus. Oben angekommen, ließ ich ihn zuerst durch die Tür in unsere Wohnung gehen, bevor ich »Anna?« in die Dunkelheit sagte.

Sie antwortete mit einem »Hm?«, und ich streckte das Handy in ihre Richtung.

»Danke.«

Als sie danach griff, berührte sie meine Hand und zog mich in ihre Wohnung.

»Lotta, hör mir zu. Versuch, ihn untersuchen zu lassen. Vielleicht ist es der Alkohol, vielleicht auch nicht. Wenn ihm schwindlig, schwarz vor Augen wird, er Aussetzer hat, sich übergibt, bitte, ruf sofort die Rettung. Jemand mit seiner Vorgeschichte und dann dieser Sturz …«, flüsterte sie gehetzt.

»Ich werd ihn nicht aus den Augen lassen. Aber ich muss jetzt …«

»Warte. Da ist noch was.« Sie senkte ihre Stimme noch mehr. »Ich wollte gerade auf den Gang eine rauchen gehen. Ich mach dafür nie das Licht an. Da war dieser Tumult.«

»Was für ein Tumult?«

»Es ging alles so schnell. Ein Poltern, ich dachte, einer fällt die Treppen runter. Ich hab einfach hingegriffen, wollte die Person festhalten. Aber – na ja, es ging so schnell und ich bin mir auch nicht sicher, aber …«

»Was?«

»Ich glaube, da war noch jemand im Treppenhaus.«

Mein Mund wurde so trocken, es fühlte sich an, als wäre er voller Sand.

»Dieser Stromausfall«, fuhr sie fort. »Und wieso hat Konrad getrunken? Du weißt doch, dass er ...«

»Es war nicht seine Schuld. Es war ...«

Kieksstimme. Wegen ihr war er betrunken. Wieso hatte er überhaupt die Wohnung verlassen, mitten in der Nacht?

»Es tut mir leid, ich muss nach Konrad sehen.«

Ich trat aus der Wohnung, Anna rief: »Lotta?«

»Ja?«

»Pass auf ihn auf.« Ich hörte noch ihr verhaltenes Schluchzen, dann schloss sie die Tür hinter mir.

Konrad saß im Feuerschein am Küchentisch. Er hatte alle vier Gasflammen des Herds angezündet und auf die höchste Stufe gedreht.

»Konntkeine Taschenlampefinden«, sagte er und drückte sich ein Geschirrtuch an die Schläfe. Ich nahm es ihm ab, es war zum Glück nur ein kleiner Schnitt am Ende der Augenbraue.

»Tut dir irgendwas weh?«

Er schüttelte den Kopf, murmelte: »Nichmehralssonst«, aber hatte mir dabei nicht mal in die Augen sehen können.

»Wo genau tut es weh?«, fragte ich. Keine Antwort.

»Anna hat recht. Du musst ins Krankenhaus.«

»Nein. AufkeinFall. Ich ... mussnirgends ... hin.«

Konrad lallte zwar noch immer, wirkte aber munterer als im Treppenhaus. Vielleicht war es mehr der Schock und weniger der Sturz gewesen, der ihn so geschwächt hatte.

»Dann hole ich eben Anna herüber, damit sie dich untersucht.«

»Kommt nichinfrage. Vergisses.«

Ich verdrehte die Augen, er schüttelte energisch den Kopf und hielt meinem Blick stand.

»IchgehinsBett«, sagte er schließlich und stand auf, aber ich drückte ihn zurück in den Stuhl.

»Nein. Konrad, du ...«

»DannbleibichdieganzeNachtinderKüchesitzn.«

Der Alkohol machte Konrad stur, eine Eigenschaft, die ich bei ihm so noch nie erlebt hatte. Also holte ich Desinfektionsmittel und Pflaster, nahm einen Stuhl und setzte mich vor ihn, um ihn zu verarzten.

»Das brennt jetzt. Wieso bist du ins Stiegenhaus gegangen?«

Ich konnte noch seine Fahne riechen, wie spät war es überhaupt?

»Weißnich ... was hatmichgeweckt.«

»Was denn?«

»Weißnich.«

»Und wieso bist du raus aus der Wohnung?«

»Weißnich.«

Ich bemühte mich, mir die aufsteigende Panik nicht anmerken zu lassen. Klebte ganz akribisch das Pflaster auf die desinfizierte Stelle und suchte sein Gesicht nach weiteren Verletzungen ab. Hatte jemand Konrad aus der Wohnung gelockt, um ihn über das Geländer zu stoßen? Aber das konnte nicht sein, dann hätte ich es auch gehört. Wäre Anna nicht rausgekommen ...

Ich begutachtete sein Kinn, es war fliederfarben, wahrscheinlich würde das in ein paar Stunden noch schlimmer werden.

Dann sah ich ihm tief in die Augen, sein glasiger Blick schwamm noch im Alkohol.

»Konrad, du musst dich jetzt konzentrieren. War da jemand im Treppenhaus? Hat dich jemand gestoßen?«

Er zog die Augenbrauen zusammen und legte den Kopf schief.

»NeinFrauKommissaaaaar.« Ein gluckerndes Lachen kam aus seinem Mund.

»Bist du dir ganz sicher?«

»Konradissichsicherganzganzsicher. Niemandwarda.«

»Wirklich?«

»Jaaaaaaaaaaa. NurAnna.«

»Okay. Gut. Und sonst? Nichts gebrochen oder angeknackst?«, fragte ich und fing bei seinen Schultern an, ihn abzutasten.

»Hörauf. Au.«

Ich hatte meine Hände gerade auf seinen Hüften, als er zurückzuckte.

»Okay, das reicht, ich rufe jetzt einen Rettungswagen.«

»Nein. RufMartinan.«

»Deinen Physiotherapeuten? Es ist mitten in der Nacht und er …«

»Machtnichts.« Konrad verschränkte die Arme, er wirkte mehr wie ein trotziges Kind als ein erwachsener Mann. Ganz eindeutig war ihm wegen seines Alkoholspiegels der Ernst dieses »Vorfalls« nicht bewusst.

»Hatgesagtwennichwasbrauchekannichmichmelden.«

Vielleicht war Martin wirklich fürs Erste die beste Idee. Der Physiotherapeut hatte bei uns gewohnt, als Konrad nach seinem Koma aus dem Krankenhaus heimgekommen war. Und man konnte sich auch darauf verlassen, dass er nichts riskierte, falls er irgendwas an Konrads Verfassung beunruhigend fand.

»Gut, ich ruf Martin an. Gib mir dein Handy.«

Konrad tastete in den Taschen seines Schlafmantels und sah mich erschrocken an.

»Was ist los?«

»Handyisweg.«

28.

Während ich auf Martin wartete, suchte ich zuerst in Konrads Zimmer, dann in der restlichen Wohnung und anschließend mit zwei Taschenlampen jeden Winkel im Treppenhaus nach seinem Handy ab. Er erinnerte sich nicht, wann er es zum letzten Mal gehabt hatte, es konnte überall sein. Wenn man anrief, sprang sofort die Mobilbox an. Schließlich klopfte ich Anna aus ihrer Wohnung. Sofort öffnete sie panisch mit den Worten: »Wie geht es ihm?«

Ich wollte es gar nicht, aber sie half mir im Treppenhaus suchen, und als Martin eine halbe Stunde später kam, beteiligte er sich ebenfalls. Aber es blieb unauffindbar.

»D-d-dann gehe ich m-m-mal zu He-he-herrn Fürst«, sagte Martin.

Anna berührte Martin am Unterarm und nickte ihm zu – sie schien über seine Anwesenheit sehr erleichtert. Sie reichte mir die Taschenlampe und verschwand wortlos in ihrer Wohnung.

Martin wirkte so normal, als wäre es für einen Physiotherapeuten völlig alltäglich, um drei Uhr früh angerufen und zu einem Notfall gebeten zu werden.

»Danke, dass Sie gekommen sind, Martin«, sagte ich.

Er lächelte. »Se-se-se-lbstverständ-lich.«

Sein Stottern war unverändert geblieben. Und unverändert bewunderte ich ihn für die Art, wie er damit umging.

Ich brachte ihn in die Wohnung, hier funktionierte, genauso wie am Gang, noch immer kein Licht. Zuerst suchte ich Konrad in der Küche, aber da war er nicht mehr. Ich fand ihn in seinem Bett, er war eingeschlafen und schnarchte leise.

»We-we-wecken Sie ihn no-noch ni-ni-nicht, bitte«, hielt mich Martin auf. »Wi-wi-wir sollten uns ku-ku-kurz unterhalten. Damit ich wei-wei-weiß ...«

Ich brachte ihn in die Küche. Die Flammen des Herds brannten noch immer und spendeten orangefarbenes Licht. Er setzte sich an den Tisch und sah mich erwartungsvoll an. Weil ich nicht wusste, was ich tun sollte, füllte ich Wasser in den Wasserkocher. Nur um zu merken, dass der Wasserkocher ohne Strom nicht funktionierte. Also nahm ich einen Topf und stellte ihn auf den Herd.

»Wa-wa-was ist denn pa-pa-pa-passiert?«, fragte Martin.

»Er ist gestürzt. Über die Treppen draußen. Weil er ... er hat getrunken. Darum will er nicht ins Krankenhaus und sich nur von Ihnen untersuchen lassen.«

Anna hatte gesagt, da war jemand. Was, wenn sie recht hatte? Wenn da jemand war, der versucht hatte, Konrad zu ... ich konnte den Satz nicht mal zu Ende denken. Das Wasser im Topf fing an zu blubbern und holte mich zurück in die Küche.

»Kamille oder Pfefferminze?«, fragte ich und drehte mich zu Martin. Er sah mich nicht an, blickte verloren aus dem Fenster. Ich wiederholte meine Frage.

»Wi-wi-wie bitte?«

»Welchen Tee Sie möchten?«

»K-k-k-ein Tee, danke. Ist sie d-d-da?«

»Wer?«

Er streckte seinen Zeigefinger zum Fensterbrett.

»He-he-henriette? Ist sie d-d-da? D-d-das ist doch ihre Ta-ta-tasche?«

Am Fensterbrett lag noch immer der orangefarbene Mandarina-Duck-Beutel, den ich Henriette geschenkt hatte. Und den sie in ihrem Zimmer mit dem Foto und den Cadbury-Keksen für mich hinterlassen hatte.

»Nein, sie …« Noch während ich eine Ausrede suchte, erkannte ich den Fehler. Ich vergaß, das kochende Wasser vom Herd zu nehmen. Woher wusste Martin, dass diese Tasche Henriette gehörte?

Ein paar heiße Wasserspritzer trafen meinen Unterarm, ich nahm rasch den Topf herunter, befüllte die beiden bereitgestellten Tassen und warf die nächstbesten Teebeutel hinein. Dann setzte ich mich damit Martin gegenüber an den Tisch.

»Henriette ist nicht da.«

Er versuchte, seine Enttäuschung zu überspielen, indem er rasch nach der Tasse griff. Aber er hatte sie nicht am Henkel angefasst und verbrannte sich sofort die Finger.

»Wieso fragen Sie nach ihr, Martin?«

Er blies auf seine Fingerkuppen, dann kratzte er sich an der Nase.

»Wissen Sie, wo Henriette ist? Was mit ihr passiert ist?«, fragte ich.

»Wa-wa-was? Nein. Wa-wa-warum? Wa-wa-was ist mit ihr?«

Er streckte sich vor, seine Besorgnis war nicht die eines entfernten Bekannten. Martin und Henriette waren sich öfter begegnet, als er hier als Konrads Physiotherapeut gewohnt und sie sich um Konny gekümmert hatte. Aber so wie er sich jetzt benahm, das war keine »Wir haben ein paar Worte gewechselt«-Reaktion. Henriette hatte ihn nie erwähnt.

»Ich weiß es nicht«, antwortete ich wahrheitsgemäß. »Sie und Henriette, was war da?«

»Sie – sie ha-hat es nicht erzählt?«

»Nein.«

»Da-da-dann sollte ich vie-vie-vielleicht auch nicht.« Er stand auf. »Ich se-seh-sehe jetzt nach Herrn Fü-«

»Bitte, Martin. Henriette ist weg. Ich weiß nicht, wo sie ist. Und … es kann sein, dass sie in Schwierigkeiten steckt. Alles, was Sie mir erzählen, würde mir weiterhelfen. Bitte.«

Er schluckte so schwer, sein Adamsapfel hüpfte. »Wa-wa-was für Schwierigkeiten?«

»Was war mit Ihnen und Henriette?«

»Wi-wi-wi-wir haben uns ein pa-pa-paar Mal getroffen. Waren e-e-essen und im Ki-ki-kino.«

»Wann war das?«

»Vo-vo-vor ein paar Wo-wo-wochen.«

Wieso hatte sie das nie erzählt?

»Unser le-le-letztes Treffen war wie immer ein se-se-sehr schö-schö-schöner Abend.«

Er schluckte wieder und der Adamsapfel hüpfte erneut. »A-a-aber dann … S-s-sie hat plötzlich gesagt, sie ka-ka-kann mich nicht wi-wi-wiedersehen.«

»Hat sie gesagt, warum?«

Er schüttelte den Kopf, zog die Schultern fast bis zu den Ohren. »A-a-aber sie war plötzlich so a-a-anders. I-i-ich glaube, sie hat je-je-jemanden ke-ke-kennengelernt. Jemanden, der nicht sto-sto-sto … ttert.«

»Nein, Martin, das ist es sicher nicht.«

An seinem falschen Lächeln sah ich ihm an, dass er mir nicht glaubte.

»Was hat sie Ihnen sonst erzählt?«

»Ni-ni-nichts Besonderes. Es waren Ge-ge-spräche über Go-go-gott und die Welt.«

»Hat sie irgendwas beunruhigt?«

»N-n-nein. Was meinen Sie?«

»Hat sie von ihrer Familie erzählt?«

»S-sie-sie hat gesagt, dass Sie und Henriette Schwestern sind und e-e-es sonst niemanden mehr vo-vo-von ihrer Familie gibt.«

»Wir sind Schwestern?«

Martin nickte. Im ersten Moment gab es mir einen tiefen Stich, dass sie mich als ihre Schwester bezeichnet hatte. Ihre Familie.

Wir waren nicht verwandt, keine Blutsschwestern. Aber wenn du ein Jahr gemeinsam in Gefangenschaft verbringst und dann den Platz der richtigen Tochter einnimmst, schmiedet es ein Band, das über jegliche Verwandtschaftsverhältnisse hinausgeht. Henriette. Meine unbekannte Schwester. Von der ich bis vor ein paar Jahren dachte, ich hätte sie mir als Kind eingebildet.

»Hat Henriette Ihnen auch gesagt, wer ihre Mutter ist?«

Martin presste die Lippen zusammen und atmete hörbar ein. »N-n-nein. Aber da Sie Sch-sch-schwestern sind, ko-ko-konnte ich es mir denken.«

»Okay. Verstehe. Danke. Wenn Ihnen noch irgendwas einfällt ...«

»Wa-wa-was ist mit ihr?«

»Das weiß ich nicht.«

Er öffnete den Mund, schloss ihn wieder. Holte Luft und sagte: »I-i-ich habe Henriette sehr gern. H-h-hoffentlich ge-ge-geht es ihr g-g-gut.«

»Ich lasse Sie wissen, wenn ich es rausfinde.«

Er schien mit dieser Antwort nicht zufrieden zu sein, denn er zog die Nase kraus. Aber ich nahm meine Tasse, reichte ihm eine der Taschenlampen.

»Es tut mir leid, ich muss einen Anruf erledigen«, sagte ich und ging ins Wohnzimmer.

Ich hörte, wie er die Tür zu Konrads Zimmer öffnete, während ich die Nummer der Stadtwerke raussuchte, damit sie sich um den Stromausfall kümmerten.

Am nächsten Morgen würden sie jemanden schicken. Ich setzte mich auf die Couch und wartete, dass Martin wieder aus Konrads Zimmer kam. Als er nicht auftauchte, ging ich hinüber. Martin saß auf einem Stuhl vor dem Bett, die leuchtende Taschenlampe lag auf seinem Schoß und er und Konrad schnarchten leise im Gleichklang.

29.

»Geht es dir gut?«, fragte ich Konrad. Er saß auf dem Beifahrersitz und stieß einen Laut aus, den ich als Zustimmung deutete. Wir parkten ein paar Meter vom Bühneneingang des Burgtheaters entfernt.

In der Früh hatte der Mann von den Stadtwerken Konrad, Martin und mich mit seinem Klopfen an der Tür geweckt. Hannes war die ganze Nacht nicht aufgetaucht. Er hatte eine SMS geschickt, dass es Konny gut ging bei seiner Mutter. Und ob ich seine Nachricht am Bett gefunden hatte. Ich hatte nicht geantwortet.

Während Martin Konrad untersuchte, stellte der Elektriker fest, dass der Hauptschalter im Keller für das erste und das zweite Stockwerk sowie der für das Treppenhaus rausgesprungen war. Den Grund dafür fand er nicht, aber er tauschte die Sicherungen trotzdem aus. Auf meine Frage, ob das jemand absichtlich gemacht haben könnte, sagte er: »Wenn einer den Generalschlüssel für diese Sicherungskästen hat, klar. Aber da muss man sich schon ein bisserl auskennen.«

Ich ging wieder rauf in die Wohnung. Konrad lag in Boxershorts auf seinem Bett, während Martin seine Gliedmaßen in alle möglichen Richtungen bewegte. Konrad erduldete es, ohne die Miene zu verziehen, sein Kinn hatte sich in den letzten Stunden dunkellila gefärbt, genauso wie seine rechte Hüfte und der rechte Oberschenkel.

Martin nickte zufrieden, als er mich sah und meinte, Konrad

hätte riesiges Glück gehabt. So wie er das sah, schien Konrad bei dem Sturz mit dem Kinn auf irgendwas gestoßen, zur Seite gefallen und auf der obersten Stufe gelandet zu sein. Anscheinend war er dann die Stiegen runtergerutscht. Konrad selbst konnte sich weder an den Sturz erinnern noch an den Grund, warum er überhaupt ins Treppenhaus gegangen war. Das Letzte, was er wusste, war, wie Kieksstimme aus der Wohnung gestürmt war. Doch das beunruhigte Martin nicht, denn Konrad reagierte ganz normal auf jegliche Gedächtnis-Tests, lallte nicht mehr und wiederholte fünf Mal fehlerfrei »Fischers Fritze fischt frische Fische« und »In Ulm und um Ulm und um Ulm herum«. Nachdem Martin gegangen war, blieb bei mir trotzdem die Sorge, ob Konrads Kater und der Filmriss wirklich nur von zu viel Alkohol stammten und es keine Gehirnerschütterung war. Konrad wankte noch immer ein bisschen und hatte Kopfschmerzen, weigerte sich aber weiterhin, ins Krankenhaus zu fahren.

»Das ist nur ein Kater«, bellte er mich an. Zum Beweis verputzte er zum Frühstück drei Scheiben Toast mit viel Butter und eine Eierspeise aus vier Eiern, die er sich selber zubereitet hatte. Dazu trank er zwei Gläser Milch. Ich wartete, ob er sich übergeben musste, aber anscheinend wusste Konrad noch sehr gut, was das beste Heilmittel war, wenn er zu viel Alkohol getrunken hatte. Und das schien in seinem Fall eine üppige Mahlzeit mit jeder Menge Eiweiß zu sein.

Während der Fahrt zum Burgtheater linste ich immer wieder zu ihm auf den Beifahrersitz. Er schwitzte, aber das war kein Wunder. Obwohl es ein kühler Tag war, herrschte im Wageninneren eine stickige Hitze. Als würde jedes Mal die Heizung beim Fahren anspringen.

»Hast du deinen Ausweis mit?«, fragte ich Konrad. Er drehte sich zu mir und nickte. Um es zu kaschieren, hatte ich sein lila Kinn dick mit Make-up übermalt. Jetzt dachte man zwar nicht mehr, er hätte sich verletzt, dafür sah es aus, als wäre es schmutzig.

Vor dem Bühneneingang des Burgtheaters parkte gerade der weiße Lieferwagen einer Getränkefirma und verstellte den Eingangsbereich. Das war perfekt, um ungesehen das Gebäude betreten zu können.

Es gab nur noch diese eine Spur. Die einzige und letzte.

Ich musste sie finden. Und mit Konrads Ausweis hatten wir wenigstens die Chance, im Personalbüro Auskunft zu bekommen über die große Frau, die Anton Jägers Nachbarin in der Nacht in ihrer Wohnung gesehen haben wollte. Von der ich betete, dass es sie wirklich gab. Und die hier als was auch immer arbeitete. Sie war außer Henriette der einzige Anhaltspunkt, den ich noch hatte.

Mein Handy läutete. Ich stöhnte auf, der Name am Display war der Letzte, den ich jetzt lesen wollte.

SA Krump. Es war kurz vor zehn Uhr, eigentlich sollten wir seit einer Stunde im Kommissariat sein und unsere Unterlagen für die zukünftigen Vorträge studieren.

Ich hob ab mit einem genervten: »Ja?«

»Fiore, Sie kommen sofort in mein Büro. Innenministerium. Herrengasse.«

»Ich kann jetzt nicht, wir sind gerade …«

»Mich interessiert nicht, wo Sie sind. Ich will Sie hier. Ich will, dass Sie mir erklären, wieso ich gerade eine Beschwerde über Sie vor mir habe, die besagt, Sie seien gestern durch ein Toilettenfenster in einen von der Spurensicherung versperrten Tatort geklettert?«

Krumps Büro war von so beachtlicher Größe, dass zwei Abteilungen darin Platz gehabt hätten. Und es war von unerwarteter Schönheit – prachtvoller Stuck reichte säulenförmig von den Wänden bis zur Decke, in deren Mitte ein üppiger Kristalllüster hing.

Zwei gigantische Sekretäre mit goldverzierten Doppeltüren standen zwischen den riesigen Fenstern, durch die das Sonnenlicht hereinflutete.

Die Einrichtung war antik und tipptopp hergerichtet. Als wäre man in einem Museum und nicht in einem Büro des Innenministeriums.

Franz saß auf der Biedermeiercouch in der linken Ecke. Er hielt seine Polizeikappe in den Händen und spielte nervös damit herum.

Der Polizeichef selbst saß hinter diesem Ungetüm eines barocken Schreibtischs. Er versank förmlich dahinter, und das ließ ihn noch kleiner erscheinen. Sein zu großes hellgraues Sakko, mit dem er offenbar seine schmächtige Statur zu kaschieren versuchte, rutschte an den Schultern hoch, als er die Hände verschränkte.

»Also, Fiore. Vielleicht wollen Sie mir sagen, was es mit dieser Beschwerde über Sie auf sich hat?«

Es genoss diese Show – mehr als sonst. Ich kannte den Polizeichef, er führte etwas im Schilde. Aber ich hatte keine andere Chance, als sein arrogantes Gehabe zuzulassen. Solange ich nicht wusste, ob Henriette mit drinsteckte. Ob sie wirklich Sandra war. Die Sandra, die Anton Jäger getötet hatte. Denn dafür musste ich die echte Sandra, sofern es sie gab, erst finden.

Ich zog mir einen der schwarzen Thonet-Stühle heran, setzte mich, schlug die Beine übereinander. Und lehnte mich zurück und verschränkte wie Krump meine Hände.

»Es stimmt«, sagte ich ganz ruhig, obwohl mein Blut so sehr durch meine Adern rauschte, als stünde ich in der Mitte eines Flusses. »Ich bin durch das Toilettenfenster in diese Wohnung geklettert. Und dann wieder zurück.«

Meine Offenheit schien Krump jetzt doch aus der Fassung zu bringen, die Schultern rutschten genauso wie sein Kinn runter. »Was?«

Er sah an mir vorbei zu Franz.

»Ich … ich …«, stammelte der. Irgendwas stimmte hier nicht.

Krump riss seine Hände hoch. »Fiore, wollen Sie mich verarschen?«

Ich drehte mich zu Franz, aber der machte ein unwissendes Gesicht.

»Nein«, sagte ich und sah Krump wieder an.

»Wa-warum? Das ist – ich verstehe nicht. Ich dachte …« Sein Blick glitt zwischen mir, Konrad und Franz hin und her, als würde er einer Billardkugel folgen.

Dann stand Krump plötzlich auf, stützte sich an der Tischplatte ab und lehnte sich vor. »Fiore? Kapieren Sie, was Sie da gerade gesagt haben?«

Was sollte dieses Spiel? Genau deshalb hatte er mich doch herbestellt? Ich war so wütend, am liebsten hätte ich Krump die Wahrheit entgegengebrüllt. Ihn wissen lassen, dass es einen Verdacht gab, dass es sich bei Anton Jägers Tod nicht um Selbstmord handelte. Und wäre ich gestern in seinem Büro gesessen, bevor ich im Café Hawelka erfahren hatte, dass Henriette mit Anton Jäger dort war und sich selbst Sandra nannte, hätte ich es wahrscheinlich getan. Aber jetzt war es unmöglich. Die Luft in dem Büro wurde stickig und kam mir mit jeder Sekunde undurchdringlicher vor.

»Heinz, können wir kurz reden? Allein?«, fragte Konrad. Instinktiv wollte ich widersprechen, Konrad in seinem Zustand mit dem Polizeichef, das war eine beschissene Idee. Doch Konrad warf mir einen Blick zu, der mich davon abhielt.

Krump zögerte, dann sagte er »Meinetwegen« und wies Franz und mir mit einer wedelnden Handbewegung rauszugehen, wie Hündchen, die man ins Körbchen schickt.

Ich ging voraus, stieß die Tür auf und lief geradewegs in jemanden hinein. Ein pudriges Parfum stieg mir in die Nase und ich spürte zwei harte Tennisbälle in Brusthöhe. »Aufpassen«, keifte eine schrille Frauenstimme. Ich musste mich gar nicht von ihr lösen, um zu erkennen, dass es Kieksstimme war, in die ich gelaufen war. Sie schubste mich weg und ich eilte den Gang entlang zu den Treppen. Franz rief mir nach, dass ich stehen bleiben sollte, aber ich reagierte nicht.

Ich nahm zwei Stufen auf einmal und stürmte zum Hintereingang Richtung Minoritenplatz. Ein schwarzer Mercedes fuhr gerade auf den Platz vor dem Innenministerium ein und ein Beamter bedeutete mir stehen zu bleiben.

»Da ist ja meine neue Kollegin«, sagte Breck erfreut und stieg aus dem Wagen. »Herr Krump hat es mir schon gesagt, das ist wirklich eine wunderbare Neuigkeit.«

Er gab mir zwei Küsse auf die Wangen, legte dabei seine Hände auf meine Schultern und streckte mich von sich.

»Oh. Sie sehen jetzt aber ein bisschen überrascht aus, Carlotta. Was ist denn? Heinz, ich meine unser *Polizeichef* …« Er hatte bei dem Wort seine Stimme so verstellt, als würde er mit einem Kind über den Nikolaus oder das Christkind reden. »… hat Sie doch informiert?«

»Worüber?«

»Dass er Sie freistellt, damit Sie sich auf die Vorbereitungen für unseren großen Abend konzentrieren können? Sind Sie nicht deshalb hier?«

»Er hat … was? Wann?«

Breck ließ meine Schultern los und trat einen Schritt zurück. Er zwinkerte mir zu, als wären wir gute alte Freunde. Aber wir waren nichts, gar nichts.

»Lassen Sie uns doch alles bei einem gemütlichen Frühstück besprechen. Im Fabios? Das ist ganz in der Nähe. Sie können schon vorgehen, wenn Sie wollen. Ich habe nur einen kurzen Termin mit Heinz wegen heute Abend, aber dann habe ich Zeit für

Sie. Hat sich eigentlich bei Ihnen schon jemand gemeldet bezüglich der Verträge?«

Ich wollte schon nein sagen und dass das nicht nötig war, da es keine Verträge oder sonst was geben würde. Aber mir war auch klar, dass er sich mit diesem einfachen Nein nicht zufriedengeben würde. Und ich musste ihn stoppen, bevor er noch irgendwas an die Presse weitergab.

»Können wir reden?«

»Ja, natürlich. Gleich, im Fabios.«

»Ich habe jetzt keine Zeit zu frühstücken.«

Der Ärger, der in Brecks Augen aufblitzte, war unverkennbar. Maximilian Breck war Widerspruch ganz eindeutig nicht gewohnt.

»Ich verstehe. Und was schlagen Sie stattdessen vor? Sie sind der Boss.« Er lachte auf und hätte mir damit nicht deutlicher zu verstehen geben können, wie sehr das Gegenteil der Fall war. Ich musste ihm etwas bieten. Etwas, das sogar er verstand. Aber das konnte ich nicht hier, vor dem Innenministerium, wo die zwei Beamten, die den Eingang bewachten, keine drei Meter entfernt standen.

»Können wir uns kurz in Ihr Auto setzen?«

»In Ordnung.«

Er deutete zu dem schwarzen Mercedes, die Fahrertür öffnete sich und ein Mann in einem schwarz glänzenden Polyesteranzug stieg aus.

»Karl, gehen Sie in die Kantine des Innenministeriums.«

Wir setzten uns auf die Rückbank, alles roch nach Leder.

»Interessant, dass wir immer für unsere Unterhaltungen in einem Auto landen«, sagte Breck. »Also, Carlotta?« Er verschränkte die Finger ineinander, seine Nägel waren perfekt manikürt.

»Max, ich weiß, Sie kannten meine Mutter und haben sie auch sehr geschätzt. Aber es gibt etwas, das Sie nicht wissen. Weswegen ich aus allem, was Maria betrifft, rausgehalten werden will.«

»Aha. Und was soll das sein?«

Es war keine wirklich rationale Entscheidung, ihm das zu erzählen. Hannes war der Einzige, dem ich jemals die Wahrheit darüber gesagt hatte.

»Sie haben meinen Selbstmordversuch erwähnt. Der Grund, warum ich mich umbringen wollte, hat etwas mit Maria zu tun.«

Er straffte sich, winkte ab. »Carlotta, Sie brauchen das nicht zu …«

»Doch. Damit Sie mich verstehen, Max. Ich habe nichts gegen Sie, ich glaube, Sie handeln mit den besten Absichten.« Das war vielleicht ein bisschen dick aufgetragen, aber ich musste auf Nummer sicher gehen. »Damals – kurz bevor es … bevor ich es getan habe, wollte ich heiraten. Maria fand meine Wahl nicht passend.« Ich ratterte alles so schnell wie möglich herunter. »Deshalb hat sie mit meinem Verlobten geschlafen. Sie mochte ihn nicht. Sie hat es nur getan, um die Hochzeit zu verhindern. Was ihr auch gelang. Und das ist der Grund, warum ich Sie hiermit von jeder Schuld und jedem Gefallen, den Sie glauben, Maria schuldig zu sein, entbinde. Denn der einzige Grund, warum Maria damals Druck auf Sie ausgeübt hat, war, weil sie ihren eigenen Fehler wiedergutmachen wollte. Sie war wütend, als ihr das nicht gelang. Und jetzt verstehen Sie sicher, warum ich das, worum Sie mich bitten, nicht machen kann und es auch nicht werde.«

30.

Klopf. Klopf. Klopf.

Ich erschrak so sehr, dass ich zusammenzuckte.

Breck hatte auf meinen Bericht nicht mal mit einem Wimpernzucken reagiert – mir war nicht klar, ob er mich für eine Lügnerin oder für geisteskrank hielt. Aber seinem Blick nach zu urteilen war es mit Sicherheit das eine oder das andere. Was auch immer, mir war alles recht, nur um ihn vom Leib zu haben.

Ich drehte mich um, Franz stand auf meiner Seite des Mercedes und sah durch die Scheibe herein. Bevor ich die Tür öffnete, nickte ich Breck noch zu.

»Du sollst wieder raufkommen, der Polizeichef will dich sprechen.«

»Ich kann jetzt nicht. Sag Konrad, er soll zum Burgtheater kommen und in die Kantine gehen.«

»Zum Burg ... wozu?«

»Weil ich jetzt Sandra suche. Er weiß Bescheid.«

»Aber ...«, begann Franz, doch da machte ich schon auf dem Absatz kehrt und lief über den Minoritenplatz. Burgtheater und Innenministerium lagen nur ein paar Minuten zu Fuß voneinander entfernt.

Das Auto parkte unverändert ein paar Meter vom Bühneneingang. Der Portiersplatz war unbesetzt, ich ging den Gang entlang und steuerte die Kantine an. Der Geräuschpegel, als ich näher kam, kündigte an, dass viel los war. Aber ich war dann doch überrascht, als ich die Kantine betrat und vor lauter Leuten fast nicht reinkam. Jeder einzelne Platz war besetzt, viele standen mit ihren Getränken und Wurstsemmeln zwischen den Tischen und die Schlange an der Theke war so lang, dass ich das Ende gar nicht erkannte. Es musste gerade Pause bei den Proben sein.

Hinter dem Tresen war die Kellnerin damit beschäftigt, Kaffee zu machen. Ich fragte einen Mann, wo ich mich anstellen sollte, dann reihte ich mich ein und sah mich um, zwischen den Bühnenarbeitern, Schauspielerinnen und Schauspielern, Büroangestellten. Es waren einige blonde Frauen da, aber keine stach durch ihre Größe hervor.

Ich hatte keine Zeit mehr. Keine Ahnung, was Konrad inzwischen mit Krump besprach, aber ich musste so schnell wie möglich rausfinden, ob es diese Frau gab. Der Geräuschpegel in der Kantine war so laut, dass die Gespräche ineinander verschwammen. Es wurde gelacht, durcheinandergeredet, sich aufgeregt.

Jemand rief: »Geh, Schurli, bringst mir eine Melange mit«, und ein junger Mann im Blaumann und mit Nasenpiercing aus der Schlange vor mir rief zurück: »Sicher. Ist der Fredi auch da?«

Das war es. Keine Ahnung, ob Sandra wirklich Sandra hieß. Aber es gab einen Namen, von dem ich wusste, dass sie ihn kannte. Und der war die einzige Chance, die ich jetzt und hier auf die Schnelle hatte. Also drehte ich mich in den Raum und rief so laut ich konnte: »ANTON JÄGER? IST ANTON JÄGER HIER?«

Anscheinend war das zu laut gewesen. Vielleicht war auch meine jahrelange Stimmbildung dafür verantwortlich.

Schlagartig wurde es ruhig in der Kantine. Die Dampfdüse der Kaffeemaschine stoppte, die Menschen vor mir wandten sich um, die an den Tischen drehten ihre Köpfe zu mir. Ich war, ohne es zu wollen, in den Mittelpunkt des Interesses gerückt.

»Anton Jäger?«, wiederholte ich leiser und versuchte dabei zu lächeln.

Es wurde gewispert, ich hörte »Wer ist die?« und »Die kenn ich doch«.

Und dann eine Frauenstimme, die sagte: »Sandra, schau mal. Sie an der Theke, meint die deinen Anton?«

Ich war so angespannt, dass ich den Atem anhielt. Eine Person, die mit dem Rücken zu mir an einem der hinteren Tische saß, drehte sich um. Der dünne blonde Pferdeschwanz war das Erste, was ich von ihr registrierte. Ihr Gesicht konnte ich nicht sehen, es wurde von den Leuten verdeckt.

Bis sie sich von der Bank erhob.

Mein Blick blieb an ihren Augen hängen. Sie waren rot und verquollen. Einige Leute fingen an zu tuscheln, während diese Augen, dieser Kopf, dieser Körper immer mehr in die Höhe ragten.

Im Sitzen war sie nicht größer gewesen als alle anderen. Im Stehen überragte sie sämtliche Frauen in dem Raum. Athletisch, hatte die Heimhilfe sie beschrieben. Jetzt verstand ich, was sie damit gemeint hatte. Unter der hellen Bluse zeichneten sich so breite Schultern ab wie die eines Schwimmers. Eines männlichen Schwimmers.

Es gab sie wirklich.

Die große Frau. Ich hatte sie gefunden.

»Ich verstehe nicht ... wieso wollen Sie mich wegen Anton sprechen?«, fragte Sandra.

Ich saß auf einem der Schminkstühle in der Herrenmaske. Rechts von mir stand ein Regal, in dem lauter Styroporköpfe mit Perücken in meine Richtung schauten. Auf dem Tisch vor dem großen Spiegel herrschte ein geordnetes Chaos aus Tiegeln, Abschminktüchern, unzähligen Pinseln, diversen Haarsprays, Lidschattenpaletten, die aussahen wie pudrige Malkästen und Make-up-Fläschchen. Sandra war hier Maskenbildnerin. Darum hatte ich ihren Namen nicht unter dem Ensemble des Burgtheaters gefunden. Ich räusperte mich. Sie wirkte verwirrt, ihr Blick huschte ständig umher, als würde sie einer unsichtbaren Fliege folgen. Einige Haare hatten sich aus ihrem Pferdeschwanz gelöst, sie hingen wie weichgekochte Spaghetti um ihr blasses Gesicht, die dunklen Augenringe hatten die Farbe von Auberginen.

Ihr zu sagen, ich käme von der Kripo, hatte keinen Sinn. Erstens wusste ich nach der Episode in Krumps Büro nicht, ob es noch stimmte. Zweitens sprach ich damit über einen Fall, den es offiziell nicht gab. Und drittens, auch wenn mich ihre gebrochene Erscheinung überraschte, hatte ich hier die mutmaßliche Mörderin von Anton Jäger vor mir. Ob sie wusste, wo Henriette war?

»Anton – er war ein gemeinsamer Freund«, log ich. Ich hatte dabei absichtlich weggesehen, wartete drei bedeutungsschwere Sekunden, die zeigen sollten, dass ich zwar Freund sagte, aber mehr meinte. Erst dann schaute ich wieder zu ihr hoch. Kein Wunder, warum die alte, kleine Nachbarin von Anton Jäger sie »die riesige Frau« genannt hatte. Für jemanden wie Sandra war es sicher genauso wenig ein Problem, durch einen Lichtschacht von einem Fenster zum anderen zu klettern, als auch einen Mann über ein Stiegenhausgeländer zu stoßen. Und trotzdem – da war dieses unbestimmte Gefühl bei mir, wenn ich sie ansah.

»Sie kannten ... Anton?«

Ich nickte. »Es tut mir leid, was passiert ist.«

»Wie haben Sie noch mal gesagt, ist Ihr Name?«

Ich hatte ihn noch gar nicht erwähnt.

»Carlotta Fiore.«

Sie zeigte keinerlei Reaktion, nichts.

»Und was wollen Sie von mir?«

Ich zögerte, suchte nach der richtigen Strategie – bis hierher hatte ich gedacht, aber jetzt wusste ich nicht weiter. Sie starrte mich an und plötzlich riss sie ihre Augen auf und deutete mit ihrem Zeigefinger auf mich.

»Warst du das mit den Fotos?« Ihr Gesicht war schmerzverzerrt, ihr Atmen ging schneller.

Ich wollte fragen, was für Fotos sie meinte, hielt aber im letzten Moment inne.

Stille Tränen liefen ihr über die Wangen, sie blinzelte nicht mal. Entweder hatte ich hier eine brillante Schauspielerin vor mir. Oder eine Frau, die vor Trauer und Schmerz fast wahnsinnig wurde. Ich nickte langsam.

Sie öffnete den Mund, ich dachte, sie wollte etwas sagen, aber sie holte nur tief Luft, es sah aus, als würde es ihr schwerfallen. Plötzlich drehte sie sich um, ging zu einem gläsernen Kühlschrank in der Ecke, in dem lauter Flaschen mit Kunstblut in etlichen Rotschattierungen standen. Dahinter war eine Flasche Gin versteckt, die bis zur Hälfte voll war. Sie holte sie heraus, ließ sich damit auf einen der Schminkstühle sinken und nahm einen großen Schluck. Mir bot sie keinen an und ich war froh darüber. Denn ich hätte nicht gewusst, was ich antworten sollte.

»Wieso hast du mir seine Fotos geschickt? Wieso wolltest du, dass ich ihn mit seinen Fick-Hasen sehe?« Ihre Stimme klang wie Schleifpapier auf Holz.

Ich dachte an das ganze Sexspielzeug im Nachttisch von Anton Jäger. An die Nachbarin, die von den vielen Frauenbesuchen bei dem Journalisten erzählt hatte.

»Ich hab angenommen, du willst sie sehen«, log ich, »weil du – du warst doch mehr für ihn.«

»Hat er dir das gesagt?« Ihre Stimme war hochgerutscht. »Dachte ich auch. Bis heute. Woher hast du sie?«

Ich zuckte mit den Schultern. »Gefunden.«

Sie schlug sich mit der Hand auf den Kopf, dann nahm sie einen großen Schluck, ein bisschen lief ihr übers Kinn und hinterließ einen Fleck auf der Bluse.

»Aber warum hast du mir diese Scheiß-Fotos geschickt?

Warum hast du mich nicht einfach um ihn trauern lassen?«, schluchzte sie und krümmte sich.

Ich bereute, dass ich nicht auf Konrad gewartet hatte.

»Weil er ein Arschloch war«, sagte ich.

»Ja! Ja! Ja!« Sie setzte wieder an und trank. »Ich weiß es. Bist du jetzt zufrieden?« Sie war laut geworden, beugte sich vor. »Aber ich habe dieses Arschloch geliebt.« Sie schluchzte auf, ließ die Flasche auf den Boden gleiten, der Gin kippte um, floss raus und bildete eine Pfütze.

»Er hat nie was gesagt«, ihre Stimme überschlug sich. »Ich verstehe nicht, warum er nie was gesagt hat.«

»Was hat er nie gesagt?«

Sie hob den Kopf, ihre blutunterlaufenen Augen hatten dieselbe Farbe wie das Kunstblut in den Flaschen hinter ihr. »Dass er genug hat vom Leben, dass er sich umbr …«

Sie weinte wieder, beugte sich vor, hielt sich die Hände vors Gesicht. War ich auf der falschen Spur mit Sandra? Und wenn ja, welche war dann die Richtige?

»Ich bin mir nicht sicher, dass er es getan hat.«

»Was?«

»Kann es sein, dass er getötet wurde?«

Sie kam hoch und sah mich mit offenem Mund an.

»Hatte er Feinde? Oder hat er an etwas gearbeitet, das jemand nicht wollte?«

Ich fixierte sie, ließ sie nicht aus den Augen. Und dann, ganz langsam, baute sich Spannung in ihrem Körper auf. Sie straffte sich, es passierte wie in Zeitlupe. Als würde sie auf etwas kommen.

»Oh … mein … Gott. Dein Name.«

»Bitte?«

»Sag ihn noch mal.«

»Carlotta Fiore.«

»Das bist du.« Das war keine Frage, sie wusste, wovon sie sprach. »Du und Maria Fiore ...« Sie schüttelte den Kopf, sah sich hektisch um, als würde sie erwarten, dass jemand hinter ihr lauerte. »Du ... Carlotta Fiore ... du ...«

Ich stand auf. »Ja, das bin ich. Was? WAS?«

Sie schüttelte den Kopf, im nächsten Moment wurde die Tür zur Herrenmaske aufgestoßen. Franz kam herein, hinter ihm war Konrad, gefolgt von zwei uniformierten Polizisten, die auf ein Kopfnicken von Franz in Sandras Richtung gingen und sie flankierten.

»Wieso ist ...?«, fragte sie und starrte mich an. »Was soll das?« Sie stand auf, wollte auf mich zugehen, doch Franz stellte sich ihr in den Weg. Sie war genauso groß wie er.

»Sandra Markovich, wir müssen Sie bitten, mit ins Kommissariat zu kommen.«

»Was soll das? Ich verstehe nicht ...«

»Warte, nicht ...«, sagte ich, doch Franz unterbrach mich.

»Sie werden verdächtigt, mit dem Tod von Anton Jäger in Verbindung zu stehen.«

»Ich ... was?«

Franz nickte und deutete zur Tür. »Bitte.«

»Das ist ein Fehler«, sagte ich. »Du darfst sie nicht ...«

»Das fällt nicht in dein Aufgabengebiet«, schnitt mir Franz das Wort ab.

Sandra schnappte sich ihre Tasche, die auf dem Tisch hinter mir lag.

»Geh ins *Wiener Tagblatt* – sein Computer – die Filmkritiken – er hat ...«, flüsterte sie mir zu. Mehr konnte sie nicht sagen, da wurde sie schon von einem der Beamten am Arm gepackt und rausgebracht.

31.

Ich wollte Franz und den zwei Polizisten folgen, aber Konrad hielt mich zurück.

Auf der anderen Seite der Herrenmaske war eine große gläserne Flügeltür, die auf einen Balkon führte. Konrad deutete mir rauszugehen und schloss hinter uns. Er schob mich in die Ecke des gemauerten Balkons, sodass uns von drinnen niemand sehen konnte.

»Sie wussten von Sandra«, flüsterte er. »Sie wussten, dass sie die offizielle Freundin des Journalisten war, wo sie arbeitet, ihren Namen, alles.«

Hätten wir Akteneinsicht gehabt, wäre diese ganze Suche nicht notwendig gewesen.

Eine von Konrads grauen Locken fiel ihm in die Stirn. Er sah mich ernst an.

»Wieso wurde sie abgeführt?«

»Das weiß ich nicht. Sie haben es mir nicht gesagt. Aber ... Heinz hat mir meinen Ausweis abgenommen.«

»Was? Das kann er nicht ...« Wie sollte ich an den Computer im *Wiener Tagblatt*, wenn Konrad keinen Ausweis mehr hatte?

»Er hat gesagt, er muss.«

»Wieso wusste er, dass du ihn hast?«

»Eva ... sie war es auch, die die Beschwerde über dich an Heinz weitergegeben hat.«

Kieksstimme. Wer auch sonst?

»Wir haben ab jetzt Anwesenheitspflicht im Kommissariat bis zu unserem ersten Vortrag am Montag.«

Ich verdrehte die Augen und ging zur Flügeltür.

»Krump kann mich mal. Ich muss mit Sandra sprechen. Lass uns fahren.«

»Warte. Es gibt noch was.«

»Was noch?«

»Heinz war doch überrascht, als du zugegeben hast, in die Wohnung des Journalisten geklettert zu sein. Ich hab das nicht von ihm. Sondern von Franz. Es muss unter uns bleiben. Die Spurensicherung war heute Morgen wieder in dieser Wohnung. Da hat sich die alte Nachbarin über uns beschwert und ihnen diese Geschichte aufgetischt, was das für Methoden sind. Niemand hat sie ernst genommen – genauso wie bei dem, was sie über Sandra gesagt hat. Aber Franz hat es trotzdem weitergeben müssen und für Eva war es ein gefundenes Fressen. Und Heinz kam das nur recht ... er braucht was, damit er dich in der Hand hat.«

»Warum?«

»Genau wusste Franz es nicht. Aber er hat gesagt, es geht um irgendeine TV-Show.«

Manchmal ist die einzige Alternative im Leben, über sich hinauszuwachsen. Das redete ich mir zumindest ein, auch wenn sich dieses »über sich hinauswachsen« jetzt eher anfühlte wie ein Versagen. Aber ich musste das tun.

Ich wusste nicht, ob Sandra die Mörderin von Anton Jäger war. Ihre Reaktion, als sie begriffen hatte, wer ich war, ließ meinen Verdacht fast vollkommen verschwinden. Aber mir war klar, dass sie etwas wusste. Über mich. Und Maria.

Niemand ließ mich zu ihr. Ich bekam nicht mal die Information, wo sie verhört wurde. Wie lange würde es dauern, bis sie den Beamten das sagte, was sie mir mitgeteilt hatte? Ich musste so schnell wie möglich an Anton Jägers Computer im *Wiener Tagblatt*, bevor irgendwer anderer dort Einsicht hatte. Und dazu brauchte ich Hannes.

»Ja?«, rief er durch die Tür seines Büros, nachdem ich geklopft hatte.

Ich schluckte. Seine vertraute Stimme, die mir schon so fremd geworden war. In meinem Rücken spürte ich die Blicke von Regina Steindl. Sie stand ein wenig abseits bei einer Kollegin.

Ohne etwas zu sagen, öffnete ich und trat in Hannes' Büro. Er war überrascht, mich zu sehen, stand sofort auf.

»Hallo.«

Obwohl mir nicht danach zumute war und es fast noch mehr weh tat, musste ich lächeln. Er trug Sachen seines verstorbenen Vaters, wahrscheinlich hatte seine Mutter darauf bestanden, dass er sich frische Kleidung anzog. Sie war eine überfürsorgliche Frau mit einem Reinlichkeitsfimmel.

Hannes schob sich verlegen die rotkarierten Hemdsärmel hoch, die graue Stoffhose mit den Bundfalten war perfekt gebügelt. Ein riesiger Kloß steckte mir plötzlich im Hals.

»Hallo«, war alles, was ich rausbrachte.

»Möchtest du dich setzen?«

Ich schüttelte den Kopf. Irgendwo hatte ich mal gehört, wenn man beim Zahnarzt Schmerzen hat, soll man mit dem Daumennagel ganz fest unter den Zeigefingernagel drücken, damit sich der Schmerz verlagert. Ich hatte zwar kein Zahnweh, aber ich tat es trotzdem.

»Hast du meine SMS bekommen?«

Ich nickte.

»Lotta, ich verstehe, dass du denkst, ich habe Mist geb-«

»Ich brauche deine Hilfe«, fiel ich ihm ins Wort. »Es ist dringend. Ich muss an den Computer in der Zeitungsredaktion von diesem Journalisten, der sich umgebracht hat.«

Je länger ich sprach, desto mehr verhärtete sich Hannes' Miene. Aber ich redete trotzdem weiter. So viele Geheimnisse. Zu viele. Um wenigstens dieses eine zu lösen, brauchte ich ihn. Ich erzählte ihm von der Notiz in Anton Jägers Wohnung und Konrads Akte über seine Suche nach mir. Den Rest verschwieg ich.

»Ich muss wissen, was der Journalist rausgefunden hat. Ohne dich kann ich das nicht.«

Ich hatte erwartet, dass Hannes mir jetzt erklären würde, wieso das nicht ginge und dass ich mir das alles zu einfach vorstellte. Irgendwas in der Art. Stattdessen nahm er sein Sakko von der Stuhllehne und den Autoschlüssel vom Schreibtisch.

»Gehen wir.«

Er verließ als Erster sein Büro und sagte im Vorbeigehen zu Regina Steindl: »Ich bin in einer Stunde wieder da.«

Wir fuhren schweigend im Lift hinunter. Konrad hatte ich eingebläut, er müsse auf mich warten und dürfe das Kommissariat auf keinen Fall verlassen, bis ich zurückkam.

Es war eine kurze Fahrt bis zur Zeitungsredaktion. Hannes sagte kein Wort. Er parkte den Wagen, stieg aus. Seine Miene war undurchdringlich, dieser verletzliche Mann aus seinem Büro war verschwunden und geblieben war trotz der Kleidung der Hauptkommissar, der seinen Job erledigte und sich von Gefühlen nicht beeinflussen ließ.

Eine junge Frau an der Rezeption rief jemanden an, als Hannes seinen Ausweis zeigte und sagte, warum wir da waren. »Warten Sie bitte kurz.«

Ich suchte Hannes' Blick, aber er wich meinem immer wieder aus.

»Grüß Gott. Petra Schneeberg. Meine Kollegin hat mich gerufen, Sie kommen wegen Anton Jäger?«, sagte eine Frau hinter uns. Wir drehten uns gleichzeitig um. Ich erkannte sie sofort. Es war die Journalistin, die vor Anton Jägers Wohnung ein Interview mit seiner Nachbarin wollte. Jetzt trug sie keinen fliederfarbenen, sondern einen anthrazitfarbenen Hosenanzug. Sie sah anders aus, ihr Gesicht war nicht mehr so verquollen wie gestern. Obwohl sie noch immer versucht hatte, die geschwollenen Augen mit dickem schwarzem Kajal zu kaschieren, was sie nur noch kleiner machte.

»Oh, ich kenne Sie doch«, sagte sie und streckte mir ihre Hand entgegen. »Sie sind Maria Fiores Tochter.«

Mir war klar, dass ich hier nicht lange inkognito bleiben würde, trotzdem machte es mich nervös, dass sie mich sofort erkannte.

»Das stimmt, hallo«, sagte ich, lächelte gezwungen und reichte ihr die Hand. »Können wir kurz irgendwo ungestört reden?«

»Aber natürlich. Kommen Sie mit, bitte.«

Sie führte uns einen langen Gang entlang, der mehrere Großraumbüros miteinander verband. Der Geräuschpegel ähnelte mehr einem Straßenmarkt als einer Zeitungsredaktion. Sie deutete auf einen riesigen Glasquader, der mitten im Weg stand. Ein Schild mit der Aufschrift »Think Tank« war daran angebracht.

Als sie die Tür schloss, blieben alle Geräusche draußen, es herrschte plötzlich absolute Ruhe.

Hannes stellte sich vor, aber ihre ganze Aufmerksamkeit lag bei mir. Er sprach ihr sein Beileid über den Verlust des Kollegen aus.

»Danke. Darf ich fragen, wieso Sie Anton Jägers – warum Sie seinetwegen hier sind?« Die Frage war an mich gerichtet, sie hatte sich um eine sehr sachliche Stimme bemüht, aber ich bemerkte das leichte Zittern.

»Frau Fiore hilft uns bei den Ermittlungen«, sprang Hannes ein. Sie wollte etwas entgegnen, aber ich schnitt ihr sofort das Wort ab.

»Wissen Sie, woran Herr Jäger gearbeitet hat, bevor er . . .?«

»Nein. Aber es war irgendwas Großes. Er hat alle seine anderen Aufgaben an Kollegen weitergegeben.«

Etwas Großes. Meine Geschichte. Ich hatte mir nach meinem Besuch im Café Hawelka noch mal alle seine Notizen auf den Rechnungszetteln angesehen. Wegen der unentzifferbaren Stenoschrift konnte ich nichts davon lesen. Auch die Steno-Alphabete im Internet brachten mich nicht weiter, da die Zeichen des Journalisten so undeutlich waren, dass sie zehn verschiedene Buchstaben oder Bedeutungen haben konnten. Aber auf vielen dieser Zettel gab es ein Wort, das er immer ausgeschrieben hatte. Fiore.

»Wir müssen uns den Computer von Anton Jäger ansehen«, sagte Hannes.

»Haben Sie jetzt den Durchsuchungsbeschluss?«

»Was meinen Sie?«, fragte Hannes.

»Ein paar Kollegen waren hier und wollten bereits Einsicht nehmen. Aber ohne einen Durchsuchungsbeschluss – der Presseschutz, Sie wissen das sicher.« Franz hatte es erwähnt, aber ich hatte nicht daran gedacht.

»Den können wir nachbringen«, sagte ich.

»Tut mir leid, das geht nicht. Selbst wenn ich wollte. Jeder Zugang ist durch das Passwort des jeweiligen Journalisten geschützt. Wir werden strengstens kontrolliert, nur ein Techniker kann dieses Passwort umgehen. Nicht mal ich komme da rein.«

Sie fuhr sich ins Gesicht, als wollte sie einen imaginären Fussel wegwischen. Das Neonlicht der Deckenlampe spiegelte sich in ihrem goldenen Ehering.

Für jemanden, zu dessen Job es wahrscheinlich gehörte zu lügen, war ich überrascht über diese entlarvende Geste. Oder hatte sie sich nicht unter Kontrolle? Weil es ihr zu naheging?

Pokern. So hatte Konrad es genannt, wenn man vorgab, etwas zu wissen. Ich hatte keine Beweise, nur diesen Verdacht, der sich gerade aus den unzähligen Indizien der Frau vor mir zusammensetzte.

»Es gibt einen persönlichen Grund, warum ich zu diesem Computer muss«, sagte ich. »Ich hatte eine Affäre mit Anton Jäger.«

Hannes neben mir zuckte zusammen, aber ich ließ die Journalistin nicht aus den Augen.

»Aha.«

»Mittlerweile habe ich erfahren, dass ich eine von vielen war.«

»Wirklich?« Trotz Make-up und Rouge konnte ich sehen, wie die Farbe aus ihrem Gesicht wich.

»Ja. Diese Fotos – die hat er mit uns allen gemacht.«

Ich wartete ein paar Sekunden, bevor ich die Bombe, die bis jetzt nur eine Attrappe war, platzen ließ.

»Und ich weiß auch, dass Sie und er ...«

»Das ist eine Lüge«, fuhr sie mich sofort an, noch bevor ich den Satz beendet hatte. Dabei huschte ihr Blick über die gläsernen Wände des Think Tanks.

»Mir ist das völlig egal, glauben Sie mir – aber was mir nicht egal ist, dass es nicht nur diese Fotos gibt, sondern er auch Aufzeichnungen über seine Affären geführt hat«, log ich weiter.

»Das stimmt nicht, auf seinem Computer befindet sich nichts darü-« Sie stoppte.

»Doch. Er hat die Dateien versteckt. Und ich weiß, wo ich diese Aufzeichnungen finde. Er hat es mir gesagt.«

»Wo?« Ihre Zurückhaltung war verflogen. Ich schüttelte den Kopf.

»In spätestens einer Stunde werden hier Beamte auftauchen mit einem Durchsuchungsbeschluss. Und sie werden seinen Computer beschlagnahmen. Wenn Sie mich vorher dranlassen, dann werde ich die Datei finden und sicherstellen, dass sie nicht in falsche Hände gelangt.« Ich trat einen Schritt näher an sie heran und ließ meinen Blick zu ihrem Ehering gleiten. »Und wir alle müssen uns keine Sorgen mehr machen.«

Sie zögerte kurz, dann nickte sie und brachte mich an Anton

Jägers Platz. Hannes ging mit der Journalistin zurück in den Think Tank, um einige »Details« zu klären. Ich wusste, dass er das nur für mich tat.

Jäger hatte Hunderte Ordner und Unterordner und wieder Unterordner. Ich gab in den Suchbalken »Filmkritiken«. Sofort erschien ein Ordner und ich klickte darauf.

Auf dem Bildschirm erschien eine Liste von 7800 Dateien. 7800 Filmkritiken. Und in einer davon versteckte sich meine Vergangenheit. Kein Wunder, dass die Journalistin nichts gefunden hatte. Selbst wenn man wusste, wo man zu suchen hatte, war es unmöglich.

Ich fing bei A an, öffnete jedes einzelne Dokument, aber alles, was ich fand, waren tatsächlich Filmkritiken. *A beautiful mind*, vier Sterne. *About a boy*, vier Sterne. *Alice*, drei Sterne.

Das dauerte zu lange. Wollte ich alle Dateien durchsuchen, brauchte ich Stunden. Und bei der Größe würde es genauso lange dauern, alle in einen Filehosting-Dienst zu verschieben. Wieso hatte ich keinen USB-Stick mitgebracht?

Ich sah auf die Uhr. Wie lange würde Hannes mir noch den Rücken freihalten können? Und ich war unverändert bei den Filmen mit dem Anfangsbuchstaben A.

Ich fuhr mit dem Cursor weiter, kein Titel sprang mir ins Auge. Mittlerweile war ich bei den Titeln mit B. Ich wurde immer nervöser. Eine laute Stimme war aus der Richtung des Eingangs zu hören. Ich schaute sofort hoch, aber es waren nur zwei Männer, die diskutierten.

Ich musste mich beeilen. C. D. E. F. Meine Hand umklammerte die Maus. Sollte ich anders suchen? Nach Datum des Eintrags? Scheiße, das funktionierte nicht. G. H. I. Wie viele Filme gab es überhaupt? Und wie sollte ich einen finden, der im Zusammenhang mit mir stand? J. K. L.

La Boheme.

War es das? Eine Opernverfilmung? Ich öffnete die Datei. Aber es war nur eine weitere Rezension. Ich versuchte es bei *La Traviata.* Auch nichts. Welche Opernfilme gab es noch? Maria hatte nie in einem mitgespielt, aber das war die einzig plausible Spur, die mir einfiel. Es musste ein Film sein, der mit ihr in Verbindung gebracht wurde. Mit uns beiden. Und da gab es nur einen, der mir einfiel.

Ich scrollte zurück zum Buchstaben C.

Dieser Titel. Ich hatte ihn übersehen, aber als ich ihn las, wusste ich, dass ich recht hatte. Ich klickte auf die Maus, auf dem Bildschirm öffnete sich die Datei *Carmen*. Das einzige Mal, dass ich mit Maria Fiore gemeinsam gesungen hatte. Dieses beschissene Video auf YouTube.

Und im nächsten Moment erschien meine ganze Geschichte auf dem Monitor vor mir.

32.

Ein Teil von mir wünschte sich, einfach zu verschwinden. Nichts über mein erstes Jahr in diesem fensterlosen Raum in der Wohnung in London zu lesen. Da standen Einzelheiten über die Einrichtung – der Eichenschrank mit den Goldbeschlägen, die weiße Stehlampe mit dem Rüschenschirm, der Ohrensessel –, ich war damals vier Jahre alt gewesen und hatte das längst vergessen. Jetzt tauchte alles unter den Nebelschwaden meiner verdrängten Erinnerungen auf.

Nirgends gab es einen Hinweis, woher Anton Jäger diese Informationen hatte. Henriette musste ihm all das erzählt haben, wer sonst hätte darüber Bescheid gewusst? Wer sonst, außer Maria?

»Und? Haben Sie alles gefunden?«, fragte die Journalistin hinter mir.

Ich fuhr hoch und verstellte ihr den Blick auf den Monitor. Sie sah verärgert aus, wo war Hannes? Ich konnte ihn nicht entdecken.

»Haben Sie gefunden, was Sie gesucht haben?«, zischte sie.

»Ja, habe ich.«

»Was tun Sie dann noch hier? »

»Ich muss sichergehen, dass es sich nicht um für die Ermittlung relevante Informationen ...«, fing ich an zu schwafeln und sah mich hilfesuchend nach Hannes um.

»Das war nicht ausgemacht ...«, unterbrach sie mich.

»Wo ist mein Kollege?«

»Er hat einen Anruf bekommen.«

»Verstehe. Wenn er wieder da ist, werden wir …«

»Wir werden gar nichts. Verkaufen Sie mich nicht für blöd. Sie haben gesagt, Sie wollen die Aufzeichnungen vernichten. Nicht sie auswendig lernen.«

»Sicherstellen habe ich gesagt, von vernichten war nie …«

»Entweder Sie gehen jetzt und lassen mich an den Computer, oder ich rufe den Sicherheitsdienst.«

»Ich brauche noch eine Minute.«

Sie drehte sich um und stöckelte davon.

Ich setzte mich wieder hin. Meine Finger auf der Maus zitterten, ich konnte nicht klar denken. Immer wieder warf ich einen Blick über meine Schulter. Was sollte ich tun?

Der Filehosting-Dienst! Das Dokument war klein genug, um es schnell hochzuladen. Aber vorher musste ich es mit einem Passwort schützen. Für den Fall, dass es mit dem Hochladen nicht klappte. Ich fuhr mit der Maus auf den Menüpunkt ›Datei‹.

Dabei scrollte ich unabsichtlich die nächsten Seiten durch. Und da las ich diesen Namen. Mit seinen drei Rufzeichen stach er ganz oben im Text hervor.

Anm.: LAURA!!!

Ich erstarrte. Laura, Laura, Laura, Laura, Laura. Der Name hallte in mir nach wie das Echo eines Gongs. Mir wurde schlecht, alles drehte sich. »La mia ragazza?«, schoss es mir durch den Kopf. Ich bekam keine Luft. Laura.

Und plötzlich ging alles ganz schnell.

Jemand lehnte sich über meine Schulter, und noch bevor ich begriff, was passierte, wurde eine Tastenkombination gedrückt. Ich konnte nicht mal mit einem Laut reagieren. Da stand »Erase, erase«. Im nächsten Moment war das Dokument verschwunden und der Startbildschirm erschien. Neben mir stand die Journalistin, ich hatte sie nicht bemerkt.

»Wo ist es hin? Wo ist das Dokument?«

»Gelöscht.«

Ich schlug panisch auf die Tasten, um den Vorgang rückgängig zu machen

»Das können Sie sich sparen«, sagte sie. »Wir haben alle das Erase-Programm auf unseren Computern. Damit wir in heiklen Fällen für immer vernichten können, was niemand lesen soll. Und genau das habe ich gerade gemacht.«

Hannes startete den Motor. Er musste sofort zurück ins Kommissariat, Krump hatte ihn angerufen. »Ist alles in Ordnung?«, fragte er.

Nichts war mehr in Ordnung. Gar nichts. Trotzdem nickte ich.

Laura.

Angst, Wut und Hilflosigkeit wechselten einander ab. Wieso hatte ich nicht schneller reagiert? Wer war Laura? Wieso löste dieser Name solche Panik in mir aus? »Bewusst wird nur das, was eine Seele ertragen kann«, hatte die Therapeutin zu mir gesagt. Ich hatte nicht mehr den Eindruck, dass ich irgendwas ertragen konnte. Nicht alleine. Den Termin heute um 17 Uhr bei Dr. Beatrix Machland wollte ich nach dem, was mit Konrad in der Nacht geschehen war, absagen. Aber jetzt wusste ich, ich musste hingehen. Und wenn nötig, dann würde ich Konrad einfach mitnehmen.

Laura. »La mia ragazza?«

»Du hast also nichts gefunden?«, fragte Hannes.

Er parkte zügig aus, stieg aufs Gas und fuhr über die orange blinkende Ampel.

»Doch.«

Hannes trat auf die Bremse, hinter uns wurde gehupt. »Was?«

»Die Aufzeichnungen des Journalisten über mich.«

Er setzte den Blinker und blieb in zweiter Spur stehen.

»Wo sind sie? Hast du sie sichergestellt?«

»Nein. Sie sind gelöscht.«

»Sie sind was?« Er starrte mich an.

»Gelöscht«, wiederholte ich. »Mit dem Erase-Programm.«

»Aber wieso …?«

»Diese Journalistin hat mich überrumpelt.«

Hannes nahm sein Handy und wählte eine Nummer. Ich hörte zu, wie er die Person am anderen Ende fragte, ob eine mit dem Erase-Programm gelöschte Datei wiederherzustellen war. Sein genervter Blick, als er »Bist du ganz sicher? Die Datei ist für immer weg? Auch von der Festplatte?« fragte. Er legte auf und sein Nicken reichte, dass ich verstand. Das einzig Gute daran war, dass die Journalistin nicht wusste, was sie da vernichtet hatte.

»Was stand drin?«, fragte Hannes.

»Die Wahrheit über meine Kindheit. Ab dem Tag, als Maria mich nach London gebracht hat.«

»Sonst nichts?«

»Nein. Sonst nichts.«

»Und woher … wusste der Journalist das?«

Ich verstand sein Zögern. Die angebliche Affäre mit Anton Jäger, die ich bei der Journalistin vorgetäuscht hatte.

»Nicht von mir. Ich kannte ihn nicht. Henriette wurde mit ihm im Café Hawelka gesehen.«

Hannes runzelte die Stirn, dann setzte er den Blinker und reihte sich wieder in den Verkehr ein. Die Kluft, die zwischen uns herrschte, schien durch den Vorfall eben größer geworden zu sein.

Und dann war noch diese Frage, die unaufhörlich in meinem Kopf spukte. Hatte wirklich Henriette dem Journalisten alles über unsere Vergangenheit erzählt? Ich hatte nur ein Mal mit ihr darüber gesprochen – kurz nachdem wir einander gefunden hatten. Danach nie wieder. Als hätten wir eine stille Übereinkunft getroffen, dass es besser war, den Mantel des Schweigens über die Vergangenheit zu legen.

Mein Brustkorb zog sich zusammen. Ich sah aus dem Seitenfenster, der Himmel war grau und voller Gewitterwolken. So wie ich mich fühlte.

Das passte alles nicht. Die ganzen Notizen von Anton Jäger, verfasst in Steno. Weil er befürchtete, dass irgendjemand ihm die Story wegschnappen könnte. Und dann war sie ungeschützt für jeden zu lesen, der in seinen Computer einstieg und wusste, wo er suchen musste. Es sei denn ... er hatte die Notizen nicht vor seinen Kollegen schützen wollen. Sondern vor jemand anderem. Aber vor wem?

Bis Hannes in die Nebenfahrbahn zum Eingang des Kommissariats einbog, herrschte eisiges Schweigen zwischen uns. Regina Steindl wartete bereits, sie winkte, als wären die beiden zu einem Ausflug verabredet.

»Ich hole Konny heute Abend wieder von meiner Mutter und komme mit ihm nach Hause«, sagte Hannes.

»NEIN!«

»Was?«

Meine Angst, Konny nicht schützen zu können, war zu einer realen geworden. Solange ich nicht wusste, was es mit Konrads Sturz heute Nacht auf sich hatte, musste Konny bleiben, wo er war. Aber das konnte ich Hannes nicht sagen.

»Lass ihn noch bei deiner Mutter.«

»Wieso?«

»Weil ... weil ... ich muss mich noch um einen Krippenplatz kümmern.« Das war nicht mal die halbe Wahrheit, aber für die ganze waren Hannes und ich schon viel zu weit auseinandergedriftet.

»Das kann ich auch machen«, sagte er.

»Nein. Lass ihn noch bei deiner Mutter.«

Hannes sagte nichts mehr.

Und ich stieg aus und überließ meinen Platz seiner Assistentin.

Vierte Hypnose-Sitzung, jetzt

»Hallo, Frau Fiore. Oh, ich wusste nicht, dass Sie in Begleitung kommen.«

Die Psychologin stand in der geöffneten Tür ihrer Praxis und sah überrascht über den Rand ihrer Brille. Ihr Blick aus den erstaunlich blauen Augen schwirrte von mir zu Konrad und wieder zu mir.

»Ja. Es hat sich so ergeben.«

»Verstehe, aber besprechen wir das doch drinnen. Bitte, kommen Sie herein.«

Wir schüttelten uns die Hände, dann grüßte sie Konrad, der – wie ich es ihm gesagt hatte – seinen Namen nicht nannte.

Sie brachte uns in den Praxisraum, der unverändert so gemütlich und einladend aussah wie bei meinem letzten Besuch. Nur fiel jetzt kein Sonnenlicht durch die Fenster, es hatte leicht zu tröpfeln begonnen und die Regentropfen klopften beständig an die Scheiben.

»Bitte, setzen Sie sich.« Sie bot mir den grünen Sessel an und stellte für Konrad ihren Schreibtischstuhl ein wenig abseits.

»Also, ich nehme an, es geht um Sie beide …« Sie beugte sich vor, auf dem Tisch zwischen uns lag bereits ein aufgeschlagenes Heft, in das sie einen Blick warf. »Es tut mir leid, ich muss gleich vorausschicken, Paartherapie ist nicht mein Gebiet. Hätte ich das gewusst, hätte ich jemand anderen empfohlen.« Sie hob wieder ihren Kopf und sah zu Konrad. »Sie sind wahrscheinlich Hannes und …«

»Nein. Das ist er nicht«, fiel ich ihr ins Wort, bevor Konrad etwas sagen konnte.

Sie blinzelte überrascht auf. Ihre Reaktion war verständlich.

Als ich vor ein paar Tagen das letzte Mal hier war, hatte ich fluchtartig ihre Praxis verlassen, ohne mich zu verabschieden. Sie hatte mich nach meinen Geheimnissen gefragt und ich war aufgesprungen und fortgelaufen.

»Ach so?«

»Ja, er ist ein Freund. Ich habe ihn gebeten mitzukommen, denn ...«

Ich versuchte, so normal wie möglich zu klingen. Harmlos, als würde ich über eine neue Frisur sprechen oder ein Rezept.

»... ich möchte diese Hypnose machen.«

»Oh.«

»Ja. Man muss im Leben etwas wagen. Ich habe mich dagegen gewehrt, aber das tue ich jetzt nicht mehr.« Das klang, als würde ich es aus einer Frauenzeitschrift vorlesen.

In Dr. Machlands Blick sah ich, dass sie mir kein Wort abnahm. Sie wartete.

»Sie haben doch gesagt, das Unterbewusstsein ist ein Fuchsbau, in dem sich Erinnerungen verstecken«, versuchte ich es wieder.

Sie lehnte sich zurück und nahm ihre Brille ab.

»Ja, ich erinnere mich. Gibt es denn etwas, an das Sie sich erinnern möchten?«

Ich atmete tief ein, mein Bauch zitterte.

»Jemanden. Ihr Name ist Laura.«

»Und Sie wollen sich an Laura erinnern, weil ...?«

Weil ihr Name mich in Panik versetzte. Dieselbe Panik, die die Kissenschlacht mit Hannes ausgelöst hatte. Die ich alleine mit Konny verspürte, weil ich wusste, ich konnte ihn nicht beschützen. Obwohl ich nicht verstand, vor wem oder was, aber die Angst war so greifbar, als würde mir ein Messer an die Kehle gesetzt werden.

Doch statt das zu sagen, schüttelte ich den Kopf. Sie nahm das Heft und den Kugelschreiber vom Tisch und setzte sich wieder die Brille auf. »Okay.« Sie klickte auf das hintere Ende des Kugelschreibers, als wäre sie eine Sekretärin, die ein Diktat aufnimmt. »Es gibt also eine Laura.« Sie begann zu schreiben und sagte: »Ihnen ist – warum auch immer – diese Laura eingefallen.«

Sie sah wieder zu mir hoch. Ihr Blick sagte ganz eindeutig, dass es so nicht funktionierte.

»Das ist es nicht. Es geht um etwas anderes.« Mein Kopf fing an zu pochen. »Ich … ich habe Angst.«

Ich schaute aus dem Fenster, sah aber aus dem Augenwinkel, wie sie Heft und Stift weglegte.

»Das verstehe ich. Nur – wenn Sie mir nicht vertrauen, dann hat das hier keinen Sinn. Können Sie mich ansehen, Carlotta?«

Ihr Blick war mitfühlend und freundlich, er stach wie eine glühende Nadel in ein Geschwür. Und plötzlich fing ich an zu weinen. Die Tränen liefen mir die Wangen herunter.

»Was ist das große Geheimnis, das Sie so quält, Carlotta?«

Ich hörte Konrads Atem. Das Prasseln der Regentropfen. Das Ticken der Wanduhr. Es war ein Gefühl, als würde ich mich auflösen. Ich schloss meine Augen.

»Sie war nicht meine echte Mutter.«

»Wer?«

»Maria.«

»Maria Fiore war nicht Ihre echte Mutter?«

Ich öffnete wieder die Augen, schüttelte den Kopf, ein gekrächztes »Nein« kam aus meinem Mund. Sie reichte mir die Kleenexbox am Tisch, stand auf und ich hörte, wie sie die Vorhänge zuzog. Dann nahm sie wieder Platz.

»Und wer ist Ihr Begleiter?«, fragte sie mich und sah zu Konrad.

»Das ist mein Vater.«

»Ich verstehe.«

Sie nickte, bedeutete mir, die Augen zu schließen und ein paar Mal tief durchzuatmen.

»Lassen Sie jetzt los, Carlotta. Alles, was kommt, ist gut. Sie sind hier in Sicherheit. Wer ist Laura?«

»Ich erinnere mich nicht. Alles ist wirr. Als ich ihren Namen gelesen habe …«

Ich konnte nicht mehr weitersprechen, riss die Augen wieder auf, weil die

Dunkelheit dahinter zu bedrohlich wurde. Schnell und wasserfallartig kamen die Tränen. Das Zeitgefühl ging mir verloren, keine Ahnung, wie lange sie mich weinen ließ. Irgendwann war ich leergeweint, nichts blieb, außer einer unglaublichen Müdigkeit, die in jede Zelle kroch.

»Schließen Sie jetzt Ihre Augen.«

Ganz automatisch tat ich alles, was sie sagte. Entspannte meinen Körper. Atmete in meinen Bauch. Ließ es zu, dass ich das Gefühl hatte, irgendwohin zu driften, wo mir das letzte bisschen Kontrolle entglitt.

»Sie sinken jetzt tiefer. Und tiefer. Und tiefer. Sie lassen los. Lassen alles los. Und jetzt sehen Sie diese Treppe. Sie führt hinunter, am Ende ist eine Tür. Steigen Sie nun die Treppe hinab. Stufe für Stufe ... tiefer und tiefer ... und mit jeder Stufe lassen Sie mehr und mehr los. Alles ist gut, nichts spielt mehr eine Rolle. Nun stehen Sie vor der Tür. Und wenn Sie bereit sind ... öffnen Sie sie.«

Sie sprach weiter, aber ihre Worte rückten immer mehr in den Hintergrund, wurden leiser und leiser.

Ich drückte die Klinke hinunter. Die Tür schwang wie von selber auf. Und dann war ich da. Ich erkannte sofort alles wieder, als wäre ich in einen alten Pullover geschlüpft, der noch immer wie angegossen passte.

Ich befand mich in meinem Zimmer in London. Nicht der fensterlose Raum, in dem ich mit Henriette gelebt hatte. Das hier war mein Kinderzimmer mit den pastellrosa Wänden und den gelben Vorhängen voller blauer und rosa Schmetterlinge. Schön. Die Einrichtung teuer.

Die Stimme von Frau Dr. Machland sagte etwas, das ich nicht verstand. Doch im nächsten Moment lag ich in diesem Bett und weinte nach Henriette. Sie fehlte mir so sehr. Es war noch nicht lange her, dass Maria sie weggebracht hatte.

Die Tür ging auf, Licht fiel vom Flur herein. Im Schein stand Maria, groß und schön und mächtig. Ihre langen schwarzen Haare fielen auf den weißen Seidenmorgenmantel. Sie kam herüber, setzte sich zu mir ans Bett. Ihre weiche Hand streichelte über meine Wange, aber ich hatte nur Angst, solche schreckliche Angst. Ich wollte nach Hause. Bitte lass mich nach Hause, weinte ich. Ich hatte es nicht vergessen. Damals wusste ich es, ich wusste, dass ich nicht hierher gehörte. »Wo ist Henriette?«, fragte ich immer wieder.

Maria wurde wütend, schrie mich an, auf Italienisch. Eine Sprache, die ich nicht verstand. Jemand klopfte an die Tür. Da war eine Frau, nicht viel jünger als Maria. Dunkelblonde Haare zu einem Zopf geflochten. Grüne Augen. Blasse Haut mit Sommersprossen so groß wie kupferfarbene Konfetti. Der Duft von Lavendel breitete sich aus. Alles an ihr roch danach. Maria drehte sich zu ihr, sagte etwas, wieder auf Italienisch. Ich verstand nichts – bis auf den Namen, mit dem sie die junge Frau ansprach.

»… Laura …«

Das war sie. Das war Laura. Sie antwortete, darauf lief Maria aus meinem Zimmer, knallte die Tür zu.

Ich erinnerte mich an die nächsten Tage. Maria war weg, ließ mich mit Laura alleine. Laura redete viel, nannte mich »la mia ragazza«, aber ich verstand nichts. Wer war Laura?

Frau Dr. Machland sprach weiter, ihre Stimme fühlte sich an wie Wellen, die durch meinen Körper strömten.

Ich lag wieder in diesem Bett. Laura war fort, der Duft von Lavendel lag noch in der Luft. Da war Geschrei. Es kam aus einem anderen Teil der Wohnung. Es machte mir Angst. Ich stand auf, schlich aus meinem Zimmer und fand Maria und Laura in der Küche. Sie stritten auf Italienisch, schrien sich mit krebsroten Gesichtern an. Als ich zu weinen anfing, entdeckte mich Maria. Sie stürmte zu mir, holte aus, der brennende Schmerz auf meiner Wange ließ mich taumeln. Bevor ich stürzte, packte sie meinen Arm, schob mich zurück in mein Zimmer und stieß mich hinein. Ich fiel der Länge nach auf den Parkettboden, hörte noch, wie sie die Tür hinter mir versperrte. Und wie Laura weinte.

Ich kroch ins Bett, schluchzte so lange, bis ich vor Erschöpfung einschlief.

Als ich aufwachte, war ich panisch. Da lag etwas auf meinem Gesicht, ich konnte nichts sehen, nicht atmen. Ich wollte es wegstoßen, wand mich, trat um mich, wehrte mich, schlug dagegen. Aber ich war zu schwach, es war sinnlos. Diese Angst, diese unglaubliche Angst. Ich wollte schreien, doch meine Stimme hatte schon längst versagt. Meine Hände gehorchten mir nicht mehr, da war nur noch dieses schwarze Kribbeln. Die Kraft verließ meine Arme und Beine. Lauras Stimme kreischte von weit her: »FERMASI. FERMASI, MARIA!«

Laufende Schritte, lautes Jammern. Und plötzlich bekam ich wieder Luft. Aber ich konnte kaum atmen, als wüsste ich nicht mehr, wie es geht. Alles war verschwommen. Im schwachen Lichtschein durch die geöffnete Zimmertür erkannte ich Maria. Sie stand über mir, überlebensgroß, wie ein Ungeheuer in einem bösen Traum. Als wäre sie nicht von dieser Welt. Vor sich hielt sie zitternd ein dickes weißes Kissen. Hinter ihr Laura, mit ihren beiden Händen Maria umklammernd, als wollte sie sie zurückziehen, dazu der bemüht ruhige italienische Singsang, es klang wie ein Gebet. Und dann sah ich nichts mehr. Alles verschwand und ich versank in die Dunkelheit.

»Carlotta.« Dr. Machlands Stimme war so weit entfernt, als würde sie durch einen langen Tunnel nach mir rufen. »Carlotta, hören Sie mich?«

»W ... was?«

»Geht es Ihnen gut?«

»Hm.«

»Öffnen Sie jetzt langsam die Augen.«

Meine Augenlider waren so schwer, als wären Gewichte daran befestigt. Stückchenweise sah ich mit jedem neuen Versuch immer mehr von Frau Dr. Machland. Sie war aufgestanden, sah besorgt auf mich herab. Ihre Hand lag auf meiner, ich sah es, spürte aber nichts.

»Was ist ... passiert?«, fragte ich.

»Sie haben geweint und geschrien. Wissen Sie das nicht mehr?«

Ich schob mich in dem grünen Sessel hoch. Mein Körper war so müde, als wäre ich um Jahre gealtert. Das Sweatshirt klebte an meinem Hals, ich wusste nicht, ob von Tränen oder Schweiß.

»Sie haben nach Laura gerufen. Immer und immer wieder.«

Laura.

Die Maria davon abgehalten hatte, mich zu ersticken. Das Kissen auf meinem Gesicht. Die Erinnerung war so greifbar, als wäre sie nie fort gewesen. Der Duft nach Lavendel.

In der Nacht, als sie mich gerettet hatte, war es das letzte Mal, dass ich sie sah. Dann war sie verschwunden.

Am nächsten Abend kam Maria in mein Zimmer. Sie sagte, Laura sei tot. Das Unglück passierte, als sie eine Straße überquerte. Laura hatte nicht aufgepasst und war vor ein Auto gelaufen.

Ich war so geschockt, dass ich meine Angst vergaß. Schrie Maria an und gab ihr die Schuld an Lauras Tod. Sie sagte nichts. Sah mich nur an. Ihr Blick verriet, dass ich recht hatte.

Sie hatte mir alles genommen. Ob Henriette überhaupt noch lebte, wagte ich nicht zu fragen.

Ich begriff, dass ich alleine war. Das war der Moment, in dem Julia Fürst aufhörte zu existieren. Sämtliche Erinnerungen verwandelten sich in wirre Hirngespinste, die mich nachts wach hielten.

33.

Manchmal ist das Einzige, was uns hilft, den größten Schmerz zu ertragen, mit jeder Faser des Körpers zu spüren, dass wir am Leben sind.

Der Besuch bei Dr. Machland hatte Konrad verstört, ich merkte im Auto seine verstohlenen Blicke vom Beifahrersitz aus. Aber er sagte nichts und ich konnte nicht über das sprechen, was gerade vorgefallen war. Alles in mir war leer und dumpf, die Fragen, wo Henriette war, ob sie sich in Sicherheit befand, was sie getan hatte, brachten mich wie damals vor so vielen Jahren in diesem Zimmer in London durcheinander.

Wortlos stieg ich hinter Konrad die Stufen im Treppenhaus zu unserer Wohnung hoch, er steckte seinen Schlüssel ins Schloss, um die Tür aufzusperren.

»Es tut mir leid«, flüsterte er und hielt inne.

Mein kraftloses »Was?« war mehr Floskel als Frage.

»Ich war ... ich habe ...«, begann er, doch dann sah er mich an und schüttelte den Kopf. »Später.« Er öffnete mir die Tür und steckte seine Schlüssel wieder ein. »Ist Hannes da?«

»Ja.« Er hatte mir eine SMS geschickt, dass er wartete.

»Gut. Ich muss noch mit Anna reden.«

Mein fragender Blick reichte, und er sagte leise: »Ich kann so nicht weitermachen.«

»Wie?«

Doch Konrad verzog nur einen Mundwinkel zu einem traurigen

Lächeln. Dann klopfte er an die Tür zur Nachbarwohnung. Ich nickte ihm zu, bevor ich unsere Wohnung betrat.

Hannes saß auf der Couch und blätterte im Schein der Leselampe irgendwelche Akten durch.

Wortlos ging ich zu ihm, er war so in seine Arbeit vertieft, dass er mich gar nicht kommen hörte.

»Oh, du bist schon ... was ist?«

Ich nahm seine Hand und zog ihn hoch, drückte mich an ihn. Er hielt mich fest, ich fing an zu weinen. Atmete ihn ein. Mit jedem Atemzug fühlte ich mich ein bisschen lebendiger, als würde sein Geruch mich aus dieser Finsternis, in der ich steckte, zurückholen. Irgendwann löste ich mich von seiner Brust.

Ich wollte alles vergessen. Vergessen, dass er mich verraten hatte. Dass ich meine Geheimnisse vor ihm verschwieg. Dass ich den Mann, den ich so sehr liebte, nicht mehr verstand. Ich wollte nicht mehr daran denken, und sei es nur für eine kostbare Stunde, in der wir nichts anderes waren als zwei Liebende.

Ich fing an, ihn zu küssen.

Als er merkte, dass ich mehr wollte, wich er zurück, aber nur ein bisschen, dann nahm er mein Gesicht in seine Hände und sah mich an.

»Was hast du denn?«

»Schlaf mit mir«, flüsterte ich. Das war alles, was ich wollte. Ihn spüren, mich spüren, seine Haut auf meiner, ihn in mir.

»Warum jetzt?«

»Weil ich keine Angst mehr haben will.«

Sein Blick war bitter und süß zugleich. Seine Lippen suchten meine, fast vorsichtig küsste er mich. Etwas in mir wehrte sich dagegen, ich fing wieder an zu weinen. Er wollte aufhören, aber ich suchte seinen Mund, schmeckte seine Zunge, presste mein Becken an ihn. Und ließ dieses andere, mächtige Gefühl, am Leben zu sein, meine Trauer vertreiben.

Hannes führte mich ins Schlafzimmer, schloss die Tür, legte mich aufs Bett. Behutsam zog er mir die Jeans herunter, das T-Shirt über den Kopf, öffnete meinen BH und streifte meinen Slip ab. Er legte sich neben mich, ich spürte seine Härte auf meinem Oberschenkel, wollte ihn auf mich ziehen. Doch er schüttelte den Kopf, fing an, mich zu streicheln und meinen Körper zu küssen, so zärtlich, als würde er mich bei einer falschen Berührung zerbrechen. Dann zog er sich aus und als er in mich eindrang, sah er mir in die Augen.

Mein ganzer Körper fing an zu beben, meine Schutzmauer stürzte ein. Vielleicht nicht für immer. Aber für diesen Moment. Für diesen Augenblick, in dem ich keine Angst mehr hatte, vor dem, wer oder was ich war und wer oder was er war.

Immer wieder küsste er mich, meinen Hals, meine Brüste. Ich setzte mich auf, meine Beine um seine Hüften geschlungen, um ihn noch mehr und tiefer in mir zu spüren.

Es dauerte nicht lange, bis wir gemeinsam kamen. Ich wollte von ihm runtersteigen, aber er hielt mich fest, so lange, bis wir uns ein zweites Mal liebten.

Unauffindbar

Ich setze die Nadel an und führe sie in die schöne blaue Vene knapp oberhalb des Knöchels. Ein bisschen Blut quillt hervor, aber das macht nichts. Ich trage Handschuhe. Das Bein zuckt, schnell lasse ich los, damit nichts aus der Haut rutscht. Das Blut rinnt in den Plastikschlauch und vermischt sich mit dem Betäubungsmittel. Wunderschön sieht es aus, als sich die beiden Flüssigkeiten vereinen. Wie ein Tanz.

Das Bein wird wieder ruhig. Ich warte. Dann öffne ich den Regler der Infusion. Tropf. Tropf. Tropf.

Ich setze mich hin und sehe zu. Genieße diese Gewissheit, dass hier alle Hinweise sterben. Und niemand mehr nach einem Mörder suchen wird.

Es dauert ein paar Minuten, bis der Körper erschlafft. Erst dann schiebe ich die Liege in die Brennkammer und stelle sie quer, damit wir einander noch ansehen können.

Mit gespieltem Bedauern klatsche ich in die Hände, als täte es mir leid, was ich tue. Dann schließe ich das große Sichtfenster des Ofens. Dabei schaue ich die ganze Zeit in die sterbenden Augen, die sich nur so mühsam offen halten. In jedem Zucken der Lider erkenne ich, dass mein Opfer nicht wahrhaben will, wo es sich befindet. Es versucht herauszufinden, wer diese Person hinter der Maske ist, die ihm das antut.

Noch ein kurzes Aufflackern, dann setzt die Wirkung des Propofols endgültig ein. Die Augen schließen sich.

Ich sehe auf die Uhr, es ist höchste Zeit, ich muss gehen.

In drei Stunden zündet automatisch das Feuer der Hackschnitzelheizung, um über Nacht das Wasser für das ganze Haus zu erwärmen. Nur befindet sich diesmal noch ein anderer Brennstoff im Ofen. Ich lächle bei dem Gedanken, als ich den Heizungskeller absperre. In ein paar Stunden wird sich diese Leiche in Asche auflösen und mit dem Rauch aus dem Kamin über Wien verstreut werden.

34.

20:38

Die roten Leuchtziffern des Weckers waren das Erste, was ich sah, als ich aufwachte. Irgendwas hatte mich geweckt. Hannes lag hinter mir, wir waren beide nackt, er hielt mich eng umschlungen. Sein Körper war warm, ich schloss wieder die Augen, spürte seine Haut, wo sie meine berührte. Und da war er wieder, der Schmerz. Er war nicht verschwunden, hatte sich nur schlafen gelegt, während ein anderer Wirbelsturm in mir getobt hatte. Hannes hatte mich verraten. Hintergangen. Was seine Gründe auch waren – und ich war mir sicher, er hatte welche –, sie spielten keine Rolle. Nicht für mich. Ich stand auf, tappte nach meiner Kleidung.

»Lotta?«, fragte Hannes müde. »Was machst du?«

»Mich anziehen.« BH, T-Shirt und Slip hatte ich gefunden.

»Warum?«

Da war meine Jeans, aber ich hielt in der Bewegung inne.

»Weil du mich betrogen hast.«

»Ich hab dich doch nicht – was redest du da?«

Ich hörte, wie er sich im Bett bewegte, im nächsten Moment erleuchtete der schwache Schein der Nachttischlampe das Schlafzimmer.

»Nenn es, wie du willst, Hannes. Du hast diese Anordnung gegeben. Bist damit sogar zu Krump. Ohne dich wäre niemand auf die Idee gekommen, dass Konrad und ich irgendwelche Scheißvorträge halten müssen.« Die Wut meldete sich wie ein alter Bekannter. Mein zweites Zuhause, so verhasst wie vertraut. »Und dann hast du Konny weggebracht. Wofür ich dir absurderweise sogar dankbar war. Trotzdem – du hättest es nicht tun dürfen.«

»Ich habe Konny zu meiner Mutter gebracht, damit wir in Ruhe überlegen können, was wir jetzt machen, wo Henriette nicht mehr da ist. Fanny muss in die Schule und ...«

Ich wusste, dass er recht hatte. Trotzdem beharrte ich: »Du hättest es mir sagen müssen.«

Er setzte an, etwas zu sagen, ich erwartete, dass nun dieses Spiel von Rechtfertigung und Anschuldigung losgehen würde, aber Hannes hielt kurz inne. Und dann sagte er nichts. Er zog nur die Beine an, stützte sich mit den Ellbogen auf den Knien ab.

Vom Fußboden begann es, rhythmisch zu brummen.

»Ist das dein Handy?«, fragte ich.

»Vergiss mein Handy. Rede mit mir, Lotta.« Er sah mich auffordernd an. »Bitte, rede mit mir.«

Mit jedem Brummen seines Telefons wurde mein Wunsch, ihm endlich die ganze Wahrheit zu sagen, größer. Doch mit Geheimnissen ist es wie bei einem Dominospiel. Wird der erste Stein erst umgeworfen, folgen alle anderen.

Ich bückte mich, griff in seine Jeans und hielt ihm das leuchtende Display entgegen, auf dem Krumps Name blinkte. Er nahm es, doch statt ranzugehen, wies er den Anruf ab.

Keine Sekunde darauf fing sein Telefon erneut an zu brummen.

»Geh ran.«

»Nein.«

Krump würde nicht lockerlassen, ich schnappte mir Hannes' Handy und drückte auf den Annahmeknopf.

»Ja?«

»Wer ist da? Ich will mit Fischer sprechen.«

»Warum?«

»Fiore, sind Sie das? Geben Sie mir Fischer. Aber schnell«, sagte Krump.

»Warum?«

»Das geht Sie nichts an. Sie sagen jetzt Fischer, dass ich ihn brauche. Sofort. Teambesprechung in 20 Minuten im Kommissariat.«

Jemand sagte etwas zu Krump, das ich nicht verstand, er fluchte darauf so laut, dass ich reflexartig das Handy vom Ohr weghielt. Hannes nahm mir das Telefon ab.

»Hier Fischer ... was? Wann? ... Ja, ich bin in 20 Minuten da.«

Noch mit dem Handy in der Hand sprang er aus dem Bett, griff nach der Jeans, schlüpfte hinein, zog sich sein T-Shirt über. Ich folgte ihm in den Flur.

»Eine Hauptverdächtige ist verschwunden«, sagte er.

»Wer?«

»Die von dem Journalistenmord.«

»Die Visagistin? Aus dem Burgtheater?«

»Ja, ich muss los.«

Er hatte bereits die Schuhe an, griff nach seinem Autoschlüssel, dem Sakko und hatte schon die Tür geöffnet, da ließ er die Klinke mitten in der Bewegung los und drehte sich um.

»Tu das nicht. Stoß mich nicht wieder von dir weg. Wir alle machen Fehler ...«

Das Handy in seiner Hand begann wieder zu brummen.

Er wollte mich küssen, aber ich wich zurück, seine Lippen trafen ins Leere. Hannes schluckte schwer, er drehte sich um und ging aus der Tür. Ich hörte noch, wie er sich mit »Ja, ja, ich bin ja schon unterwegs« meldete.

Ich weiß nicht, wie lange ich stehen blieb. Es fühlte sich an wie ein Verband, der zu schnell von einer offenen Wunde entfernt wurde.

Journalistenmord. Irgendwann überlagerte dieses Wort den

Schmerz und hallte wie ein Echo nach. Anton Jägers Tod war also offiziell kein Selbstmord mehr. Ich wusste nicht, warum mich diese Information so beunruhigte, es war keine Neuigkeit. Trotzdem löste sie ein Frösteln in mir aus. Was hatte Sandra ausgesagt? Wieso galt sie als Hauptverdächtige? Was hatte Konrad heute mit Krump besprochen, als er alleine mit ihm im Innenministerium war? Hatte er ihm von unserem Verdacht erzählt?

»Konrad, bist du da?«, rief ich. Keine Antwort.

Die Tür zu Konrads Zimmer war geschlossen, ich klopfte leise. Nichts. Dann lauter. Als ich noch immer nichts hörte, öffnete ich. Sein Bett war leer, er war bei Anna geblieben. Wenigstens das, dachte ich. Einfach so hinübergehen und ihre Versöhnung stören war nicht notwendig, ich konnte Anna anrufen und Konrad am Telefon fragen. Mein Handy war in meiner Tasche. Wo war die? Im Flur konnte ich sie nicht finden, dann musste sie im Wohnzimmer sein. Ich war erleichtert, als ich sie auf der Couch sah. Auf dem Tisch davor lag noch immer die aufgeschlagene Akte, die Hannes durchgesehen hatte. Ich setzte mich hin und warf beiläufig einen Blick hinein, während ich meine Tasche auf den Schoß nahm. Und erstarrte mitten in der Bewegung. Die Tasche glitt zu Boden. Das war die Akte über Anton Jäger. Oben lag ein Vermerk mit dem heutigen Datum.

Bei der erneuten Überprüfung der Spurensicherung wurde festgestellt …

Ich flog über die Zeilen, die Worte krochen unter meine Haut.

Der Sicherungskasten in Anton Jägers Wohnung war manipuliert worden. Darum war die Sicherung nicht rausgesprungen, als der Föhn in die Badewanne fiel. Und nicht, weil die Leitungen so alt waren. Es war professionell gemacht und Zufall, dass es entdeckt worden war. Einer der Beamten hatte als Elektriker gearbeitet, bevor er zur Polizei wechselte. Er hatte bemerkt, dass ein Anschluss in dem Sicherungskasten ausgetauscht worden war. Das hätte auch der Selbstmörder vor seiner Tat tun können – aber wer bringt sich um und gibt sich dabei solche Mühe zu verhindern, dass seine Manipulation unentdeckt bleibt?

Konrads Sturz im dunklen Treppenhaus – sofort fiel mir ein, was der Elektriker der Wiener Stadtwerke zu mir über den Stromausfall gesagt hatte. *»Wenn sich einer damit auskennt ...«*

Ich sprang von der Couch, rannte hinüber zu Anna und hämmerte gegen die Tür. Sie machte nicht auf, das kleine Lichtfenster über der Tür war dunkel.

»Anna, hier ist Lotta!«

Nichts. Ich lief wieder zurück, mein Handy, wo war mein verdammtes Handy? Ich leerte den Inhalt der Tasche auf den Boden, es kullerte heraus und rutschte unter die Couch. Ich legte mich auf den Bauch, fischte danach. Endlich hatte ich es, suchte noch im Liegen Annas Kontakt, drückte auf wählen. Es läutete ein paar Mal, aber sie ging nicht ran. Ich versuchte es wieder.

»Lotta?« Endlich. Es war laut bei Anna, Stimmengewirr im Hintergrund, quietschende Geräusche, Metall auf Metall.

»Wo seid ihr?«

»Wie bitte?«

»WO DU BIST?«

»Im Krankenhaus.«

»Warum, was ist los?«

»Ein Notfall und niemand anderer war verfügbar. Schon wieder, dabei hab ich mir diese Woche fr-«

»Konrad ist nicht mehr bei dir?«

»Nein. Wieso *nicht mehr?*«

»Vor zwei Stunden, da war er ...«

»Nicht bei mir. Ich war nicht zu Hause, Lotta. Ich bin seit heute Nachmittag im Krankenhaus.«

Konrad hatte geklopft. Dann war ich in die Wohnung gegangen. Ich hatte nicht gesehen, wie Anna öffnete.

»Was ist mit Konrad?«, fragte Anna.

»Ich weiß es nicht. Falls er bei dir auftaucht, ruf mich an.«

Ich legte auf, versuchte, Hannes zu erreichen, aber es kam das Signal, dass er gerade ein Gespräch führte. Ich hinterließ eine Nachricht, er solle mich sofort anrufen, wenn er das abhörte und Konrad sei verschwunden. Wie ein Tiger im Käfig rannte ich durch das Zimmer.

Konrad. Er hatte gesagt, er könne so nicht weitermachen. Vielleicht hatte er nicht Anna gemeint. In der Nacht, als er im Treppenhaus gestürzt war, hatte er getrunken. Getrunken! War es das? Wenn jemand wusste, was es bedeutete, einer Sucht ausgeliefert zu sein, dann ich. Konrad hatte wieder zu trinken begonnen. Vielleicht saß er jetzt irgendwo und tat das? Ich zog mich an, es gab vier Lokale in der Nähe.

Beim Italiener war er nicht. Auch nicht beim Türken. Als ich zum Wiener Gasthaus lief, war jeder Schritt ein einziges Flehen. Er war nicht da. Das kleine schäbige Café, meine letzte Anlaufstelle, hatte heute geschlossen. Es gab so viele weitere Lokale, ich konnte sie nicht alle absuchen. Und was, wenn ich mich irrte? Ich rannte zurück zur Wohnung, klammerte mich an die Hoffnung, Konrad sei in der Zwischenzeit gekommen, würde auf mich warten.

Das Treppenhaus lag da wie ausgestorben, ich nahm zwei Stufen auf einmal. Etwas Silbriges glitzerte im Eck unter einer der Stufen. Noch bevor ich mich runterbeugte, wusste ich, was da lag. Es waren Konrads Schlüssel. Mit denen er mir vor ein paar Stunden aufgesperrt hatte. Ich hob sie auf, sie waren feucht. Das war Blut.

Der missglückte Sturz im Treppenhaus. Der Gedanke, ob jetzt wieder jemand versucht hatte, Konrad die Treppe hinunterzustürzen, war wie eine Zwangsjacke, die mich blitzschnell einschnürte. Ich rannte runter, suchte weitere Spuren, fand aber nichts, auch kein weiteres Blut.

Zurück in der Wohnung, versuchte ich wieder, Hannes zu erreichen, aber er ging noch immer nicht an sein Handy. Ich musste logisch denken. Der offizielle Weg dauerte ewig – alles überprüfen, Aussage aufnehmen. Ich brauchte sofort Hilfe. Wen konnte ich sonst anrufen? Franz. Seine Nummer musste im Handy sein, er hatte mir am Vormittag eine Nachricht auf der Mobilbox hinterlassen.

»Ja?«

»Franz, ich brauche deine Hilfe.«

Der Polizist hörte zu, als ich von dem Blut erzählte und sagte, Konrad sei etwas zugestoßen.

»Seit wann ist er weg?«

»Zwei, drei Stunden.«

»Okay, ich leite dich jetzt weiter auf meinen Dienststellenanschluss. Bleib dran.« Es piepste drei Mal, dann erzählte mir eine automatische Männerstimme, ich hätte die Wiener Polizei angerufen und sollte mich ein wenig gedulden, da alle Mitarbeiter im Gespräch seien.

Auf dem Couchtisch lag unverändert die Akte über Anton Jäger. Sandra. Was hatte sie heute ausgesagt? Ich schaltete den Lautsprecher des Handys ein und legte es ab, blätterte die Akte durch, aber es gab keine Informationen darüber.

Bevor Konrad zu Anna wollte, hatte er gesagt, es täte ihm leid. Er könne so nicht weitermachen. Was meinte er damit? Er wusste nicht, woran ich mich während der Hypnose erinnert hatte. Nachdem Dr. Machland mich wieder zurückholte, hatte sie gefragt, ob es in Ordnung wäre, wenn wir Konrad rausschickten, damit er sich ein Glas Wasser holte, er sei ein bisschen blass. Ich hatte mich zu ihm umgedreht, er war nicht nur blass, er war grün im Gesicht.

Wovon hatte er also gesprochen?

Die Akte über seine Suche nach mir. Hatte er etwas daraus gemeint? Ich nahm mein Handy, aus dem unverändert der Warteschleifentext wiederholt wurde, lief in Konrads Zimmer, suchte im Kleiderschrank, der Kommode, dem Schreibtisch, sogar unter dem Bett. Nichts. Die Akte war weg.

Auf dem Nachttisch lag das Buch, das einmal mir gehört hatte. *Die Mäuse der drei Stanisläuse.*

Und da wusste ich, wo Konrad die Akte versteckt hatte.

Die Waschmaschine war schwer, ich bekam sie gerade so weit von der Wand weg, dass ich dahinter greifen konnte. Der schwarze Stoffsack, den ich hervorholte, war neu. Ich setzte mich auf den Boden, holte alles daraus hervor.

Da war die Akte. Und ein Foto. Von mir, ich konnte nicht älter als drei Jahre darauf sein. Die nackte Angst brandete in mir hoch. Aber sie durfte mich nicht unter sich begraben. Nicht jetzt.

Wann meldete sich Franz endlich, wieso dauerte das so lange? Unverändert bat mich die elektronische Ansage um Geduld. Ich blätterte hastig die Akte über Konrads Suche nach mir durch, fuhr jede Zeile mit dem Zeigefinger ab, um nichts zu überlesen. Es war sinnlos, wenn ich nicht wusste, was ich finden musste. Die ›Warums‹ fuhren Achterbahn in meinem Kopf. Warum hatte ich nicht anders reagiert, als Konrad gestern Nacht gestürzt war? Warum hatte ich Annas Hinweis, dass da wer war, der Konrad gestoßen hatte, nicht ernster genommen? Warum hatte ich mich mit seiner betrunkenen Antwort zufriedenstellen lassen?

Ich rannte zurück ins Wohnzimmer, kramte noch mal alle von Anton Jägers Rechnungen voller Notizen hervor. Was verdammt noch mal bedeuteten sie? Und vor wem wollte er sie schützen?

Das Gefühl durchzudrehen, als ich diese Hieroglyphen anstarrte, ohne sie entziffern zu können, machte mich so wütend, ich wollte schreien. Alles unlesbar. Ich hatte versucht, die Zeichen im Internet zu überprüfen, aber die paar, die ich entziffern konnte, ergaben keinen Sinn. Als wären das alles Abkürzungen.

Und das machte es unmöglich herauszufinden, was da außer dem Namen »Fiore« stand.

Ich warf alle von mir. Sie landeten kreuz und quer auf dem Teppich verstreut.

»Carlotta? Hier ist Franz. Sorry, hat bisschen gedauert.«

Ich riss mein Handy hoch. »Ja, was?«

»Ich hab eine Personenbeschreibung von Konrad an die Dienststellen durchgegeben. Da keine Gefahr im Verzug vorliegt, müssen wir 48 Stunden warten, bis –«

»Nein, es muss sofort –«, kreischte ich.

»Es tut mir leid. Aber bis wir nicht …«

Franz sprach weiter, ich hörte ihm nicht mehr zu. Mein Blick war auf zwei der Notizen von Anton Jäger gefallen. Sie überlappten einander in der Mitte. Trafen sich an einer Stelle, an der auf beiden zwei gleiche Zeichen standen. Sie waren zusammengeschrieben, ein auf den Kopf gestelltes U neben einem nach rechts oben leicht schief liegenden normalen U.

Ich fiel auf die Knie. Aus der Entfernung hörte ich Franz' blecherne Stimme aus meinem Handy: »Hallo? Bist du noch dran? Carlotta?«

Kamen diese beiden Zeichen noch woanders vor?

So schnell ich konnte, schob ich die Zettel vor mir her, legte sie nebeneinander, wie die Teile eines Puzzles. Ich hatte recht, sie wiederholten sich auf vier weiteren Notizen. Aus meinem Handy erklang das Besetztzeichen. Franz hatte aufgelegt.

Ich drückte auf die rote Taste, öffnete die Internet-Suchleiste, gab Stenografie-Alphabet ein, wechselte zu den Bildern, klickte auf das Erste und sofort füllte es das Display aus. Neben jedem Buchstaben stand das dazugehörige Steno-Zeichen. Das auf den Kopf gestellte U war gleich der zweite Buchstabe. B. Das umgekehrte U stand in der zweiten Reihe, es war ein M. BM.

Was sollte das heißen? BM? Bürgermeister? Bundesministerium? Baumeister?

Ich gab die Buchstaben in das Suchfeld des Browsers ein, fügte

Wien dazu und klickte auf »Suchen«. Die Liste der verschiedenen Ministerien erschien.

Ich wollte schon die Seite schließen, da ploppte ein Feld auf. Es war Werbung, drei Firmenadressen, Berat Melek – BM-Gebrauchtwagenhändler, Bence Maager – BM-Installateur und Bernhard Millinger – BM-Entsorgungsfirma. Bei allen dreien bedeuteten die Buchstaben BM die Initialen des Firmeninhabers.

Ich starrte zum nachtschwarzen Fenster. BM. Waren das die Initialen eines Namens? BM. BM. BM. Und plötzlich wusste ich es. Alles ergab einen schrecklichen Sinn. Ich verstand, wen Anton Jäger damit gemeint hatte.

Beatrix Machland. Meine Therapeutin.

35.

»Bist du dir sicher, dass er hier ist?« Franz schob sich seine Uniformkappe aus der Stirn. Wir standen vor einem Altbau im 7. Bezirk, ein schmuckloses Haus mit grauer Fassade.

»Machland – Hallhuber«. Bevor ich etwas sagen konnte, drückte Franz auf den Klingelknopf neben dem Doppelnamen auf der Gegensprechanlage. Das Summen des automatischen Türöffners folgte keine drei Sekunden später. Als würde sie mich erwarten. Hatte sie von meinem ersten Besuch an gewusst, wer ich war? Anton Jäger kontaktiert? Hatte er so Henriette gefunden? Kannten sich die beiden Frauen?

Nachdem ich begriffen hatte, dass BM auf Anton Jägers Notizen Beatrix Machland bedeutete, wollte ich augenblicklich los. Aber das alles wurde zu groß für mich alleine. Ich versuchte noch mal, Hannes zu erreichen, er ging nicht ran.

Franz meldete sich sofort, widerwillig suchte er für mich die Privatadresse der Therapeutin aus dem Melderegister und stockte, als ich sagte, er solle mich dort treffen. Bewaffnet. Denn Konrad wäre dort und brauchte Hilfe. Danach hatte ich einfach aufgelegt.

Bis ich vor der Adresse im Halteverbot parkte, wusste ich nicht, ob Franz kommen würde. Ein paar Sekunden nach mir fuhr er im Polizeiwagen vor.

»Das muss aber schnell gehen, ich habe nicht viel …«

»Welcher Stock?«, unterbrach ich Franz und wollte die Treppen hochgehen. Er hielt mich zurück und deutete zum Lift.

»Es ist die Dachgeschosswohnung.«

Der Aufzug war noch aus der Nachkriegszeit, er fuhr nur in den achten Stock, die Wohnung lag einen Stock darüber. Franz stieß die Tür des Lifts auf, Lachen, Gläserklirren und Musik schwappten uns entgegen.

»Du hast rausgefunden, dass Konrad auf einer Party ist? Darum soll ich mit?«, fragte er und drehte sich zu mir.

Ich ging an ihm vorbei. Luftballons, Papierschlangen und Plastikblumen säumten den Weg hinauf zur Wohnung.

Der Eingang stand offen, es war ein riesiges Loft mit ausgelassenen Menschen in schicker Kleidung, die tanzten, tranken, sich unterhielten. Links neben der Tür ein Tisch, auf dem sich Geschenke türmten und in der Mitte des Raums ein meterlanges Banner, auf dem »HAPPY BIRTHDAY« stand.

»Carlotta?«, fragte eine verwunderte Frauenstimme von rechts. Dr. Beatrix Machland stand in einem schwarzen Cocktailkleid mit tiefem Ausschnitt und einem Glas Sekt in der Hand neben mir. Und sie hätte nicht überraschter aussehen können. Im nächsten Moment lachte sie glockenhell auf und legte ihre rot lackierten Fingernägel auf die Lippen. »Nein, das ist mir noch nie passiert. Mit wem sind Sie hier, wer hat Sie mitgebracht?«

Ein großer blonder Mann aus der Menge sah zu mir herüber, er steuerte auf mich zu, doch dann ging er an mir vorbei.

»Oje, sind wir zu laut? Ich dachte mir schon, dass es Ärger geben wird. Wer hat sich beschwert?«

Franz war hinter mir aufgetaucht, in seiner Polizeiuniform stand er in der Tür.

»Wo ist er?«, fuhr ich Dr. Machland an.

»Wo ist wer?«, fragte sie.

»Konrad. Sagen Sie mir, wo er ist!«

Einige der Partybesucher hatten uns jetzt auch bemerkt und wurden leiser.

»Ich verstehe nicht«, sagte Frau Dr. Machland und sah verwirrt zu dem blonden Mann und zu Franz.

»Verarschen Sie mich nicht«, brüllte ich.

»Trixi?« Der blonde Mann stellte sich neben die Therapeutin. »Wer ist das?«

»Das ist …«, begann sie, aber ich ließ sie nicht weiterreden.

»Konrad. Der Mann, mit dem ich heute in Ihrer Praxis war. Wo ist er?«

»Sie meinen Ihren Vater?« Wenn ihre Überraschung gespielt war, dann war es perfekt.

»Hä?«, hörte ich Franz hinter mir.

»Was ist denn mit ihm?«, fragte sie.

»Sagen Sie es mir.«

»Ich verstehe nicht …«, sagte Dr. Machland und sah wieder zu Franz.

»Trixi, was soll das alles?«, begann der Blonde. Die Musik war nun auch abgedreht worden.

»Ist schon gut, Stefan. Was ist denn passiert, Carlotta?«

»Können Sie mir bitte sagen, was Sie von meiner Frau wollen?«, sagte der Blonde und baute sich vor mir auf. »Wenn das nämlich kein blöder Scherz zu ihrem Geburtstag ist, dann möchte ich Sie jetzt bitten zu gehen.«

»Sie haben heute Geburtstag?«, fragte Franz.

»Ja«, antwortete ihr Mann an ihrer Stelle.

Mir wurde schwindlig. Hatte ich mich geirrt?

»Was ist passiert, Carlotta?«, wiederholte die Therapeutin.

»Wo ist Konrad?«, fragte ich, aber ich glaubte selber nicht mehr, dass sie die Antwort wusste.

»Ich habe Ihren Vater das letzte Mal gesehen, als Sie gemeinsam meine Praxis verlassen haben. Dann hat mein Mann mich abgeholt, wir sind hergefahren und haben alles für die Party vorbereitet.«

»Aber ich habe doch ... Ihr Name ...«

»Es tut mir leid, ich weiß nicht, wo Ihr Vater ist. Fragen Sie meinen Mann, er wird Ihnen alles bestätigen.«

»Sie wissen es nicht?«

»Nein. Was ist denn geschehen?«

Es war ein Gefühl, als würde ich mich von mir selber lösen, wie ein Abziehbild.

»Und Sandra Markovich und Sie ...?«

»Äh ...«, begann Franz, wurde aber von Dr. Machlands »Wer ist das?« unterbrochen.

»Hören Sie zu«, sagte der Blonde, »ich weiß wirklich nicht, was hier los ist, aber ich finde ...«

Ich spürte, wie Franz mich am Arm nahm. »Und ab jetzt ein bisschen leiser«, sagte er zu Dr. Machlands Ehemann, dann schob er mich aus dem Loft die Stiegen runter. Der Lift stand noch da, Franz öffnete die Tür, und als sich der Aufzug in Bewegung setzte, sagte er: »So. Was hat das alles zu bedeuten?«

Alles drehte sich, die Wände des Aufzugs kamen auf mich zu, das Blut in meinen Adern verwandelte sich in Watte. Soeben hatte ich den einzigen Anhaltspunkt, den ich mir in meiner Not zusammengereimt hatte, verloren. BM. Natürlich bedeutete das Bundesministerium. Anton Jäger war Journalist. Was hatte ich mir nur gedacht? Wertvolle Zeit verloren, in der Konrad weiß Gott wo war.

»Sandra Markovich ... sie muss es sein«, sagte ich mehr zu mir. Sie war es von Anfang an. Die riesige Frau. Und ich hatte mich von ihr täuschen lassen. Wieso hatte sie versucht, Konrad etwas anzutun?

»Was?«, fragte Franz.

»Sie weiß, wo Konrad ist.«

Franz beugte sich zu mir und schaute mich mit demselben Blick an wie der Mann von Dr. Machland eben.

»Sag mal, das wird jetzt alles ein bisschen …«

»Doch. Sie muss es sein.« Ich wusste nicht, wieso sie mir den Hinweis auf Anton Jägers Computer in der Redaktion gegeben hatte. Vielleicht, weil sie das automatisch für mich aus dem Kreis der Verdächtigen entließ? Mir blieb die Luft weg. Wie hatte ich so dumm sein können?

»Sie hat versucht, Konrad über das Geländer zu werfen. Es hat nicht geklappt. Deshalb hat sie ihm jetzt wieder was angetan. Ich weiß es.«

Der Lift kam im Erdgeschoss an. Franz machte keine Anstalten auszusteigen, er sah mich mit einer Mischung aus Fassungslosigkeit und Verwirrung an.

»Lotta, Sandra Markovich wurde vor einer halben Stunde gefunden.«

»Ich muss mit ihr sprechen.«

»Das geht nicht.«

»Bitte, Franz, ich muss.«

»Du kannst nicht mit ihr sprechen. Sandra Markovich ist tot.«

Regina Steindl stand im Schein der Straßenbeleuchtung, neben ihr Franz, der kurz vor mir angekommen sein musste und jetzt auf sie einredete. Die Blaulichter der Einsatzwägen leuchteten in der kleinen Gasse und eine Menge Beamte in Zivil und in Uniform schwirrten umher wie ein nachtaktiver Bienenschwarm. Hannes sah ich nicht unter ihnen.

Sandra Markovich war bis zum frühen Abend verhört worden. Über den Inhalt ihrer Aussage wusste Franz nichts Genaues, nur, dass es keine stichhaltigen Beweise für den Verdacht gab, sie sei die Mörderin von Anton Jäger. Sie bat darum, gehen zu dürfen, da sie bei der Vorstellung am Abend Dienst im Burgtheater hatte und so schnell kein Ersatz für sie gefunden wurde. Es war ein schwieriges Stück, Goethes *Faust*, der Mephisto bekam ein aufwendiges

Make-up und Hörner aufgesetzt. Franz hatte es selbst durch einen Anruf in der Theaterdirektion überprüft und bestätigt bekommen. Es gab keinen Grund, sie festzuhalten, nur das übliche »halten Sie sich bereit für eine weitere Befragung«. Doch als sie nicht im Burgtheater erschienen war und sie niemand erreichen konnte, war alles in die Gänge gekommen.

Man fand sie tot in ihrer Wohnung, das war alles, was Franz erfahren hatte.

Ich stellte den Wagen hinter einem der unzähligen Dienstfahrzeuge ab.

»Lotta, ist mit dir alles okay?«, fragte Regina Steindl. »Franz hat mir gerade gesagt, du ...«

»Wo ist Hannes?«, unterbrach ich sie.

»In der Wohnung oben. Aber mich haben sie auch weggeschickt, es darf niemand rauf, die Spusi ist ...«

Ich ging zum Eingang, doch noch bevor ich in die Nähe der Haustür kam, hielten mich bereits drei Beamte auf. Niemanden von ihnen interessierte, dass es dringend war.

»Mich werden sie rauflassen, ich hole ihn«, sagte Franz. Ich hatte nicht bemerkt, dass er mir nachgegangen war, er vergrub die Hände in den Hosentaschen und sah mich unsicher an. »Ist Konrad – stimmt das, was diese Frau gesagt hat? Ist er wirklich dein Vater?«

Seine Frage riss erneut diesen Abgrund auf, die Antwort blieb ich ihm schuldig.

»Ich komme gleich wieder«, sagte er und ging zu den drei Kollegen. Sie sprachen leise, dann wurde gelacht und im nächsten Moment war er im Haus verschwunden.

Regina Steindl sah an der Hauswand hoch, im vierten Stock waren drei Fenster hell erleuchtet und geschlossen. Aus denen daneben, darüber und darunter lehnten Menschen auf den Fensterbrettern und streckten neugierig ihre Köpfe heraus.

»Läuft wohl gerade nichts Gutes im Fernsehen«, sagte sie, als sie mich bemerkte.

»Was ist passiert?«

»Die Frau, die diesen Journalisten getötet hat ...« Sie deutete hoch.

»Sie hat den Mord gestanden?«, fragte ich.

»Nein. Musste sie auch nicht. Sie hat es so gemacht wie bei ihm.«

»Was heißt das?«

»Selbe Vorgehensweise. Sie hat die Sicherung ausgetauscht, damit der Schutzschalter nicht rausspringt und dann den Föhn mit in die Badewanne genommen.«

Ich konnte ihr nicht folgen.

»Der Sicherungskasten war offen«, sprach Regina Steindl weiter. »Und der alte Draht lag daneben. Alles ganz eindeutig. Außerdem gibt es so eine Art Abschiedsbrief.«

Abschiedsbrief. Bedeutete das – »Sandra hat sich umgebracht?«

»Ja. Sie hat es so gemacht wie bei Jäger. Föhn in der Wanne, alles gleicht einem Schuldeingeständnis.«

Die Worte sickerten in mein Bewusstsein, langsam und zäh, wie Schlamm. *Wie bei Jäger.*

»Was steht im Abschiedsbrief?«

»Sie hat ihn nicht geschrieben. Es sind Fotos. Im Wasser schwimmen Fotos von Anton Jäger.«

»Was für Fotos?«

»Selfies, äh, es sind Sexselfies. Anton Jäger hat sich beim Sex mit verschiedenen Frauen fotografiert.«

Die Fotos. Von denen Sandra dachte, ich hätte sie ihr geschickt.

Ich schloss die Augen, um besser denken zu können, aber alles fing an, sich zu drehen. Als wäre ich in der Mitte eines Karussells. Sandras Reaktion, als sie meinen Namen erkannt hatte. Henriettes Verschwinden und ihr Hinweis auf ihre Mutter. Die Notizen, die Anton Jäger vor jemandem schützen wollte. Die *Carmen*-Datei. Seine Zusammenfassung von Konrads Nachforschungen. Henriettes verunglückter Pfleger, der schon in ihrem Heim in der Steiermark bei ihr war.

Das Karussell stoppte. In meinem Kopf rastete etwas ein, wie die Zahnräder eines Uhrwerks. Ich war nicht die Mitte des Karussells. Das war Maria. Maria Fiore war der Ursprung für das alles. Sie war noch immer der kleinste gemeinsame Nenner. Auch jetzt.

»Diese Frau hat sich nicht umgebracht.«

Erst als Regina Steindl »Was?« sagte, begriff ich, dass ich es laut ausgesprochen hatte.

Ich öffnete meine Augen.

»Wir sollen das glauben. Aber sie hat nichts damit zu tun. Sie ist nur ein Kollateralschaden. Damit nicht mehr weitergesucht wird.«

»Ich denke nicht …«, rief mir Steindl nach, als ich zum Auto lief, in dem mein Handy lag.

Ich suchte Krumps Nummer raus. Eine quietschige Stimme hob ab.

»Hier der Anschluss von Polizeichef Heinz Krump.« Kieksstimme.

»Ich muss mit Krump sprechen.«

»Wer spricht da?«

»Carlotta Fiore.«

Tuut-tuut-tuut. Kieksstimme hatte aufgelegt. Ich versuchte es noch mal, aber nach dem ersten Läuten drückte sie mich weg. Wütend lief ich zurück zu Steindl, während ich noch einmal Hannes anrief. Zeitgleich fing es in ihrer Jacke zu läuten an. Das war Hannes' Handy. Darum war er nicht rangegangen, weil seine Kollegin es hatte.

»Ich muss mit Krump sprechen.« Ich packte ihren Unterarm. »Sofort. Wo finde ich ihn?«

»Was?«

»WO WOHNT KRUMP?«

»Beruhig dich«, sagte Regina Steindl und schüttelte meine Hand ab. Sie trat einen Schritt zurück, wischte sich über den Jeansärmel, wo ich sie berührt hatte, verdrehte dabei die Augen, murmelte etwas, das ich nicht genau verstand, bis auf das »durchgedreht«. Ich packte sie wieder am Arm.

»Wo. Finde. Ich. Krump?«, zischte ich durch meine zusammengepressten Zähne.

»Hör auf. Du bist ja wirklich irre. Er ist mit Eva im Fernsehstudio. In einer halben Stunde beginnt seine Late-Night-Talkshow mit Breck.«

36.

»Sie wollen zu wem?«

Ich stand am Empfang des Fernsehsenders. Nur meine zu Fäusten geballten Hände verrieten meine Anspannung. Damit der Portier sie nicht sehen konnte, hielt ich sie an meine Hüften gepresst. Lächelnd wiederholte ich meine Bitte.

»Heinz Krump, der Polizeichef. Wo finde ich ihn, bitte? Ich muss ihn sprechen, bevor die Sendung beginnt.«

Ich hatte versucht, an Krump ranzukommen, aber es war chancenlos. Niemand erreichte ihn, Kieksstimme hatte sein Handy ausgeschaltet.

Der Portier hinter dem Schreibtisch kaute Kaugummi. Ohne mich anzusehen, schob er ein Formular und einen Stift herüber.

»Welche Sendung?«, fragte er beiläufig.

»Maximilian Brecks.«

Er hob eine Augenbraue, sah schwerfällig auf seine Armbanduhr und schüttelte den Kopf. »Sie können in eineinhalb Stunden wiederkommen.«

»Nein. Es ist ein Notfall.«

Er gähnte. »Natürlich ist es das. Wer hat sonst in der Nacht die Idee herzukommen?«

Es war zehn Minuten vor elf. In zehn Minuten begann Brecks Sendung. Live. Das bedeutete, ich hatte noch zehn Minuten Zeit, um Krump zu finden. Wenn jemand eine Großfahndung nach Konrad anordnen konnte, dann er. Und das würde er. Er hatte keine Wahl, wenn er nicht wollte, dass ich der Presse alles vom Drogenmissbrauch seines Sohnes mitteilte. Ich sah mich um. Rechts neben dem Empfang führte ein Treppenhaus, zwei Lifte und zwei ebenerdige Gänge in das Gebäude. Die Pfeile der Hinweistafel hinter mir zeigten an, wo die Studios 1–10, der Kostümfundus, die Technik, die Kantine und der Heizungskeller zu finden waren. Aber selbst wenn ich jetzt loslief, um Krump zu suchen, wusste ich nicht, in welchem der Studios Brecks Sendung gedreht wurde.

Der Portier schien mich gar nicht mehr zu registrieren, er stierte auf den Monitor vor sich, kratzte sich am Kopf und stieß ein heiseres Lachen aus.

»In welchem Studio findet die Sendung statt?«, fragte ich. Er zuckte mit den Schultern, ohne vom Monitor wegzusehen.

»Sie verstehen nicht«, sagte ich sehr laut und straffte mich. Noch nie in meinem Leben hatte ich diese Worte gesagt: »Sie wissen wohl nicht, wer ich bin?«

Er seufzte, hob den Kopf, so langsam, als wäre er eingerostet und sah mich zum ersten Mal an.

»Rufen Sie sofort Maximilian Breck an und sagen ihm, die Tochter von Maria Fiore ist hier. Und will Polizeichef Krump sprechen. Jetzt. Gleich. Vor der Sendung. Und wenn Sie das nicht tun, ich schwöre Ihnen, ich sorge höchstpersönlich dafür, dass morgen jemand anderes auf Ihrem Platz sitzt.«

Keine Minute später hörte ich die eiligen Schritte einer laufenden Person. Eine junge Frau mit kurzen schwarzen Haaren kam um die Ecke, nickte dem Portier zu und streckte mir außer Atem ihre Hand hin. »Frau Fiore, bitte, kommen Sie. Sie haben Glück, die Sendung beginnt etwas später, weil die Nachrichten überzogen haben. Ich hab ihn nicht erreicht, er wird noch in der Garderobe sein.«

Wir liefen einen langen Gang entlang, bogen um drei oder vier

Ecken, bis zu einem Stiegenabgang, gingen ein Stockwerk tiefer, dann wieder eine Ecke, ich verlor die Orientierung. Kein Fenster, überall nur Metallrohre an der Decke und das sonore Rauschen der Belüftungsanlage.

Irgendwoher rief eine blecherne Stimme: »Lilli ... grrrgrrr ... du?« Die junge Frau griff in ihre hintere Hosentasche und zog ein schwarzes Walkie-Talkie heraus. »Lilli hier. Was ist?«, rief sie hinein, die Stimme krachte wieder, nur Wortfetzen waren zu hören. Ich verstand gar nichts, aber sie sagte: »Ach, Mist. Ja, ich komme.«

Sie blieb stehen, deutete in den Gang vor uns. »Bis zum Ende, die letzte Tür rechts. Das ist seine Garderobe. Es tut mir leid, ich kann Sie nicht hinbringen. Aber es ist nicht zu verfehlen.«

Sie machte auf dem Absatz kehrt und rannte in die Richtung, aus der wir gekommen waren. Und ich lief weiter, vorbei an unzähligen gläsernen Schaukästen, die den Gang säumten. Gesichtslose Schaufensterpuppen präsentierten darin Kostüme von Fernsehpromis.

Ein Schild hing rechts neben der letzten Tür. ›Garderobe M. Breck‹ stand darauf.

Verdammt. Ich musste zu Krump, nicht zu Breck. Ich drehte mich um, ob ich die junge Frau oder sonst wen sehen konnte, aber da war kein Mensch. Oder wartete Krump in dem Raum? Ich öffnete Brecks Tür. Niemand da. Eine weitere Tür befand sich am hinteren Ende, wahrscheinlich eine Toilette.

»Ist jemand hier?«

Keine Antwort. Wie sollte ich es jetzt noch zu Krump schaffen, wenn ich nicht mal wusste, wo er war? Ich sah mich nach einem Festnetz-Telefon um, einer Gegensprechanlage, irgendwas. Auf dem weißen Schminktisch befanden sich Tuben mit Make-up, daneben ein kleiner Stoß mit Papieren. Mit einem kurzen Blick erfasste ich die drei alten Fotos, die rechts außen auf dem beleuchteten Spiegel klebten. Sie zeigten alle drei einen jüngeren Breck mit Maria Fiore. Sie mussten bei ihrem letzten gemeinsamen Interview in Wien gemacht worden sein.

Ich drehte mich um, auf der anderen Seite der Garderobe stand eine riesige rotbraune Couch im Kolonialstil, davor ein gläserner Servierwagen als Couchtisch. Über der Tür hing ein Fernseher an der Wand, der stumm Werbung zeigte. Es gab nichts, um mit jemandem im Haus Kontakt aufzunehmen.

Ich hatte mein Handy, aber was nutzte es, wenn ich nicht wusste, wen ich anrufen sollte. »Hallo? Ist hier irgendwer?«, rief ich und trat auf den Gang hinaus.

Alles ruhig. Mein Bemühen, eine der anderen Türen zu öffnen, blieb erfolglos. Jede war verschlossen, ich rannte den Gang zurück, den wir gekommen waren. Wo waren wir abgebogen? Verzweifelt versuchte ich mich zu erinnern, da sah ich die Hinweistafel. Wie beim Empfang zeigte sie die Richtungen für das jeweilige Studio an. Wenn ich wüsste, in welchem Studio Breck drehte, könnte ich es noch schaffen. Die Papiere auf Brecks Tisch, vielleicht stand es darin? Ich rannte zurück, so schnell ich konnte und panisch, ob ich den Weg noch finden würde. Da war wieder der Gang mit den Schaukästen der Kostüme. Und Brecks Tür am Ende, Gott sei Dank. Ich hatte richtiggelegen. Auf seinem Schminktisch lag der Sendungsablauf, im Studio Nr. 4 wurde gedreht. Nach der Begrüßung und Vorstellung von Krump war ein Einspieler von 2 Minuten und 7 Sekunden geplant. Das musste reichen, um mit Krump zu reden, sollte die Sendung schon begonnen haben.

Ich schnappte mir die Papiere, einige lose Blätter fielen mir auf dem Weg aus der Garderobe herunter, ich schlingerte um die Kurve und wäre fast seitlich in den Schaukasten neben Brecks Tür geknallt, hätte ich mich nicht am Glas abgestützt.

Das Kostüm darin. Ein weißer Smoking mit goldenen Fransen an den Ärmeln, tailliert geschnitten, der Kragen mit glitzernden

Swarovski-Steinen besetzt. Das hatte Maria getragen. Als Prinz Orlowski in der *Fledermaus*-Inszenierung der Wiener Oper.

Sofort musste ich an die drei Fotos von Breck und Maria denken, die auf seinem Schminkspiegel klebten.

Ich schaute nach links. Das Garderobenschild. M. Breck. Maximilian Breck. Breck Maximilian.

B. M.

Die beiden Buchstaben auf Anton Jägers Notiz. Schon einmal hatte ich mich heute geirrt. Trotzdem drehte ich mich um und ging zurück in Brecks Garderobe.

Es gab keine Kommode, keinen Schrank, auf den ersten Blick nichts, um etwas zu verstecken. Außer Brecks Schminktisch.

Zwei Laden waren leicht zu öffnen. In der ersten lagen Fanbriefe und kleine Geschenke wie Teddybären oder Plastikblumen. In der zweiten jede Menge Papierkram, Sendungsabläufe vergangener Ausstrahlungen. Ich wollte sie schon wieder zuschieben, da bemerkte ich diese Strähnen, die an der Seite herauslugten. Ich zog daran. Es waren zwei Perücken, in Plastikhüllen verpackt. Je eine schwarze und eine brünette Herrenperücke. Die dritte und größte Lade in der Mitte war versperrt.

Ich setzte mich auf den Boden. Stemmte mich an den Seitenteilen mit den Füßen ab, während ich daran zog. Das Holz krachte, ich flog nach hinten, mit dem Eisengriff in der Hand, den ich herausgerissen hatte. So klappte es nicht. Vielleicht kam ich über die Seite heran, wenn ich eine der anderen Laden herausnahm. Ich kniete mich vor den Tisch. Da war eine Sperre, damit man die Lade nicht ganz herausziehen konnte. Mit ganzer Kraft riss ich ruckartig daran, sie löste sich, rutschte aus der Verankerung und landete auf dem Servierwagen, dessen Glasfläche krachend zersplitterte.

Die verschlossene Lade ließ sich noch immer nicht bewegen, aber nun gab es einen zwei Finger breiten Spalt zwischen Längsseite der Lade und Tischplatte. Ich steckte Zeige- und Mittelfinger hinein, spürte eine glatte Oberfläche. Waren das Fotos? Wie eine Zange schob ich einen Finger darunter und klemmte sie mit dem anderen ein. Einige blieben stecken, fünf zog ich heraus.

Das waren Fotos, die zwei kleinen zeigten einen nackten Anton Jäger. Auf dem ersten steckte er seinen steifen Penis einer Brünetten in den Mund und lachte in die Kamera. Auf dem zweiten saß eine Blondine rittlings auf ihm. Das waren zwei der Sexselfies, wie sie bei der toten Visagistin in der Wanne gefunden worden waren.

Die anderen drei Fotos hatten die doppelte Größe und zeigten alle dieselbe Aufnahme – Maria Fiores Gesicht.

Es handelte sich um drei ihrer Original-Autogrammkarten mit Unterschrift, die ihre Plattenfirma vorrätig gehabt hatte. Nach Marias Tod waren sie gesamt versteigert worden, für eine absurd hohe Summe an einen anonymen Bieter. Bei allen drei Fotos war mit rotem Lackstift ein Herz um Marias Gesicht gemalt. Als hätte es ein schwärmerischer Teenager gemacht.

Auf der Rückseite war das Papier leicht uneben, ich drehte die Karten um. Mit demselben roten Lackstift stand etwas geschrieben.

Maria, ich werde dich immer lieben. Max

B. M. Breck Maximilian. Mit den Initialen, die Anton Jäger auf seinen Notizen hinterlassen hatte, war der Fernsehmoderator gemeint, da war ich mir nun sicher. Aber was hatte Breck damit zu tun?

Im Schminkspiegel bewegte sich ein Schatten. Ich war so auf Brecks Liebeserklärung auf Marias Foto fixiert, dass ich zu spät den Blick hob. Maximilian Breck stand hinter mir. Vor der geöffneten Toilettentür. Sein Gesicht eine wütende Fratze. Er musste die ganze Zeit hier gewesen sein. Ich hastete Richtung Ausgang, hörte noch, wie er mir nachrannte. Beim nächsten Schritt schnellte ich zurück wie ein Gummiband. Mein Kopf wurde nach hinten gerissen, meine Füße wirbelten hoch, ich knallte auf den Boden. Und alles wurde schwarz.

Immer wieder versuchte ich, meine Augen zu öffnen. Es gelang mir nicht. Sie waren so schwer, mein Schädel dröhnte. Ich verlor das Zeitgefühl, konnte keinen klaren Gedanken fassen. Und schließlich fiel ich zurück in die Dunkelheit.

Ein Brummen weckte mich. Mein Herz klopfte wild, ich öffnete die Augen, aber alles blieb schwarz. Wieso konnte ich nichts sehen? Ich lag irgendwo, die Luft war stickig, es war heiß. Voller Panik rang ich nach Atem. Wo war ich? Wie lange lag ich schon hier? Mein Kopf fühlte sich an, als wäre er mit Beton gefüllt und jeder Versuch, mich zu erinnern, prallte auf eine Mauer. Breck. Schemenhaft tauchte sein wütendes Gesicht in meinem Gedächtnis auf. Er hatte mich niedergeschlagen. Ich blinzelte, doch die Dunkelheit ließ sich nicht vertreiben. Ängstlich streckte ich meine Finger aus und stieß sofort gegen einen Widerstand. Mit Händen und Füßen begann ich, die Umgebung zu erfühlen. Ich lag in einer Kiste. War das ein Grab?

Ein Wimmern kam aus meinem Hals, ich fing an, gegen die Decke zu schlagen. Sie gab nach. Sofort hörte ich auf, tastete mit den Fingerspitzen, was das war.

Sprungfedern.

Ich ließ meine Hand auf die Seite gleiten. Die Oberfläche war lackiert und uneben.

Holz. Pressspanplatten.

Die Couch ins Brecks Garerobe? Hatte er mich in den Stauraum gesteckt? Ich fing an, gegen die Federn zu treten, ruckelte daran, zog in alle Richtungen. Dieses Scheißding bewegte sich nicht.

Wenn ich mich auf den Bauch drehte, konnte ich vielleicht auf allen vieren die Sitzfläche wegschieben. Bei dem Versuch, mich umzudrehen, bohrte sich etwas Eckiges in meine Hüfte. Mein Handy. Ich fischte es aus der Hosentasche.

Gott sei Dank, ich konnte das leuchtende Display sehen.

23.42 Uhr. Das bedeutete, ich hatte ungefähr 40 Minuten ohnmächtig hier gelegen. Die ganze Zeit, während Brecks Sendung lief. Wie lange dauerte sie noch?

Der Handyakku war halb voll, aber es gab kein Netz. Ich schaltete das Telefon aus und wieder ein. Statt der Codeeingabe drückte ich auf Notruf und wählte die Nummer der Polizei. Welches Netz hier unten verfügbar war, das Handy würde sich nun darin einwählen.

»Rufaufbau« erschien am Display, darunter wanderte ein Lichtbalken. Und wanderte. Und wanderte. Und irgendwann erlosch das Display.

Nach dem sechsten Versuch gab ich auf. Im Keller des größten österreichischen Fernsehsenders gab es keinen Handyempfang. Darum hatte Brecks Mitarbeiterin ein Walkie-Talkie.

Ich sah auf die Uhrzeit, weitere fünf Minuten waren vergangen. Wie viel Zeit hatte ich, bevor Brecks Sendung vorbei war? Und er zurückkam?

Es war eine Illusion anzunehmen, dass ich dieses Gebäude jemals lebend verlassen würde. Niemand konnte hören, wenn ich hier unten um Hilfe rief.

Wo war Konrad? Was hatte Breck mit ihm gemacht?

Vor Wut und Verzweiflung fing ich an zu strampeln, schlug gegen die Innenseiten des Stauraums, so lange, bis ich keine Kraft mehr hatte. Alles drehte sich, meine Hände und Füße kribbelten, kleine Lichtblitze tauchten vor meinen Augen auf. Ich hielt still, bemühte mich, ruhig zu atmen. Ich durfte nicht ohnmächtig werden, aber genau das kündigte sich an, als es in meinen Ohren laut zu rauschen anfing. Bis vier zählen und einatmen, bis sechs zählen und ausatmen. Je öfter ich es tat, desto mehr spürte ich, wie sich mein Körper beruhigte. Das Kribbeln ließ nach, verschwand, aber das Rauschen blieb unverändert. Das kam nicht von mir. Was war das? Ich hielt den Atem an, um besser zu hören. Und erkannte das Geräusch, von dem ich geweckt worden war. In regelmäßigen Abständen wurde es von einem Surren begleitet. Und schlagartig war es vorbei. Nur Stille. Darum hatte ich es nicht mehr gehört, als ich wach war. Was war das? Der Fernseher? Er hing über der Tür unter den silbernen Rohren der Belüftungsanlage, nicht weit von der Couch entfernt. Und da wusste ich es.

Die Belüftungsanlage! Die Rohre, die durch das gesamte Untergeschoss führten, um es mit Frischluft zu versorgen. Irgendwo mussten sie nach draußen führen. Irgendwo, wo man mich hören würde.

Ich hatte mich durch zwölf Jahre Stimmbildung gequält. Vielleicht sang ich wie eine verreckende Taube, aber eines konnte ich. Schreien. Lauter als jeder andere. Und das tat ich.

Ich schrie und schrie, so lange, bis plötzlich dieses Ruckeln über mir einsetzte und ich in die erstaunten Gesichter von Franz und der schwarzhaarigen jungen Frau mit dem Walkie-Talkie sah.

37.

»Fiore, sind Sie wahnsinnig?«

Krump presste sich in den hellen Ledersessel im Fernsehstudio und japste nach Luft, während ich den Lauf der Pistole auf Breck richtete. Das Fernsehstudio Nr. 4 war ein kleiner Raum, ohne Fenster. Es gab zwei Türen, deren gläserne Bullaugen in der Größe eines Basketballs die einzige Einsicht boten.

Franz hatte gar nicht so schnell reagieren können. Noch während er und Brecks Assistentin mir aus dem Stauraum der Couch halfen, hatte ich in sein Halfter gegriffen, die Waffe rausgezogen und war losgerannt.

Studio Nr. 4 befand sich im ersten Stock, durch die Hinweistafeln war es sofort zu finden. Niemand hielt mich auf, als ich hineinstürmte. Nur lauter fassungslose Gesichter, eines davon das von Kieksstimme.

Jetzt stand ich vor Maximilian Breck und richtete die Waffe auf ihn. Im kleinen Monitor zu seinen Füßen konnte ich uns drei sehen, live im Fernsehen.

Breck gab den beiden Kameramännern ein Zeichen rauszugehen.

»Wenn die beiden aufhören zu filmen, erschieße ich Sie«, schrie ich ihn an. Das war meine einzige Chance. »Wo ist Konrad Fürst?«

»Ich verstehe nicht, was Sie meinen«, sagte Breck und lächelte, so mild und verständnisvoll, dass es mich Überwindung kostete, nicht den Abzug zu drücken.

»WAS HABEN SIE MIT KONRAD FÜRST GEMACHT?«

Aus dem Augenwinkel sah ich, dass die Kameramänner blieben. Das rote Lämpchen neben dem Objektiv, das die Aufnahme anzeigte, leuchtete. Breck hob die Hände. »Ich schwöre Ihnen, ich weiß nicht, wovon Sie sprechen.«

»Fiore, Sie ...«, begann Krump.

»Halten Sie den Mund«, zischte ich, ging zu Breck hinüber, zielte unverändert auf ihn. »Wenn Sie mir nicht sagen, wo Konrad ist ...«

Brecks Fassade blieb undurchdringlich. Kein Zucken. Nichts. Nur ein bedauernder Blick zu Krump, der mich anstarrte und »Das darf nicht wahr sein« murmelte.

Vor dem Bullauge wurde es unruhig. Schemenhafte eilige Bewegungen. Wie lange würde es dauern, bis das Überfallkommando hereinstürmte und mich überwältigte?

»Wenn irgendjemand versucht, in dieses Studio zu kommen, stirbt Maximilian Breck«, sagte ich und drückte meine Arme durch. »Warum haben Sie es getan, Max? Warum haben Sie Anton Jäger umgebracht? Und all die anderen? Was ist mit Konrad Fürst?«

»Carlotta, Sie brauchen Hilfe. Bitte. Lassen Sie mich Ihnen helfen.«

Breck wollte aufstehen, aber ich spannte den Abzug.

»Noch eine Bewegung und ich drücke ab.«

»Das wollen Sie doch nicht. Nehmen Sie die Waffe runter.«

Seine Stimme hatte den sanften Tonfall eines Märchenonkels.

»Ist es wegen Maria? Haben Sie es wegen Maria Fiore getan?«

Zum ersten Mal ging ein leichtes Zucken durch seine Augen. Dazu sein weggelachtes »Was?«. Die Fassade bekam einen Riss.

»Maria Fiore? Ist sie der Grund, warum Sie alle umgebracht haben?«

»Wenn Sie nicht wollen, dass ich Sie verklage, hören Sie jetzt bitte auf, Carlotta. Sie handeln sich gerade sehr große Schwierigkeiten ein. Geben Sie mir die Pistole.«

Er hatte sich wieder im Griff, streckte mir seine Hände entgegen. Der Tumult hinter den Bullaugen wurde immer mehr.

»Sie haben für Maria Fiore getötet.«

Er sprang aus dem Stuhl hoch. »Jetzt hören Sie aber endlich auf! Sie sind ja krank.«

Unverändert hielt ich die Waffe auf ihn gerichtet.

»Warum? Weil Jäger herausgefunden hat, wer sie wirklich war? Und Sie verhindern wollten, dass die Wahrheit über sie ans Licht kommt?«

»SEIEN SIE SOFORT STILL.«

Seine Augen glänzten. Hatte er getötet, um sie zu beschützen? Warum hatte er mich nicht umgebracht?

»Sie wissen, dass ich nicht die Tochter von Maria Fiore bin.« Meine Stimme zitterte. »Mein Name ist Julia Fürst.«

»SIE LÜGEN. SAGEN SIE, SIE SOLL AUFHÖREN MIT DIESEN LÜGEN.«

Breck wandte sich zu Krump, ich konnte nicht sehen, was der Polizeichef tat, ich starrte nur auf Maximilian Breck.

»Wo ist mein Vater? Was haben Sie mit Konrad Fürst gemacht?«

»SIE DRECKIGE LÜGNERIN.«

»Vor dreißig Jahren war ich mit meinem Vater auf einem Stadtfest. Maria Fiore hat mich von dort entführt. Nach London gebracht.«

»JETZT TU DOCH EINER WAS! WIESO LASSEN SIE DAS ZU? AUSSCHALTEN, DIE KAMERAS. SOFORT.«

Die Worte kamen wie von selber, sprangen aus meinem Mund heraus, als hätten sie nur darauf gewartet, befreit zu werden. »Ein Jahr lang hat sie mich eingesperrt, mit ihrer leiblichen Tochter. Dann hat sie uns gegeneinander ausgetauscht. Ihre Tochter wuchs in einem Heim auf. Ab da war ich Carlotta Fiore.«

»SIE SIND JA WAHNSINNIG.«

»Wo ist Konrad?«

»WIESO LASSEN SIE DAS ZU?«, schrie Breck Krump an.

Er hatte sich noch zu sehr unter Kontrolle. Alles, was ich sagte, hatte Breck schon erfahren. Wenn ich Konrad retten wollte, musste ich ihm etwas geben, auf das er nicht vorbereitet war. Ich trat näher zu ihm, die Waffe im Anschlag. Dann drehte ich mich zur Seite, gerade so weit, dass die Kamera mein Profil filmte. Alle sollten mein Gesicht sehen.

»Ich war nicht die Tochter, die Maria sich vorgestellt hat. Ich wollte nach Hause. Zu meinen Eltern. Ich war zu alt, als sie mich entführt hat, aber das wurde ihr zu spät klar. Sie hat versucht, mich umzubringen. Es wäre ihr bei mir leichtgefallen, anders als bei ihrer leiblichen Tochter. Aber es hat nicht geklappt. Eine junge Frau, die für sie gearbeitet hat, hat mich gerettet. Dafür musste sie sterben.«

Breck sah mich entsetzt an. Sein Gesicht verzerrte sich zu derselben Grimasse wie in seiner Garderobe, als er mich mit Marias Autogrammkarten überrascht hatte. Ich wusste, dass ich recht hatte.

»Darum konnten Sie mich nicht töten. Weil Maria es nicht getan hat. Wegen ihr haben Sie mich leben lassen.«

»SIE WAREN ES NIE WERT, MARIAS TOCHTER ZU SEIN. ICH WÜNSCHTE, ICH HÄTTE SIE AUCH UMGEBRACHT. ICH HÄTTE SIE TÖTEN SOLLEN.«

Ich ließ die Waffe sinken.

»Wo ist mein Vater?«

Er stürzte sich auf mich, riss mich zu Boden. Und während die Tür zum Studio aufgerissen wurde und trampelnde Schritte auf uns zuliefen, zischte er mir ins Ohr: »Du wirst nie beweisen können, wer du bist, du kleines Miststück. Dein Vater verbrennt gerade im Ofen zu Schutt und Asche.«

Im nächsten Moment zogen drei Beamte des Überfallkommandos Breck von mir herunter. Er schrie und schlug wild um sich. Niemand hatte mitbekommen, was er mir zugeflüstert hatte.

»WO IST DER HEIZUNGSKELLER?«, schrie ich Brecks Assistentin an. Sie war hinter den Beamten hereingestolpert und klammerte sich perplex an ihr Klemmbrett.

»W-w-was?«

»DER HEIZUNGSKELLER?«

»Der – unten. Im zweiten Untergeschoss.«

Ich packte sie, brüllte: »BRING MICH HIN«, und rannte mit ihr im Schlepptau los. Sie strauchelte, aber ich hielt sie fest.

Das Schild mit den Wegweisern, das ich am Eingang des Studios gelesen hatte. Einer zeigte den Weg zum Heizungskeller.

Die junge Frau versuchte, etwas zu sagen, doch ich riss an ihrem Arm und brüllte: »SPÄTER. WOHIN?«

Hinter uns hörte ich Schritte, jemand lief uns nach. Die junge Frau verlief sich, wir mussten den Weg zurück, eine andere Abzweigung nehmen. Ich rammte die Person, die uns gefolgt war, lief sie um, stolperte, war so in Panik, dass ich gar nicht bemerkte, wer es war.

Endlich erreichten wir die Treppe ins zweite Untergeschoss. Nackter Putz an den Wänden, eine rote Metalltür. Der Eingang zum Heizungskeller. Aber er war verschlossen.

»SPERR AUF«, kreischte ich die junge Frau an.

»Das kann ich nicht.« Sie weinte. »Ich habe keinen Schlüssel.«

Eine Hand packte mich von hinten und stieß mich weg. Ich fiel auf die Seite.

»OHREN ZUHALTEN«, brüllte Franz. Er hatte die Waffe, die ich ihm abgenommen hatte, im Anschlag und zielte auf das Schloss der Tür. Ein ohrenbetäubender Knall donnerte, ein Loch klaffte in dem roten Metall. Er trat dagegen und die Tür sprang auf.

Dahinter war alles dunkel.

»WO IST DER OFEN?«

Franz leuchtete mit einer Taschenlampe, der Raum war leer bis auf ein paar Metalleimer und alte Fässer.

»DER OFEN«, schrie ich und schüttelte Brecks Assistentin.

»Es gibt keinen mehr. Das Haus wurde vor zwei Jahren auf Fernwärme umgestellt.«

Ihre Worte explodierten in meinem Kopf. Breck hatte Konrad. Und ich wusste nicht, wo.

Franz riss mich herum, brüllte: »WAS HAT ER GESAGT? WAS HAT BRECK ZU DIR GESAGT?«

»Ofen, im Ofen.«

»OFEN?«

»Er hat gesagt, Konrad verbrennt im Ofen. Jetzt. Aber ich weiß nicht, wo, ich weiß es nicht ... wir müssen zu ihm ...«

Wie von weit her klang die Stimme von Brecks Assistentin, dünn und zittrig. »Ich glaube, ich weiß es.«

»Was?«

Sie stand mit dem Rücken an die Wand gepresst, die Augen aufgerissen in Schockstarre. Franz ließ mich los. Sie blinzelte uns an.

»Ich glaub, ich weiß, welchen Ofen er meint. In seinem Haus.«

»Wie ist die Adresse?«

»Gleich hier ums Eck, er hat ...«

»BRING UNS HIN. LOS.«

Sie ließ das Klemmbrett fallen und rannte den Weg zurück, den wir gekommen waren. Überall standen Beamte des Überfallkommandos, sie lief zwischen ihnen durch. Mich wollten sie aufhalten, aber Franz schrie hinter mir: »Vorbei. Lasst uns vorbei.«

Wir rannten aus dem Gebäude, die lange Auffahrt hinunter. Schritte folgten uns. Im nächsten Moment wurde es hell, Scheinwerferlicht fiel auf den Asphalt vor uns und leuchtete den Weg. Bei der Schranke schlug Brecks Assistentin einen Haken nach rechts.

»WIE WEIT NOCH?«, schrie ich.

»Da vorne«, rief sie und streckte ihren Arm vor.

Noch bevor ich mitbekam, welches Haus sie meinte, roch ich es. Verbranntes Holz. Der Rauch erfüllte die Luft, breitete sich in meinen stechenden Lungenflügeln aus.

In der Entfernung sah ich das vierstöckige Haus mit der efeubewachsenen Fassade. Das Licht hinter mir schwenkte nach oben. Aus dem Kamin stieg Rauch. Graue Schwaden kletterten in den Himmel und verfinsterten die Sterne. Zu spät. Wir waren zu spät.

Mein Schrei hallte durch die kleine Straße, während ich rannte und rannte, so schnell, wie noch nie zuvor in meinem Leben. Obwohl ich wusste, dass es zu spät war.

»NEEEEEIN.«

Schritte folgten mir, das Licht der Scheinwerfer sprang auf und ab. Kurz streiften sie etwas neben dem Eingang von Brecks Haus. Drei Schatten.

Mein Herz setzte aus.

Ich drehte mich um. Sah jetzt erst, dass mir kein Scheinwerfer folgte, sondern einer der Kameramänner. Er trug die Kamera auf der Schulter und filmte. Jetzt hatte er es auch bemerkt, dass dort etwas war. Er blieb stehen und schwenkte das Licht über seinem Objektiv zu der Stelle.

Es fiel auf Krump. Auf Hannes. Und auf den Mann, den beide in ihrer Mitte stützten.

Meinen Vater. Konrad Fürst.

38.

»Woher wussten Sie es?«, fragte ich den Polizeichef.

»Hm?«

Bis jetzt war ich bei Konrad gestanden, hatte seine Hand gehalten. Er schaffte es wegen des Betäubungsmittels nicht, seine Augen länger als ein paar Sekunden offen zu halten. Als er mich erkannt hatte, flüsterte er: »Julia.« Dann zog er einen Mundwinkel hoch und schloss wieder die Augen. Jetzt wartete ich ein wenig abseits, seine Liege wurde gerade in den Krankenwagen geschoben. Hannes und Krump hatten ihn befreit, bevor der Ofen automatisch gezündet hatte, aber wegen des Propofols musste er sofort ins Krankenhaus gebracht werden. Ich durfte mitfahren.

Krump lag auf der Trage des zweiten Krankenwagens. Einige schaulustige Anrainer machten Fotos von uns, die Blitzlichter der Handys mischten sich mit dem kreisrunden Blaulicht der Krankenwägen und Polizeiautos. Nicht nur Brecks Sendung war live im Fernsehen ausgestrahlt worden. Als der Kameramann uns zu dem Haus des TV-Moderators gefolgt war, hatte er die ganze Zeit mitgefilmt. Die Straße war abgesperrt, aber in der Entfernung sah man schon die unzähligen Autos, die angefahren kamen.

Der Polizeichef war nicht verletzt, hatte sich aber das Kreuz verrissen, als er gemeinsam mit Hannes Konrad aus dem Heizungskeller getragen hatte. Er jammerte und ächzte, man konnte glauben, er hätte eine Kugel abbekommen.

»Woher wussten Sie, dass Konrad in Brecks Heizungskeller ist?«

»Von Breck selber«, stöhnte Krump.

»Er hat es Ihnen gesagt?«

»Nein, natürlich nicht.«

»Sondern?«

»Wir haben uns über die besten Geldanlagen unterhalten. Er vermietet diese Wohnungen neben dem Fernsehsender. Viel Ertrag und wenig Betriebskosten. Hat mit der Solaranlage und der Hackschnitzelheizung geprahlt. Und dann haben Sie nach dem Heizungskeller gebrüllt. Zum Glück ist Fischer gerade gekommen. Ahhh, mein Kreuz.«

Hannes hatte ich nur kurz gesehen. Er musste zurück in den Fernsehsender, Breck hatte sofort eine Armada von Anwälten alarmiert.

Als Hannes von Regina Steindl erfahren hatte, wo ich hinwollte, hatte er mir Franz nachgeschickt. Doch weil der mich nicht finden konnte und auch auf meinem Handy nur die Mobilbox ansprang, war er zum Fernsehsender nachgekommen.

»Scheiße, Krump. Wissen Sie, was das bedeutet?«, fragte ich.

»Was?« Der Polizeichef sah von seiner Liege zu mir hoch.

»Dass ich Sie nie wieder hassen darf. Und Ihre beschissenen Vorträge machen muss.«

Ich hatte erwartet, dass er eine gehässige Bemerkung erwidern würde, aber er sah mich ernst an.

»Breck hatte Konrads Telefonnummer von mir. Als wir im Coburg essen waren, hat er mich darum gebeten.«

»Mit welcher Begründung?«

»Er wollte sie wegen Ihnen. Da habe ich nicht nachgefragt und ... Sie und Konrad ... war es ... ist es die Wahrheit? Sind Sie wirklich seine ...?«

Wir wussten beide, was er meinte.

»Kommen Sie, wir fahren gleich los«, rief der Notarzt mir zu.

»Ja. Das ist sie«, sagte ich.

Ich sah nicht mehr, wie Krump reagierte, ich stieg in den Krankenwagen und setzte mich neben Konrads Trage. Er schlief, der Notarzt nickte mir zu. Der Wagen fuhr los, stoppte aber nach ein paar Metern, es klang, als würde jemand mit der flachen Hand auf die Karosserie schlagen.

»Was ist denn?«, rief der Notarzt nach vorne.

»Da will eine Frau was ...«, rief der Fahrer zurück, »mach mal hinten auf.«

»Wir haben keine Zeit für so was.«

»Aber sie heult«, sagte der Fahrer.

»Könnten Sie?«, bat der Notarzt. »Hinter Ihnen ist der Griff der Schiebetür.«

Kaum hatte ich ihn berührt, glitt die Tür auf. Ich hatte Anna oder Kieksstimme erwartet. Aber nicht sie.

»Henriette«, flüsterte ich. Da stand sie, in demselben Trenchcoat, in dem ich sie vor der Redaktion des *Wiener Tagblatt* gesehen hatte. Sie zog sich die blonde Perücke herunter. Ein in dem Lärm kaum hörbares »Es tut mir so leid« kam über ihre Lippen.

»Wer ist das?«, fragte der Notarzt ungeduldig.

»Das ist meine Schwester«, sagte ich.

»Okay, dann soll sie einsteigen, wir müssen wirklich los.«

Ich half ihr die Stufe hoch, der Notarzt klappte den Sitz neben mir herunter und im nächsten Moment fuhr der Wagen wieder an.

Henriette hatte den Kopf gesenkt, starrte auf den Boden, mit leichtem Schluchzen hob und senkte sich ihr Brustkorb. Ich griff nach ihrer Hand und hielt sie fest, während ihre Tränen auf meinen Handrücken tropften.

Irgendwann hob sie ihren Kopf und sah mich an. »Deine Schwester?«, fragte sie.

Ich drückte ihre Hand fester. »Für immer.«

Eine der Krankenschwestern brachte Henriette und mich in den Warteraum. Die unbequemen weißen Plastikstühle standen aneinandergereiht, es roch nach Desinfektionsmittel, aber wenigstens war es in dem Raum bis auf den gluckernden Kaffeeautomaten ruhig und wir waren allein.

»Möchtest du einen?«, fragte ich und deutete zu der Maschine.

Sie schüttelte den Kopf. »Im Erdgeschoss gibt es besseren Kaffee«, sagte sie so leise und beschämt, als wäre es eine Beichte.

»Woher weißt du das?«

»Ich war die letzten Tage hier.« Ich musste erschrocken ausgesehen haben, denn sie schüttelte den Kopf. »Mir ist nichts passiert. Ich war nur unter Tags da. Weil ... hier habe ich mich sicher gefühlt.«

Wieder lösten sich Tränen aus ihren geschminkten Augen, die den letzten Rest der Wimperntusche auflösten. Sie hatte sich in einem Krankenhaus sicher gefühlt.

»Und wo hast du geschlafen?«

»In einer kleinen Pension im 11. Bezirk.« Ihre Schultern begannen zu beben. »Es war alles meine Schuld.«

Was auch immer Henriette getan hatte, ich wusste, es war nicht mit Absicht passiert.

Ich führte sie zu den Stühlen, setzte sie hin, ging raus zur Krankenschwester und schnorrte mir zwei 50-Cent-Münzen. Der Kaffee war widerlich, aber er war warm und süß und brachte wenigstens einen Hauch von Normalität in diese abnormale Situation.

»Was ist passiert, Henriette? Wieso bist du weggelaufen?«

Sie schniefte, während sie den braunen Plastikbecher in den Händen hielt, als wäre er eine Porzellantasse. Und irgendwie empfand ich es beruhigend, dass manche Dinge sich nie änderten.

»Du wirst mich hassen, wenn ich es dir erzähle. Du wirst mich nie wiedersehen wollen.«

»Das wird nicht passieren. Egal, was du mir erzählst.«

Sie schluckte ein paar Mal, fuhr sich mit der Zunge über die Lippen.

»Er hat mich nie gemocht. Ich war immer in ihn verliebt, schon früher, im Heim in der Steiermark. Da hat er auch gearbeitet. Aber er hat mich gar nicht gesehen.«

»Bartholomäus?«

»Ja. Ich hab ihn dir vorgestellt, erinnerst du dich? Ich habe gesagt, er ist mein liebster Betreuer. Aber er hat sich nie für mich interessiert. Bis Martin kam.«

»Konrads Physiotherapeut?«

Sie nickte, seufzte verhalten. »Wir sind ein paar Mal ausgegangen. Es war schön und er war auch sehr nett, aber er wollte gar nichts von mir. Nicht das, was ich wollte. Aber das wusste Bartholomäus nicht, er hat nur mitbekommen, dass es einen Mann gibt, mit dem ich mich treffe. Ich weiß nicht, warum, aber plötzlich war ich für ihn interessant. Als hätte er erst da bemerkt, dass ich existiere. Er hat mit mir geflirtet. Witze gemacht. Und ich habe mir eingebildet …« Sie brach ab.

Als Bartholomäus nicht mehr haben konnte, was er noch nie gewollt hatte, wurde sein Interesse an ihr geweckt. Aber Henriette hatte diesen Mechanismus nicht durchschaut.

»Wieso hast du mir nichts davon erzählt?«

Sie zuckte mit den Schultern, ihre Augen füllten sich mit Tränen.

»Was ist dann passiert?«

»Ich habe Martin gesagt, dass ich ihn nicht mehr sehen kann. Ich wollte nicht, dass Bartholomäus denkt, ich wäre nicht verfügbar. Aber als es keinen anderen Mann mehr gab, war Bartholomäus plötzlich wieder so abweisend. Ich hab nicht verstanden, was ich falsch gemacht habe. Ich wollte doch nur … und da hab ich es getan.« Sie stockte, der Kaffeebecher in ihrer Hand begann zu zittern. »Ich habe ihm alles erzählt. Über dich und mich und Maria und Konrad. Ich wollte nur, dass er mich wieder mag. Mich interessant findet. Ich wollte niemandem damit schaden. Er hat gelacht, mir nichts geglaubt. Es war damals ein offenes Geheimnis, dass Maria für meinen Aufenthalt im Heim in der Steiermark zahlt. Als reiche Frau, die eine gute Tat begeht. Und deshalb ... ich habe Bartholomäus unser altes Foto aus London gezeigt. Und den DNA-Test von dir und Konrad.«

Der DNA-Test, den wir gemacht hatten, um endlich Gewissheit zu bekommen.

»Er wollte, dass ich einen Freund von ihm treffe. Ich wusste doch nicht, dass Anton Jäger Journalist ist. Ein bisschen habe ich mich gewundert – im Café Hawelka, als er zu dem Kellner gesagt hat, ich wäre seine Freundin Sandra. Aber er hat mir erklärt, er – er wollte meine Identität schützen. Ich war geschmeichelt. Er hat Sachen zu mir gesagt, die noch kein Mann vorher gesagt hat.« Sie senkte ihren Blick, rote Flecken erschienen auf ihrem Hals. »Er hat mit mir ... und ich habe ihm alles erzählt. Alles.«

Ich griff nach ihrer Hand. »Was ist dann passiert?«

»Er hat gesagt, er meldet sich. Aber das hat er nicht. Da habe ich erst von Bartholomäus erfahren, dass Anton Jäger Journalist ist. Weil, Bartholomäus ist furchtbar wütend geworden, Anton hat nämlich auch auf seine Anrufe nicht reagiert. Er hat gesagt, er wird schon dafür sorgen, dass Anton sich meldet. Er wollte etwas öffentlich in einer Zeitung schreiben, hat gesagt, das wird Anton nicht ignorieren.«

Der Kommentar im *Wiener Tagblatt*. Von Notna29. Das war Bartholomäus. Der nicht wusste, dass Anton Jäger zu diesem Zeitpunkt bereits tot war.

»Wegen der ganzen Sache habe ich panische Angst bekommen«, fuhr Henriette fort. »Ich wollte es dir sagen, aber ich konnte nicht. Darum hab ich das gesamte Bargeld, das ich heimlich in meinem Zimmer aufbewahrt habe, genommen und bin weggelaufen.«

»War dein Zimmer deshalb so verwüstet?«

Sie nickte. »Ich hatte keine Zeit …«

»Und wieso hast du mir die Nachricht hinterlassen, deine Mutter wartet auf dich?«

»Ich musste dich doch warnen. Falls der Journalist mit dir reden wollte. Ich hatte ja keine Ahnung, dass er tot ist.«

»Hast du ihm von Laura erzählt?«

Sie nickte und ich fragte: »Wer war sie?«

»Mamas Schwester. Bevor du da warst, hat sie auf mich aufgepasst. Dann auf uns beide. Erinnerst du dich? Sie hat das einzige Foto von uns gemacht.«

Das verblichene Polaroid. Es musste ein paar Tage vor Henriettes Verschwinden entstanden sein.

»An dem Tag, als ich dich auf der Straße gesehen habe, wieso warst du bei der Zeitungsredaktion?«, fragte ich.

»Ich habe ihn so oft angerufen, aber er ist nie rangegangen. Da war nur die Ansage, es gibt diesen Anschluss nicht mehr. Also dachte ich, in der Redaktion muss er mit mir reden. Und da habe ich dann erfahren, dass er gestorben ist. Sie wollten mir nicht sagen, was passiert war. Aber alle waren so komisch. Und da hab ich noch mehr Angst bekommen.«

Ich legte meinen Arm um Henriette. Während sie auf meine Schulter weinte, streichelte ich ihr über den Kopf.

Noch wusste niemand, wie die richtige Tochter von Maria Fiore aussah oder wer sie war. Aber es würde nicht mehr lange dauern.

Langsam öffnete sich die Tür des Wartezimmers. Ich erwartete Anna, denn sie hatte bereits angerufen, in welchem Spital Konrad lag und ob sie vorbeikommen konnte. Was heute beim Fernsehsender geschehen war, lief auf allen Kanälen, das Internet war innerhalb von ein paar Minuten voll davon. Das Video von Brecks Sendung hatte sich in Windeseile verbreitet.

Aber statt Anna stand Martin, Konrads Physiotherapeut, in der Tür.

»E-e-e-entschuldigung. St-st-st-öre ich?«

Ich spürte, wie Henriette ihren Kopf hochriss und sich über das Gesicht wischte.

»Ich habe Sie im F-f-f-ernsehen gesehen. H-h-hallo Henriette … W-w-wie geht es Herrn Fürst?« Henriette sagte nichts, sie hob nur ihren Kaffeebecher, als würde sie damit winken.

»Er wird gerade untersucht. Woher wissen Sie, in welches Krankenhaus er eingeliefert wurde?«

»D-d-das steht im Internet. I-i-ihnen sind Leute nachgefahren.« Er schaute auf den Boden, knetete seine Hände. »J-j-j-emand hat mit dem Handy gef-f-filmt, wie eine F-f-frau zu Ihnen in den K-k-krankenwagen gestiegen ist. D-d-d-das … ich habe erkannt, dass d-d-du es w-w-warst, Henriette.«

Henriette stieß ein leises Krächzen aus. Ich ließ sie los und wollte gehen, aber Martin hielt mich auf.

»S-s-sie sollten noch w-w-was wissen. D-d-da stehen v-v-viele Kameras und s-s-so Presse unten beim E-e-eingang.«

»Das war zu erwarten.« Ich lächelte Henriette zu, jeder wollte nun die echte Tochter von Maria Fiore sehen. Kein Verstecken mehr. Für niemanden von uns. Es war genauso beängstigend wie erleichternd.

»N-n-nein«, sagte Martin. »Die Leute – was Sie im Fernsehen gesagt haben, s-s-sie glauben Ihnen nicht. S-s-sie glauben nicht, was S-s-sie gesagt haben über M-m-maria Fiore, d-d-dass sie Sie entführt hat und … I-i-ich weiß nicht, w-w-was passiert ist. H-h-hat i-i-irgendwas mit diesem F-f-fernsehmoderator Bre-e-eck zu t-t-tun.«

»Mit Breck?«, fragte ich, aber Martin sah mich nicht mehr an, er ging an mir vorbei.

»H-h-henriette, würdest du b-b-bitte aufstehen.«

Sie erhob sich, er nahm ihr den Kaffeebecher ab und stellte ihn auf den Boden.

»D-d-das wollte ich schon bei unserer e-e-ersten Verabredung tun«, sagte er. Und dann nahm er ihr Gesicht in seine Hände und küsste sie.

39.

Das Internet war voll von mir. Der Begriff »Shitstorm« war bis jetzt für mich nur ein Modewort gewesen. Martin hatte recht gehabt; was ich nun auf dem Display meines Smartphones las und sah, bestätigte es. Niemand glaubte, was ich zu Breck in der Fernsehsendung gesagt hatte.

Maria Fiore, ein Weltstar, die letzte Operndiva, eine Legende. Es gab nur eine Verrückte in dieser Geschichte. Und die war ich. Es musste irgendwas passiert sein, aber ich konnte keinen Hinweis finden.

Man hatte Videos zusammengeschnitten, in denen ich im Loop wiederholte, Maria Fiore hätte mich entführt, dazu die Musik aus *Psycho*. In einem anderen war mein Kopf auf den Körper von Jack Nicholson montiert, wie er in dem Film *Shining* auf die Tür einstach.

Ich stand auf dem Gang des Krankenhauses. Der Anästhesist hatte kurz vorher mit mir gesprochen. Konrad war stabil, aber er wollte ihn noch die nächsten paar Stunden genau beobachten und niemanden zu ihm lassen.

Jemand berührte mich von hinten an der Schulter. Endlich Anna, dachte ich und schaute vom Display auf. Aber sie war es wieder nicht. Es war Fanny. Das Mädchen fiel mir um den Hals, kaum hatte ich mich umgedreht.

»Ich wusste es. Ich wusste es. Du bist Konrads Tochter. Ich wusste es«, schluchzte sie.

Erst als ich mich aus ihrer Umarmung löste, bemerkte ich hinter ihr Franz. Neben ihm stand ein weiterer Beamter in Uniform. Franz sah zu mir herunter, sein Gesicht war so blass wie die Wand.

»Es ... tut mir echt leid. Aber ich muss dich bitten mitzukommen.«

»Warum?«

»Das sollten wir nicht hier besprechen. Wir bringen dich ins Kommissariat.«

Ohne Franz und seinen Kollegen hätten wir keine Chance gehabt, aus dem Krankenhaus zu kommen. Sie flankierten mich und Fanny, die unbedingt bei mir bleiben wollte, während die unglaublich vielen Journalisten drängelten und sich gegenseitig schoben. Mir wurden unzählige Mikrofone vor das Gesicht gehalten, alle riefen durcheinander: »Wird Carlotta Fiore jetzt verhaftet?« – »Wie lautet der Vorwurf?« – »Wann darf Breck das Kommissariat verlassen?« – »Was hat Sie dazu bewegt, das zu sagen, Frau Fiore?« – »Glauben Sie Ihre Lügen selbst?«

Als wir endlich beim Polizeiauto angekommen waren, wollte ich auf der Beifahrerseite und Fanny hinten einsteigen. Der Kollege von Franz hielt mich auf und deutete zur Hintertür. »Die Kleine kann nicht mit. Und du musst hinten rein.«

»Aber es wird aussehen, als würdet ihr mich verhaften«, sagte ich zu ihm. Als er nickte, wurde mir klar, warum sie gekommen waren. Ich winkte ein Taxi heran, der Fahrer hatte Mühe, bis zu uns durchzukommen.

»Fanny, hier hast du 20 Euro. Du musst nach Hause fahren.«

»Aber ich will ...«, begann sie.

»Nein. Es reicht schon, dass die Reporter uns zusammen gesehen haben. Bitte fahr nach Hause. Rede mit keinem Journalisten. Wenn jemand fragt, wir kennen uns nicht. Okay?«

Sie wollte mich umarmen, aber ich hielt sie mit einem leichten Kopfschütteln davon ab.

Franz ließ mich warten, bis das Taxi mit Fanny davonfuhr.

Die Blitzlichter explodierten, als er die Tür des Polizeiwagens hinter mir schloss. Er startete den Motor, aber wir kamen nicht durch. Zu viele Fotografen wollten noch ein Bild von mir ergattern. Erst als er das Blaulicht aufheulen ließ, stob die Menge auseinander.

»Was ist passiert? Wieso führt ihr mich ab?«, fragte ich, als wir weit genug vom Krankenhaus entfernt waren.

»Sein In-Ear«, sagte Franz.

»Was?«

»Breck hatte ein In-Ear.«

»Was ist das?«

»Das ist ein kleiner Lautsprecher, in seinem Ohr versteckt. Der Regisseur der Sendung hat darüber die ganze Zeit mit ihm gesprochen. Während du ihn mit der Waffe bedroht hast.«

»Und?«

»Der Regisseur hat Breck gesagt, was er zu dir sagen soll. Am Schluss, als Breck gesagt hat, er hätte dich auch umbringen sollen. Das kam nicht von ihm. Sein Regisseur hat es ihm eingesagt.«

»Er lügt.«

»Nein. Wir haben bereits die Aufzeichnung des internen Gesprächs. Man hört deutlich den Regisseur, wie er ihm alles vorsagt. Damit du abgelenkt bist und das Überfallkommando reinkann.«

Ich konnte es nicht glauben. Das musste alles ein einziges großes Missverständnis sein. Der Wagen bremste scharf, die Reifen quietschten. Ein beiger VW hatte sich vor uns quer gestellt und versperrte den Weg. Das Fenster auf der Fahrerseite fuhr herunter, Blitzlichter blendeten uns.

»Mach du das, der kriegt eine Anzeige«, sagte Franz zu seinem Kollegen. Als wir alleine waren, drehte er sich zu mir.

»Ganz ehrlich, es sieht nicht gut aus«, sagte Franz.

»Aber Breck – er hat mich niedergeschlagen. In seiner Couch eingesperrt. Wärst du und seine Assistentin nicht gekommen ...«

»Breck hat ausgesagt, er musste dich überwältigen, du wärst in seiner Garderobe auf ihn losgegangen.«

»Das kann er nicht beweisen.«

»Ja, aber er hat sechs Anwälte, die dafür sorgen, dass es geglaubt wird. Sie sind sofort in den Fernsehsender gekommen.«

»Aber Konrad ... in seinem Haus, im Heizungskeller.«

»Laut Breck warst du das. Du hättest das getan, um die Schuld auf ihn zu schieben. Weil du ...«

»Was?«

Franz fuhr sich über die Stirn. Er sah mich nicht an, als er sagte: »... weil er dir nach deinem Selbstmordversuch nicht helfen wollte, wieder beruflich auf die Beine zu kommen. Er sagt, deshalb hast du auch diese Geschichte erfunden, Maria Fiore hätte dich entführt. Um endlich Aufmerksamkeit zu bekommen.«

Ein Abgrund tat sich auf und ich fiel und fiel und fiel ins Bodenlose. Maximilian Breck. Der geachtete, beliebte Fernsehmoderator. Wer sollte ihm nicht glauben?

»Aber du wirst ...«, begann Franz, doch da kam sein Kollege zurück und stieg wieder ein. Sofort verstummte er, drehte am Funk herum, als wäre er bei etwas erwischt worden und wollte ablenken. Ich verstand nicht, was das sollte. Ich wurde was? Verhaftet? Verhört?

Bevor es so weit war, brauchte ich mehr Informationen über Breck. Er wusste so viel von mir und ich hatte nichts über ihn. Unauffällig holte ich mein Handy heraus, gab seinen Namen ins Suchfeld des Browsers. Der Akku lag bei acht Prozent. Und ich fand nur Schlagzeilen über das, was vor ein paar Stunden geschehen war. Ich fügte »Wikipedia« zu seinem Namen. Maximilian Jacob Breck, geboren und aufgewachsen in Wien im 2. Bezirk, TV-Moderator im deutschen und österreichischen Fernsehen. Da stand das Übliche, ich klickte auf ›Leben und Karriere‹, aber auch hier nichts Persönliches. Ich scrollte runter zu Weblinks. In der vorletzten Zeile stand »Maximilian Breck im Porträt – das große Interview im *Stern*«. Ich klickte darauf und las, bis mein Handy erlosch und nur noch das schwarze Display mein Gesicht spiegelte. Aber ich hatte genug erfahren.

Franz brachte mich in das Großraumbüro.

Noch bevor ich ihn sah, hörte ich Krump: »Dazu kann ich noch nichts sagen.« Dem teuren Anzug und dem gegelten Hinterkopf des Mannes nach, der ihn verdeckte, musste das einer von Brecks Anwälten sein. Ein wenig abseits saß Kieksstimme an ihrem Schreibtisch, daneben stand Regina Steindl. Sie sahen erschrocken aus, als sie mich bemerkten.

Franz gab Krump ein Zeichen, dass wir hier waren und der Anwalt drehte sich um.

»Das ist sie! Herr Krump, Sie lassen diese Verbrecherin einfach so ungehindert herumlaufen, während mein Mandant seit Stunden hier festgehalten wird?«

»Frau Steindl, kümmern Sie sich um den Herrn«, sagte Krump und bedeutete mir mitzukommen. Er ging gebeugt in das kleine Büro mit den weisen Sprüchen an den Wänden und humpelte dabei wie der Glöckner von Notre Dame.

Was der Anwalt uns nachrief, verstand ich nicht, da es in Krumps Stöhnen unterging. Der Polizeichef ließ sich ächzend auf den einzigen Stuhl fallen und bedeutete mir, die Tür zu schließen.

»Er war es. Ich weiß es, ich habe …«, begann ich, doch Krump gab mir mit einer Geste zu verstehen, still zu sein.

»Dieses Gespräch hat nie stattgefunden«, sagte er leise. »Ich habe Ihnen auch nie gesagt, dass Sie mit Breck alleine reden müssen. Sollte ich jemals darauf angesprochen werden, leugne ich alles.«

»Ich verstehe nicht ...«

»Sie haben höchstens fünf Minuten mit ihm, bevor seine Anwälte Alarm schlagen. Sie müssen ihn dazu bringen, zu gestehen.«

»Aber ...«

»Fiore«, unterbrach mich der Polizeichef, »oder Fürst, wie auch immer. Ich war neben Breck. Sein Regisseur kann ihm zugeflüstert haben, was er will. Ich habe in seine Augen gesehen. Sie haben ihn aus der Fassung gebracht. Und das müssen Sie jetzt wieder tun. Wenn er nicht gesteht, haben wir nichts gegen ihn in der Hand. Jetzt gehen Sie. Franz bringt Sie hin. Fünf Minuten. Sie werden mit ihm allein sein. Franz wird Sie über die Kamera beobachten. Nur er, sonst keiner. Sie müssen unbewaffnet sein, damit Breck nicht sagen kann, Sie hätten ihn zur Aussage genötigt. Ist das ein Problem?«

Ich schüttelte den Kopf, obwohl ein Teil von mir noch nicht begreifen konnte, was Krump sagte.

»Gut.« Er nahm sein Handy, tippte darauf herum, wartete. Ich hörte leise das Signal des Rufaufbaus, dann ertönte das Freizeichen. Sofort legte er wieder auf.

»Noch was, vielleicht hilft Ihnen das. Brecks Sendung wird abgesetzt. Mit Jahresende ist Schluss. Und seine Frau hat ihn vor ein paar Monaten verlassen, die Ehe existiert nur noch auf dem Papier. So, gleich geht der Feueralarm los. Damit bringen wir die Anwälte raus. Ist Vorschrift. Halten Sie sich bereit. Und wie gesagt, diese Unterhaltung hat nie stattgefunden.«

»Wieso tun Sie das?«

Er legte seinen Kopf in den Nacken, deutete hinter sich, auf die weisen Sprüche an der Wand. »Wissen Sie, wem dieses Büro gehört hat?«

»Nein.«

»Es war meines. Zwanzig Jahre lang.«

Im nächsten Moment schrillte der Feueralarm los.

40.

»Wieso soll ich h-«, sagte Breck, als ich die Tür zu dem Besprechungszimmer öffnete. Dann erkannte er mich und verstummte im Satz.

»Was machen Sie hier?«, fragte er genervt.

Das war eine Frage, die wir uns beide stellten. Nur nicht aus denselben Gründen.

Breck hatte sein Sakko ausgezogen und über die Stuhllehne gehängt. Die Ärmel seines weißen Designerhemds mit hohem Kragen waren aufgekrempelt, die goldene Rolex funkelte am Handgelenk. Er trug noch immer dieselbe Kleidung wie bei seiner Sendung. Und hätte in diesem kleinen schäbigen Zimmer nicht deplatzierter wirken können.

Wieso hatte man ihn hier hereingebracht? Auf der anderen Seite des Flurs gab es drei große Verhörräume. Dieses Besprechungszimmer hatte nicht mal ein Sichtfenster, über das man den Raum observieren konnte. Nur eine kleine Kamera in der oberen rechten Ecke. Das hatte den Vorteil, dass man sich in dieser intimen Atmosphäre ungestört fühlte. Normalerweise sagten hier Frauen aus, die Opfer von Missbrauch, häuslicher Gewalt oder Vergewaltigung waren. Hier wurden keine Verhöre geführt. Vom Observationsraum brauchte man fünf Sekunden. Fünf Sekunden, die über Leben und Tod entscheiden konnten.

»Sie sind allein?«, fragte Breck und schlug die Beine übereinander, als wäre das ein geschäftliches Treffen.

Ich nickte und nahm auf dem Stuhl ihm gegenüber Platz.

Der Feueralarm war hier leiser, aber noch immer hörbar.

»Ist ein Feuer ausgebrochen? Hat man mich deshalb in diese Schuhschachtel gesteckt?«, fragte er.

Jetzt verstand ich. Als der Alarm losging, hatte man Breck von seinen Anwälten fortbringen müssen. Damit ich hier mit ihm reden konnte.

»Ich weiß, wie Sie es gemacht haben«, sagte ich. »Bei Jäger. Sie haben sich als Frau verkleidet. Ihnen war klar, er wäre zugedröhnt und so betrunken, dass er es lustig findet. Dabei haben Sie ihn als Anton Jägers Freundin besucht, für den Fall, dass jemand Sie sieht. Was auch geschehen ist, als Sie seine Wohnung durch das Toilettenfenster der Nachbarin verlassen haben. Aber das war sogar Ihr Vorteil, denn Sandra war groß und athletisch, so wie Sie. Jeglicher Verdacht würde auf die junge Frau fallen. Und bei dem Pfleger haben Sie sein Bungee-Seil ausgetauscht. Weil er auch zu viel wusste.«

Breck bleckte seine Zähne, im nächsten Moment fing er an, laut schallend zu lachen. Er deutete mit seinem Zeigefinger auf mich, als hätte ich einen unanständigen Witz erzählt.

»Wie haben Sie von Anton Jägers Aufzeichnungen über Maria Fiore erfahren?«, fragte ich.

Breck verschränkte seine Finger ineinander, sein Blick schweifte zur Kamera in der rechten oberen Ecke. »Diese Frau hier ist durchgedreht. Ich werde Sie alle verklagen, weil Sie zu mir hereingelassen wurde. Damit gefährden Sie mein Leben. Sie hat mich schon einmal mit einer Waffe bedroht. Meine Aussage habe ich gemacht. Ich verstehe nicht, warum Sie mich nicht gehen lassen. Aber es macht nichts. Sie werden dafür bezahlen. Und das meine ich nicht symbolisch.«

Er lehnte sich wieder zurück, legte den Kopf leicht schief und lächelte mich an. Krump hatte gesagt, ich sollte ihn aus der Fassung bringen, damit er sich verriet. Aber Breck machte einen mehr als gelassenen Eindruck.

»Anton Jäger und Sie waren Freunde«, sagte ich.

»Ach bitte, es ist nun wirklich kein Geheimnis, dass Anton und ich uns kannten. Wir haben zusammen studiert. Soll das Ihr kriminalistischer Spürsinn sein? Da waren Sie ja noch besser, als Sie neben Ihrer Mutter versagt haben.«

Er grinste mich an.

Ich lehnte mich über die Tischplatte, sah ihm in die Augen.

»Und es ist auch kein Geheimnis, dass Ihr Vater Elektriker war. Bevor er starb. Als Sie zehn Jahre alt waren.«

Sein Interview im *Stern*. Die fehlende Verbindung, wieso er gewusst hatte, wie man den Sicherungskasten manipuliert.

Er zuckte zurück, doch im nächsten Moment hatte er sich wieder gefasst.

»Sie enttäuschen mich, Carlotta. Ist das alles? Sie haben das über mich gelesen und jetzt glauben Sie, etwas gegen mich verwenden zu können? Ach, bitte! In ein paar Minuten werden meine Anwälte hier sein und dann ...«

»Ihre Mutter haben Sie nie kennengelernt, sie starb bei Ihrer Geburt. Ihr Vater hat Ihnen das nie verziehen. Als wäre es Ihre Schuld gewesen. Aber es gab trotzdem eine schöne Kindheitserinnerung mit ihm. Als er sie jeden Sonntag in die Werkstatt mitgenommen hat. Ihnen alles beigebracht hat. Sie sollten doch mal sein Nachfolger werden. Aber dann gab es den Arbeitsunfall Ihres Vaters und Sie waren allein. Kamen zuerst ins Heim. Und dann zu einer Pflegefamilie. Und zur nächsten. Und wieder zur nächsten. Wer hätte gedacht, dass aus diesem schwierigen Kind mal so ein erfolgreicher Mann wird?«

»Und? Was glauben Sie, Carlotta? Erwarten Sie, dass ich jetzt weinend vor Ihnen zusammenbreche?« Er verzog sein Gesicht, stieß dabei ein falsches Schluchzen aus, das in ein Lachen überging. »Sie ertragen Ihr eigenes Scheitern einfach nicht. Niemals aus dem Schatten Ihrer wunderbaren Mutter herausgetreten zu sein. Sie können mir erzählen, was Sie wollen.«

Meine wunderbare Mutter. Seine Arroganz, mit der er diese Worte aussprach, entzündete einen Funken. Meine Mutter. Er hatte es die ganze Zeit gewusst. Der Feueralarm verklang. Aber mein Feuer hatte er mehr denn je entfacht.

»Ich habe gelesen, was Sie Maria geschrieben haben. Ihr Liebesgeständnis auf der Rückseite der Autogrammkarte.«

Er stockte kurz, dann lachte er wieder auf. »Na und? Dann habe ich eben gelogen! Gut, ich hatte eine Affäre mit Ihrer Mutter.« Er hob die Hände, als würde er sich ergeben. »Also bitte, verhaften Sie mich. Ich habe damals meine Frau mit Ihrer Mutter betrogen. Sperren Sie mich ein.«

Irgendetwas stimmte nicht. Erst jetzt, als Breck seinen Ehebruch zugab, fiel es mir auf. Maria hatte ihn nie erwähnt, wenn sie von ihren Liebhabern erzählte. Und das hatte sie getan. Oft und gerne. So, wie man über ein gutes Buch spricht, das man gelesen hat. Oder über ein schlechtes. Sex bedeutete ihr nicht mehr als ein Abendessen im Restaurant. Mit den Herzen, die sie gebrochen hatte, unterhielt sie ganze Partys.

Breck hatte Herzen auf Marias Autogrammkarten gemalt. Wie ein verliebter Teenager, der einen Star anbetet. Einen Star in der Ferne.

»Das ist es nicht. Sie haben Maria geliebt. Wirklich geliebt.«

Er schluckte, sein Adamsapfel hüpfte verräterisch. Dann war es wieder da, dieses aalglatte Grinsen.

»Ja, habe ich. Ihre Mutter war die Liebe meines Lebens.« Er klang stolz, als er das sagte. Betonte das Wort »Mutter«. Als wäre es eine Auszeichnung. Er hatte immer wieder »Ihre Mutter« gesagt. Nie »Maria«. War es das? Lag hier der Schlüssel? Die Mutter, die er nie gehabt hatte?

Hätte Maria mit Breck eine Affäre gehabt, hätte sie darüber gesprochen. Wäre er in sie verliebt gewesen, dann erst recht. Er erfüllte ihre Kriterien, war jünger als sie, erfolgreich, sah gut aus. Maria wäre wie eine Löwin über ihn hergefallen.

Ich kannte Maria Fiore, hatte sie studiert, wusste, wie sie tickte. Das musste ich, es war ganz automatisch geschehen. Nur so konnte man neben ihr existieren.

Breck hatte nie eine Affäre mit ihr gehabt. Ich war mir sicher, er hatte sich ihr nie offenbart. Er hatte sie glorifiziert. Aber das Risiko, abgewiesen zu werden, war zu groß. Und das war meine Chance. Wenn ich recht hatte.

»Maria konnte Sie nicht leiden, Max. Wissen Sie das?« Obwohl ich Angst hatte, klang meine Stimme fest, als ich diese Lüge aussprach. »Sie hat sich über Sie lustig gemacht.«

Ein irritiertes Augenzucken, ein leichtes Wippen mit dem Oberkörper. Die Bewegungen waren minimal.

Ich beugte mich noch weiter vor. »Maria nannte Sie armselig.«

Die Spannung, die sich jetzt in seinem Gesicht aufbaute, war unübersehbar.

»Wussten Sie das nicht? Sie waren ein Witz für Maria. Nichts weiter.«

Sein Brustkorb hob und senkte sich schneller.

»Dabei haben Sie Maria so sehr geliebt. Von ganzem Herzen.«

Seine Mundwinkel, sein Kinn fingen an zu vibrieren. Wie lange konnte er seine Fassung noch behalten?

»Maria ist nie etwas an Ihnen gelegen. Sie hat es mir gesagt.«

Die Muskeln an seinem Hals traten hervor, als er herauspresste: »Hören Sie auf damit.«

»Als Sie die Wahrheit über sie erfahren haben, konnten Sie es nicht ertragen. Sie mussten sie schützen. Das war alles, was Sie noch hatten. Ich weiß, dass Ihre Sendung abgesetzt wird. Und Ihre Frau Sie verlassen hat. Nichts ist geblieben, außer Ihrer Liebe zu Maria. Darum mussten Sie das Andenken an Maria Fiore beschützen. Obwohl sie sich nur lustig gemacht hat über diesen unbegabten, uninteressanten, langweiligen Max Breck. Ist das nicht traurig?«

Seine Nasenflügel bebten, seine Augen begannen zu glänzen.

»Sie waren ihr nie etwas wert. Gar nichts.«

»Hören Sie auf.« Von der bis eben strotzenden Selbstsicherheit war nichts mehr zu sehen. Als wäre ein Schalter umgelegt.

»Sie hat Ihrer Karriere nie auf die Sprünge geholfen. Wieso hätte Sie das auch tun sollen, wo sie doch nichts von Ihnen hielt?«

»HÖREN. SIE. AUF.«

Seine Hände fingen an zu zittern. Doch ich würde nicht aufhören. Ich fing gerade erst an.

»Sie hat Sie immer naiv genannt«, log ich weiter. »Und sie hatte recht. Es war naiv von Ihnen zu glauben, Maria hätte Sie jemals geliebt. Haben Sie das getan? Haben Sie gedacht, hätte Maria es nur gewusst ...«

Ich stand auf und stützte meine Hände an der Tischplatte ab.

»Hätte sie von Ihrer Liebe gewusst. Aber das hätte keinen Unterschied gemacht. Denn Maria hätte Sie fallengelassen. Und dann hätte sie über Sie gelacht.«

Er sackte zusammen. Wirkte wie ein Kind, das man in die Ecke geworfen hatte. Ungeliebt. Unbeachtet. Wie viel Zeit hatte ich noch? Wie lange konnte es noch dauern, bis seine Anwälte Alarm schlugen?

»Sie wären Maria völlig egal gewesen. Sie haben diese Menschen umsonst getötet. Für das Andenken an eine Frau, die Sie nie geliebt hätte. Der Sie nichts wert waren.«

Da sprang er blitzschnell hoch. Fasste meinen Hals. Zog mich zu sich. Und drückte mir die Luft ab. Ich hörte die Schritte am Gang, sie kamen näher. Fünf Sekunden. Ich streckte meine Hand zur Kamera. Formte ein lautloses »Nicht« mit meinen Lippen.

»SIE HÄTTE MICH GELIEBT. DAS WEISS ICH. HÄTTE SIE ES GEWUSST. JA, ES STIMMT, ICH HABE DAS ANDENKEN AN MARIA FIORE GERETTET. ICH. ANTON, DIESER SCHEISSKERL, WOLLTE ALLES VERÖFFENTLICHEN. ER HAT MICH NICHT VERSTANDEN.« Eine Träne löste sich aus seinem rechten Auge und hinterließ auf seiner geschminkten Wange eine helle Spur. »FÜR MARIA FIORE HABE ICH IHN UMGEBRACHT. SIE ALLE. UND WEISST DU WAS, DU WERTLOSES MISTSTÜCK?« Er drückte fester zu. »ICH WÜRDE ES WIEDER TUN.«

41.

Es war drei Uhr früh, als Franz vor dem Krankenhaus hielt und mich aussteigen ließ. Seine Kollegen hatten alle Journalisten aus dem Eingangsbereich verbannt, zwei Beamte standen bei der automatischen Schiebetür Wache.

Brecks Geständnis war von der kleinen Überwachungskamera aufgezeichnet worden – nun halfen ihm auch seine sechs Anwälte nichts mehr.

Krump hatte niemanden außer Franz darin eingeweiht, mich mit dem Fernsehmoderator alleine sprechen zu lassen. Völlig perplex hatte Hannes die Augen aufgerissen, als Franz nach dem Feueralarm Brecks Anwälte zurückbrachte und mich die Beamten aus dem kleinen Besprechungsraum holten. Während ich keuchte und hustete, schrie ein tobender Breck mir nach, dass ich nichts wert war, dass Maria mich gerettet hatte und was ich denn schon über Liebe wüsste? Hannes kam auf mich zugelaufen, aber Brecks Anwälte fielen über ihn her und verstellten ihm den Weg. Ich deutete ihm, dass ich in Ordnung sei.

Nachdem man Breck abgeführt hatte, verkündete Krump vor versammelter Belegschaft, dass es sich bei Brecks Verhör mit mir um seinen genialen Plan gehandelt hätte. Seine genauen Instruktionen, wie ich vorgehen sollte, wären für das Geständnis des Fernsehmoderators verantwortlich. So viel zu »dieses Gespräch hat nie stattgefunden« und den Weisheiten an den Wänden seines alten Büros, dachte ich. Wenigstens schob er nach, dass die Vorträge für Konrad und mich gestorben seien und auch Franz in den Kriminaldienst befördert würde.

Regina Steindl suchte meinen Blick, hob die Schultern, formte ein lautloses »Sorry« und streckte mir den erhobenen Daumen entgegen.

Kieksstimme japste empört und vergrub sich hinter ihrem Monitor.

Alles zog an mir vorbei, als wäre es gar nicht real, sondern ein Film, eine Attrappe. Ich fühlte nichts mehr, sah mich nach Hannes um, konnte ihn aber nirgends entdecken. Und schließlich bat ich Franz, mich ins Krankenhaus zu Konrad zu fahren. Mein Auto stand noch immer beim Fernsehsender.

Jetzt betrachtete ich in der verchromten Wand des Krankenhauslifts meinen Hals. Die Abdrücke von Brecks Hand waren dunkelrot, es schmerzte beim Schlucken.

Im Warteraum von Konrads Station schliefen Henriette und Martin im Sitzen, sie lehnte an seiner Schulter, er hatte seinen Kopf auf ihren gelegt. Anna hatte sich zwei der Plastikstühle zusammengeschoben und lag darauf, mit ihrer Strickjacke zugedeckt. Weit und breit war niemand vom Pflegepersonal zu sehen. Leise ging ich zu Konrads Krankenzimmer und trat ein. Sein Atem ging gleichmäßig. Ich schloss die Tür hinter mir. Im schwachen Lichtschein der Nachtbeleuchtung nahm ich einen der Stühle und setzte mich neben sein Bett. Und während ich Konrads Gesicht im Schatten betrachtete, wurde ich ruhiger. Die Erschöpfung breitete sich in mir aus wie Wasser nach dem Öffnen eines Staudamms. Meine Augenlider wurden schwerer. Irgendwann fielen sie mir zu und ich schlief ein.

Ein Brummen weckte mich. Ich war sofort hellwach, schob mich im Stuhl hoch. Es kam von Konrad, er hatte sein Gesicht zum Fenster gedreht. Die Sonne ging gerade auf und tauchte das Zimmer in purpurfarbenes Licht.

»Konrad?« Meine Stimme klang wie ein Krächzen.

»Hab ich dich geweckt? Was ist mit deinem Hals?«

Ich schüttelte den Kopf. »Wie geht's dir?«

»Zugedröhnt.« Schwerfällig zeigte er zum Fenster. »Ich dachte nicht, dass ich die Sonne noch mal aufgehen sehe. Wo haben sie mich gefunden?«

»Es war Breck.«

»Breck? Der Fernsehmoderator?«

»Ja. Du warst in seinem Haus gefangen.«

Eine Weile sagten wir nichts. Sahen nur aus dem Fenster, wie es immer heller wurde und das Purpur sich in lichtes Blau verwandelte.

»Wieso hat er es getan?«, fragte Konrad plötzlich.

Meine Stimme klang monoton, fremd, als ich es ihm erzählte. Die Details, was alles geschehen war, ließ ich aus. Er würde es noch früh genug erfahren.

»Als du zu Anna wolltest, was ist da passiert?«, fragte ich.

Er kniff die Augen zusammen, ich wusste nicht, ob vor Schmerz, oder weil er sich zu erinnern versuchte. »Es ging alles so schnell. Da war ein Stich. In den Arm. Mir wurde sofort schwindlig, ich dachte, ich falle. Aber jemand hat mich aufgefangen. Er ist mit mir die Treppe hinunter, hat mich gestützt. Ich hab versucht, mich zu wehren, wollte mit meinem Schlüssel auf ihn einstechen, aber es hat nicht funktioniert.« Er sah auf seine Hand, am Ballen war ein großes Pflaster. »Hab mich aufgeschnitten und den Schlüssel verloren.«

Der blutverschmierte Schlüssel auf der Treppe. »Ich hab ihn gefunden.«

Er lächelte müde, sah wieder aus dem Fenster. Ich dachte, er würde einschlafen, aber seine Augen blieben offen.

»Konrad?«

»Hm?«

»Bevor du zu Anna gegangen bist ... du wolltest mir etwas sagen. Weißt du noch?«

Er nickte, wartete eine Weile. Sein Atem veränderte sich, wurde ein bisschen schneller. Ich stand auf, setzte mich auf sein Bett, sodass er mich ansehen konnte. Er streckte eine Hand aus, wischte mir eine Strähne aus der Stirn. Und hob einen Mundwinkel zu diesem leichten Lächeln, das ich so liebte.

»Weißt du, wo mein Sakko ist?«, fragte er und sah sich um.

Ich fand Konrads Kleidung in dem schmalen dunkelbraunen Schrank auf der anderen Seite des Zimmers.

»Greif in die Brusttasche. Innen«, sagte er.

Ich zog ein Foto heraus. Es war abgegriffen, in der Mitte hatte es einen Knick. Ein pausbäckiges Baby streckte seine kleinen Finger nach dem Gesicht der Frau aus, die es in den Armen hielt. Sie lachte das Kind an. Beide hatten die gleiche Augenform. Hinter ihnen stand gebeugt ein dreißig Jahre jüngerer Konrad. Seine dichten schwarzen Locken hingen ihm in die Stirn. Seine Hand lag auf der Schulter der Frau.

»Das ist sie?«, fragte ich, obwohl ich die Antwort wusste.

»Ja. Das ist Eva.«

Ich strich mit den Fingerkuppen über ihr Gesicht. Auf dem Foto war es noch nicht zu erkennen, aber ich würde einmal ihre Wangenknochen bekommen und die festen glatten Haare.

Eva Fürst. Meine Mutter.

»Was ist passiert? Als ich ... weg war?«

»Manche Menschen schweißt ein Unglück zusammen. Und zwischen andere treibt es einen Keil, der alles auseinanderbrechen lässt. So war es bei uns. Als wir geschieden waren, wurde es noch schlimmer. Alleine zu sein, mit dem, was geschehen war – irgendwann konnte sie nicht mehr.«

Dieser Wunsch, dass sie noch da wäre, war wie ein Sog. Ich musste das Foto zuklappen. Mit fragendem Blick hielt ich es Konrad hin und er nickte. Dann steckte ich es in meine hintere Jeanstasche.

»Anna hatte recht«, sagte Konrad. »Damit, dass ich ... ich mich nicht erinnern wollte. Als die Ungewissheit vorbei war und wir diesen DNA-Test hatten ...« Seine Stimme schlug um in ein Flüstern. »Ich hätte besser auf dich aufpassen müssen, damals im Park. Ich hätte sofort merken müssen, dass du weg bist. Daran zu denken – ich habe es nicht ausgehalten. Plötzlich war alles wieder da.«

Bis jetzt hatte ich versucht, den Kloß in meinem Hals zu unterdrücken. Aber nun wurde er riesengroß. Wir können nicht vor unseren Schatten davonlaufen.

»Ich habe es versucht. Wirklich«, sagte ich. »Aber ich kann es nicht.«

»Was denn?«

»Ich kann nicht diese Tochter sein, die deine jahrelange Suche wert war. Sie ist am 1. Mai vor dreißig Jahren verschwunden.«

Konrad schüttelte den Kopf und lächelte.

»Du bist es. Du warst es. Und du wirst es immer sein.« Mit seinen rabenschwarzen Augen sah er mich an, wie schon bei unserer ersten Begegnung vor drei Jahren. Bevor ich wusste, wer er war. Und damals wie heute hatte ich wieder dieses Gefühl, er könnte mit diesem Röntgenblick in mich hineinsehen.

»Jedes Mal nach einer Vorstellung als Clown Foxi, wenn ich begriffen hab, dass du nicht im Publikum warst, hat es mich zerrissen. Wenn es eine neue Spur gab, die sich als Sackgasse herausgestellt hat. So oft war ich an dem Punkt, wo ich dachte, ich kann nicht mehr. Wollte deiner Mutter folgen. Aber dann habe ich an dich gedacht.« Er griff nach meiner Hand. »Du hast mich die letzten dreißig Jahre weitermachen lassen. Immer, wenn ich aufgeben wollte. Und jetzt sitzt du hier. Vor mir. Meine Julia. Und das war all die Verzweiflung, die Angst und den Schmerz wert.«

EPILOG

»Du wirst erwartet«, sagte einer der vier Polizisten, die den Eingang des Krankenhauses absicherten. »Dort, beim Auto.«

Er deutete auf die gegenüberliegende Straßenseite. Hannes stand an seinen Dienstwagen gelehnt. Die Arme verschränkt und so in Gedanken versunken, dass er mich nicht bemerkte. Ich wollte zu ihm gehen, aber ich konnte nicht. Als würde mich irgendwas, das ich selber nicht verstand, davon abhalten. Also blieb ich stehen.

Vor zehn Minuten hatte ich Anna in Konrads Krankenzimmer geholt. Ich blieb vor der Tür und hörte zu, wie sie sich versöhnten, verziehen, sagten, dass sie einander liebten. Konrad schlug vor, bei ihr einzuziehen und sie sagte ja und dann hörte ich nichts mehr. Als ein Pfleger kam, um nach Konrad zu sehen, verließ ich die Station.

Hannes hob den Kopf, jetzt sah er mich. Er trat vom Wagen weg auf die Fahrbahn, um die Straße zu überqueren. Auf der Hälfte des Wegs blieb er plötzlich stehen. Langsam hob er die Hand, ich dachte, er wollte mir winken. Doch dann schirmte er seine Augen ab, als würde ihn die Sonne blenden.

Zehn Schritte, die uns noch trennten. Ich verstand, er wartete, dass ich auf ihn zuging.

Ein vorbeifahrendes Auto hupte ihn an. Er nickte dem Fahrer entschuldigend zu. Und kam auf meine Straßenseite. Die Polizisten hinter mir fingen an zu tuscheln.

»Gehen wir ein Stück die Straße rauf?«, fragte Hannes. Ich schüttelte den Kopf, sagte: »Journalisten«, mehr brachte ich nicht zustande.

»Natürlich.« Er stemmte die Hände in die Hüften und sah zu Boden. »Dann lass uns kurz ins Krankenhaus reingehen.«

Ohne auf meine Antwort zu warten, ging er vor. Ich folgte ihm in die riesige Eingangshalle. Als wir außer Sichtweite der Kollegen waren, blieb er stehen. Er sah mich an, bemühte sich um ein Lächeln, aber es war so traurig, dass es mir schwerfiel, ihn weiter anzusehen. Der Lärm der vielen Menschen, das geschäftige Treiben um uns, rückte in den Hintergrund.

»Es funktioniert nicht«, sagte er leise. Ich wusste, er meinte damit uns. Tränen stiegen mir in die Augen, ich biss die Zähne zusammen, um sie zu verdrängen.

»Nein. Es funktioniert nicht«, sagte ich.

Er nickte stockend.

»Aber wir haben es versucht.« Er lachte, doch es klang wie ein unterdrücktes Schluchzen. »Und wir haben einen wunderbaren Sohn.«

»Ja, den haben wir.«

»Ich hole ihn später von meiner Mutter und bringe ihn zu dir. Und dann werde ich ...«

Jemand rempelte mich an, murmelte: »Pardon«. Ich stolperte gegen Hannes. Er hielt mich reflexartig fest, ich hob meinen Blick zu ihm. Und obwohl ich wusste, dass er mit allem recht hatte, wünschte ich mir in diesem Moment, er würde mich nicht wieder loslassen. Doch er tat es und trat sogar einen Schritt zurück. Der Ausdruck auf seinem Gesicht hatte sich verhärtet.

»Ich habe mir die Aufzeichnung angesehen«, sagte er. »Von dir und Breck. Du hattest recht.«

»Womit?«

»Die Vorträge. Ich war nicht ehrlich zu dir. Ich war auch nicht ehrlich zu mir, aber das spielt keine Rolle. Ich habe sie nicht für dich angeordnet. Sondern für mich. Es ist so ein gefährlicher Beruf. Und ich … ich wollte dich beschützen.« Obwohl seine Miene noch immer undurchdringlich war, hatten seine Augen zu glänzen begonnen. »Ich wollte es mir nicht eingestehen. Und das Letzte, was ich wollte, war, dir zu schaden.«

Hannes sah weg, Richtung Ausgang. Genau in dem Moment löste sich eine Träne aus meinem Auge und lief mir über die Wange. Rasch wischte ich sie weg.

»Glaub mir, Hannes, du bist besser dran ohne mich.«

Er schaute wieder zu mir, setzte an, etwas zu sagen, doch ich schüttelte den Kopf. »Du hast es selber gesagt. Wir funktionieren nicht. Das stimmt. Wir würden uns nur weiter weh tun.« Ich atmete tief ein. Alles in mir wehrte sich dagegen, trotzdem griff ich mit zitternden Fingern in meine hintere Jeanstasche und holte den Ring aus unzähligen kleinen weißgoldenen Perlen heraus. »Es ist einfacher, wenn wir aufhören.«

Er räusperte sich. Sah mich bedrückende fünf Sekunden an, bevor er den Ring, mit dem er um meine Hand angehalten hatte, nahm.

»Ja. Du hast recht. Es ist einfacher.«

Und dann drehte er sich um und ging davon. Ich sah ihm nach, wie er Richtung Ausgang in der Menschenmenge verschwand. Ein paar Leute sahen mich im Vorbeigehen mitleidig an, ich konnte meine Tränen nicht mehr zurückhalten.

Wie ich es immer tat, hatte ich Hannes nicht an mich herangelassen. Und nicht mal jetzt, am Ende unserer Beziehung, hatte ich ihm die Wahrheit gesagt. Weil es mir so eine höllische, unfassbare Angst machte. Die Gründe dafür waren verständlich und vielleicht würden sie auch nie verschwinden.

»Hannes«, kam es ganz von selber aus meinem Mund. »Hannes, warte!«

Aber er war schon zu weit weg, um mich zu hören. Ich rannte

los, lief zwischen den Leuten durch, die mir entgegenkamen, raus aus dem Krankenhaus.

»HANNES!«

Vor dem Eingang waren keine Polizisten mehr zu sehen. Dafür standen ein wenig abseits jetzt umso mehr Journalisten.

»Carlotta Fiore«, rief ein Kameramann. Augenblicklich kamen sie alle auf mich zugelaufen, mir wurden Mikrofone vor die Nase gehalten und Fernsehkameras schwenkten auf mich, Blitzlichter gingen los.

Auf der gegenüberliegenden Straßenseite konnte ich Hannes sehen, er wollte gerade ins Auto steigen.

»HANNES«, rief ich über die Köpfe der Journalisten hinweg, so laut ich konnte. »HANNES!«

Er drehte sich um, sah herüber.

»HANNES. WARTE!«

Es war schwer, sich einen Weg durch die Journalisten zu bahnen. Sie folgten mir, liefen neben mir her über die Straße. Und standen neben mir, als ich bei Hannes ankam.

So lange hatte ich mich versteckt. Nicht nur vor der Welt. Vor allem vor den Menschen, die ich liebte. Vor Hannes. Es war Zeit loszulassen.

Hannes sah zu der TV-Kamera neben mir, doch ich stellte mich davor. Es war mir egal, dass sie mich filmte. Es war mir auch egal, dass es jeder hören konnte. Ich wollte ihn nicht so gehen lassen. Nicht, ohne ihm zu sagen, was ich wirklich fühlte.

»Es stimmt, du hast einen Fehler gemacht, aber ich ... ich habe so viel falsch gemacht. Und das tut mir leid.«

Hannes nickte. Dann drehte er sich wieder zu seinem Auto und fasste nach dem Türgriff. Die Journalisten schoben sich zwischen uns, sie fragten mich durcheinander, drängten mich von Hannes weg.

»Es gibt noch was, das du wissen musst, Hannes«, presste ich laut hervor. »Ich liebe dich.« Augenblicklich verstummten alle Fragen. Ich schob mich vor zu Hannes, der unverändert mit dem Rücken zu mir stand, den Türgriff noch immer in der Hand.

»Als du mich gefragt hast, ob ich dich heiraten will und ich nein gesagt habe – das war der größte Fehler, den ich gemacht habe. Und das werde ich für den Rest meines Lebens bereuen. Ich weiß, ich kann nichts rückgängig machen, aber ich konnte dich nicht gehen lassen, ohne es dir zu sagen.«

Hannes antwortete etwas, das ich nicht verstand.

»Was meint er?«, fragte eine Journalistin neben mir.

»Ich habe gesagt, dass ich es nicht einfacher will«, sagte Hannes. Langsam drehte er sich wieder zu mir und sah mich an. »Du hast gesagt, das Leben ohne dich wäre einfacher. Wahrscheinlich stimmt das, aber ... ich will es gar nicht einfacher. Ich will es schwer und anstrengend und verrückt und herzzerreißend.« Er trat auf mich zu. »Und weißt du, warum ich das will? Weil ich dich liebe.«

Die Journalistin neben ihm seufzte auf.

»Aber Hannes, du hast es selber gesagt. Wir funkt-«

»Nein, hör mir zu. Natürlich machen wir Fehler. Immer und immer wieder. Und glaub mir, diese Vorträge für dich und Konrad waren sicher nicht das letzte Mal, dass ich was falsch gemacht habe. Aber du und ich und Konny – das ist es doch wert, oder?« Ich konnte nicht antworten, er streichelte mir über die Wange und wischte die Tränen weg. »Ja, das ist es. Weil ich in meinem Herzen weiß, du bist die Einzige für mich. Du warst es schon immer. Vom ersten Tag, als ich dich in der Polizeischule gesehen habe.«

Hannes fasste in die Innentasche seines Sakkos. Zwischen Zeigefinger und Daumen holte er den Ring heraus, den ich ihm vor ein paar Minuten zurückgegeben hatte.

Er hielt ihn mir entgegen.

Und während die Blitzlichter der Kameras auf uns einprasselten, sagte ich: »Ja, ich will.«

Vielen Dank an ...

Sabine Langohr, meine fabelhafte und smarte Agentin. Danke, dass du so sehr an mich und meine Ideen glaubst! Ich kann nur immer wieder betonen, du und die Agentur Keil und Keil, ihr seid ein echter Glücksfall!

Heide Kloth, meine großartige Lektorin, die mit ihren klugen Kommentaren, Hinweisen und Ideen eine Quelle der Inspiration ist. Danke, dass du jedes meiner Manuskripte mit so viel Feingefühl besser machst.

Dr. Siv Bublitz und das wunderbare Team bei Ullstein/List, insbesondere Monika Boese für die tolle Zusammenarbeit! Weiters danke an Bettina Kasten, Antoinette von Schwarzkopf, Swea Starke, Günther Lorenzoni und Katharina Rottenbacher.

die besten aller Testleserinnen: Sabine Bergmann (yeah – Farbcodes!), Sonja Fischerauer (ein Prinz, ein Prinz) und Franziska Tkavc (Lemusklik). Ihr seid unbezahlbar!

gleich noch mal Franziska Tkavc für die feschen Fotos, die herzerwärmenden Nachrichten, deinen kriminalistischen Spürsinn und die grandiose Recherche-Hilfe.

Brit Haslinger für deine so wertvolle Unterstützung bei der Recherche, Jutta Siorpaes für deine Hilfe bei der Lösung des »Plotknopfs«, Max Bliem für die erstklassige Elektrik-Nachhilfe, Margret Kranner für dein Fachwissen, Johanna Hruby für die lustige Führung durch den Fernsehsender und meinem lieben Kulturredakteur, dass du mir ein bisserl was verraten hast.

meine Eltern, meine Familie und meine Freunde für eure Unterstützung und Liebe.

Schmuckwerkstatt Katja Dworak in Wien, danke, dass ich den wunderschönen Ring aus deiner Kollektion für Lotta und Hannes verwenden durfte.

meinen Mann Joseph, dass du meine Welt komplett machst. Du bist das beste Geschenk!

Wien, 1. Jänner 2017